DER TOTE AUS DEM SEE

AF178057

Walter Christian Kärger, aufgewachsen im Allgäu, studierte an der Hochschule für Fernsehen und Film und arbeitete dreißig Jahre als Drehbuchautor in München. Über hundert seiner Drehbücher wurden für Kino oder TV verfilmt. Er lebt als Romanautor in Memmingen.

WALTER CHRISTIAN KÄRGER

DER TOTE AUS DEM SEE

EIN FALL FÜR KOMMISSAR MAX MADLENER

Bodensee Krimi

emons:

Lust auf mehr? Laden Sie sich die »LChoice«-App runter, scannen Sie den QR-Code und bestellen Sie weitere Bücher direkt in Ihrer Buchhandlung.

Bibliografische Information der Deutschen Nationalbibliothek
Die Deutsche Nationalbibliothek verzeichnet diese Publikation in der Deutschen Nationalbibliografie; detaillierte bibliografische Daten sind im Internet über http://dnb.d-nb.de abrufbar.

© Emons Verlag GmbH
Alle Rechte vorbehalten
Umschlagmotiv: Ingo Jakubke/Pixabay.com
Umschlaggestaltung: Nina Schäfer, nach einem Konzept von Leonardo Magrelli und Nina Schäfer
Umsetzung: Tobias Doetsch
Gestaltung Innenteil: César Satz & Grafik GmbH, Köln
Lektorat: Carlos Westerkamp
Druck und Bindung: CPI – Clausen & Bosse, Leck
Printed in Germany 2020
ISBN 978-3-7408-0795-5
Bodensee Krimi
Originalausgabe

Unser Newsletter informiert Sie
regelmäßig über Neues von emons:
Kostenlos bestellen unter
www.emons-verlag.de

Ich bin in Hitze schon seit Tagen
So werd ich mir ein Kahlwild jagen
Und bis zum Morgen sitz ich an
Damit ich Blattschuss geben kann
Auf dem Lande auf dem Meer, lauert das Verderben
Die Kreatur muss sterben!

Rammstein, »Waidmanns Heil«

1

Kurz bevor das todbringende Geschoss ihn einen Fingerbreit neben der Wirbelsäule in den Rücken traf, wo es zwischen die Rippen drang, das Herz zerfetzte und durch die Brust wieder austrat, erfreute sich Rechtsanwalt Heribert Döllinger noch bester Gesundheit und ebensolcher Laune.

Er war geradezu beschwingt und schwelgte in einer Blase aus Selbstzufriedenheit, Alkohol und Gewinnerhype, die ihn auf der Autofähre zurück von Konstanz nach Meersburg mit gro-ßem Genuss eine seiner Cohiba Espléndidos anstecken ließ, von denen er stets zwei in seinem teuren Lederetui mit sich führte, wenn ihn mal wieder das Zockerfieber packte und ihm nach einer heißen Nacht im Casino zumute war.

So ein kleines Amüsement gönnte er sich ein- bis zweimal im Monat. Döllinger war passionierter Roulettespieler. Nur gut, dass ihn die viele Arbeit in seiner Kanzlei davon abhielt, sich noch öfter in Spielcasinos herumzutreiben. Abwechselnd in Konstanz, Lindau oder Bregenz, der Bodenseeraum war gespickt damit, manchmal aber auch in Baden-Baden, je nach Lust und Laune. Er wusste genau, dass das eine gefährliche Schwäche von ihm war, die ihn schon viel Geld gekostet hatte.

Ein Spieler wie er sagte sich zwar, dass sich Gewinn und Verlust im Laufe der Zeit aufwiegen würden, wenn er nur lange genug durchhielt, aber er war sich natürlich darüber im Klaren, dass dieser Glaube an die Wahrscheinlichkeitsrechnung zum typischen Verdrängungsmechanismus einer Spielernatur gehörte, die wie er süchtig nach dem Klackern der Kugel im Kessel war.

Doch Döllinger war ein starker Charakter, der sich fast immer im Griff hatte, und ein absoluter Vollprofi in seinem Business, sonst hätte er es in seiner Karriere als Strafverteidiger nicht so weit gebracht. Sein Name war in den relevanten Kreisen nicht nur bekannt, sondern sogar gefürchtet, was ihm die besten Mandanten bescherte, soll heißen: vor allem die prominentesten und zahlungskräftigsten. Seine Erfolgsquote hatte sich längst herumgesprochen, seine Reputation als Rechtsanwalt hätte nicht besser sein können.

Am liebsten übernahm er die schwierigen Fälle und paukte seine Mandanten aus scheinbar aussichtslosen Kalamitäten heraus. Mit juristischen Manövern, die nicht selten die Grenzen des Erlaubten vor Gericht überschritten, aber sein Motto war: Der Zweck heiligt die Mittel. Lieber einen Anpfiff vom Richter kassieren, als die Chance auszulassen, ein klitzekleines Schlupfloch zu finden, durch das man trotz der eng geknüpften Maschen des Gesetzes entwischen konnte.

Einziger Sinn und Zweck seines Jobs war es nun einmal, den Schaden für den jeweiligen Mandanten möglichst zu minimieren und für ihn die Kastanien aus dem Feuer zu holen.

Ob der Mandant schuldig im Sinne der Anklage war, interessierte ihn dabei nicht die Bohne. Döllinger ging es nur und ausschließlich darum, das Optimum für sich zu erreichen. Moral hatte in seiner Welt der Gerichtssaalschlachten nichts verloren, so lautete sein Credo. Was zählte, waren allein juristische Raffinessen und der daraus resultierende Erfolg. Sein eigenes schlechtes Gewissen meldete sich nur, wenn er nach einem gewonnenen Prozess zu tief in sein Glas mit Single-Malt-Whisky schaute oder eine Cohiba zu viel rauchte und darüber sinnierte, was Schuld und Unschuld und Recht und Gerechtigkeit voneinander unterschied und wo die Grenzen bisweilen fließend waren.

Obwohl – wenn er es sich genau überlegte –, bei dem Brummschädel und der leichten Übelkeit am nächsten Morgen musste es sich wohl eher um einen veritablen Kater als um moralische Skrupel handeln.

Die hatte er nicht, wenn er wieder einmal einen Freispruch oder zumindest eine Bewährungsstrafe für einen Mandanten erwirkt hatte, der zweifelsohne für die Straftat, die ihm vom Staatsanwalt zur Last gelegt worden war, nach menschlichem Ermessen verantwortlich zeichnete.

Aber eben nicht nach juristischem.

Weil Döllinger es wie so oft mit Engelszungen verstanden hatte, den Spieß umzudrehen und kraft seiner Argumentation seinen Mandanten als das Unschuldslamm hinzustellen, das er noch nie gewesen war.

In dieser Hinsicht war Rechtsanwalt Heribert Döllinger schlichtweg brillant.

Seine rhetorischen Taschenspielertricks und juristischen Winkelzüge ließ er sich teuer bezahlen. Sein Stundenhonorar war exorbitant.

So exorbitant, dass er sich gelegentlich ein paar hübsche Extravaganzen leisten konnte.

Das Mercedes 220 SE W111 Cabriolet aus dem Jahr 1963 in Himmelblau etwa. Ein Oldtimer, der noch heute wegen seiner zeitlosen Eleganz, seines Top-Erhaltungszustands und seiner Exklusivität Aufsehen erregte.

Quasi ein Ebenbild seiner selbst, stellte er nach einem letzten Blick in den Spiegel in seiner exklusiven Penthousewohnung in Friedrichshafen nicht ohne einen guten Schuss Selbstironie fest, zu der er in Vorfreude auf einen Abend im Casino zuweilen durchaus fähig war, und zwinkerte seinem Alter Ego im Spiegel zu, während er den perfekten Sitz seiner Seidenkrawatte von Gucci noch einmal überprüfte.

Er war nicht rein zufällig vom selben Jahrgang wie sein bestens in Schuss gehaltener Mercedes. Wie sein standesgemäßer Wagen war sein Äußeres – Gestus und Habitus – stets makellos, wenn auch sein Haar ein wenig dünn und grau geworden war, aber im Großen und Ganzen hatte er sich gut gehalten, fand er. Und wenn etwas generalüberholt werden musste – was bei vielen Teilen des Mercedes und bei seinem Gebiss nötig geworden war –, so war das nun einmal dem unbarmherzigen Lauf der Zeit geschuldet und wurde von entsprechenden Spezialisten in Werkstatt und Zahnarztpraxis erledigt, sodass alles immer wie neu aussah und die glänzende Karosserie seines Cabrios mit seinen Jacketkronen um die Wette blitzte.

Obwohl Döllinger so tat, als würde ihn das völlig kaltlassen, sonnte er sich doch allzu gern im Neid und in der Bewunderung von Menschen, die es nicht so weit gebracht hatten wie er. Er war Junggeselle und kinderlos und sein Zeitmanagement und sein Budget für außergewöhnliche Geldausgaben infolgedessen ganz allein seine Sache. Genauso wie sein Umgang mit anderen Menschen. Freunde hatte er so gut wie keine. Er war sich schon seit Schulzeiten immer selbst genug gewesen. Ein Einzelgänger aus Überzeugung.

So hatte er am Abend nach einem besonderen Coup, in dem er es geschafft hatte, dass sein Mandant wegen eines nachgewiesenen Verfahrensfehlers und zurückgenommener Zeugenaussagen als freier Mann das Gericht verlassen konnte, beschlossen, die Einladung seines Mandanten zur Siegesfeier in einem angesagten und sündteuren Gourmettempel nicht anzunehmen und lieber wieder einmal ganz für sich am Spieltisch über die Stränge zu schlagen.

Der Grund dafür war eigentlich nicht, dass er den Klienten sowieso nicht ausstehen konnte, weil dieser so ziemlich jeden Dreck am Stecken hatte, dessen er angeklagt war, sondern dass er sich nichts Ätzenderes vorstellen konnte, als privat mit jemandem zu verkehren, dessen IQ höchstens als zweistellig und dessen Benehmen nur mit ganz viel gutem Willen als halbwegs gesellschaftsfähig einzustufen war.

Außer er war aus geschäftlichen Gründen dazu gezwungen.

Aber das war hier nicht mehr der Fall.

Der Prozess war gewonnen, die Geschäftsbeziehung somit abgeschlossen.

Außerdem war dieser Mandant ein waschechter Gangster mit Gangstermanieren und -attitüden, die er sich wohl in einschlägigen Mafiafilmen abgeschaut und zugelegt hatte. Er war Oberhaupt eines riesigen Familienclans, der sich seit einer Generation im Bodenseeraum ausgebreitet hatte wie Wasseralgen in einem überdüngten Aquarium und dort die Geschäfte mit Drogen und Prostitution kontrollierte.

Beim Gedanken an einen mehrstündigen quälenden Small Talk mit einer geistigen Amöbe, die ihre aufgepumpte Bodybuilderfigur in glitzernden Maßanzügen herumtrug und Goldketten um den Hals hängen hatte, mit denen man Güterzüge aneinanderkoppeln könnte, schüttelte sich Döllinger innerlich – das wäre wahrlich ein reizender und intellektuell anregender Abend geworden.

Ganz abgesehen davon, dass er eine strikte Trennung von Beruf und Privatleben auch öffentlich demonstrieren musste. Wenn irgendein Smartphone-Schnappschuss mit dieser bekannten und berüchtigten Kiezgröße beim Nobeldinner in trauter Zweisamkeit im Netz kursierte, wäre das für seinen Ruf nicht gerade förderlich.

Also sagte er die Einladung aus dringenden terminlichen Gründen freundlich, aber bestimmt ab, stockte sein Erfolgshonorar im Geiste noch einmal um zehn Prozent auf und freute sich darauf, im Casino den beruflichen Stress abbauen und seinen Sieg feiern zu können. Mit einem schönen Schuss zusätzlichen Adrenalins, weil er diesmal noch riskanter setzen konnte – Spielgeld genug hatte er.

Und heute lief es tatsächlich wie geschmiert. So eine lang anhaltende Glückssträhne wie in dieser Nacht – er ging grundsätzlich erst nach dreiundzwanzig Uhr ins Casino – hatte er noch nie gehabt.

Egal ob er mit der Bank oder gegen sie spielte – er gewann.

Bald versammelten sich neugierige und sensationslüsterne Zuschauer an seinem Tisch, weil es sich schnell herumgesprochen hatte, dass dort einer dabei war, die Bank gehörig zu rupfen, wenn nicht sogar zu sprengen. Er genoss die Aufmerksamkeit wie bei einem seiner Plädoyers vor Gericht, obwohl er scheinbar nur Augen und Ohren für die Zahlen auf dem grünen Filz und die Ansagen der Croupiers hatte.

Vereinzelt begannen die Zaungäste, die auf der Verlierer-straße waren und nervös mit schwitzigen Händen mit ihren letzten Jetons in den Taschen herumspielten, sogar mit ihm zu setzen, weil sie merkten, dass er einen Lauf hatte und daran partizipieren wollten.

Als achtmal hintereinander Rot kam, platzierte er seine Je-tons erst recht erneut auf Rot.

Jetzt traute sich niemand mehr, mit ihm mitzugehen.

Das Tischpersonal wechselte, das Glück blieb bei Döllinger.

Die Drei kam.

Ein Raunen ging durch die Zuschauerreihen, weil die Kugel tatsächlich ein neuntes Mal auf einer roten Zahl gelandet war.

Diesmal ließ Döllinger den Gewinn nicht auf Rot liegen wie die acht Male zuvor.

Mit traumwandlerischer Sicherheit schob er zur allgemeinen Verwunderung seine Jetonstapel auf Schwarz, der Croupier neben ihm musste mit seinem Rateau nachhelfen, so viele waren es.

Endlich setzte der Wurfcroupier die Roulettescheibe wieder in Bewegung und schnippte die Kugel routiniert gegen die Drehrichtung in den Zylinder.

Das Geräusch der rollenden Kugel versetzte Döllinger in eine Art Metazustand. Er glaubte in diesem Augenblick wirk-lich daran, dass sie das tat, was er ihr geistig vorgab.

Alles starrte gebannt in den Kessel, einige Spieler platzierten noch schnell im allerletzten Augenblick ebenfalls ihre Jetons auf Schwarz.

Dann sprach der Chefcroupier sein »Rien ne va plus«, und die Kugel fiel klappernd in ein Nummernfach.

Es war die Fünfzehn.

Schwarz.

Döllinger beschloss, von nun an seine Strategie zu ändern und primär auf Voisins zu setzen, das sogenannte Spiel mit Nachbarn, Zahlen, die im Kessel nebeneinanderlagen. Sein Ein-satz auf den einfachen Chancen war nur eine Art Aufwärm-programm gewesen.

Jetzt begann er, richtig Roulette zu spielen und wie besessen mehrere Einsätze gleichzeitig zu platzieren.

Voisins, Cheval, Transversale pleine, Transversale simple, Carré, Orphelins, Finale eins, zwei oder drei.

Eine Stunde lang wuchs sein Gewinn langsam, aber stetig an.

Doch dann gewann er fünfmal hintereinander mit seiner Lieblingskombination Einundzwanzig-Zwo-Zwo.

Inzwischen stapelte sich ein kleines Vermögen auf seinem Platz.

Es war an der Zeit, aufs Ganze zu gehen.

Als er das Maximum – er war natürlich am teuersten Tisch – auf Zero-Zwo-Zwo setzte und die Kugel im letzten Moment in das Fach mit der Null kullerte, wurde aus dem Raunen im Publikum ein regelrechtes kollektives Stöhnen.

Heribert Döllinger sah mit seinem üblichen undurchdringlichen Pokergesicht scheinbar gleichgültig zu, wie ihm sein Gewinn vom Wurfcroupier mit dem Rateau in schokoladentafelgroßen Jetons zugeschoben wurde, beschloss in diesem Augenblick des größten Triumphs, es für diesmal gut sein zu lassen, gab großzügig Trinkgeld für den Tronc und machte sich schließlich mit einem Angestellten, der die ganzen Jetons für ihn trug, auf zur Kasse, um sich seinen Gewinn – über neunzigtausend Euro – dort auszahlen zu lassen.

Wie alle richtigen Zocker wollte er keinen Scheck, sondern bevorzugte es, sich die Geldscheine vorzählen zu lassen und sich die Bündel in die Taschen zu stopfen, als wäre es Kleingeld.

Er lehnte jede Begleitung vom Sicherheitsdienst ab, die ihm angeboten wurde, nahm an der Bar noch einen Drink – einen doppelten Single Malt ohne Eis – und begab sich zu seinem Mercedes nach draußen.

Es war eine milde, sternklare Nacht, und Döllinger achtete darauf, dass ihm niemand folgte, bis er in seinem Auto saß und im Schritttempo vom Parkplatz rollte.

Auf der langen Fahrt durch die äußeren Bezirke von Konstanz zum Fährhafen im Stadtteil Staad kam er allmählich wieder herunter von seinem High, das er so schon lange nicht mehr verspürt hatte, nicht einmal vor zwei Jahren, als es ihm gelungen war, einen notorischen Raser, Spross einer schwerreichen Industriellenfamilie, der bei einem illegalen Autorennen im Stadtgebiet von Stuttgart einen schweren Verkehrsunfall mit einem Schwerverletzten verursacht hatte, vor einer Gefängnisstrafe zu bewahren, obwohl es eigentlich aussichtslos war. Dafür hatte er das höchste Erfolgshonorar seiner Karriere eingestrichen.

Am Fährhafen hatte er wieder Glück – diesmal mit der Autofähre, die so spät nachts nur stündlich verkehrte. Er wurde gerade noch vom Lademeister auf das Fahrzeugdeck gewinkt, bevor sie auch schon ablegte.

Er stieg aus seinem Auto, um sich hinten im windabgewandten Heck die Füße zu vertreten und sich eine wohlverdiente Cohiba Espléndido anzustecken. Geistesabwesend sah er zu, wie die Rauchkringel seiner Zigarre sich in der Luft auflösten und die Lichter von Konstanz allmählich kleiner wurden.

Erst jetzt gelang es ihm, sich zu entspannen und sein unverschämtes Massel zum ersten Mal so richtig zu genießen.

Sein Temperament war nicht gerade heißblütig, aber diesmal stieß er mit einer Faust in die Luft und ein triumphierendes »Jaaaa!« kam aus seiner Kehle, das er sich erlaubte, weil das gleichmäßig kräftige Brummen des Schiffsmotors und das Rauschen des Kielwassers sowieso jedes Geräusch erstickten. Außerdem war er ganz für sich, die wenigen Leute, die mit ihm um diese Zeit auf der Fähre übersetzten, hatten es vorgezogen, entweder für ein Nickerchen in ihrem Auto sitzen zu bleiben oder sich in den Aufenthaltsraum ein Deck weiter oben zu begeben, wo es Automaten für Snacks und Getränke gab.

Er stellte sich waghalsig und verbotenerweise hinter die Absperrkette – was konnte ihm heute schon passieren! – an den äußersten Rand des Hecks, um das Gefühl besser auskosten zu können, einmal das Casino besiegt zu haben.

Irgendwie fühlte er sich an Leonardo DiCaprio erinnert,

als der auf dem Bug der »Titanic« stand und im Überschwang der Gefühle sein »I'm the king of the world!« dem Himmel entgegenschmetterte, weil er glaubte, die Götter herausfordern und es mit ihnen aufnehmen zu können.

Aber das war kurz bevor die »Titanic« mit einem Eisberg zusammenstieß.

Genau in dem Augenblick, als Döllinger aus einer naheliegenden Assoziation heraus an dieses böse Omen dachte, spürte er einen heftigen Schlag gegen den Rücken.

Es war das Letzte, was er in diesem Leben spürte.

Der Schlag war so heftig, dass er gegen die Fahrtrichtung der Fähre vorwärtsstolperte und mitsamt seiner Cohiba Espléndido sang- und klanglos über Bord ging.

Sein Glückskonto war mit dem heutigen Abend endgültig aufgebraucht.

Knapp eine Viertelstunde später legte die Fähre in Meersburg an, und zwei Lastwagen und ein Dutzend Autos und Lieferwagen fuhren über die klappernde Metallrampe von Bord.

Der himmelblaue Mercedes war in Konstanz als letzter Wagen aufs Deck gekommen, deshalb stand er keinem im Weg.

Der zuständige Lademeister winkte ihm erfolglos zu und setzte sich schließlich in Bewegung, um nach dem Rechten zu sehen.

Er kam näher und warf einen Blick ins Wageninnere.

Es war niemand am Steuer, der Mercedes war nicht abgesperrt, und der Zündschlüssel steckte.

Vom Fahrer war weit und breit nichts zu erkennen.

Der Lademeister fluchte. Bevor er die auf der Wartespur für die Rückfahrt nach Konstanz-Staad bereitstehenden Fahrzeuge auf die Fähre lassen konnte, musste er den abwesenden Mercedes-Fahrer ausfindig machen. Das brachte den ganzen Zeitplan durcheinander.

Außerdem wollte er sich eigentlich eine Zigarettenpause gönnen.

Vielleicht war der Fahrer nur aufs WC gegangen und dort eingeschlafen. Das war bei Nachtfahrten schon mal vorgekommen.

Auf dem Weg zu den Steuerbordtoiletten zückte er sein Funkgerät und machte notgedrungen Meldung beim Kapitän.

2

There's a killer on the road
His brain is squirmin' like a toad
Take a long holiday
Let your children play
If you give this man a ride
Sweet family will die
Killer on the road
The Doors, »Riders On The Storm«

Kommissar Max Madlener kochte.

Ausnahmsweise einmal nicht vor Wut, sondern am Herd seiner Küche in seiner erst vor Kurzem bezogenen Dachgeschosswohnung in der City von Friedrichshafen. Dort machte er sich noch eine Portion Linguini Bolognese, obwohl es fast fünf Uhr in der Nacht war.

Das war sogar für ihn ungewöhnlich, obwohl er normalerweise sowieso nicht das tat, was für den überwiegenden Teil der Bevölkerung unter der Rubrik »konventionell« einzuordnen war, aber er konnte wieder einmal nicht einschlafen, weil er unter Insomnie litt, was daran lag, dass ihm wie so oft zu viel irrlichternde Gedanken in seinem Kopf herumspukten. Außerdem verspürte er, als er nach dem vergeblichen zweistündigen Versuch, endlich in Morpheus' Arme zu sinken, den aussichtslosen Kampf aufgegeben und sein Bett verlassen hatte, einen Mordskohldampf. Vielleicht war es doch sein knurrender Magen, der ein erfolgreiches Einschlummern verhindert hatte, was durchaus möglich war, weil er seit zwei Tagen rigoros Diät machte.

Was in seinem Fall hieß, dass er sich eines Morgens vor Dienstbeginn nach einem Blick auf die Waage felsenfest vorgenommen hatte, auf die harte und schnellstmögliche Tour fünf Kilo abzunehmen.

Eine Schnapsidee, zugegeben, aber es musste sein.

Schließlich hatte er in Simone Zoller, der Tochter seines verstorbenen Ex-Kollegen Wohlfahrt, eine Frau kennengelernt, für die es sich lohnte, einen guten Eindruck zu machen, sowohl von seiner Persönlichkeit her als auch physisch.

Und das hieß letzten Endes, so hart ihn das ankam, nachdem er alle Alternativen durchgegangen war: FdH – friss die Hälfte.

Und dazu noch irgendeine sinnvolle sportliche Betätigung. Das legten ihm sein Arzt nahe und sein gesunder Menschenverstand.

Tennis, seinem Alter und seinem Status angemessen, kam für ihn nicht in Frage, seit er sich vor geraumer Zeit von seiner damaligen Lebensgefährtin, der Pathologin Dr. Ellen Herzog, die schon seit ihrer ersten Ehe Mitglied im Friedrichshafener Tennisclub Blau-Weiß 74 war, hatte überreden lassen, das Ganze einmal auszuprobieren. Sie hatte ihn so lange damit gelöchert, dass er schließlich nachgab. Aber das, was er da an Vereinsmeierei erlebt hatte, war für ihn mehr als abschreckend gewesen. Ganz davon abgesehen, dass fast alle Tennispartner von Ellen aus dem medizinischen Bereich kamen und infolgedessen nur ein Gesprächsthema hatten, über das sie sich in allen Spielarten lustig machten: Patienten und ihre realen und eingebildeten Krankheiten.

Trotzdem absolvierte er Ellen zuliebe einen Schnupperkurs, den sie ihm zu Weihnachten geschenkt hatte. Der Teilzeittennistrainer, ein geradezu unverschämt fitter, offensichtlich sadistisch veranlagter Offizier der Bundeswehr, hatte ihn wohl mit einem unwilligen Wehrpflichtigen verwechselt, dem mal ordentlich die Hammelbeine lang gezogen werden mussten, wie er spaßeshalber angesichts von Madleners schlechter Kondition und Treffsicherheit sagte, was nur er lustig fand und Madlener überhaupt nicht. Erst recht ärgerte sich Madlener bis aufs Blut, weil er von ihm über den Platz gejagt wurde wie ein Rekrut bei der Grundausbildung, und das mit einem

Anfeuerungsvokabular, das Madlener schon zu Jugendzeiten verhasst gewesen war.

Er erinnerte sich nur allzu gut daran.

Sie hatten an der Grundschule tatsächlich einen Sportlehrer gehabt, der anscheinend noch im Dritten Reich ausgebildet worden war und dessen Lieblingsfloskel beim Zirkeltraining aus der Drohung bestand: »Ich werde euch hetzen, bis euch das Arschwasser kocht!«

Nazijargon, Nachtmärsche, das gemeinsame Absingen von martialischen Kriegsliedern und Gruppenzwang waren der Grund dafür, dass er sämtlichen Jugendorganisationen ferngeblieben war, in die ihn Klassenkameraden und Freunde mitschleppen wollten. Egal, ob das die Pfadfinder, der CVJM oder die Naturfreundejugend waren.

Seiner Wehrpflicht bei der Bundeswehr war er ebenfalls nicht nachgekommen. Er war – wie sein älterer Bruder – Kriegsdienstverweigerer und hatte seinen Ersatzdienst in einem Heim für Behinderte abgeleistet.

Madlener war durch und durch Zivilist aus Überzeugung und brachte für alles Militärische nur Verachtung auf.

Deshalb beschloss er, dem Trainer sein Getue heimzuzahlen. Es gelang ihm, ihn einmal schmerzhaft mit dem Ball abzuschießen, und beim anschließenden gemütlichen Beisammensein in der Gaststätte des Vereinsheims sagte er mehrfach wie aus Versehen »Wehrmacht« statt »Bundeswehr«, weil er merkte, dass er ihn damit zur Weißglut treiben konnte.

Danach gab er Ellen seinen sofortigen Rücktritt von einer sowieso nicht sehr vielversprechenden Karriere als Freizeittennisspieler bekannt. Als Ellen ihn daraufhin wenigstens zum Golfspielen überreden wollte – wobei im Golfclub genau dieselben üblichen Verdächtigen waren wie beim Tennis, nämlich die Kolleginnen und Kollegen Ellens von der medizinischen Fakultät –, führte das zu einer nicht unerheblichen Abkühlung ihrer Beziehung, weil er auch das ablehnte. Das Ende vom Lied kam schließlich, weil er sich nicht entschließen konnte, bei ihr einzuziehen, solange ihr Vater, der Psychiater Dr. Dr. h. c. Auerbach, im ersten Stock des gemeinsamen Hauses wohnte.

Tennis und Golf waren also fortan auf seiner schwarzen Liste der sportlichen Aktivitäten, neben allem, was mit Reiten zu tun hatte – auch ein Hobby von Ellen –, und im Grunde genommen alle Mannschaftssportarten.

Madlener hatte eine Menge Listen, die er ständig der Zeit und den Gegebenheiten anpasste. Die meisten davon waren allerdings nur in seinem Kopf. Angefangen von Dingen, die die Welt nicht brauchte, bis zu seinen geliebten Hitlisten der besten Popsongs aller Zeiten, an denen er ständig schriftlich herumbastelte, wenn er aus beruflichen Gründen einem stinklangweiligen Vortrag zuhören musste oder wieder einmal nicht einschlafen konnte.

»Gymnastik fürs Gehirn« nannte er das.

Für ihn war das ein geheimer und stiller Zeitvertreib, den er bisweilen exzessiv betreiben konnte.

Für den Psychiater Dr. Auerbach, den Vater seiner Ex-Lebensgefährtin, eine bedenkliche und dringend behandlungsbedürftige Zwangsneurose.

Wie dem auch sein mochte – irgendetwas musste Madlener tun, um seine überflüssigen Pfunde herunterzukochen, wie man im Boxerjargon sagte.

Boxen war ihm deshalb in den Sinn gekommen, weil seine junge Kollegin Harriet Holtby zwei- oder dreimal in der Woche Boxtraining in einem Studio machte. Er hatte sie dort einmal abgeholt und ihr zugesehen, wie sie sich bis zur völligen Erschöpfung verausgabte.

Das mochte für Harriet die richtige Art und Weise sein, überschüssige Energie und Wut – und davon hatte sie eine Menge – loszuwerden, aber für ihn kam das nicht mehr in Frage. Einen Rest von Würde wollte er sich schon noch bewahren.

Jetzt in seinem gesetzten Alter damit anzufangen, sich die Birne weichschlagen zu lassen, grenzte schon an Masochismus.

Nein, lächerlich machen wollte er sich auch nicht.

Was gab es also noch?

Krafttraining in einer Fitness- und Muckibude? Zwischen tattooübersäten Testosteron- und Steroidmonstern und Superfrauen wie aus Marvel-Comics mit Sixpacks und künstlicher Sonnenbankbräune?

Ausgeschlossen.

Was blieb dann noch übrig?

Radfahren? Joggen?

Er stellte sich vor, wie er mit einem lächerlichen Stirnband um den hochroten Kopf dem Herzinfarkt entgegenstrampelte, während er eigentlich vor ihm davonlaufen wollte.

Schwimmen?

Zwei Bahnen im Fünfzig-Meter-Becken des städtischen Hallenbads, einen Steinwurf vom Polizeipräsidium entfernt, und er war platt.

Ganz abgesehen davon, dass Duschen und Umkleidekabinen seiner Meinung nach Brutstätten für Fußpilzkolonien waren.

Ihn schauderte, wenn er nur daran dachte.

Je gründlicher er darüber sinnierte, desto mehr kristallisierte sich der Verdacht in ihm heraus, dass er einfach gegen jede Art von sportlicher Betätigung etwas einzuwenden hatte.

Um Ausreden war er nie verlegen.

Er war nun einmal eine einzige Fundgrube für jeden Analytiker.

Deshalb ging er ihnen auch strikt aus dem Weg.

Oder führte sie an der Nase herum wie seinen ehemaligen Schwiegervater in spe.

Der einzige Sport, dem er wirklich mit aller Leidenschaft nachging, war die Jagd auf Kriminelle. Davon verstand er etwas, und in der Beziehung hatte er auch die Kondition eines Marathonläufers, bildlich gesehen.

Aber damit konnte man keine überflüssigen Kalorien abbauen.

Also musste er sich, wenn er wirklich ernsthaft abnehmen

wollte, wenigstens beim Essen zusammenreißen, eine radikale Hungerkur machen und sich in Zukunft bewusster ernähren, um nicht dem allseits publizierten Jo-Jo-Effekt anheimzufallen, dessen Opfer anscheinend jeder Zweite wurde – es musste sich dabei um eine Epidemie ungeahnten Ausmaßes handeln.

Alles andere kam für ihn einfach nicht in Frage: zu kompliziert, zu umständlich, zu zeitintensiv, zu abgehoben.

Zum ersten Mal hatte er sich ernsthaft mit diesem Problem auseinandergesetzt, als er neulich am Zeitschriftenregal im Supermarkt stehen geblieben war, nachdem er wie immer, seit er neuerdings nicht mehr im Hotel »Zum silbernen Zeppelin« wohnte und für sich selbst sorgen musste, mehr oder weniger bedenkenlos ordentlich Wurst, Fleisch, Tiefkühlpizzen und sonstige kalorien- und fettreiche Nahrungsmittel sowie Alkohol in Form von Weinflaschen in seinen Einkaufswagen geladen hatte. Als er die Schlagzeilen der unzähligen Zeitschriften überflog, die dort in endlosen Reihen ausgestellt waren, kam er auf die – wie sich hinterher herausstellte: schwachsinnige – Idee, sich in relevanten Artikeln in diversen Frauenzeitschriften Rat für seine eingebildete Übergewichtsproblematik zu holen. Nach geschlagenen zwanzig Minuten neben einer verhärmten Rentnerin mit Wollmütze, die sich wie er über die Illustrierten hermachte, wenn auch bevorzugt über solche mit den neuesten gefakten oder frei erfundenen und reichlich bebilderten Klatschgeschichten aus dem europäischen Hoch- und Niederadel, gelangte er schließlich verwirrt zu der Erkenntnis, dass Übergewicht neben Klimawandel, Terrorismus, Brexit, Flüchtlingsproblematik, Dieselskandal und Globalisierung anscheinend zu den sieben Urängsten der mitteleuropäischen menschlichen Spezies des 21. Jahrhunderts zählte.

Jedenfalls wenn er den Themen der unzähligen Printmedien Glauben schenken wollte.

Es gab aberwitzig viele verschiedene Arten, überflüssige Pfunde zu bekämpfen und loszuwerden, angefangen mit der Trennkost-, Blitz-, F.-X.-Mayr- oder Hollywood-Diät über Weight Watchers, Rohkostdiät bis zur Low-Carb- und 16:8-Methode, auch Intervallfasten genannt – acht Stunden essen, sechzehn Stunden fasten, Jesus! –, und der ayurvedischen oder ausschließlich basischen Ernährung, nicht zu vergessen die Wundermittel aus den Hexenküchen der Pharmaindustrie, mit denen man sein Gewicht binnen vier Wochen praktisch halbieren konnte – wenn man die Versprechungen der Hochglanzwerbung und die Vorher-Nachher-Fotos für bare Münze nehmen wollte.

Die Sehnsucht nach einzig richtiger und gesunder Ernährung hatte gewissermaßen die Züge einer Ersatzreligion angenommen.

Dabei hatte die Auseinandersetzung zwischen den verschiedenen Glaubensrichtungen eine kompromisslose Schärfe erreicht, die schon als Fanatismus zu bezeichnen war. Jede noch so absurde Methode hatte anscheinend die absolute Wahrheit für sich gepachtet.

Das, was die anderen machten, trug gewissermaßen zum Untergang der Menschheit bei.

Ihn schauderte.

Dort draußen in einer Art Paralleluniversum, von dem Madlener bisher nichts wahrgenommen hatte, tobte offenbar ein erbitterter Glaubenskrieg um die einzig richtige Daseinsform, in dem mit einer Vehemenz und Verbissenheit um jedes Gramm Körpergewicht gekämpft wurde, als ginge es um Leben und Tod.

Wahrscheinlich ging es wirklich darum, das jedenfalls hatte ihm sein Arzt nach dem letzten Gesundheitstest mit sorgenzerfurchter Stirn gesagt, als er die Zacken seines Belastungskardiogramms und seinen Body-Mass-Index interpretierte. Madleners Körpergewicht geteilt durch Größe zum Quadrat sorgte für eine ernste Miene seines Arztes, die noch viel besorgter wurde, als er die anderen Werte vom Laborbericht ablas und seinen medizinischen Senf dazugab. Madleners Blutdruck, seine Leberwerte sowie sein Cholesterinspiegel waren zu hoch, sein Lungenvolumen dagegen war zu niedrig.

Bei den Angaben zu seinen Trinkgewohnheiten schummelte Madlener lieber, weil er verhindern wollte, dass sein Doktor darüber nachdachte, ob er ihm Adresse und Telefonnummer der Anonymen Alkoholiker geben sollte. Und dass er mal wieder mit dem Rauchen angefangen hatte, traute er sich erst recht nicht zu sagen, um seinen Arzt nicht in die Verlegenheit zu bringen, nach Feierabend in seinen Schreibtischschubladen nach der Vorlage für den Totenschein zu suchen, der in Madleners Fall demnächst ausgefüllt werden musste.

Er wusste selbst, dass er fraglos etwas für seine Gesundheit und seine Gewichtsreduktion tun musste, so wollte er nicht weitermachen.

Wenn er an seine Kollegin Harriet Holtby dachte, die fit wie ein Turnschuh war, sagten ihm die Miene seines Arztes und eine innere Stimme, dass er zumindest den gedankenlosen Verzehr von Fast Food und Zimtschnecken aus seiner Lieblingsbäckerei nicht nur bremsen, sondern damit ganz Schluss machen musste. Ebenso mit spontanem Alkoholkonsum und dem unbewussten Griff zur Zigarettenschachtel.

Seit er sich von Ellen Herzog getrennt hatte, war sein halbwegs geordneter Lebens- und Ernährungsstil irgendwie den Jordan hinuntergegangen, beziehungsweise den Rhein, geografisch korrekt ausgedrückt.

Zu viel Büroarbeit, zu viel Fast Food, zu viele Softdrinks, zu viel Alkohol, zu viele Zigaretten.

Zu viel von allem.

Und was war der Grund dafür?

Wenn er ganz tief schürfte und sein innerstes Ich befragte, gab es nur eine einigermaßen plausible Antwort: weil ihm alles egal war.

Am besten wäre es gewesen, für sechs Wochen in ein Kloster zu gehen. Am allerbesten wäre ein Zen-Kloster, aber Japan war ihm doch zu weit weg und dummerweise sprach er kein

Wort Japanisch. Ihm schwebte ein Kartäuserkloster irgendwo im hintersten Winkel der Alpen vor, abgeschieden von der Welt, weil man da schweigen konnte und ganz auf sich selbst zurückgeworfen wurde. Auf den Geschmack gekommen war er durch einen Film, Ellen hatte ihn deswegen ins Kino geschleppt. »Die große Stille« hieß er, soweit er sich erinnerte. Der Film hatte ihm seltsamerweise gefallen, obwohl eigentlich so gut wie nichts passierte, aber das war gerade das Besondere daran. Bei streng rationiertem Wasser und Brot, kontemplativer Arbeit und meditativen Spaziergängen sowie philosophischen Exerzitien in härenen Gewändern konnte sich vielleicht so etwas wie eine seelische und körperliche Runderneuerung einstellen, die dringend notwendig war, eine erlösende Katharsis.

Allein diese unrealistische Wunschvorstellung, die ihn immer wieder aus dem Nichts ansprang wie die Alienkreatur im Raumschiff »Nostromo«, sobald er die Augen schloss, um nachzudenken, oder versuchte einzuschlafen, und die natürlich ein Trugbild war, eine irrationale Flucht in Phantasiewelten, zeigte ihm, dass es an der Zeit war, sein Leben neu auszurichten.

Erst durch den vagen Hoffnungsschimmer auf etwas Neues und Aufregendes in seinem Dasein, nämlich eine vielversprechende Begegnung mit einer außerordentlich attraktiven, intelligenten, humorvollen und sympathischen Vertreterin des weiblichen Geschlechts, war er urplötzlich aufgewacht und auf die Idee gekommen, dass er wieder an sich selbst denken und arbeiten musste, wenn er sich und seine Lebenseinstellung nicht ganz dem Stress und dem Trott des Alltags opfern wollte.

Im ganzen Kuddelmuddel der letzten Zeit hatte er tatsächlich eine zentrale Frage komplett aus den Augen verloren.

Die Frage nach dem Sinn des Lebens.

Jeder musste sie für sich selbst beantworten.

Nicht von jetzt auf gleich, dafür war die Frage zu schwierig.

Womöglich war es auch nicht vorgesehen, darauf eine eindeutige Antwort geben zu können.

Weil es darauf keine Antwort gab oder geben konnte.

Aber vielleicht war der Weg das Ziel.

Man musste es wenigstens versuchen.

So wie er versuchte, ein guter Polizist zu sein, wenn es schon zu einem guten Menschen nicht ganz reichte.

Der Versuch zählte.

Und der Wille, es immer wieder zu probieren, auch wenn man scheiterte.

War es denn ein Wunder, dass er nicht einschlafen konnte? Wenn er sich ständig mit solch essenziellen Fragen auseinandersetzte?

In diesem Augenblick am Zeitschriftenregal im Supermarkt zweifelte er wieder am Verstand der Menschheit, als er ein teures Männermagazin namens »Beef« zurücklegte, das zur Hälfte aus ganzseitigen Hochglanzfotos von rohen Fleischstücken bestand.

Ein neuer Beitrag für seine Dauerbrennerliste von Dingen, welche die Welt nicht brauchte.

Ganz weit oben angesiedelt.

Noch vor der Duravit-Fernbedienung für Klospülungen.

Geistesabwesend wandte er sich um und sah direkt in die Augen der gebeugten alten Frau neben sich, die seinen resignierten Blick ebenso resigniert erwiderte und dann ihr Heft über die neuesten Skandale des englischen Königshauses ins Regal zurücksteckte.

Hatte sie auch ein Leben mit der Sinnfrage vergeudet und war ersatzweise stattdessen schließlich bei der grundsätzlichen Frage gelandet, wann Prinz Charles Mountbatten-Windsor endlich König anstelle der Queen sein würde?

»Das erleben wir beide nicht mehr«, wollte er der alten Dame ehrlichkeitshalber sagen, ließ es aber dann lieber, weil es unhöflich gewesen wäre, und lud seinen Einkauf auf das Band an der Kasse.

Queen Mom, also die Mutter der gegenwärtigen englischen Königin, war stolze einhunderteins Jahre alt geworden. Obwohl sie offensichtlich ganz gern einen zur Brust genommen hatte – »a few decent drinks every day!« –, wie ihr Butler zu berichten wusste. Die Royals hatten eben ihr Leben lang andere für sich arbeiten lassen und außerdem gute Gene. Alter deutscher Adel, Sachsen-Coburg und Gotha.

Nachdem er mit seinem Einkaufswagen beim Bäcker anstand, um doch noch ein paar Zimtschnecken zu kaufen, bekam er mit, wie die alte Dame, die nur sechs Päckchen mit billigstem Katzenfutter in ihrem Einkaufswagen hatte, mühsam ihr letztes Kleingeld an der Kasse zusammenklaubte, um bezahlen zu können.

Er schob seinen mit Lebensmitteln vollgepackten Wagen auf den Parkplatz hinaus und beobachtete die Rentnerin weiter, er wusste eigentlich nicht so recht warum. Wie sie die Heckklappe eines uralten, von Rostpickeln übersäten Ford Fiesta öffnete und ihren spärlichen Einkauf im Kofferraum unterbrachte. Dann schob sie den leeren Einkaufswagen zurück zum weiter entfernten Sammeldepot, um ihn dort abzustellen.

In einem spontanen Entschluss packte Madlener alles, was er eingekauft hatte – bis auf die Zimtschnecken –, in den nicht abgeschlossenen Kofferraum des Fiesta und drückte rechtzeitig den Kofferraumdeckel wieder zu, bevor die alte Dame zurückkam und mit ihrer TÜV-überfälligen Klapperkiste vom Parkplatz fuhr.

Warum er das getan hatte, hätte Madlener nicht rational erklären können.

Aber irgendwie war er erleichtert.

In jeder Beziehung.

Als hätte er mit dem äußeren Ballast auch gleichzeitig den inneren abgegeben.

Und jetzt stand er um fünf Uhr in der Früh an seinem Herd, dachte über all das nach und achtete nebenbei darauf, dass er seine Linguini nicht zu lange im kochenden Wasser ließ. Als er eine Nudel herausfischte und überprüfte, ob sie al dente war, wurde ihm klar, dass er nicht gerade zur Selbstkasteiung taugte. Es war das alte Lied: Die Halbwertszeit seiner guten Vorsätze betrug gerade mal höchstens ein oder zwei Tage. Ein Leben im Kloster war doch nichts für ihn, nicht einmal in seiner Einbildung.

Er goss die Nudeln rechtzeitig in das Sieb über der Spüle und richtete sie auf seinem Teller mit der Fertigbolognesesoße an, die er gleichzeitig warm gemacht hatte. Er hobelte Parmesan darüber und hörte beim Essen seinen Lieblingssongs aus seiner Jukebox zu, eine Kombination, die sein schlechtes Gewissen beruhigte und seine melancholische Stimmung deutlich verbesserte, zumal er noch eine Flasche Rèmole gefunden und entkorkt hatte. Als der Titel »Riders On The Storm« von den Doors lief, nahm er einen Schluck Chianti und überprüfte das kräftige Rubinrot seines Weins, indem er das Glas gegen das Licht hielt und dabei dem unvergleichlichen Keyboard von Ray Manzarek zuhörte, das so sanft rieselte wie ein leichter Sommerregen.

Er merkte, dass er auf einmal angenehm müde geworden war.

Heute war Sonntag, da konnte er ausschlafen. Außerdem kam Simone Zoller aus Berlin zurück, wo sie noch einige geschäftliche und private Dinge abzuwickeln hatte, bevor sie endgültig das Haus in Friedrichshafen bezog, das sie von ihrem verstorbenen Vater geerbt hatte, Kommissar im Ruhestand Roland Wohlfahrt, der Madleners Freund gewesen war.

Madlener freute sich auf ein Wiedersehen. Ihr letztes Zusammentreffen war jetzt schon einige Wochen her. Er war bei ihrer Hauseinweihungsparty gewesen und hatte erfreut festgestellt, dass er sich wunderbar mit ihr verstand. Sie hatte alles, was er mochte, sie sah gut aus, war schlagfertig, hatte Humor und keinen Vater wie Ellen, der ihn ständig analysieren wollte. Außerdem war sie alleinstehend. Er hatte sie im Gegenzug auf seine Housewarmingparty eine Woche später eingeladen, und sie sagte zu.

Madlener hatte ihr wohlweislich verschwiegen, dass er die Party exklusiv für sie veranstaltete. Sie war also der einzige Gast gewesen, er hatte Involtini mit Tagliatelle gemacht, das konnte er gut, und die Zeit war wie im Flug vergangen. Es war spät geworden, und er hatte ihr angeboten, in seinem Gästezimmer zu übernachten, weil sie zu viel getrunken hatte, um noch heimfahren zu können. Sie hatte nicht Nein gesagt, und das Gästezimmer blieb in dieser Nacht unbenutzt.

Damals war er auch nicht zum Schlafen gekommen, aber das hatte andere Gründe gehabt als seine Insomnie.

Ganz andere Gründe.

Beim Gedanken daran lächelte er.

Bisweilen hatte das Leben doch auch seine schönen Seiten.

Die Terrassentür stand offen, und er merkte, dass es auf einmal zog.

Wind war aufgekommen, der schnell böig wurde und um die Häuserschluchten pfiff.

Als er fertig war mit dem Essen und die Doors auf ihrem musikalischen Sturm davongeritten waren, räumte er ab und ging mit seinem Glas Wein auf die Terrasse hinaus.

Es dämmerte schon leicht.

Ihn fröstelte.

Es war merklich kühler geworden. Der Wetterbericht hatte mit seiner Voraussage recht gehabt. Das milde Spätsommerwetter, das diesmal bis in den Oktober hinein unnatürlich lange andauerte, ging schlagartig zu Ende.

Das, was sich da draußen am Firmament zusammenbraute, verhieß nichts Gutes.

Es war seltsam, aber ihn beschlich bei diesem Anblick ein unheilvolles Gefühl. Eine vage Ahnung davon, dass da draußen etwas vorging, etwas Größeres, Schlimmeres, etwas Böses, das sich lange Zeit angestaut hatte und sich nun Bahn brach.

Etwas, mit dem er sich notgedrungen beruflich auseinandersetzen musste.

Dafür hatte er einen sechsten Sinn, immer schon gehabt.

Erklären konnte er sich das nicht.

Und anderen erst recht nicht.

Vielleicht bildete er sich das alles auch nur ein, wer wusste schon, wozu jemand mit seinen psychischen Macken fähig war.

Die Einzige, die sich über seinen abstrusen Bulleninstinkt nicht lustig machen würde, war Harriet, seine Kollegin.

Aber deswegen konnte er sie in Gottes Namen auch nicht anrufen, nicht um halb sechs Uhr am Sonntagmorgen.

Wenn wirklich etwas passiert war, das ihren Einsatz erforderlich machte, würden sie das noch früh genug erfahren.

Er war mit Leib und Seele Polizist. Aber das Heimtückische an seinem Job in der Mordkommission war, dass er erst eingreifen konnte, wenn schon etwas passiert war. Er und Harriet waren gewissermaßen das Aufräumkommando und sollten im Nachhinein dafür sorgen, dass die Täter zur Rechenschaft gezogen wurden und so der Gerechtigkeit wieder halbwegs Genüge getan war. Für die Opfer kamen sie zu spät. Sie konnten nichts rückgängig machen. Wenn sie mit der Ermittlungsarbeit begannen, war das sprichwörtliche Kind schon in den Brunnen gefallen. Im besten Fall konnten sie wenigstens verhindern, dass der oder die Täter in ihrem Tun fortfuhren.

Madlener merkte, dass er schon wieder in gefährliche kriminalphilosophische Gefilde abzudriften drohte.

Um auf andere Gedanken zu kommen, wollte er sich eine Zigarette anzünden.

Wenn er schon wieder einmal gegen sämtliche guten Vorsätze verstieß, dann kam es nun auch nicht mehr darauf an.

Er suchte und fand keine Schachtel. Weder in seinen Taschen noch auf seinem Schreibtisch noch in irgendwelchen Schubladen.

Er erinnerte sich, dass er nach dem Frühstück eine halb angerauchte Kippe ausgemacht und in den Abfalleimer geworfen hatte, weil er nicht wieder mit dem Rauchen anfangen wollte.

Jetzt fischte er sie heraus und kam sich auf einmal vor wie

ein Penner, der in Mülltonnen herumwühlte auf der Suche nach Pfandflaschen.

Auch schon egal.

Er zündete sich die Kippe an und nahm einen tiefen Zug.

Dabei sah er den tief hängenden, dunklen Wolken zu, die von Westen über den Bodensee heranfluteten wie ein himmlischer Tsunami und die Sterne und die Mondsichel verdeckten.

Er drückte die Kippe in die Blumenerde eines halb vollen Blumentopfs, der noch vom Vormieter übrig geblieben war und den er irgendwann mal, vielleicht im nächsten Frühjahr, bepflanzen wollte. Ihm war kalt geworden, und er flüchtete zurück in seine Wohnung und schloss die Terrassentür hinter sich, um endlich ins Bett zu gehen.

3

Das Jagdschloss Adelheid lag am Rand eines gewaltigen Privat-waldgebiets im Südwesten von Baden-Württemberg, das sich von den Ausläufern des Schwarzwalds fast bis zum Bodensee erstreckte und sich seit Generationen im Besitz einer Familie befand, dem Adelsclan von Waldegg-Haunstetten. Es war das drittgrößte zusammenhängende Waldgebiet Baden-Württembergs in privater Hand.

Das Schloss stammte aus dem späten 19. Jahrhundert, ein zweistöckiger Bau wie eine Trutzburg im historistischen Stil der Neugotik mit Türmchen und Erkern, ganz im Geschmack von König Ludwig II. von Bayern, eine Kulisse wie geschaffen für eine Wagner-Oper.

Es tauchte im herbstlichen Morgennebel als unwirkliche Schimäre am Horizont auf, sobald man sich auf dem lang gezo-genen Zufahrtsweg näherte, der kilometerlang zunächst durch die dunklen Ausläufer des Schwarzwalds führte und sich dann urplötzlich auf einer freien Anhöhe als das präsentierte, was es war: die Stein gewordene Manifestation des Kindheitstraums einer Prinzessin.

Was es auch sein sollte.

Freifrau Adelheid Stella von Biederstein hatte das Schloss 1879 als Hochzeitsgeschenk von ihrem zukünftigen Gemahl Alfried von Waldegg-Haunstetten bekommen, das dieser nach eigenen Entwürfen als Jagd- und Lustschloss hatte erbauen lassen. Deshalb trug es auch ihren Namen.

Inzwischen stand es die meiste Zeit des Jahres leer, was der Bausubstanz nicht unbedingt gutgetan hatte. Ohne wirkliche Funktion war es allmählich dem Verfall preisgegeben. Aber es hatte einen gewissen morbiden Charme. Auf Wanderer, die gezielt oder zufällig daran vorbeikamen, wirkte es wie ein ver-wunschenes Dornröschenschloss.

So abgelegen es war, so unnütz war es auch.

Außerdem hatte der Clan der Waldeggs, wie sich die jüngeren Familienmitglieder der heutigen Zeit angepasst nannten, schließlich gaben sie sich modern und der Gegenwart verpflichtet, auf seinen Latifundien so viele, zum größten Teil historische Immobilien in Schuss zu halten und dementsprechend Personal und Mitarbeiter zu beschäftigen, dass ein Jagdschloss wie dieses im Laufe der Jahrzehnte schon aus ökonomischen Gründen ein wenig vernachlässigt worden war.

Als repräsentativer Ausgangspunkt für eine illustre Jagdgesellschaft, bestehend aus der Schickeria des Länderdreiecks Karlsruhe-Stuttgart-Bodensee, war Schloss Adelheid jedoch allemal noch gut genug.

Der erste Stock war komplett unbewohnbar, aber im Erdgeschoss befand sich ein großer Saal, der als zünftige Wirtsstube diente, deren Wände mit Aberdutzenden Jagdtrophäen bepflastert waren. Das ging vom ausgestopften Eberkopf mit furchterregenden Hauern über allerlei präpariertes Niederwild bis zu kleinen und großen Hirschgeweihen. Sogar ein inzwischen ziemlich räudiger Bärenkopf aus dem vorletzten Jahrhundert war an zentraler Stelle angebracht.

Es war nach wie vor eine Ehre und ein Pflichttermin, an der alljährlichen Drückjagd der Waldeggs teilnehmen zu dürfen. Ein Relikt und ein Ritual aus den Tagen, als noch Hof gehalten wurde.

Alle, die in Politik, Wirtschaft und Gesellschaft wichtig waren oder sich für wichtig hielten und einen Jagdschein besaßen, waren erpicht darauf, sich dort mit ihren teuren wasserdichten Schnürstiefeln, exklusiven Jagdgewehren, rustikalen Lodenmänteln und urigen Trachtenhüten sehen zu lassen.

Egal, wie widrig die äußeren witterungsbedingten Umstände auch waren.

Hier trafen sich Gleichgesinnte, hier wurden Allianzen geschmiedet, Netzwerke gepflegt, Verträge verhandelt und Geschäfte verabredet, hier wurde auch mal unverblümt geredet, obwohl es vordergründig nicht danach aussah. Kurz: Es wurde in geschlossenen Zirkeln außerparlamentarische Politik gemacht. Aber nicht in dem Sinn, wie sich das die 68er-Generation vorgestellt hatte. Das war nicht gerade demokratisch, aber man war ja unter sich. Echter oder eingebildeter Landadel verpflichtete eben. Das war nicht nur Standesdünkel, das war elitäres Klassenbewusstsein, obwohl dieses Wort von niemandem ausgesprochen wurde, weil es per definitionem des Teufels war. Das einzige äußere Zugeständnis an heutige Zeiten waren die orangefarbenen reflektierenden Überjacken und Westen, die sicherstellen sollten, dass es keine Unglücksfälle gab. Vulgo: dass man sich vor lauter Zielwasserkonsum und Übereifer nicht aus Versehen gegenseitig abknallte im irrigen Glauben, eine Wildsau hinter dem nächsten Gebüsch gesehen zu haben. Nichts konnte man in diesen Kreisen weniger brauchen als einen öffentlichen Skandal. Man wollte schließlich unter seinesgleichen bleiben, und eine Einmischung von Außenstehenden war dem nicht gerade zuträglich.

So eine Großveranstaltung wie eine Drückjagd musste selbstverständlich generalstabsmäßig vorbereitet werden. Für dieses Mal hatten sich gut fünfzig Schützen angesagt, dazu kamen dreißig Hundeführer mit ihren Hunden und eine Handvoll Treiber.

Ein Range Rover rollte langsam den langen Zufahrtsweg zum Schloss Adelheid entlang, der durch dicht bewachsenen Wald führte. Am Steuer die zwanzigjährige Elise von Waldegg, neben ihr Eduard, ihr Bruder, ein Jahr jünger. Sie bildeten das Vorauskommando für die anstehende Jagd, die in einer Woche stattfinden sollte. Die beiden waren – wie nahezu alle Familienmitglieder – begeisterte Jäger und hatten die Aufgabe übernommen, das Schloss, die Zufahrtswege und die gesamte Umgebung zu inspizieren und etwaige Sturmschäden festzuhalten und zu melden, damit sie noch rechtzeitig beseitigt werden konnten.

Die diesjährige Jagd musste eine Woche später als vorgesehen abgehalten werden. Eine solche Traditionsveranstaltung konnte man normalerweise nicht einfach wegen widriger Wetterverhältnisse absagen. Aber der Herbststurm »Isidor« mit Spitzengeschwindigkeiten bis zu hundertzwanzig Stundenkilometern hatte im Südwesten Deutschlands so gewütet, dass es einfach zu gefährlich gewesen war, die Jagd am eigentlich vorgesehenen Termin abzuhalten. Das prognostizierte Sturmtief hatte sich binnen vierundzwanzig Stunden zu einem veritablen Orkan gemausert, mit dem nicht zu spaßen war. Entwurzelte oder wie Streichhölzer abgeknickte Bäume waren auf Wege, Straßen und Bahntrassen gestürzt, zwei Waldarbeiter waren verletzt worden. Ein Zug war gezwungen, auf offener Strecke anzuhalten, und die Passagiere mussten stundenlang in den Waggons ausharren, bis sie vom Technischen Hilfswerk und der Feuerwehr befreit und in Sicherheit gebracht werden konnten.

Elise und Eduard stellten bei ihrer Fahrt durch den Wald zu ihrer großen Erleichterung jedoch fest, dass zwar im Jagdgebiet eine Menge Kleinholz heruntergekommen war, aber insgesamt waren die Sturmschäden weniger schlimm, als sie ursprünglich befürchtet hatten.

Sie bogen auf die Anhöhe zum Schloss ab und konnten endgültig aufatmen.

Schloss Adelheid lag imposant und beeindruckend im Gegenlicht der aufgehenden Sonne. Immer noch ein Juwel mitten im Wald, wenn man nicht allzu genau hinschaute.

Sie waren sehr früh unterwegs, für begeisterte Jäger und stolze Waldbesitzer in der nächsten Generation gehörte sich das so. Und Disziplin lag den Waldeggs schon immer im blauen Blut.

Elise studierte Forstwirtschaft und Geschichte, Eduard hatte sich der Rechtswissenschaft – sprich: Jura – verschrieben. Sie hatten eine gemeinsame Studentenbude, wenn man eine schicke Drei-Zimmer-Eigentumswohnung mit Stuck und Parkett mitten in der Altstadt von Konstanz so nennen konnte.

Ihnen war bewusst, dass sie mit einem goldenen Löffel im Mund auf die Welt gekommen waren, aber das stellten sie nicht zur Schau. Schließlich waren sie Schwaben, die nicht mit ihrer Herkunft und ihrem finanziellen Hintergrund hausieren gingen, ganz im Gegenteil. Offiziell nannten sie sich Elise und Eduard Waldegg, ohne »von«, und nur engste Freunde wussten über ihren wahren familiären Hintergrund Bescheid. Ihren Kommilitonen gegenüber behaupteten sie, dass sie nur weitläufig mit den von Waldegg-Haunstetten verwandt seien. Diese Tatsache war nicht nur ihrer natürlichen Bescheidenheit geschuldet, sondern auch dem dringenden Ratschlag der zuständigen Polizeibehörden. Die Gefahr einer Entführung mit entsprechender Lösegeldforderung sollte so gering wie möglich gehalten werden.

Der Fall Oetker war Warnung genug.

Eigentlich war der Familie sogar Personenschutz ans Herz gelegt worden, aber da hatten die Geschwister nicht mitgespielt. Sie wollten ausdrücklich keine Extrawurst und erst recht nicht auf Schritt und Tritt unter Beobachtung stehen.

Die Auffahrt zum Jagdschloss weitete sich zu einem ausgedehnten gekiesten Vorplatz, auf dem Elise den Range Rover schließlich anhielt.

Sie und ihr Bruder stiegen aus und warfen einen Blick auf die Fassade. Die Fenster waren alle intakt, sie konnten keine äußeren Schäden feststellen.

Eduard holte den Schlüssel aus seiner Tasche und sperrte die schwere doppelflügelige Eingangstür aus Eichenholz auf. Sie betraten das Vestibül und sahen sich um.

Eine Putzkolonne würde noch in dieser Woche alles in einen Zustand bringen, der dem Besuch einer illustren Jagdgesellschaft angemessen war.

Die große eichenvertäfelte und trophäengeschmückte Wirtsstube, die eher einem Tanzsaal glich, und die anschließende Küche mussten auch noch auf Vordermann gebracht werden, aber das war alles kein Problem.

Elise hatte mit ihrem Handy den Zustand von Eingang, Wirtsstube und Küche aufgenommen, um ihn ihrem Vater zeigen zu können, und schwenkte gerade damit über die Fensterfront, als sie draußen ein Fahrzeug im Kies knirschen hörten.

Eduard trat ans Fenster und sah hinaus, Elise gesellte sich zu ihm.

Ein weißer Lieferwagen mit der Aufschrift »Flower-Power. Gärtnerei Denzel« mit Sigmaringer Kennzeichen hatte neben ihrem Range Rover angehalten. Der Fahrer stieg aber nicht aus, sondern kramte anscheinend in seinem Handschuhfach herum, sie konnten sein Gesicht nicht erkennen.

»Hat unser Vater einen Gärtner hierherbestellt?«, fragte Eduard seine Schwester irritiert.

»Kann ich mir nicht vorstellen«, antwortete sie und schaltete ihr Handy aus.

Sie gingen ins Vestibül zurück und zum Eingang, wo sie die schwere Tür öffneten.

4

Ein Mann mit schwarzen Lederhandschuhen in einem grau-
blauen Arbeitsoverall und einer Faschingsmaske über dem
Kopf, die Donald Trump darstellen sollte, erwartete sie. Er
hatte unmissverständlich eine große gespannte Profiarmbrust
auf sie gerichtet und sagte erst einmal kein Wort.

Die Geschwister erstarrten vor Schreck.

Elise fand als Erste ihre Stimme wieder und fragte: »Was
soll das? Was wollen Sie?«

Noch immer blieb der Mann mit der Trump-Maske stumm
und zielte unbeirrt auf sie.

Erst als Elise einen Schritt nach vorne machte, kamen ein
paar dumpfe Worte aus der Mundöffnung der zugleich lächerlichen und doch wegen ihrer starren Gleichgültigkeit unheim-
lichen Maske.

»Stehen bleiben! Hände nach oben!«

Elise ließ sich nicht so schnell einschüchtern.

»Soll das ein Scherz sein? Wenn ja, dann ist das bei Gott
nicht witzig!«

»Verstehst du kein Deutsch?«, herrschte der Mann sie an.
»Ihr sollt die Hände hochnehmen! Auf der Stelle!«

Elise gehorchte zögernd, Eduard ebenfalls.

»Wer sind Sie und was wollen Sie?«, fragte Elise noch einmal. »Wollen Sie Geld?«

»Halt endlich deine verdammte Klappe!«, war die Antwort.
Sie kam in einer Lautstärke und mit einer Vehemenz, die Elise
zum Verstummen brachte.

Der Maskenmann streckte die freie Hand aus. »Eure Handys. Her damit!«

Elise und ihr Bruder griffen in ihre Taschen und überreichten
ihm ihre Smartphones. Er steckte sie weg.

»Jetzt eure Uhren. Na los! Gebt sie mir!«

Widerstrebend nahmen sie ihre Uhren ab, die der Mann

kurz überprüfte und ebenfalls wegsteckte. Dann zeigte er auf seine Waffe.

»Das hier ist eine Assassin-Hightech-Armbrust. Sie ist mit einem Sechzehn-Zoll-Pfeil geladen und hat eine Durchschlagskraft von acht Kilonewton. Ihr seid Jäger, könnt mit Waffen umgehen und wisst, was das bedeutet. Wenn ich aus dieser Entfernung abdrücke, geht der Bolzen glatt durch euren Brustkorb wie durch ein Stück Butter. Habt ihr das verstanden?«

Elise und Eduard warfen sich einen verstörten Blick zu, dann nickten beide.

»Wenn ihr pariert, wird euch nichts passieren. Also, ab zum Lieferwagen, alle beide!«, befahl er und winkte mit seiner Armbrust.

»Sie haben nur einen Schuss«, wagte Elise einzuwerfen. »Und wir sind zu zweit.«

Der Mann mit der Donald-Trump-Maske machte einen bedrohlichen Schritt nach vorne und zielte mit seiner Armbrust mitten in Elises Gesicht.

»Da haben wir ja einen richtigen kleinen Klugscheißer. Na los – willst du's ausprobieren? Wem von euch beiden soll ich als Erstes ein Loch in den Pelz brennen? Ha? Wem? Sag's mir!«

Er war wieder laut geworden und schwenkte seine Waffe zwischen Elise und Eduard hin und her.

Elise sah ein, dass es besser war, vorerst den Mund zu halten.

»Los jetzt!«, befahl der Mann ungeduldig und zeigte mit der Armbrust auffordernd in Richtung Lieferwagen. »Abmarsch!«

Elise und ihr Bruder warfen sich einen kurzen Blick zu, dann setzten sie sich doch über den knirschenden Kies zur Rückseite des Lieferwagens in Bewegung, dessen Heckflügeltüren offen standen. Der Mann mit der Armbrust im Anschlag folgte ihnen mit einem angemessenen Sicherheitsabstand.

Als sie hinter dem Fahrzeug stehen blieben, sagte er: »Da hinein!«

Sie kletterten in den Laderaum. Dort lag eine Matratze. Eine stabile Metallstange war zwischen Wagendach und Boden angeschraubt, sie sah aus wie eine Poledancestange.

Der Mann zog mit seiner freien Hand zwei Paar Handschellen aus seiner Tasche und warf sie Elise zu.

»Mach dich und deinen Bruder damit an der Stange fest. Ich will die Handschellen dabei einrasten hören.«

Elise zögerte.

»Na mach schon. Wir haben nicht ewig Zeit.«

Sie befolgte schließlich seine Anweisungen und fesselte sich und ihren Bruder mit dem Handgelenk an die Stange.

»Und jetzt auf die Matratze. Gesicht nach unten.«

Elise und Eduard ließen sich an der Stange nieder und befolgten die Anweisung.

Der Mann legte die Armbrust in den Kies und kam in den Laderaum. Er überprüfte die Handschellen und verpasste Elise mit der Faust einen Schlag ins Gesicht, als sie sich plötzlich umdrehte und mit der freien Hand nach der Maske über seinem Kopf griff.

Sie schrie vor Schmerz und Wut und blutete aus der Nase.

Der Mann packte sie an ihren langen Haaren und zog ihr Gesicht dicht an seine Donald-Trump-Maske heran.

»Versuch das noch mal, und ich töte deinen Bruder vor deinen Augen«, zischte er sie an, bevor er sie wieder wegstieß.

Er fischte Textilklebeband aus seiner Tasche, riss ein Stück ab und überklebte ihren Mund. Sie wehrte sich nicht mehr.

Jetzt konnte der Mann die Panik in ihren Augen sehen. Es schien ihm gleichgültig zu sein.

»Hey, hören Sie, hey …«, sagte ihr Bruder, aber der Mann reagierte nicht und überklebte auch ihm den Mund.

Dann sprang er wieder ins Freie, hob die Armbrust auf und schlug die Hecktüren des Lieferwagens zu.

Die Fenster waren mit schwarzer Folie zutapeziert.

Er nahm die Gummimaske ab und stopfte sie sich in die Tasche. Mit dem Ärmel wischte er sich den Schweiß aus dem Gesicht, bevor er sich breitbeinig vor die Fassade stellte und mit der Armbrust auf das Wappenschild der Familie Waldegg-Haunstetten zielte, das groß als Metallemblem über dem Eingang prangte.

Es war ein gespaltenes Wappen, gehalten von zwei schwarzen Stauferlöwen, das in der linken Hälfte eine Tanne vor weißem Hintergrund zeigte, auf der rechten eine Armbrust. Auf dem gewundenen Spruchband unter dem Wappenbild stand das Familienmotto in Großbuchstaben:»SUUM CUIQUE«. »Jedem das Seine«, murmelte er.»Das sollt ihr kriegen!« Und dann drückte er ab.

Mit einem Scheppern traf der Bolzen auf die abgebildete Armbrust und blieb stecken.

Der Mann spuckte verächtlich aus, ging um seinen Lieferwagen herum und legte die Waffe auf dem Beifahrersitz ab.

Anschließend stapfte er zum Eingang, nahm die Handys der Geschwister aus seiner Tasche, ließ sie auf den Boden fallen und zertrat sie mit seinen Stiefelabsätzen. Er fischte noch die Uhren aus seiner Tasche und warf sie daneben.

Dann begab er sich hinter das Steuer des Lieferwagens, startete den Motor und gab Vollgas.

Die Antriebsräder drehten durch und schleuderten Kieselsteine in die Luft. Endlich griffen sie, der Lieferwagen fuhr davon und bog in hohem Tempo in den Zufahrtsweg, der durch den Wald führte, ein.

Zwei Krähen feierten die Stille, die plötzlich eingetreten war, mit höhnischem Gekrächze.

5

Das Smartphone von Madlener auf dem Thonet-Tischchen neben dem Bett schnurrte leise und vibrierte.

Sein Besitzer brauchte eine ganze Weile, bis er halbwegs aufwachte und merkte, dass das Geräusch nicht in seinem Kopf war, sondern banale Realität. Dabei hatte er zum ersten Mal seit langer Zeit einen Traum gehabt, der nicht durchsetzt war von surrealen Geschehnissen und Begegnungen mit Personen, die bereits das Zeitliche gesegnet hatten oder längst aus seinem Leben verschwunden waren, sondern ihm ein warmes, diffuses Glücksgefühl bescherte, obwohl er in diesem Augenblick nicht hätte sagen können, was genau der Grund dafür war.

Er lag benommen auf dem Bauch und tastete im Halbschlaf mit der rechten Hand nach dem verfluchten Telefon, das ihn aus seinem angenehmen Dämmerzustand herausgerissen hatte. Erst ganz allmählich wurde ihm bewusst, dass er nicht in seinem gewohnten Hotelzimmer lag, das jahrelang sein Zuhause gewesen war, sondern in seinem eigenen Schlafzimmer. Das irritierte ihn immer noch jeden Morgen, sobald er die Augen aufmachte.

Ihm fiel ein, dass er sein Handy aus reiner Rücksichtnahme extra von seinem üblichen durchdringenden amerikanischen Klingelton – der Tote wecken konnte, also sogar ihn, wenn er sich ausnahmsweise in einer seltenen Tiefschlafphase befand – auf Vibrationsalarm geschaltet hatte.

Seine linke Hand fühlte unter der Bettdecke die angenehm samtige Rückenlinie von Simone Zoller, die neben ihm im Bett lag und schlief. Diese beruhigende Gegenwart war wenigstens Realität und kein Vorgaukeln eines eingebildeten Zustands durch eine dieser Hirnregionen, die für Träume zuständig war. Er spürte Simones regelmäßigen Atem und wollte sich, einem ersten Impuls folgend, zu ihr umdrehen.

Aber dann griff er doch zu seinem nervigen Handy, das keine Ruhe gab, weil er Simone nicht unnötig aufwecken wollte.

Er rollte sich so sanft wie möglich aus dem Bett und verzog sich mit dem Smartphone ins Bad, wo er erst die Tür hinter sich zumachte, auf seine Uhr sah – es war sieben Uhr zehn am Montagmorgen – und die artistische Leistung vollbrachte, gleichzeitig in seinen Bademantel zu schlüpfen und den Anruf entgegenzunehmen.

»Ja?«, sagte er ziemlich ungnädig, obwohl er an der Nummer sah, dass es Frau Gallmann war, die Sekretärin des Kriminaldirektors im Präsidium, neuerdings First Office Management Female Assistant genannt, daran würde er sich nie gewöhnen können, aber ihr gefiel es.

»Rufe ich arg ungelegen an, Herr Madlener?«, flötete sie heuchlerisch.

»Kann man wohl sagen«, knurrte Madlener. »Habe ich wirklich Bereitschaft heute?«

»Allerdings. Tut mir leid. Ich komme mir schon vor wie Miss Moneypenny, die auch immer im falschen Moment bei James Bond anruft. Aber wat mutt, dat mutt, wie man im hohen Norden sagt.«

Dass sie jetzt statt Schwäbisch Plattdeutsch sprach, machte die Angelegenheit auch nicht viel besser, dachte Madlener. Weil er wusste, dass nun sein Einsatz gefragt war.

»Wenn Sie damit andeuten wollen, dass Sie mich in einer verfänglichen Situation stören, muss ich Sie enttäuschen«, log er. »Ich bin nicht 007. Und überhaupt – seit wann sprechen Sie Plattdeutsch? Haben Sie Ihr Schwäbisch über Nacht verlernt?«

»Nichts für ungut, Herr Madlener, aber Sie sind ja heute ausgesprochen gesprächig für diese frühe Stunde. Das isch doch sonscht gar nicht Ihre Art, wenn ich mir diese Bemerkung erlauben darf. Was isch denn los mit Ihnen?«

»Machen Sie sich mal keine Sorgen um mich. Ich habe alles im Griff. Was gibt's denn so Dringendes?«

»Was wohl? Einmal dürfet Sie raten! Högschtens.«

»Das ist nicht schwer. Kann sich nur um eine Leiche handeln.«

»Gratuliere! Mitten ins Schwarze getroffen.«

»Männlich, weiblich, divers?«

»Männlich. Vor einer Stunde aufgefunden. Angeschwemmt am Bodenseeufer.«

»Jung? Alt?«

»Nach erster Schätzung circa fünfzig bis sechzig.«

»Wo?«

»Zwischen Meersburg-Fährhafen und Unteruhldingen, die Nebenstrecke, die am Ufer entlangführt.«

»Ein Unfall? Ist der Mann ertrunken?«

»Dann hätte ich Sie nicht anrufen müssen. Der gute Mann hat nach erschtem Augenschein durch die Polizeistreife ein Loch in der Brust. Es scheint ein glatter Durchschuss zu sein. Weitere Nachfragen Ihrerseits erübrigen sich. Mehr wissen wir nämlich noch nicht. Die Kollegen haben alles abgesperrt und so gelassen, wie sie's vorgefunden haben. Sie warten jetzt auf die Gerichtsmedizin und die Spurensicherung. Und auf Sie natürlich.«

»Okay, okay. Bin schon so gut wie unterwegs. Ist Harriet informiert?«

»Isch die Nummer zwei auf meiner Liste. Zuerscht kommet Sie. Sie sind der Chef.«

»Danke, dass Sie mich daran erinnern.«

Er wollte schon auflegen, als ihm noch etwas einfiel. Kurz nach dem Aufstehen und ganz ohne Kaffee kamen seine Synapsen nur allmählich so richtig auf Betriebstemperatur. Erst recht nach einer langen und ereignisreichen Nacht.

»Frau Gallmann ...«

»Ja, Herr Madlener?«

»Haben wir zurzeit vermisste Personen?«

»Ich dachte schon, Sie fragen nie. Ja, haben wir. Augenblick ... Ein Mädchen, fünfzehn Jahre alt, aus Bodman. Seit drei Tagen abgängig. Schon mehrfach von zu Hause ausgerissen. Hoffentlich auch diesmal nur ...«

Madlener seufzte vernehmlich. Das machte sie absichtlich.

»Frau Gallmann – bitte nur Personen, die auch in Frage kommen.«

»Natürlich, Sie haben recht. Da wären ein zweiundsiebzig Jahre alter Mann aus einem Altersheim in Überlingen, dement. Ist seit gestern verschwunden. Wird noch gesucht. Und ein siebenundfünfzigjähriger Mann, Rechtsanwalt, wird seit fünf Tagen vermisst, vermutlich von der Autofähre Konstanz–Meersburg gefallen.«

Madlener kratzte sich am Kopf. »Hab davon gelesen. Ich erinnere mich. Da war doch eine große Suchaktion …«

»Ja. Wasserwacht, Taucher, Hubschrauber. Das volle Programm. Die Suche musste aber wegen des Sturms ergebnislos abgebrochen werden.«

»Alles?«

»Ja. Jedenfalls, was unsere Zuständigkeit betrifft.«

»Das könnte er sein. Der Anwalt.«

»Gut möglich.«

»Wie heißt er denn?«

»Ein gewisser Heribert Döllinger.«

»Okay, danke. Alsdann – bis später, Miss Moneypenny.«

Als er auflegte, staunte er über sich selbst. Dass er, der notorische Morgenmuffel, heute schon so gut drauf war, um ein Scherzchen zustande zu bringen.

Frau Gallmann war das sicher aufgefallen. Aber er fand, dass ein Vergleich mit Miss Moneypenny gar nicht so weit hergeholt war. Jedenfalls wenn er an die Miss Moneypenny aus den ersten 007-Filmen dachte.

Ein bisschen altmodisch, alterslos, stets wie aus dem Ei gepellt, immer da, wenn man sie brauchte. Familienstand unbekannt, wie bei Frau Gallmann. Dass ihm diese Kongruenz erst jetzt aufgefallen war …

Er warf einen Blick in den Spiegel.

Taufrisch wie der junge Tag sah anders aus.

Und James Bond ebenfalls.

Wenigstens hatte er kein Toupet nötig wie Sean Connery.

Im Gegenteil, er musste dringend wieder zum Friseur.

Aber erst mal rasierte er sich.

Eine weitere Stunde am Kissen zu horchen, hätte seinem Äußeren gewiss gutgetan. Oder was auch immer ihm sonst noch eingefallen wäre, sobald er bemerkt hätte, dass Simone Zoller nackt neben ihm im Bett lag und sich an ihn kuschelte. Beim Gedanken daran seufzte er unwillkürlich.

Mist, Mist, Doppelmist!

Aber Dienst war nun einmal Dienst.

Simone würde Verständnis haben, schließlich war sie die Tochter eines Polizisten.

Er schlich sich in die Küche und machte schon einmal die Kaffeemaschine startklar. Dann schälte er sich wieder aus seinem Bademantel und stellte sich unter die kalte Dusche, um endgültig wach zu werden und für den Tag und eine Leiche gerüstet zu sein.

6

Er sah die Blaulichter der Streifenwagen und den Wagen der Spurensicherung schon von Weitem. Uniformierte Polizisten winkten den Verkehr an der engen Straße vorbei, es war viel los, der übliche morgendliche Berufsverkehr, der glaubte, über die Nebenstrecke abkürzen zu können.

Madlener hielt mit seinem Dienstwagen so an, dass man am zugeparkten Fundort der Leiche noch vorbeifahren konnte.

Zu seiner Rechten gingen Weinberge und Streuobstwiesen steil in die Höhe, den Bergkamm säumten Villen und Häuser mit Ferienappartements, links war ein asphaltierter Rad- und Gehweg neben der Straße, gleich danach kam ein relativ schmaler kiesiger Uferstreifen mit Bäumen und Gebüsch. Die Nebenstrecke nach Unteruhldingen führte nach dem Fährhafen von Meersburg über zwei oder drei Kilometer direkt am Wasser entlang, im Sommer war hier viel Badebetrieb, weil der See dort frei zugänglich war.

Er stieg aus, grüßte die Polizisten, die ihn alle kannten und zurückgrüßten, und trat zu den Frauen und Männern in ihren weißen Overalls, den Leuten von der Spurensicherung. Die Gerichtsmedizin in Person von Dr. Ellen Herzog war auch schon da. Sie kniete vor einem bekleideten Körper, der halb im Wasser und halb am Ufer auf dem Rücken lag, und diktierte ihren Text in ihr Handy. Harriet war ebenfalls bereits zugange, sie fotografierte den Fundort mit ihrem Tablet.

Madlener hatte sich Zeit genommen, um hierherzukommen, hatte ausgiebig geduscht und sich noch zwei Tassen Kaffee und eine Zimtschnecke gegönnt, bevor er aufgebrochen war. Eine kleine, liebevolle Notiz für Simone Zoller hatte er dabei nicht vergessen. Sie hatte sich tatsächlich durch sein Aufstehen und die Küchengeräusche nicht weiter stören lassen und lag immer noch so da, wie er sie im Bett zurückgelassen hatte; er überzeugte sich durch einen kurzen Blick ins Schlafzimmer davon. Im Gegensatz zu ihm schien sie einen festen und gesunden Schlaf zu haben, er beneidete sie darum.

Es hatte für ihn keinen Grund gegeben, sich übermäßig zu beeilen. Erstens war der aufgefundene Mann vermutlich schon seit ein paar Tagen tot und konnte ihm nicht mehr davonlaufen, und zweitens hatte Madlener keinen Bock darauf, am Auffindungsort der Leiche untätig herumzustehen und zu warten, bis die Leute von Spurensicherung und Gerichtsmedizin mit ihrer Arbeit fertig waren, damit er endlich loslegen konnte.

Kommissarin Harriet Holtby war schon vor ihm auf ihrem Motorrad eingetroffen, ihren schwarzen Helm mit dem aufgemalten Totenkopf und den überkreuzten Knochen hatte sie auf dem Sitz ihrer neuen BMW-Maschine abgelegt. Nach ihrem Unfall mit Totalschaden, den sie bei der Verfolgung des lange gesuchten Brandstifters vor ein paar Wochen mit ihrer BMW R 1200 Adventure gebaut hatte, wollte sie sich eine neue Maschine zulegen, keine gebrauchte mehr. Nach so einem Crash – ohne Sturzhelm! –, den sie nur mit viel Glück und einem gebrochenen Arm überstanden hatte, wäre Madlener nie wieder auf so ein zweirädriges Geschoss gestiegen, aber Harriet hatte nun mal ihren eigenen Kopf.

Sie war ganz in schwarze Lederkluft gekleidet und trug ihre Haare immer noch blondiert und kurz. Madlener tat sich nach wie vor schwer, sich daran zu gewöhnen.

Er näherte sich den beiden Frauen mit einem neutralen »Guten Morgen«, das von Dr. Ellen Herzog mit einem kühlen »Hallo« erwidert wurde. Madlener hatte nichts anderes erwartet, es war das erste Mal, dass sie wieder beruflich miteinander zu tun hatten nach ihrer Trennung.

Harriet nickte ihm nur kurz zu, alles andere hätte Madlener auch gewundert. Überbordende Freundlichkeit war nicht unbedingt ihre hervorstechendste Eigenschaft, sie hatte andere Qualitäten.

Er ging vor der Leiche in die Hocke, zog sich seine Vinylhandschuhe an und sagte: »Ist das Heribert Döllinger?«

Er ersparte sich ein »Was haben wir?«, weil Harriet schon etwas in der Hand hatte, das nach Ausweis und Brieftasche aussah.

Sie wandte sich ihm zu.

»Woher weißt du das?«, fragte sie leicht irritiert, was Madlener insgeheim freute, weil er einmal Harriet einen Schritt voraus war und sie gern damit neckte.

»Hat mir ein Vögelchen gezwitschert«, sagte er.

Harriet und Dr. Herzog, die sich gut verstanden, tauschten einen erstaunten Blick aus, weil Madlener ganz im Gegensatz zu seinem üblichen Verhalten geradezu aufgekratzt zu sein schien – und das beim Anblick einer angeschwemmten Wasserleiche am frühen Morgen.

Harriet kommentierte Madleners windige Erklärung wortlos mit dem skeptisch-kritischen Heben einer Augenbraue, was sie besonders gut konnte, und legte los.

»Ja, wir haben hier laut Ausweis einen Heribert Döllinger, Jahrgang 1963.«

»Von Beruf Rechtsanwalt«, fügte Madlener hinzu.

Er konnte es nicht lassen.

Wieder erntete er einen gespielt argwöhnischen Blick von Harriet, den er mit todernster Miene erwiderte.

Harriet machte weiter, aber einen kleinen rechthaberischen Seitenhieb konnte sie sich doch nicht verkneifen.

»Strafverteidiger, um präzise zu sein. Der Tote ist augenscheinlich der Vermisste von der Fähre, der Besitzer des Wagens, der fahrerlos auf der Fähre von Konstanz nach Meersburg aufgefunden worden ist. Das war in der Nacht vor fünf Tagen, eine sofortige Suchaktion nach dem Fahrer musste wegen des Sturms ergebnislos abgebrochen werden. Aber das weißt du sicher auch schon.«

»Der Mann mit dem himmelblauen historischen Cabrio?«

»Genau. Der Wagen ist der gleiche Jahrgang wie sein Besitzer, 1963.«

Harriet hatte ein eidetisches Gedächtnis. Madlener hätte sich nicht gewundert, wenn sie ihm auch noch Fahrzeugnummer und Kilometerstand genannt hätte.

»Wer hat ihn gefunden?«, fragte er.

»Ein Spaziergänger. Besser gesagt: Sein Hund hat ihn durch sein Bellen zu ihm geführt.«

Sie zeigte auf einen älteren Mann, der einen Golden Retriever an einer Leine hatte, einem Streifenpolizisten gegenüberstand und gestenreich seine Angaben machte, die der Polizist eifrig auf einem Klemmbrett notierte.

Harriet fuhr fort: »Der Tote lag auf dem Bauch, parallel zum Ufer. Sieht so aus, als wäre er angeschwemmt worden. Der Zeuge sagt aus, dass er die Leiche nicht angerührt hat. Als die alarmierte Streife kam, haben sie ihn ebenfalls nicht angefasst, aber sofort dem Augenschein nach festgestellt, dass der Leichnam eine deutlich sichtbare Schusswunde im Rücken hat.«

Madlener warf einen Blick auf das münzengroße Loch in der Brust und nickte.

»Ich habe ihn oberflächlich untersucht und dabei gerade umgedreht«, merkte Dr. Herzog an. »Selbstverständlich erst, nachdem die Spurensicherung alles dokumentiert hatte. Das Geschoss ist glatt durch ihn durch.«

»Also haben wir keine Kugel.«

»Nein.«

»Was könnte das für ein Kaliber sein?«, fragte Madlener.

»Schwer zu sagen. Die Austrittswunde in der Brust ist nicht größer als das Einschussloch, er wurde jedenfalls in den Rücken geschossen, soweit ich das nach dem ersten Anschein sagen kann. Komplett durchgehende Thoraxperforation. Eintritt eine Handbreit unter dem linken Schulterblatt, Herz durchbohrt, Austritt linke Brustwarze. Er war mehrere Tage im Wasser, der Schusskanal ist dementsprechend aufgequollen, das erleichtert die Spurenanalyse nicht gerade. Genauere Angaben zur Todesursache und einer möglichen Tatwaffe kann ich deshalb erst machen, wenn ich ihn auf meinem Tisch in der Pathologie habe.

Ertrunken ist er jedenfalls nicht. Ich vermute, er war schon tot, als er ins Wasser fiel.«

»Oder ins Wasser geworfen wurde, nachdem er erschossen worden ist«, meinte Harriet.

»Durchaus denkbar.«

»Augenzeugen?«, fragte Madlener.

»Gab es auf der Fähre schon keine«, sagte Harriet. »Er wurde nur vermisst, weil sein Auto dort zurückgeblieben ist.«

»Raubmord?«

»Können wir ausschließen«, sagte Harriet. »Er hat eine Audemars Piguet Royal Oak an, die kostet über zehntausend Euro.«

Sie hob die Hand des Toten, damit Madlener die Armbanduhr sehen konnte.

»Außerdem ...«

Sie griff mit ihren Vinylhandschuhen in eine Tasche des Toten und zog ein tropfnasses Bündel Geldscheine ein Stück weit heraus. Es waren Fünfhundert-Euro-Scheine.

»Seine Taschen sind voll damit. Wie viel genau es ist, müssen wir noch feststellen. Jedenfalls eine größere Summe. Dann habe ich noch das hier gefunden.«

Sie zeigte Madlener einen runden Plastikchip mit der Zahl fünfzig.

»Ein Jeton aus der Spielbank in Konstanz.«

Madlener nahm den Jeton und sah ihn an, als ob er davon ablesen könnte, wer das Opfer getötet hatte.

»Er war also in der Spielbank«, stellte Harriet fest, »und hat dort anscheinend eine Menge Geld gewonnen. Da hätten wir eigentlich schon ein mögliches Motiv für einen Mord. Jemand aus dem Casino könnte ihm gefolgt sein und will an das Geld. Wartet auf eine günstige Gelegenheit. Als Döllinger auf der Fähre aus dem Auto steigt, schießt er auf ihn, hat aber Pech, weil Döllinger bei dem Schuss über Bord fällt.«

»Könnte durchaus so gewesen sein ...«, stimmte Madlener ihr nachdenklich zu.

Er erhob sich und blickte auf den See hinaus, der immer

noch aufgewühlt war und auf den Wellen weiße Schaumkronen hatte. Es war windig und kalt.

Er wandte sich an Dr. Herzog. »Ich warte auf deinen Anruf. Ich brauche Genaueres über die mögliche Tatwaffe.«

»Ich melde mich, sobald ich etwas Konkretes habe«, antwortete Ellen spitz und winkte den beiden Männern, die eben mit dem Leichensack und dem tragbaren Zinksarg herankamen. »Er gehört euch.«

Madlener nickte Harriet zu. »Wir treffen uns im Präsidium.«

Er hatte genug gesehen und im böigen Seewind gefroren.

Als er im Auto saß, stellte er erst einmal die Klimaanlage auf fünfundzwanzig Grad und schob dann eine seiner CDs in den Player.

Er hatte den ältesten Dienstwagen aus dem Fuhrpark für sich reserviert, den einzigen, der noch so etwas Antiquiertes wie einen CD-Player hatte.

Zu viel Technik war ihm ein Gräuel. Wenn er schlecht drauf war, konnte ihn schon das nervige Gepiepse seines Autos höllisch aufregen, weil er nicht angeschnallt war. Oder weil nur noch Benzin für dreißig Kilometer im Tank war.

Oder weil Flüssigkeit für die Scheibenwaschanlage nachgefüllt werden musste …

Dann hatte er immer das unbehagliche Gefühl, dass Maschinen und Algorithmen über ihn bestimmten und nicht umgekehrt.

Allein der Gedanke daran konnte ihn fuchsteufelswild machen.

Entschlossen drehte er die Lautstärke hoch.

Sollte jetzt irgendwas piepsen, war es jedenfalls nicht mehr zu hören.

Der unverwechselbare Sound von CCR setzte ein.

Bei dieser Art von Musik, seiner Musik, die immer etwas Aufrührerisches, etwas Rebellisches haben musste, konnte er am besten nachdenken.

Als John Fogerty und Creedence Clearwater Revival mit »Fortunate Son« so richtig in Fahrt kamen, startete auch er.

»It ain't me, it ain't me
I ain't no senator's son.
It ain't me, it ain't me
I ain't no fortunate one ...«

7

Im Büro des Präsidiums stand Madlener vor der üblichen Plexiglastafel, die er schon hereingerollt hatte und nun mit Vor- und Nachnamen des Opfers beschriftete.

Als alle eingetroffen waren, begann er mit einem Resümee, bevor er die Aufgaben an Harriet und die Kommissare Götze und Binder verteilte.

»Okay, was haben wir? Ein Toter namens Heribert Döllinger, Jahrgang 1963, zu Tode gebracht durch einen Schuss in den Rücken auf der Rückfahrt vom Casino Konstanz auf der Fähre Konstanz–Meersburg, den Todeszeitpunkt können wir verhältnismäßig genau eingrenzen – Harriet?«

»Zwischen drei Uhr und drei Uhr zwanzig in der Nacht vor fünf Tagen.«

»Harriet«, sagte Madlener, »du treibst alles auf, was du über Heribert Döllinger rauskriegen kannst. Beruflich und privat. Wen er in letzter Zeit anwaltlich vertreten hat, ob er Verwandte hat, Freunde, Feinde. Ach, eines noch: Habt ihr ein Handy bei ihm gefunden?«

»Haben wir. Das ist schon bei Ehrmanntraut in der KTU. Ob er da noch was Brauchbares rauskitzeln kann, ist allerdings zweifelhaft. Nach fünf Tagen im Wasser ...«

Sie verzog das Gesicht, um anzudeuten, dass dieses Unterfangen nahezu aussichtslos war.

»Okay, das sehen wir dann. Wir warten auch noch auf den Bericht aus der Pathologie, der uns genaueren Aufschluss geben wird darüber, mit was für einer Waffe der Täter oder die Täterin geschossen hat.«

Er wandte sich an Götze, der vor Kurzem von seinen schrillen Hawaiihemden auf weiße Hemden und schwarze Hosen umgeswitcht hatte, vermutlich versuchte er, etwas seriöser zu wirken. Madlener war gespannt, wie lange diese Phase anhalten würde.

»Sie, Götze, statten dem Casino einen Besuch ab. Ich will genau wissen, wann und wie oft Döllinger am Spieltisch war. Wie viel er gewonnen und verloren hat, die ganze Palette. Außerdem besorgen Sie die Aufzeichnungen der Überwachungskameras im Casino selbst und auf dem Parkplatz. Treiben Sie Zeugen auf, die mit ihm am Tisch waren, sprechen sie mit den Angestellten. Sie, Binder, besorgen die Aufzeichnungen der Kameras auf der Fähre und vom Fährhafen. Mit hoher Wahrscheinlichkeit ist der Täter unter denen, die die Fähre in Meersburg verlassen haben. Jedes Autokennzeichen, das erkennbar ist, wird von uns überprüft. Und jeder Passagier, der die Fähre zu Fuß oder mit dem Fahrrad verlassen hat, muss identifiziert werden – soweit möglich. Das ist eine Menge Arbeit. Ach ja – falls Sie Zeugen auftreiben, die Döllinger auf der Fähre gesehen haben, wäre das nicht schlecht.«

Er hob die Hände in einer resignativen Geste.

»Ich fürchte jetzt schon, das wird ein typischer Sisyphus-Fall, aber geben Sie trotzdem Gas.«

»Sisyphus-Fall?«, fragte Götze verständnislos. »Was soll das sein? Ein Präzedenzfall?«

»Nein«, antwortete Binder, sein erfahrener Kollege, das Urgestein der Kripo im Polizeipräsidium Friedrichshafen. »Ein Fass ohne Boden.«

Er fing an aufzuzählen: »Ein prominentes Opfer, das heißt, wir haben die Medien im Nacken. Dann keine Zeugen, kein Geständnis, jede Menge potenzielle Tatverdächtige, wenn man davon ausgeht, dass Döllinger Strafverteidiger war und sich sicher eine Menge Feinde gemacht hat, viel Lauf- und Fleißarbeit. Plus die alte Faustregel: Je länger die Tat her ist, desto schwieriger die Ermittlungen. Und sie ist jetzt schon fünf Tage her ...«

»Den Zusammenhang verstehe ich trotzdem nicht ganz«, meinte Götze sichtlich verwirrt.

Madlener seufzte. »Lassen Sie sich von Harriet erklären, wer Sisyphus war. Und warum er mit seinem Job nicht vom Fleck gekommen ist, trotz aller Anstrengung. Sie hat eine solide humanistisch geschulte Allgemeinbildung.« Er sah Götze direkt an. »Was manchmal durchaus auch bei kriminalistischer Arbeit von Vorteil sein kann.«

Götze schlüpfte schon in seine Jacke.

Der Wink mit dem Zaunpfahl ließ ihn unbeeindruckt.

Madlener wunderte sich bisweilen über die Naivität seines jüngeren Kollegen und sein dickes Fell. Trotz seiner Unzulänglichkeiten war Götze ein Mensch mit unerschütterlichem Selbstbewusstsein. Sowohl verbrämte als auch unverhohlene Kritik perlte an ihm ab wie Wasser am Federkleid eines Haubentauchers.

Vielleicht sollte er mal deutlicher werden, überlegte Madlener.

Aber dann sah er ein, dass es bei Götze vergebliche Liebesmüh war. Er konnte froh sein, dass Götze meistens das lieferte, was man ihm angeordnet hatte. Eigeninitiative oder gar eine brillante Idee durfte man nicht von ihm erwarten.

Madlener holte tief Luft und sagte: »Also gut – machen wir uns an die Arbeit. Ich werde jetzt der Pathologie einen Besuch abstatten und Dr. Herzog auf die Nerven gehen.«

Harriet hämmerte schon auf das Keyboard ihres Computers ein. Götze und Binder trollten sich.

Madlener schaute auf sein Handy.

Kein Anruf von Simone Zoller auf dem Display.

Die Frau hatte Stil. Sie ließ ihn in Ruhe, solange er seinem Job nachging, das imponierte ihm.

8

Auf dem Weg zu seinem Auto wartete Madlener, bis er allein war und ihn niemand hören konnte. Erst jetzt wählte er Simones Nummer. Als sie abnahm, erklärte er ihr, warum er am Morgen aufgebrochen war, ohne sie zu wecken. Sie sagte nur: »Du brauchst dich nicht zu entschuldigen. Das ist dein Job. Ich habe dir dafür deinen Kaffee weggetrunken und deine letzte Zimtschnecke gegessen. Aber ich mache das wieder gut.«

Er ahnte, wie sie das meinte, und sie raspelten eine Weile Süßholz.

Obwohl sie sich noch nicht allzu lange kannten und sie beide schon durch einige Höhen und Tiefen des Lebens gegangen waren, hatte Madlener das Gefühl, mit Simone auf einer Wellenlänge zu sein.

Es war ein gutes Gefühl.

Es freute ihn, dass Simone ihn am Abend zu sich nach Hause einlud. Sie wollte etwas Schönes kochen, und Madlener versprach, eine gute Flasche Wein mitzubringen.

Im vorliegenden Fall und in diesem Stadium der Ermittlungen war es nicht erforderlich, rund um die Uhr zu arbeiten, außer es ergaben sich brisante neue Aspekte. Aber danach sah es seiner Meinung nach nicht aus. Die Ermittlungen würden sich ewig hinziehen, und sie würden nur wenige oder gar keine Fortschritte machen. Wenn nicht Kommissar Zufall weiterhalf oder sie unvermutet einen Zeugen aufschreckten, der einen entscheidenden Hinweis geben konnte.

In der Beziehung hatte er sich selten getäuscht.

9

Der typische Krankenhausgeruch setzte Madlener wie immer zu.

In der Pathologie im Untergeschoss war es aber noch schlimmer.

Jedes Mal, wenn er in die gefliesten Räume im neonhellen Reich von Dr. Ellen Herzog kam, konnte er eine gewisse Beklemmung nicht verhehlen. Obwohl das für ihn eigentlich ein Routinegang hätte sein müssen. Schon Dutzende Male hatte er Obduktionen beigewohnt, darunter einige grenzwertige, was dem jeweiligen Zersetzungszustand der Toten zuzuschreiben war, oder, noch wesentlich schlimmer, wenn das Opfer jung oder sehr jung war, schon das ging ihm schwer an die Nieren. An Kinder durfte er gar nicht denken, das brach ihm jedes Mal schier das Herz und bereitete ihm noch mehr schlaflose Nächte, als er sie ohnehin schon hatte.

Auch wenn er stets versuchte, sich an die wichtigste Regel in seiner Branche zu halten – nämlich niemals einen Fall persönlich zu nehmen. Aber manche Bilder waren einfach nicht so leicht aus dem Kopf zu bekommen.

Dr. Herzogs neuer Mitarbeiter, ein baumlanger, bärtiger Jüngling, der eher nach Erstsemester aussah als nach Pathologieassistent, geleitete ihn bis ins Allerheiligste, wo Ellen über den Leichnam von Döllinger gebeugt war, der nackt und aller Würde beraubt auf einem der Edelstahltische lag.

Sie sah auf, als sie Madleners Schritte hörte, zog ihren Mundschutz herunter und sagte: »Sechsundneunzigtausenddreihundertsiebzig.«

Abgesehen davon, dass ihm allein ihre kühle Gegenwart seltsam befremdlich vorkam – schließlich hatten sie eine mehrere Jahre andauernde und zum größten Teil harmonische Beziehung hinter sich, die Madlener inzwischen vorkam, als wäre sie schon Ewigkeiten her, obwohl das nicht stimmte –, konnte er zunächst nichts mit der Zahl anfangen, mit der sie ihn begrüßte.

Sie trug die übliche Arbeitskleidung, OP-Haube, Kittel, Mundschutz unter dem Kinn hängend und Gummischürze, und wartete auf eine Reaktion von ihm.

»Was willst du mir damit sagen?«, fragte er.

»Sechsundneunzigtausenddreihundertsiebzig Euro. So viel hatte er in seinen Taschen«, erklärte sie.

Erst jetzt sah er die Klamotten des Toten und deren Inhalt auf einem Tisch liegen. Der bärtige Assistent fing an, alles fein säuberlich einzutüten und zu beschriften.

»Ich habe gerade erst mit der Untersuchung begonnen«, fuhr sie fort. »Du bist zu früh dran.«

Madlener zog Vinylhandschuhe an und inspizierte oberflächlich die Sachen des Toten, Schlüsselbund, Ausweis, Brieftasche, ein Etui mit einer durchweichten Zigarre. Und die feuchten Geldbündel.

»Ich weiß«, entgegnete er nebenbei. »Ich bin auch nur hier, weil ich hoffte, du könntest mir schon vorab etwas Neues über seine Schusswunde sagen. Über das Kaliber zum Beispiel.«

»Kann ich.«

Sie nahm zur Demonstration ihrer Ausführungen ein armlanges, drahtdickes Plastikstäbchen und steckte es dem Leichnam auf dem Seziertisch durch die Austrittswunde in der Brust. Es zeigte nahezu senkrecht nach oben.

»Siehst du das? Der Schusskanal geht im Neunzig-Grad-Winkel zum Rücken glatt durch bis zur Brust und dort im rechten Winkel wieder hinaus.«

»Und was bedeutet das?«

»Das bedeutet, dass der Schütze nicht von oben herab, also vielleicht vom Oberdeck aus, geschossen hat. Er war meiner Schätzung nach höchstens circa fünf bis zehn Meter hinter seinem Opfer, als er abdrückte. Er hat sein Ziel genau anvisiert und exakt dort getroffen, wo er wollte. Aber das ist nicht das Außergewöhnliche.«

»Was dann?«

»Die Waffe. Und das Projektil.«

Madlener sah sich die Wunde aus der Nähe noch einmal an.

»Soll heißen?«, fragte er.

»Döllinger ist nicht mit einem Gewehr oder einer Handfeuerwaffe erschossen worden.«

»Sondern?«

»Mit einer Armbrust.«

Er sah auf. »Wie bitte?«

»Du hast schon richtig gehört. Das Geschoss muss ein Bolzen gewesen sein. Etwa fingerdick und bleistiftlang.«

»Bist du sicher?«

»Absolut. Soll ich in Details gehen?«

Er winkte ab. »Ich glaube dir auch so. Danke für die vorgezogene Diagnose.«

Er zog sich die Handschuhe aus und ließ sie in den dafür vorgesehenen Abfalleimer fallen.

»Das wirft natürlich ein ganz anderes Licht auf die Ermittlungen«, merkte er an.

»Inwiefern?«

»Damit können wir eine spontane Tat ausschließen. Also dass ihn jemand im Casino beim Abkassieren von knapp hunderttausend Euro beobachtet hat, ihm dann gefolgt ist und ihn an Bord der Fähre mit einer Pistole hinterrücks abgeknallt hat, um an sein Geld zu kommen. Oder kannst du dir vorstellen, dass jemand mit einer Armbrust durch die Gegend fährt und in die Spielbank geht, um nach lohnender Beute Ausschau zu halten?«

»Wohl kaum.«

»Eben. Der Mord an Döllinger war von langer Hand geplant.«

10

»Der Täter wollte ihn gezielt mit so einer Waffe umbringen. Einer Armbrust. Was sagt uns das?«

Madlener beantwortete seine rhetorische Frage gleich selbst.

»Die Verwendung einer Armbrust ist eindeutig ein Zeichen, eine Demonstration. Sie steht für etwas. Wir wissen nur noch nicht, für was.«

Er saß Harriet im Büro des Polizeipräsidiums gegenüber und erläuterte ihr, was er daraus folgerte, dass Döllinger mit dem Bolzen aus einer Armbrust erschossen worden war.

Sie waren im Brainstormingmodus.

Harriet spielte den Advocatus Diaboli.

»Was ist, wenn er keine andere Waffe hatte? Eine Armbrust ist genauso tödlich wie ein Gewehr oder eine Pistole.«

»Das glaubst du wohl selbst nicht. Heutzutage kannst du dir jede Schusswaffe besorgen, wenn du unbedingt eine brauchst. Und wenn es im Darknet ist. Außerdem ist eine Pistole wesentlich leichter und unauffälliger, du kannst sie einfach in deiner Tasche mit dir herumtragen und je nach Modell mehr oder weniger viele Schüsse abfeuern. Und sie ist besser zu handhaben. Eine professionelle Armbrust ist schwer zu spannen, dazu benötigst du extra eine Vorrichtung. Und du hast nur einen Schuss frei.«

»Aber sie hat einen Vorteil«, sagte Harriet.

»Welchen?«

»Sie ist lautlos.«

»Okay, da stimme ich dir zu.«

»Für wen soll diese Demonstration durch die Anwendung einer mittelalterlichen Waffe von Bedeutung sein?«, fragte sie.

»Für Döllinger wohl nicht, er hat ja nichts mehr davon mitbekommen. Sein Tod sieht mir ganz nach einer Art Hinrichtung aus. Also muss es ein Zeichen sein für jemanden, der weiß, was es bedeutet, wenn er davon hört. Oder es in der Zeitung liest.«

»Genau das ist es, was mir Kopfzerbrechen bereitet«, sagte Madlener und nippte an seinem inzwischen kalten Kaffee.

»Inwiefern?«

»Döllinger wurde nicht aus Habgier ermordet, aus einer spontanen Handlung heraus, weil ihm einer ans Geld wollte. Wenn du mich fragst, ist das Motiv für den Mord ein ganz anderes.«

»Rache. Bestrafung.«

»Ganz genau. Es bedeutet für denjenigen, den es etwas angeht: Pass auf, ich bin dir auf der Spur. Egal, wo du dich versteckst – dir droht das gleiche Schicksal. Und das führt uns zwangsläufig zu einer Schlussfolgerung, die mir ganz und gar nicht schmeckt ...«

»Unser Täter hat erst damit angefangen. Und er wird weitermachen.«

»Du sagst es.«

»Wir sollten unbedingt vermeiden, dass die Presse davon Wind bekommt. Von der ungewöhnlichen Mordwaffe, meine ich. Wenn das an die Öffentlichkeit gerät, machen die Medien eine ganz große Nummer daraus.«

»Davon kannst du ausgehen.«

Madlener starrte in seinen Kaffee, Harriet machte mit ihrem Kaugummi eine Blase, die sie platzen ließ.

Für eine Weile schwiegen sie vor sich hin, weil jeder seinen Gedanken nachhing, bis Madlener schließlich aufsprang und unruhig vor den Fenstern hin- und hertigerte.

»Hast du noch Tschicks?«, fragte er plötzlich und blieb vor ihr stehen.

»Ich rauche nicht mehr. Hast du das schon vergessen?«

»Ach komm, Harriet, du hast doch für Notfälle immer was zum Selberdrehen dabei.«

Harriet seufzte, griff in ihren Rucksack und warf ihm einen Tabaksbeutel und Papers zu, die er auffing und mit denen er sich ans Werk machte, während Harriet weiterhin eine Kaugummiblase nach der anderen produzierte und platzen ließ.

Die erste Zigarette misslang Madlener völlig, er hatte schon ewig keine mehr selbst gedreht, außerdem war es ihm noch nie gelungen, solche Exemplare herzustellen wie Harriet, die in Nullkommanichts gleichmäßige und astreine Fluppen mit ihren geschickten Fingern zaubern konnte.

Seine sahen immer aus wie »Krumme Hunde«, eine alte Zigarillomarke, die ein betagter Onkel von ihm früher gequalmt hatte und die ihrem Namen alle Ehre machte.

Wenn er überhaupt so etwas in der Art zustande brachte.

Harriet seufzte noch einmal demonstrativ, als Madlener auch beim zweiten Versuch scheiterte und fluchte, weil ihm sein Konstrukt erneut unter den Fingern zerbröselte.

»Mist, Mist, Doppelmist!«

Schließlich hatte sie ein Einsehen, stand auf, nahm ihm Tabaksbeutel und Papier ab und rollte in Rekordzeit zwei einwandfreie Zigaretten, während Madlener zum Fenster hinausstarrte.

Sie waren allein im Büro.

Frau Gallmann hatte sich für einen wichtigen Arzttermin den Rest des Tages freigenommen. Madlener konnte sich nicht erinnern, dass das schon einmal vorgekommen war. Ein Polizeipräsidium im Allgemeinen und die Mordkommission im Besonderen ohne Frau Gallmann war für ihn unvorstellbar. Wenn sie ihren Jahresurlaub nahm, fragte er schon am zweiten Tag nach ihr, weil sie so gut wie unentbehrlich war. Natürlich war sie letzten Endes wie jeder andere Mensch ersetzbar, das war ihm klar. Das traf selbstverständlich auch auf ihn zu. Aber für ihn verkörperte sie nicht nur die gute Seele des Präsidiums, sie war es, die dafür sorgte, dass alles einigermaßen reibungslos funktionierte, bei ihr liefen auf geheimnisvolle Weise alle Fäden zusammen. Die Kriminaldirektoren und -direktorinnen kamen und gingen, aber Frau Gallmann hielt stets die Stellung und war der Fels in der Brandung, wenn es mal drunter und drüber ging. Er hoffte, dass ihre Abwesenheit nur von kurzer Dauer und ohne ernsten Hintergrund war.

»Wenn ich mit meiner Vermutung zu Cornelius gehe, glaubt der mir kein Wort«, sinnierte er. »Oder er kommt gleich auf die Schnapsidee, mit einer Armbrust in der Hand mit unserem Fall in ›Aktenzeichen XY … ungelöst‹ aufzutreten, damit er mal ins Fernsehen darf.«

»Warum willst du dann überhaupt zu ihm gehen?«, sagte sie und hielt ihm eine Selbstgedrehte hin, die zweite steckte sie sich selbst zwischen die Lippen.

Er öffnete ein Fenster sperrangelweit. Sie stellten sich so hin, dass sie ins Freie hinausrauchen konnten, und Harriet gab mit ihrem Zippo Feuer, das sie ebenfalls in den Tiefen ihres Rucksacks gefunden hatte.

»Weil wir Verstärkung brauchen, Harriet. Allein schaffen wir das nicht«, sagte Madlener nach dem ersten Lungenzug. »Wir sind gezwungen, mehrgleisig zu operieren. Wir müssen sämtliche Gerichtsverfahren durchgehen, an denen Döllinger beteiligt war. Sämtliche Mandanten der letzten … sagen wir: zwei, drei Jahre überprüfen, dann noch sein Privatleben. Punkt Nummer eins.«

»Punkt Nummer zwei …«, machte Harriet nahtlos weiter, »… wir müssen die Identitäten sämtlicher Passagiere auf der Fähre in besagter Nacht klären und feststellen, ob sie in irgendeiner Beziehung zu Döllinger stehen. Punkt Nummer drei: Wir brauchen die Namen aller Besucher im Spielcasino, die zur fraglichen Zeit dort waren.«

»Das dürfte wesentlich leichter sein als Punkt Nummer zwei«, stellte Madlener fest. »Alle Besucher werden mit Ausweis registriert. Zu Punkt zwei haben wir nur die Überwachungskameras.«

Er sah seine Zigarette angeekelt an.

»Ich weiß nicht, was du da für ein Kraut eingewickelt hast, aber es schmeckt scheußlich.«

Trotzdem nahm er noch einen tiefen Zug und blies den Rauch zum Fenster hinaus.

»Halfzware, holländisch«, erwiderte Harriet ungerührt und folgte seinem Beispiel. Nur dass sie Rauchkringel machen konnte, was Madlener noch nie richtig hinbekommen hatte.

»Sisyphus«, sagten beide gleichzeitig, und wenn die Situation nicht so ernst gewesen wäre, hätten sie deswegen grinsen müssen.

Taten sie aber nicht.

Stattdessen drückten sie ihre Zigaretten synchron auf dem äußeren Fensterbrett aus. Harriet hielt Madlener den Papierkorb hin, und sie warfen ihre Kippen hinein.

Madlener nahm eine Akte von seinem Schreibtisch und wedelte damit im vergeblichen Versuch, die Büroluft wieder geruchsneutral zu bekommen.

»Außerdem stinkt das Zeug fürchterlich«, sagte er.

In diesem Moment kam Kriminaldirektor Cornelius im wehenden Mantel und mit Aktentasche hereingestürmt.

Madlener schloss schnell das Fenster und Harriet tat so, als würde sie etwas in einer Schreibtischschublade suchen.

»Herr Madlener, gut, dass Sie hier sind. Ich erwarte Sie in einer Minute in meinem Büro!«, sagte Cornelius im Vorbeigehen, er hatte es sichtlich eilig. Schon war er in seinem Büro verschwunden und knallte die Tür hinter sich zu, was gar nicht seine sonstige Art war.

Madlener und Harriet tauschten einen verwunderten Blick aus.

Keine Sekunde später wurde die Tür wieder aufgerissen und Cornelius wies unmissverständlich in sein Büro. Seinen Mantel hatte er abgelegt.

»Bitte kommen Sie, es ist wirklich dringend.«

11

Als Madlener das Büro des Kriminaldirektors betreten hatte, schloss Cornelius erst einmal die Tür hinter ihm.

»Nehmen Sie Platz«, sagte er und wies auf die Besprechungsecke, die aus zwei Ledersofas und einem Tisch bestand, auf dem eine Schüssel mit Salzgebäck platziert war, das niemand außer Cornelius mochte.

Er wartete, bis sich Madlener gesetzt hatte, dann schnappte er sich ein paar Salzletten und hielt ihm die Schüssel auffordernd hin.

Madlener schüttelte den Kopf und wartete nur darauf, dass Cornelius endlich zur Sache kam.

Der Kriminaldirektor räusperte sich und meinte schließlich: »Es tut mir leid, aber ich muss Sie von Ihrem gegenwärtigen Fall abziehen.«

»Was?«, entfuhr es Madlener unverblümt, es war ihm vor Überraschung so herausgerutscht. »Mit welcher Begründung?«, wollte er dann doch wissen.

Cornelius wand sich.

»Bitte verstehen Sie mich um Gottes willen nicht falsch. Ich weiß, Sie sind mittendrin im Fall des Toten von der Fähre …«

»Der Fall Döllinger, ja. Aber was heißt mittendrin? Wir haben gerade erst damit angefangen.«

»Sei's drum. So, wie mir Frau Gallmann am Telefon die Sachlage geschildert hat, ist das doch eine Routineangelegenheit. Das können auch Frau Holtby, Binder und Götze allein schaffen. Sie hingegen – Sie brauche ich an anderer Stelle.«

»Andere Stelle? Wo soll das sein?«, fragte Madlener mehr als misstrauisch.

Cornelius setzte sich ihm gegenüber und versuchte, so etwas wie eine intime Situation herzustellen, indem er die Stimme senkte, als hätte er den Verdacht, dass sie abgehört werden konnten.

»Herr Madlener, ich habe vollstes Verständnis für etwaige Einwände Ihrerseits, aber glauben Sie mir, wenn ich Ihnen sage, dass wir Ihre Sachkenntnis und Ihre Erfahrung in einem besonders heiklen Fall brauchen. Dringend brauchen. Die Anfrage nach einem möglichen Einsatz Ihrerseits kommt von ganz oben.«

»Dr. Ilgner?«

»Namen tun in dem Fall nichts zur Sache. Fakt ist: Ich komme gerade aus Stuttgart. Und der allgemeine Tenor dort ist einhellig. Wir haben eine Notsituation, und Sie sind der Mann, der uns weiterhelfen kann.«

Madlener lehnte sich zurück. Sein Misstrauen war durch das Herumlavieren des Kriminaldirektors nicht gerade kleiner geworden, ganz im Gegenteil. Er versuchte, die Ruhe zu bewahren und sachlich zu bleiben, obwohl das nicht gerade eine seiner Stärken war.

Cornelius stand wieder auf und Madlener vermutete, dass er das machte, um seine Autorität zu unterstreichen. Die ganze Klaviatur eines Vorgesetzten, der jünger war als er. Ein glänzender Jurist, jedoch in der polizeilichen Praxis völlig unerfahren.

Ganz im Gegensatz zu Madlener.

Aber Cornelius war ihm gegenüber weisungsbefugt, wie das in schönstem Beamtendeutsch hieß.

Autorität zu demonstrieren, fiel dem frischgebackenen Kriminaldirektor normalerweise schon schwer, weil er rein körperlich ein Hänfling war, ein unterdurchschnittlich großer Mann im dreiteiligen Slim-Fit-Anzug, der sich seiner physischen Unterlegenheit bewusst war und sie dadurch wettzumachen glaubte, dass er überdurchschnittlich hohe Schuhsohlen und Absätze trug.

Ein Scheinriese, schoss es Madlener in diesem Augenblick nicht zum ersten Mal durch den Kopf. Aber ein gefährlicher, den man nicht unterschätzen durfte.

Natürliche Autorität war Madleners Überzeugung nach eine Sache von Kompetenz, Entschlossenheit, logischer Argumentation und kluger Antizipation.

All diese Eigenschaften hatte Cornelius bisher nicht gerade hinlänglich in der Praxis bewiesen. Er täuschte sie nur vor.

Madleners Meinung nach – und er bildete sich etwas auf seine Menschenkenntnis ein – war Cornelius ein eiskalter Opportunist, der jederzeit bereit war, Menschen, die ihm in die Quere kamen, auf dem Altar seiner Karriere zu opfern.

Aber Madlener war nicht im Geringsten bereit, für Cornelius den Kopf auf den Richtblock zu legen. Er kannte Typen wie ihn zur Genüge. Nicht umsonst hatte er sich aus der Landeshauptstadt an den Bodensee versetzen lassen, weil er beim Hauen und Stechen um Macht und Einfluss nicht auf der Strecke bleiben wollte. Nicht weil ihm die Nerven dafür fehlten, sondern weil ihn Intrigen und Ranküne grundsätzlich nicht interessierten und er Spielchen dieser Art zutiefst verachtete.

Er sah Cornelius ruhig an und versuchte an seinem Verhalten abzulesen, ob er es ehrlich meinte oder ihm eine Falle stellen wollte.

»Ich höre«, sagte er nur.

Cornelius setzte sich wieder ihm gegenüber und beugte sich vor, ganz in konspirativer Manier. Madlener ahnte, dass es ans Eingemachte ging.

Und er sollte recht behalten.

»Das, was ich Ihnen jetzt mitzuteilen habe, ist topsecret, Madlener. Haben Sie verstanden? Kein Wort von dem, was ich hier sage, darf diesen Raum verlassen. Kann ich mich darauf verlassen?«

»Kommt ganz darauf an, was Sie mir zu sagen haben.«

Madlener hatte nicht vor, es Cornelius leicht zu machen.

»Herrgott, Madlener – ich kann Ihnen versichern, es ist eine Sache auf Leben und Tod. In diesem Fall ist diese Floskel nicht mal eine Übertreibung, sondern durchaus angebracht. Alles, was ich jetzt sage, muss unter uns bleiben.«

Madlener zuckte mit den Schultern. »Okay.«

»Also habe ich Ihr Wort?«

»Von mir aus.«

»Nun gut. Erinnern Sie sich noch an den Fall Dietmar Emmerich? Der Junge, der vom Schulhof weg entführt wurde? Sein Vater war ein erfolgreicher Unternehmer aus Ludwigsburg. Hatte mit der Produktion von irgendwelchen Büroartikeln ein Vermögen gemacht.«

»Faxgeräte und Schredder. Es waren Faxgeräte und Schredder. Er hatte mehrere Patente darauf.«

»Wie auch immer. Ich sehe schon, Sie haben den Fall nicht vergessen. Obwohl er über zehn Jahre her ist.«

»Vierzehn«, präzisierte Madlener.

»Sie waren damals derjenige, der mit dem Entführer verhandelt hat. Und der es fertiggebracht hat, dass der Mann den Jungen freigelassen hat.«

»Er hat ihn im Wald an einen Baum gefesselt, wo ihn ein Förster gefunden hat.«

»Lebend und unverletzt.«

»Ja.«

»Und der Entführer wurde kurz darauf gefasst, das Lösegeld gefunden. Sie haben ihn zum Aufgeben überredet.«

»Er hat sich gestellt, weil er wusste, dass wir ihm auf der Spur waren. Er war der Hausmeister in der Schule des Jungen.«

»Jedenfalls waren Sie maßgeblich daran beteiligt, dass der Entführungsfall glimpflich abgelaufen ist und ein glückliches Ende genommen hat.«

»Was wollen Sie damit sagen?«

»Man hat mich darum gebeten, Sie als Experten und möglichen Verhandlungsführer in einem ähnlich gelagerten aktuellen Fall sozusagen auszuleihen. Vorausgesetzt, dass Sie einverstanden sind, natürlich. Amtshilfe gewissermaßen.«

Madlener lehnte sich zurück und verschränkte die Arme. Jetzt war die Katze aus dem Sack. Es konnte nur einen geben, der dahintersteckte.

»Warum ich?«, fragte er. »Beim LKA gibt es genug gut ausgebildete Spezialisten für solche Fälle.«

»Sie sind der einzige noch im Dienst befindliche Mann in Baden-Württemberg, der so ein Szenario schon einmal in der Praxis durchgezogen hat, nicht nur in einem Schulungsseminar an der Polizeihochschule. Und, was noch schwerer wiegt: Sie haben den Fall zu einem guten Ende gebracht. In jeder Beziehung.«

Madlener atmete einmal tief durch, bevor er die Gretchenfrage stellte, die als Nächstes kommen musste.

»Wer ist entführt worden?«

»Das darf ich Ihnen erst mitteilen, wenn Sie zugesagt haben.«

»Sagt Dr. Ilgner.«

Cornelius zögerte, dann nickte er.

»So ist es.«

Madlener stand auf.

»Dann richten Sie ihm doch von mir aus, dass er mich am …«

Eigentlich wollte er seine Entgegnung entsprechend scharf formulieren, aber im letzten Augenblick entschied er sich gerade noch einmal für die jugendfreie Version.

»… dass ich nicht zur Verfügung stehe.«

»Und warum nicht?«

»Weil Sie nicht alle Karten offen auf den Tisch legen. Bei so was spiele ich nicht mit. Da müssen Sie schon einen anderen Dummen finden.«

Er machte Anstalten, das Büro zu verlassen. Aber Cornelius hielt ihn im letzten Moment am Arm fest.

Wenn Madlener etwas nicht ausstehen konnte, dann so etwas. Sein Blick war dementsprechend giftig und Cornelius ließ ihn sofort wieder los.

»Diesmal sind es zwei«, sagte er.

»Zwei was?«

»Zwei Menschen, die entführt worden sind. Geschwister. Ein Junge und ein Mädchen.«

Madlener zögerte.

»Wie alt?«

»Neunzehn und zwanzig.«

»Sie geben mir alle Informationen, die Sie haben?«

»Ja.«

»Uneingeschränkt?«

»Ja.«

»Was ist passiert? Und wo?«

»Bei Hohenschwarzbach, das ist ein Zwölftausend-Einwohner-Ort am südöstlichen Rand des Schwarzwalds. Dort sind zwei Geschwister entführt worden. Elise und Eduard von Waldegg.«

»Wann?«

»Vorgestern. Am helllichten Tag.«

»Zeugen?«

»Keine.«

»Gab es schon Forderungen?«

»Bisher nicht.«

»Ungewöhnlich. Woher weiß man denn, dass sie entführt worden sind? Und nicht spontan das Weite gesucht haben und einfach ausgerissen sind?«

»Die beiden stammen aus bester Familie. Soweit uns bekannt ist, gab es da keine Zerwürfnisse oder einen Streit. Elise und ihr Bruder sind intelligent und fleißig, studieren in Konstanz. Mit mittelfristiger Perspektive darauf, in leitender Position die Geschäfte in ihrer Familie zu übernehmen. Es gibt keinen vernünftigen Grund dafür, dass sie von sich aus ausbüxen.«

»In dem Alter weiß man das nie.«

»Haben Sie Kinder?«

»Ja. Einen Sohn. Er steht kurz vor dem Abitur.«

»Verstehe … Wie dem auch sei, die beiden waren im Auto im Wald unterwegs, sollten ein Jagdschloss der Familie für eine Veranstaltung checken. Eine Sache von zwei Stunden, höchstens. Nach vier Stunden waren sie immer noch nicht zurück. Waren nicht erreichbar, obwohl sie ihre Handys dabeihatten. Ihr leeres Auto wurde nach einer Suche vor dem Jagdschloss gefunden. Der Schlüssel steckte noch. Dann hat man unweit des Wagens ihre Handys entdeckt. Beziehungsweise das, was noch davon übrig war.«

»Was soll das heißen?«

»Sie waren zertrümmert. Gleich daneben waren ihre Uhren.«

»Ihre Uhren?«

»Ja. Beide Uhren waren mit einem GPS-Sender ausgestattet. Die Familie hat das auf Anraten der Polizeibehörde sicherheitshalber so gehandhabt. Weil die Geschwister keinen Personenschutz wollten.«

»Dann haben Sie mit einer Entführung gerechnet? Gab es dementsprechende Hinweise oder Verdachtsmomente?«

»Keine konkreten. Wie gesagt – es war eine reine Vorsichtsmaßnahme. Die Familie wird als gefährdet eingestuft. Seit den länger zurückliegenden Entführungen im Fall Würth und im Fall Schlecker ist man in gewissen … wie soll ich sagen: gehobeneren Kreisen entsprechend vorsichtig geworden.«

»Der Entführer muss von den GPS-Sendern in den Uhren gewusst haben.«

»Oder er ist clever und auf Nummer sicher gegangen. Ein Profi vielleicht.«

»Das kann man nur hoffen. Ein Profi ist nur auf Geld aus und tut alles dafür, es auch zu bekommen. Ein Amateur dreht schnell durch und verliert die Kontrolle. Im schlimmsten Fall auch über sich selbst. Das kann für seine Geiseln schnell lebensgefährlich werden. Hat man Hinweise darauf gefunden, dass Gewalt angewandt worden ist? Blutspuren zum Beispiel?«

»Nein.«

»Gibt es irgendeinen Kontakt mit dem oder den Entführern?«

»Nein. Nichts.«

»Wie vermögend ist die Familie?«

»Die Familie ist der drittgrößte Privatwaldbesitzer in Baden-Württemberg. Unter anderem.«

»Also kann man sagen, der finanzielle Background ist ein großer?«

»Könnte man sagen, ja.«

Madlener überlegte.

»Ich habe Bedingungen«, sagte er dann.

»Welche?«

»Kein LKA, außer wenn ich es für notwendig halte und es

ausdrücklich anfordere. Ich habe das Sagen. Niemand redet mir drein oder schreibt mir vor, was ich zu tun habe. Auch nicht die örtlichen Kollegen.«

»Ich weiß nicht, ob Dr. Ilgner das akzeptieren wird.«

»Dann soll er sich einen anderen suchen.«

Cornelius schüttelte resigniert den Kopf. »In Ordnung.«

»Heißt das, Sie haben das Mandat, das zu entscheiden?«

»Ich rede mit ihm. Er wird sich angesichts der Brisanz des Falles nicht querstellen. Die Sache ist zu wichtig.«

»Ich habe also freie Hand?«

»Im Rahmen der polizeilichen Befugnisse.«

»Wer weiß von dieser Entführung?«

»Sie, ich, die Familie, Dr. Ilgner und seine Vorgesetzten, das LKA und die zuständige Polizei in Hohenschwarzbach.«

Madlener seufzte demonstrativ.

»Also das halbe Bundesland. Und da sprechen wir von top-secret …«

»Bisher ist nichts durchgesickert.«

»Dann halten Sie so gut es geht den Deckel drauf.«

Erneut hatte Madlener die Hand auf der Türklinke, bevor er sich noch einmal Cornelius zuwandte.

»Eines noch. Und das ist eine Conditio sine qua non.«

Er sah Cornelius an, dass dieser sich angesichts der von ihm aufgestellten Forderungen gewaltig am Riemen reißen musste, um nicht auffällig zu werden. Aber die Angelegenheit schien tatsächlich zu wichtig zu sein, um kleinlich herumzufeilschen. Madlener spürte das, außerdem hatte er nichts zu verlieren.

»Kommissarin Harriet Holtby wird mich begleiten«, sagte er. »Vorausgesetzt, sie ist damit einverstanden.«

»Warum?«

»Ich brauche sie an meiner Seite. Sie ist meine rechte Hand.«

»Und wer soll im Fall Döllinger weitermachen?«

»Holen Sie ein paar fähige Leute dazu und ernennen Sie Binder zum Leiter der Sonderkommission. Oder Sie machen es selbst.«

Cornelius überlegte.

»Dann brauche ich einen vollständigen Bericht über den neuesten Ermittlungsstand.«

»Den kriegen Sie.«

Cornelius nickte. »In Ordnung. Wann fahren Sie?«

»In einer Stunde. Stellen Sie bis dahin sämtliche Informationen zusammen, die Sie haben, und lassen Sie sie mir zukommen. Sämtliche.«

Diesmal öffnete er die Tür, ging hinaus und schloss sie wieder.

12

Vor der Tür zum Büro des Kriminaldirektors musste Madlener erst einmal kräftig durchatmen angesichts der Aufgabe und der damit verbundenen Verantwortung, die da unversehens auf ihn zugekommen war.

Das Großraumbüro war leer bis auf Harriet, die an ihrem Computer saß und Dateien durchsuchte, die sie ausdrucken ließ.

Er ging zu ihr und blickte über ihre Schulter auf den Bildschirm, die Hände in den Hosentaschen.

Sie war in Sachen Döllinger unterwegs und durchsurfte in ihrem üblichen Höllentempo, sodass er mit den Augen kaum folgen konnte, Presseberichte über den ermordeten Strafverteidiger und seine Prozesse. Es waren anscheinend eine Menge.

Sie spürte, dass Madlener in ihrem Rücken stand, und warf einen Blick über ihre Schulter nach hinten.

Als sie sein Gesicht sah, wusste sie sofort, dass etwas ganz und gar nicht stimmte.

»Harriet«, sagte er, »habe ich dir eigentlich schon erzählt, dass ich vor zwei Tagen so eine dunkle Ahnung hatte?«

Weil sie merkte, dass er diesmal nicht zum Scherzen aufgelegt war, drehte sie sich auf den Rollen ihres Schreibtischstuhls ganz zu ihm um.

»Was für eine dunkle Ahnung?«

»Ist schwer zu beschreiben. Dass irgendetwas Größeres im Gange ist ... etwas ... Schlimmes. Und dass ich darin verwickelt werde.«

»Nein. Hast du mir nicht erzählt.«

»Genau das ist jetzt eingetreten. Ob du's glaubst oder nicht, aber ich hab's gewusst. Hast du das auch manchmal? Dass du spürst, dass sich da draußen etwas Böses zusammenbraut.«

»Da draußen? Was meinst du damit?«

»Na ja – vor unserer Haustür eben. Irgendwo zwischen Rhein, Donau und Bodensee.«

»Nein. Habe ich nicht.«

»Klingt irgendwie albern, oder?«

»Doch … ja … irgendwie schon.«

»Sei froh, dass du das nicht hast. Wahrscheinlich ist das nicht ganz normal. So eine Vorahnung – oder wie immer man das auch nennen mag – ist ein ziemlich unangenehmes Gefühl. Vor allem dann, wenn sie sich bewahrheitet.«

»Um was geht es? Was ist passiert?«

»Harriet«, sagte er, »wie lange brauchst du, um ein paar Sachen einzupacken und reisefertig zu sein?«

»Für wie lange?«

»Sagen wir für eine Woche. Vielleicht auch länger.«

»Wo soll's hingehen?«

»In Richtung Schwarzwald. Aber es wird alles andere als ein Kaffeekränzchen. Ich erkläre dir unterwegs, worum es sich handelt. Nur so viel fürs Erste: Es ist eine sehr ernste Sache. Eine heikle Angelegenheit.«

»Echt jetzt?«

»Echt.«

»Wie ernst?«

»So ernst, dass wir alles stehen und liegen lassen und losmüssen. Ein Geschwisterpaar ist spurlos verschwunden. Höchstwahrscheinlich entführt worden. Ich habe zugesagt, vor Ort auszuhelfen. Kommst du mit?«

»Was soll diese Frage?«

Er zuckte mit den Schultern. »Du kannst noch Nein sagen. Ich könnte es dir nicht verdenken. Wir haben hier auch eine Menge zu tun. Ein Mörder mit einer Armbrust läuft da draußen frei herum. Wenn du nicht mitwillst, sorge ich dafür, dass du den Fall Döllinger übernimmst. Hauptverantwortlich.«

Sie zauderte keine Sekunde.

Statt einer Antwort schaltete sie ihren Computer aus und stand auf.

»Wann fahren wir?«

»Ich hol dich in einer Stunde von zu Hause ab.«

»Okay. Bis dann.«

Sie packte ihren Rucksack und ihren Motorradhelm und stiefelte schnurstracks aus dem Büro.

Madlener nahm sein Handy, zögerte aber noch, Simones Nummer zu wählen.

Weil er gezwungen war, ihr und sich selbst den heutigen Abend zu vermiesen, den sie sich gemeinsam schon so schön ausgemalt hatten.

Er überlegte, was er ihr sagen sollte. Wohl oder übel musste er ihr eine Lüge auftischen.

Und das gleich am Anfang ihrer Beziehung, die sozusagen noch ein zartes, grünes Pflänzchen war, dachte er in einer kurzen, kitschigen Anwandlung von Romantik.

Ein Pflänzchen, von dem man noch nicht wusste, wie es sich entwickelte. Oder ob es sang- und klanglos einging, weil man es vernachlässigte oder falsch behandelte.

Das gefiel ihm nicht.

Das gefiel ihm ganz und gar nicht.

Aber er hatte nun einmal zugesagt, die Wahrheit für sich zu behalten.

Also war er gezwungen, sich eine Lüge auszudenken.

Auch wenn es in diesem Fall nur eine Notlüge war.

Manchmal hasste er seinen Beruf.

Weil er ihm keine Wahl ließ.

Doch Dienst war nun einmal Dienst.

Er drückte auf die Kurzwahltaste und hörte das Freizeichen, während er sich schon auf den Weg zum Parkplatz machte.

13

Es regnete in Strömen, die Scheibenwischer des Dienstwagens leisteten Schwerstarbeit. Madlener saß am Steuer und musste seine ganze Konzentration aufbringen, weil er durch den starken Gegenverkehr gezwungen war, hinter einem Lastwagengespann herzufahren, das ihm ständig Gischt gegen die Windschutzscheibe klatschte.

Er ließ sich schließlich ein Stück weit zurückfallen, weil an Überholen sowieso nicht zu denken war. Der Verkehr war mörderisch um diese Zeit, ein Lastwagen nach dem anderen war unterwegs. Die Bundesstraße hatte nur alle paar Kilometer eine Überholspur, die aber auch nicht viel brachte. Selbst wenn er waghalsig überholte und wirklich erst im allerletzten Moment wieder einscherte, bremste ihn der nächste Lkw-Konvoi erneut aus, und alles begann von vorne.

Schließlich hatte er die Vergeblichkeit seiner Bemühungen eingesehen und sich dem allgemeinen Schneckentempo angepasst.

Das war ganz im Sinne von Harriet Holtby, die eine ausgesprochen schlechte Beifahrerin war und immer völlig verkrampfte, wenn Madlener den rücksichtslosen Raser hervorkehrte, was er normalerweise aber nur machte, wenn es notwendig war und sie mit Blaulicht und Sirene im Einsatz unterwegs waren.

Madlener hatte Harriet über alles informiert, was er über ihre Amtshilfe in Hohenschwarzbach wusste und warum er zugesagt hatte.

»Weil ich dort vielleicht dabei helfen kann, zwei Menschen zu retten. Zwei junge Leute, die vermutlich Todesängste ausstehen müssen. Das hat für mich Priorität. Am Fall Döllinger sind unsere Kollegen dran, da treten wir momentan sowieso auf der Stelle, das ist reine Recherche, die können das auch ohne uns.«

Harriet hatte noch während der Fahrt einen detaillierten Bericht über die neuesten Erkenntnisse im Fall des ermordeten Strafverteidigers verfasst, den sie an Frau Gallmann durchgegeben hatte, die zu Madleners Erleichterung wieder auf ihrem Posten im Polizeipräsidium war und wie eh und je als Gravitationszentrum fungierte, als das sie unentbehrlich war.

Harriet berichtete Madlener, dass sie noch die Sekretärin von Heribert Döllinger per Telefon erreicht hatte. Sie war seit über zehn Jahren in Döllingers Kanzlei angestellt und hatte schon das Schlimmste befürchtet, weil er tagelang vermisst wurde. Als Harriet ihr dann berichtete, dass ihr Chef ermordet aufgefunden worden war, fing sie an zu schluchzen und ließ sich kaum beruhigen. Harriet musste minutenlang auf sie einreden, bis sie schließlich zugesichert hatte, eine Liste von allen Mandanten der letzten Jahre zusammenzustellen und von den Prozessen, in die Döllinger involviert war. Harriet hatte sie auch noch gefragt, ob sie von möglichen Drohungen gegen ihren Chef wusste, aber davon war der Sekretärin nichts bekannt. Ebenso wie von dessen Privatleben, das er strikt abgeschottet und für sich behalten hatte. Nahestehende Verwandte schien Döllinger nach Auskunft der Sekretärin nicht zu haben.

Harriet hatte diese Erkenntnisse noch dem Bericht an Cornelius hinzugefügt.

Danach lud sie alles an Information auf ihr Tablet herunter, was sie über die Familie von Waldegg-Haunstetten bekommen konnte. Im Anzapfen von offiziellen wie inoffiziellen Quellen war sie unübertrefflich, während Madlener weiter hinter den endlosen Lkw-Kolonnen herzuschleichen gezwungen war.

»Bist du aufnahmebereit für einen kleinen gedanklichen Exkurs in die Welt des Hochadels?«, fragte sie schließlich. »Nur damit wir wissen, mit wem wir es zu tun haben.«

»Bin ich«, antwortete Madlener und schaltete den Scheibenwischer auf Intervall, weil der Regen nachgelassen hatte.

»Aber ich warne dich lieber gleich – ich habe bei diesem Thema gewisse Aversionen. Man könnte auch sagen: Vorurteile.«

»Wo hast du die eigentlich nicht?«, kommentierte sie spöttisch, und Madlener warf ihr einen kurzen, gespielt vorwurfsvollen Blick zu, der ihr natürlich nicht entging. »Oder gibt es einen speziellen Grund für deine Vorbehalte gegen den sogenannten Adel, den ich noch nicht kenne?«

»Ja«, brummte er. »Die europäische und insbesondere die deutsche Geschichte. Noch mehr Aversionen habe ich nur gegenüber der Institution Kirche.«

»Du kennst doch überhaupt keinen von und zu. Und mit der katholischen Kirche hast du schon seit Jahrzehnten nichts mehr am Hut.«

Er zuckte mit den Achseln.

»Aber sie hat mich geprägt, das kannst du nicht so leicht aus den Klamotten schütteln. Was den Adel angeht: Was kann ich dafür, dass wir bis 1918 gebraucht haben, um endlich die Feudalherrschaft mitsamt ihren Privilegien abzuschaffen? Und was den Klerus betrifft, fürchte ich, brauchen wir noch mal fünfhundert Jahre, bis dort Vernunft eingekehrt ist und endlich mit der Heuchelei und der Doppelmoral aufgeräumt wird.«

Harriet konnte sich ein Grinsen nicht verkneifen.

»Ich hab's immer schon gewusst, dass du im Grunde deines Herzens ein verspäteter Achtundsechziger bist.«

»Na ja, in meiner zugegeben wilden Schulzeit war ich ein glühender Verehrer von Büchner. ›Friede den Hütten, Krieg den Palästen!‹ Sagt dir das was?«

»Willst du jetzt eine Zusammenfassung über die Familie derer von Waldegg-Haunstetten hören, oder möchtest du mir lieber Nachhilfe in Literatur und Geschichte geben?«

»Okay, ich mache ja schon Schluss damit. Dann sag mal, was du so alles in Erfahrung gebracht hast.«

»Also, die Familie Waldegg, ich kürze den Namen der Einfachheit halber mal ab, ist alter deutscher Adel. Der Titel geht angeblich zurück bis in die Zeit Kaiser Friedrichs II. von Hohenstaufen. Also Anfang 13. Jahrhundert. Der Stammbaum mit sämtlichen Verzweigungen, Verheiratungen und Nebenlinien umfasst etwa so viele Namen wie der Wiener Zentralfriedhof und ist genauso tot. Ich gebe dir deshalb nur die aktuelle Kurzversion der jetzigen Generationen.«

»Gott sei Dank. Ich habe schon mit meinem eigenen Stammbaum Probleme. Ich kann mich nicht mal mehr an den Mädchennamen meiner Großmutter erinnern.«

»Väterlicher- oder mütterlicherseits?«, fragte Harriet, nur um ihn zu ärgern, was prompt erfolgreich war, weil der Blick, den er ihr zuwarf, ein absolut tödlicher war.

»Können wir jetzt vielleicht zur Sache kommen, Agent Starling?«, knurrte er.

Harriet legte los.

»Das formale Oberhaupt der Familie Waldegg ist Ferdinand von Waldegg. Wenn ich seine Titel und seine Mitgliedschaften in Organisationen und Vereinen alle aufzähle, bin ich bis heute Abend beschäftigt. Aber wenn er mal das Zeitliche segnet, werden zwei Seiten in den überregionalen Zeitungen für die Todesanzeigen nicht ausreichen. Er ist Witwer, dreiundachtzig Jahre alt und tritt seit mehreren Jahren nicht mehr öffentlich in Erscheinung. Heißt auf gut Deutsch: Der gute Mann dürfte wohl geistig und körperlich ziemlich abgebaut haben. Er hat drei Söhne, Otto, Karl und Franz, die das Imperium unter sich aufgeteilt haben und verwalten. Dem Vernehmen nach sollen sie nicht besonders gut aufeinander zu sprechen sein. Aber sie halten trotzdem zusammen. Blut ist eben doch dicker als Wasser.«

»Besonders blaues Blut«, kommentierte Madlener.

Harriet machte nahtlos weiter.

»Es gibt einen Stammsitz, das Schloss Hohenschwarzbach, das über der gleichnamigen Stadt thront. War ursprünglich eine Burg, bis sie im Laufe des Dreißigjährigen Kriegs gebrandschatzt wurde, das heißt, sie brannte bis auf die Grundmauern nieder. Wurde dann von ihren Besitzern als vierflügeliges Schloss komplett neu aufgebaut. Eine Menge Berühmtheiten sollen dort in der folgenden Zeit zu Gast gewesen sein. Unter anderem Napoleon, Bismarck, Rainer Maria Rilke, Hermann Hesse und Martin Heidegger. War schon immer ein Hort für rauschende Feste und besonders beliebt bei illustren Jagdgesellschaften wegen der riesigen Wälder. Der Reichsjägermeister hat das Schloss später wohl auch mit seinem Besuch beehrt.«

»Der wer?«

»Na ja, Reichsmarschall Hermann Göring.«

»Ach du Schande. Überspringen wir das braune Kapitel doch lieber und kommen wir gleich zur Gegenwart, Agent Starling.«

»Jawohl, Mr. Crawford.«

Wenn sie unter sich waren, zogen sie sich bisweilen mit den Rollennamen von Jodie Foster und Scott Glenn auf, dem FBI-Mann und seiner Assistentin aus ihrem gemeinsamen Lieblingsfilm »Das Schweigen der Lämmer«.

Harriet räusperte sich, bevor sie weitermachte.

»Die Waldeggs sind nach wie vor Besitzer eines der größten Privatwaldgebiete der Republik und machen ihr Geld vor allem mit Forstwirtschaft, Verpachtung von landwirtschaftlichen Flächen und Großgärtnereien. Sie besitzen eine Kette von Pflanzencentern. Dann natürlich noch zahlreiche Immobilien sowohl historischer Art als auch als Investment im In- und Ausland, insbesondere in Vorarlberg. Außerdem wäre da noch die Waldegg-Privatbank mit mehreren Filialen in Baden-Württemberg. Halt, das Gestüt hätte ich beinahe vergessen. Da werden edle Pferde gezüchtet, die vor allem in arabischen Ländern sehr begehrt sind.«

»Jesus – was zum Teufel haben wir bloß falsch gemacht?«

»Vielleicht haben wir nicht die richtigen Namen. Und eine gewisse zweifelhafte Herkunft noch dazu.«

»Das wird's wohl sein …«

»Jetzt komme ich zu den drei Brüdern, die das alles zusammen mit ihren Frauen managen. Franz von Waldegg ist der mittlere, der Vater von Elise und Eduard. Er ist achtundfünfzig Jahre alt und für die Forstwirtschaft und die Gärtnereien zuständig. Außerdem sitzt er natürlich wie seine Brüder im

Vorstand der Waldegg-Bank. Charlotte, seine Gattin, eine geborene Gräfin von Wanger, ist seine zweite Frau. Sie ist fünfzehn Jahre jünger und die Mutter der beiden verschwundenen Geschwister.«

»Was ist mit seiner ersten Frau? Bitte ohne Nachnamen, ich bringe jetzt schon alles durcheinander.«

»Die ist vor über zwanzig Jahren verstorben. ›Nach kurzer schwerer Krankheit‹ stand in dem Artikel über ihre Beerdigung.«

»Haben die anderen Brüder Kinder?«

»Wir sind hier in einem Adelshaus, Mr. Crawford. Da muss man auf Teufel komm raus Nachwuchs in die Welt setzen, um seine dynastischen Ansprüche nicht zu verlieren. Karl, der älteste der Brüder, hat drei erwachsene Kinder, sie studieren in den USA und England. Otto hat vier, alle noch unter achtzehn, sie gehen auf verschiedene Internate.«

»Das heißt, Elise und Eduard fallen aus dem Rahmen. Weil sie in heimischen Landen studieren.«

»Sieht so aus, ja.«

»Wohnen alle Familien in diesem Schloss?«

»Nein, aber fast alle. In einem Flügel residiert das Oberhaupt, Ferdinand von Waldegg. Das Schloss ist ein imposanter Vierkantbau mit großem Innenhof. In zwei Seitenflügeln wohnen Karl und Otto mit ihren Familien, ein Flügel ist ein Museum, es kann aber nur zu besonderen Anlässen besichtigt werden. Im Erdgeschoss Pferdeschlitten, Kanonen und Kutschen, im ersten Stock das übliche antike Mobiliar, eine riesige Sammlung mittelalterlicher Waffen und Rüstungen, eine bedeutende Bibliothek.«

»In der Rainer Maria Rilke schon war. Und Hermann Hesse.«

»Nicht auszuschließen. Man muss sich das Ganze wie ein kleines Dorf vorstellen. Neben dem Schloss eine Kirche und ein Wirtshaus mit überregionaler Bedeutung. Weil dort ein namhafter Sternekoch den Löffel schwingt. Das Menü ab hundertachtundzwanzig Euro aufwärts. Getränke gehen extra.«

»Was du alles rauskriegst, Agent Starling ...«

»Ist irgendwie eine andere Welt als die, in der wir uns normalerweise bewegen, Mr. Crawford.«

»Scheint mir auch so. Grafen, Kaiser, Kanzler, Dichter, Philosophen und Nazigrößen. Und jetzt kommen wir daher«, sinnierte er.

Harriet fuhr ungerührt fort: »Dazu gibt es einen Schlosspark, öffentlich zugänglich, Stallungen, Lagerhallen und mehrere Häuser für Bedienstete und Angestellte.«

»Und wo wohnen die Eltern der entführten Kinder?«

»Franz und Charlotte von Waldegg wohnen extern.«

»Was heißt das?«

»Franz von Waldegg hat sich in schönster Lage ein supermodernes Anwesen von einem Stararchitekten bauen lassen. Alles nur Holz und Glas, ganz im Stil von Frank Lloyd Wright, der sein Design von der Natur ableitete. Wurde mehrfach ausgezeichnet in Architekturzeitschriften. Ich kann dir Bilder davon zeigen, sobald wir Zeit dafür haben.«

»Wir werden es früh genug selbst in Augenschein nehmen können«, meinte Madlener.

Der Regen hatte inzwischen ganz aufgehört, aber sie steckten nach wie vor im dichten Verkehr fest.

»Wie weit ist es noch?«, fragte Madlener, der gerade zum Überholen eines Schwertransporters ansetzte, obwohl ein entgegenkommendes Wohnmobil schon in Sichtweite war und die Lichthupe aufblitzen ließ.

»Noch gute zwanzig Kilometer bis Hohenschwarzbach«, antwortete Harriet und hielt sich am Sicherheitsgurt fest, bis Madlener wieder eingeschert war. »Falls wir dort jemals lebend ankommen.«

14

Sie parkten direkt vor dem Polizeirevier am Marktplatz von Hohenschwarzbach, einem nüchternen zweistöckigen Zweckbau aus den 1980er-Jahren mit der üblichen abstrakten Skulptur für öffentliche Gebäude davor, einem rostigen Riesensplitter mit Zacken und einem eingefrästen Guckloch auf quadratischem Betonfundament, dessen höhere Bedeutung und künstlerische Intention man wohl erst bei Wikipedia nachlesen musste, auf den ersten Blick erschloss sie sich nicht.

Als sie ausstiegen und Madlener sich nach der langen, mühseligen Fahrerei gerade streckte und dehnte, kam ein uniformierter Polizist aus dem Eingang, der bei ihrem Anblick sofort seine Mütze und eine dienstliche Miene aufsetzte und geradewegs auf Madlener zumarschierte.

»Sie dürfen hier nicht parken«, sagte er statt einer Begrüßung und wies auf ein Schild mit der Aufschrift: »Parken nur für Dienstfahrzeuge.«

»Sie können doch lesen, was da steht, oder?«, fügte er streng hinzu.

Der unüberhörbare Anflug von Kommandoton war etwas, das bei Madlener gar nicht gut ankam, weil es ähnliche Aversionen auslöste wie die Reizworte Adel und Klerus. Harriet befürchtete schon Schlimmeres, doch zu ihrer Verwunderung blieb er diesmal relativ gelassen.

»Ja, ob Sie's glauben oder nicht, aber ich kann lesen«, entgegnete er staubtrocken. »Und noch mal ja, wir dürfen hier parken. Und jetzt sehen wir mal, ob *Sie* lesen können.«

Er zückte humorlos seinen Dienstausweis und hielt ihn dem Polizisten direkt unter die Nase. Das hatte bei diesem eine sofortige Kehrtwendung in Sachen Umgangston zur Folge, die ihn Haltung annehmen ließ und einen einigermaßen verdatterten Gesichtsausdruck bei ihm auslöste.

»Sie sind Kommissar Madlener aus Friedrichshafen?«

»Er kann tatsächlich lesen!«, sagte Madlener ostentativ zu Harriet, was natürlich nur als rhetorische Ohrfeige für den Polizisten gedacht war. So ganz konnte Madlener doch nicht aus seiner Haut, wenn man ihn allzu sehr reizte.

Er steckte den Ausweis wieder weg und wandte sich an den Polizisten.

»Ja, ich bin Kommissar Madlener aus Friedrichshafen, und wir möchten zum Dienststellenleiter, Kommissar Fraidling. Wir werden erwartet.«

»Natürlich, entschuldigen Sie, ich wusste ja nicht …«

»Schon gut. Wir folgen. Bitte nach Ihnen.«

Der Polizist nickte und ging voraus, Madlener und Harriet hinterher.

15

Der Polizist führte sie durch den Eingangsbereich des Polizeireviers und einen langen Flur an vielen offen stehenden Türen entlang.

Dabei registrierten Madlener und Harriet sehr wohl, dass ihnen die neugierigen Blicke der Anwesenden folgten.

Anscheinend wussten alle in der Dienststelle Tätigen Bescheid, in welcher Mission sie unterwegs waren.

Was sie zu sehen bekamen, war ein großer, kräftiger Mann in einem schwarzen Herrenmantel mit Kapuze und ziemlich langen Haaren, der von einer jungen, kurzhaarigen und platinblonden Frau begleitet wurde, die schwarze Lederkleidung und Stiefel trug und ihm gerade bis zur Schulter reichte.

Das verstehen sie hier also unter topsecret!, dachte Madlener und fühlte sich in seinem obligatorischen Misstrauen gegenüber vollmundigen Verlautbarungen der Chefetage wieder einmal bestätigt.

Der Polizist hielt vor der Tür zum Chefbüro, klopfte kurz an, machte sie sofort auf und wartete, bis sie an ihm vorbei eingetreten waren, dann zog er die Tür hinter ihnen wieder zu.

Madlener und Harriet sahen sich einem Hünen von Mann mit Brille und gestutztem grau meliertem Vollbart gegenüber, der gerade im Stehen telefonierte und sein Gespräch bei ihrem Anblick abrupt beendete. »Er ist da«, sagte er noch schnell ins Telefon, »ich rufe später zurück.«

Damit knallte er den Hörer auf die Telefonanlage und steuerte mit ausgestreckter Hand auf Madlener zu.

»Herr Madlener, nehme ich an? Fraidling mein Name.«

Madlener gab ihm die Hand, sagte »Hallo« und wies auf Harriet. »Meine Kollegin, Frau Holtby.«

Fraidling gab auch Harriet die Hand. »Fraidling, freut mich.«

Harriet blieb ebenfalls bei einem knappen »Hallo«.

Der Hüne kratzte sich am Bart und musterte Harriet durch die dicken Gläser seiner Brille für Weitsichtige, die seine Augen doppelt so groß erscheinen ließen, als sie in Wirklichkeit waren.

»Ich war gar nicht informiert darüber, dass Sie zu zweit kommen«, sagte er mit einer unübersehbaren Unsicherheit. »Wie war die Fahrt?«

»Fürchterlich«, antwortete Madlener wahrheitsgemäß.

»Wem sagen Sie das! Wir alle hier in der Gegend wünschen uns seit Jahrzehnten die Autobahn, aber das kann noch dauern, wenn sie überhaupt jemals kommt.«

Er wies auf ein paar Stühle und einen Tisch.

»Bitte, nehmen Sie Platz. Was darf ich Ihnen anbieten?«

»Kaffee wäre schön«, sagte Madlener. »Aber bevor wir jetzt groß ins Plaudern kommen: Gibt es etwas Neues?«

Fraidling schloss resigniert die Augen und schüttelte den Kopf.

»Nichts. Absolute Funkstille. Ich habe eben mit einer Kollegin im Hause von Waldegg gesprochen. Sie schiebt dort Wache.«

»Kein Anruf, keine E-Mail, keine Nachricht, kein anonymer Brief mit ausgeschnittenen Buchstaben?«

»Nein.«

»Es gab also auch keine ausdrückliche Warnung oder Drohung, nicht die Polizei einzuschalten? Was normalerweise üblich wäre bei einer Entführung.«

»Nichts dergleichen.«

»Werden die entsprechenden Telefonleitungen der Familie Waldegg überwacht? Ihre Computer und ihre Handys?«

»Selbstverständlich. Wir haben nebenan ein Lagezentrum mit der nötigen technischen Ausrüstung eingerichtet. Dort halten zwei Techniker vom LKA abwechselnd die Stellung. Aber bis jetzt warten wir vergebens.«

»Die Eltern der Entführten? Wo sind die?«

»Die sind zu Hause. Werden psychologisch betreut. Jedenfalls Frau von Waldegg, sie hatte so eine Art von Nervenzusammenbruch.«

»Ich möchte mit ihnen sprechen.«

»Das habe ich schon getan. Ich fürchte, sie können nichts zu den Umständen der Entführung beitragen.«

»Das möchte ich gerne selbst beurteilen, wenn Sie nichts dagegen haben.«

Der Widerspruch irritierte Fraidling sichtlich. Er zwinkerte heftig, das schien ein nervöser Tick von ihm zu sein. Abrupt wechselte er das Thema.

»Wollen Sie nicht zuerst in ihrem Hotel einchecken? Wir haben ein Zimmer im ›Weißen Ross‹ für Sie reserviert. Ist gleich hier um die Ecke. Allerdings wussten wir nicht, dass Sie zu zweit sein würden …«

»Das regeln wir nachher. Zuerst möchten wir von Ihnen den genauen Ablauf geschildert bekommen, wie Sie von der Entführung erfahren und was Sie anschließend unternommen haben.«

Fraidling holte einen dünnen Hefter von seinem Schreibtisch und händigte ihn Madlener aus.

»Hier ist das genaue Ablaufprotokoll. Wann der Anruf der Familie erfolgte, wann wir zum Jagdschloss hinausgefahren sind, was wir dort vorgefunden haben, wann wir das LKA und Stuttgart informiert haben – alles. Mit Uhrzeit und Fotos vom mutmaßlichen Ort der Entführung.«

Während Madlener die Seiten durchblätterte, wandte sich Fraidling an Harriet.

»Wenn ich gewusst hätte, dass Sie zu zweit kommen, hätte ich natürlich eine Kopie anfertigen lassen.«

Er zwinkerte wieder nervös.

»Sie müssen entschuldigen, dass es hier drunter und drüber geht, aber wir sind alle ein wenig nervlich angespannt und haben ein gewisses Schlafdefizit. Die meisten Kollegen sind jetzt schon ewig auf den Beinen und arbeiten auf Anschlag.«

Madlener reichte den Hefter an Harriet weiter.

»Warum?«, fragte er. »Es gibt doch momentan nichts zu tun, außer abzuwarten. Oder verfolgen Sie eine konkrete Spur?«

»Das nicht. Aber ich habe alle verfügbaren Streifen losgeschickt, um die Gegend um das Schloss absuchen zu lassen.«

»Wonach?«

»Nach allem, was verdächtig ist. Außerdem habe ich einen Hubschrauber angefordert, der den ganzen Wald im Umkreis von dreißig Kilometern abfliegt.«

»Warum das?«

»Vielleicht findet sich eine Spur von den Waldegg-Kindern.«

Als er Madleners skeptische Miene sah, setzte er eilfertig nach: »Wir wollen uns nicht nachsagen lassen, dass wir nicht jeden Stein in der Gegend umdrehen. Wir tun alles, was in unserer Macht steht. Die Menschen hier in Hohenschwarzbach fühlen sich mit der Familie von Waldegg sehr verbunden und sind dankbar für alles, was sie seit Generationen für unsere Gemeinde getan hat. Aktuell finanziert sie den Anbau unseres Heimatmuseums, sponsert unsere Vereine, und außerdem ist sie einer der größten Arbeitgeber in der Region. Wir fühlen uns verpflichtet, nicht nur mit Worten, sondern auch mit Taten unter Beweis zu stellen, dass wir hinter ihr stehen.«

Er holte ein Tuch aus seiner Tasche, nahm die Brille ab und wischte sich erschöpft den Schweiß von der Stirn.

Das war sicher der längste Vortrag, den der Polizeichef von Hohenschwarzbach seit seiner Büttenrede im letzten Fasching gehalten hatte, dachte Madlener ein wenig respektlos.

»Das ist sehr löblich von Ihnen«, sagte er und war dabei bemüht, nicht spöttisch zu klingen, »und das sei Ihnen unbenommen. Aber jetzt ziehen Sie Ihre Leute ab und den Hubschrauber ebenfalls. Wir brauchen keinen blindwütigen Aktionismus. Sie vergeuden nur Ihre Kräfte. Die Frauen und Männer sollen ausschlafen, wir brauchen sie, wenn es wirklich drauf ankommt.«

Harriet gab ihm recht.

»Der oder die Entführer sind längst über alle Berge«, sagte sie.

»Woher wollen Sie das wissen?«, fragte Fraidling und blickte sie mit vergrößerten Augen durch seine Brillengläser an.

»Das Polizeirevier wurde laut Protokoll erst sechsundzwanzig Stunden nach der mutmaßlichen Entführung vom Vater der Geschwister informiert«, antwortete sie und tippte mit dem Finger auf die entsprechende Stelle im Hefter. »Wie weit kommt man in sechsundzwanzig Stunden? Ich denke, die Frage beantwortet sich von selbst.«

»Ja, was soll ich jetzt tun?«, fragte Fraidling nun völlig verunsichert.

»Das, was mein Kollege eben gesagt hat. Ziehen Sie die Leute ab.«

»Übernehmen Sie die Verantwortung?«, wollte Fraidling von Madlener direkt wissen.

»Ja. Von jetzt an. Sie können das ausdrücklich in Ihr Protokoll aufnehmen lassen, ich unterschreibe das. Und lassen Sie uns zu diesem Jagdschloss fahren, bevor wir mit den Eltern der Geschwister reden. Wir möchten das Schloss noch vor Einbruch der Dunkelheit sehen.«

Fraidling überlegte lange, bis er schließlich einknickte. »Wenn Sie es sagen … Wissen Sie, wir haben nicht so oft so eine … eine schlimme Geschichte wie diese. Eigentlich waren wir noch nie mit so einer großen Sache konfrontiert.«

Madlener hatte sich ursprünglich vorgenommen, richtig Gas zu geben, aber angesichts der Sachlage beschloss er, einen Gang zurückzuschalten, weil er sah, dass Fraidling wirklich bemüht war und ihm der Schweiß wieder auf der Stirn stand. Er war allem Anschein nach schlicht und einfach überfordert.

»Schon gut, Herr Fraidling«, beruhigte er ihn. »Sie haben alles richtig gemacht. Jetzt besorgen Sie uns erst einmal eine Tasse heißen Kaffee. Und meine Kollegin und ich machen uns kurz mit der Lage vertraut, bevor wir losfahren. Haben Sie eine genaue Karte von der Gegend?«

»Nebenan. Im Konferenzzimmer.«

Er wollte schon zur Tür, aber Madlener hielt ihn auf.

»Zuerst den Kaffee, bitte!«

»Ja, natürlich«, sagte Fraidling zerstreut und hantierte an der großen Kaffeemaschine in seinem Büro herum. Unter seinen Achseln hatten sich große Schweißflecken gebildet, obwohl er nur sein Hemd und nicht seine Jacke anhatte, die über seine Stuhllehne gehängt war.

»Jetzt piepst das verdammte Mistding wieder!«, jammerte er fast schon verzweifelt und drückte unkoordiniert auf den Bedienungsknöpfen herum. »Es ist wie verhext! Immer dann, wenn ich jemandem Kaffee anbieten möchte, funktioniert sie nicht. Nie will sie so, wie ich will!«

Madlener und Harriet tauschten einen kurzen Blick aus und Harriet hatte ein Einsehen, indem sie Fraidling schließlich zur Seite sprang und erst einmal den Tank der Kaffeemaschine mit Wasser füllte, sonst würde das mit der Tasse Kaffee heute nichts mehr werden.

16

Kommissar Fraidling steuerte den Streifenwagen den schier endlos erscheinenden Waldweg entlang. Madlener saß neben ihm, Harriet auf dem Rücksitz.

»Das alles gehört den Waldeggs?«, fragte Madlener, um Fraidling ein wenig die Nervosität zu nehmen, die dieser immer noch an den Tag legte. Er hatte eine Landkarte mit großem Maßstab auf dem Schoß, um genau nachvollziehen zu können, wo sie unterwegs waren.

»So ist es«, antwortete Fraidling. »Wir könnten noch zwanzig Kilometer weiter in dieser Richtung fahren und wären immer noch auf dem Besitz des Grafen von Waldegg.«

»Was ist das für ein familiäres Verhältnis bei Franz von Waldegg, seiner Frau und ihren Kindern?«

»Wie meinen Sie das?«

»Hohenschwarzbach ist doch überschaubar. Was hört man denn so allgemein über die Familie? Ist sie beliebt? Oder sind die Waldeggs Außenseiter? Abgehoben?«

»Der Graf und seine Gattin sind sehr beliebt, das kann man wohl sagen.«

»So nennt man sie? Der Graf und die Gräfin?«

»Ja. Sie gelten als sehr volksnah und aufgeschlossen. Fast jede Woche steht was über sie in der Zeitung. Eröffnungen, Einweihungen, Tagungen, Empfänge, kirchliche Feste, Feiern – es gibt eine Menge Anlässe für sie. Und jedes Mal ist die Familie vertreten, auch die Kinder. Sie haben keine Berührungsängste. Und keinerlei Standesdünkel, wenn Sie das meinen.«

»Aber Sie befürchten, dass sich das ändern wird. Nach allem, was gerade passiert.«

»Könnte man ihnen das verdenken? Dass sie sich zurückziehen und einigeln, wie die anderen von Waldeggs es tun?«

»Die sind also anders?«

»Das glatte Gegenteil. Die leben total abgeschottet.«

»Und das Oberhaupt? Ferdinand von Waldegg?«

»Der alte Graf hat sich seit Jahren nicht mehr gezeigt. Sitzt im Rollstuhl und verlässt das Schloss nicht mehr. Wie sein gegenwärtiger Zustand ist, das weiß keiner. Darf ich Ihnen jetzt eine Frage stellen?«, sagte Fraidling und warf seinem Beifahrer einen Seitenblick zu.

»Na klar«, erwiderte Madlener.

»Es heißt, Sie haben Erfahrung mit solchen Fällen wie diesem hier. Mit Entführungen, meine ich.«

»Wie man es nimmt. Jeder Fall ist anders. Und der hier gefällt mir gar nicht. Weil es nicht mal den Versuch einer Kontaktaufnahme durch den Entführer gibt. Das ist mehr als ungewöhnlich. Was ist Ihre Frage?«

»Genau deswegen mache ich mir große Sorgen. Weil sich der Entführer nicht meldet. Ich will um Gottes willen nichts Unheilvolles heraufbeschwören – aber halten Sie es für möglich, dass mit den beiden Kindern etwas passiert ist? Dass sie sich gewehrt haben und der Entführer durchgedreht ist und sie umgebracht hat? Und sich deshalb nicht meldet?«

»Ja, das ist bedauerlicherweise schon vorgekommen. Vor ein paar Jahren ist in Bayern die Frau eines Bankers entführt worden. Es gab eine Lösegeldforderung, aber keinen Beweis dafür, dass die Frau noch lebt. Ihr Mann hat trotzdem das Lösegeld besorgt und sich an die Anweisungen gehalten, aber das hinterlegte Geld wurde nie abgeholt. Kurze Zeit später hat man die Frau tot aufgefunden. Der Entführer wurde nie gefasst. Man hat sogar den Ehemann verdächtigt – der sich aus Gram darüber und über den Tod seiner Frau Jahre später umgebracht hat. Oder der Fall des Bankierssohns aus Frankfurt. Der elfjährige Junge, der von einem angeblichen Freund der Familie entführt wurde, aus reiner Habgier. Als der Entführer seine Forderungen gestellt hat, die anstandslos erfüllt wurden, war der Junge schon längst tot.«

»Ja, ich erinnere mich. Das ging ja durch alle Medien. Ein tragischer Fall. Deswegen sind wir hier auch so durch den Wind. So ein Entführer weiß doch genau, dass man einen Nachweis dafür will, dass seine Geiseln noch leben, bevor man bereit ist zu bezahlen. Also ist das doch ein ganz schlechtes Zeichen, dass es keinen Kontakt gibt. Weil die Geiseln im allerschlimmsten Fall schon längst nicht mehr leben.«

»Dass sich niemand mit Forderungen meldet, ist kein gutes Zeichen, nein. Aber noch sollten wir nicht darüber spekulieren. Als Polizisten müssen wir jedoch auf alles gefasst sein. Ihre Bedenken haben Sie hoffentlich der Familie Waldegg gegenüber nicht geäußert.«

»Um Gottes willen! Wo denken Sie hin! Das geistert mir nur ständig im Kopf herum.«

»In Ordnung. Es muss unter uns bleiben. Solange die geringste Hoffnung besteht, die beiden Kinder unversehrt zurückzubekommen, sollte man sie der Familie auf gar keinen Fall nehmen.«

Madlener korrigierte innerlich seinen ersten Eindruck von Fraidling. Ganz so einfach gestrickt, wie er anfangs auf ihn wirkte, nämlich wie ein typischer ignoranter Provinzbulle, war er doch nicht.

17

Endlich kamen sie aus dem sich scheinbar endlos hinziehenden Wald heraus. Es hatte inzwischen aufgehört zu regnen. Eine große Lichtung tat sich vor ihnen auf, und das Jagdschloss erschien inmitten von Nebelschwaden in seiner ganzen dornröschenhaften, leicht angegammelten Pracht.

Fraidling hielt den Dienstwagen auf dem gekiesten Vorplatz an und stieg aus, Madlener und Harriet ebenfalls.

Sie sahen sich um, und Fraidling zeigte ihnen, wo man das verlassene Auto der Geschwister aufgefunden hatte. Der Wagen war inzwischen in der Tiefgarage der Polizei untergebracht worden, wo er von LKA-Spezialisten genau unter die Lupe genommen worden war – ohne verwertbare Ergebnisse.

»Dort stand der Range Rover, als wir hier eingetroffen sind, nachdem uns der Graf persönlich im Polizeirevier aufgesucht hatte. Die Eingangstür zum Schloss war offen, der Schlüssel steckte noch.«

»Wenn die beiden tatsächlich von hier entführt worden sind«, meinte Harriet, »wovon wir wohl ausgehen können, nach allem, was wir wissen, dann muss der Entführer mit einem Fahrzeug hergekommen sein, um sie darin mitzunehmen. Er könnte vor ihrem Wohnhaus auf sie gelauert haben und ist ihnen dann bis hierher gefolgt ...«

»Vielleicht hat er im Wald irgendwo auf sie gewartet«, warf Madlener ein.

»Glaube ich eher nicht. Dann hätte er sie abgefangen, bevor sie ins Jagdschloss gegangen wären. Sie waren doch dort drin, um sich umzusehen, oder?«

»Ja, waren sie«, antwortete Fraidling.

»Gehen wir mal rein«, schlug Madlener vor.

Fraidling hatte einen Schlüsselbund dabei und suchte nach dem passenden Schlüssel, bis er ihn fand und die Eingangstür aufsperrte.

Sie betraten das Vestibül. Fraidling ging voran in die tanzsaalgroße, mit Tiertrophäen übersäte Wirtsstube, und dann warfen sie auch noch einen Blick in die Küche.

»Alle Türen waren auf«, berichtete Fraidling. »Sie waren den Spuren nach offensichtlich im Gastraum und in der Küche.«

Sie hatten genug gesehen und traten wieder vor die Eingangstür.

»Okay«, sagte Harriet. »Nehmen wir an, der Entführer wartet draußen, bis sie wieder rauskommen. Wenn hier ein Auto vorfährt, dann hören sie das und sehen nach, wer das ist.«

»Gab es keine Spuren im Kies?«, wollte Madlener wissen.

»Keine eindeutigen, nein«, erklärte Fraidling. »Als der Graf persönlich die Geschwister gesucht hat, sind er und ein Mitarbeiter mit zwei Fahrzeugen hier gewesen, da hat noch keiner darauf geachtet, irgendwelche Spuren nicht unkenntlich zu machen.«

»Warum haben die Eltern so lange gebraucht, bis sie die Polizei informiert haben?«, wollte Harriet wissen. »Sechsundzwanzig Stunden!«

»Das habe ich den Grafen auch gefragt«, sagte Fraidling. »Er wollte anfangs nicht wahrhaben, was passiert ist. Und dann haben sie im Familienrat gemeinsam beschlossen, erst einmal abzuwarten, bis eine Forderung kommt, und dann zu entscheiden.«

»Das war ein Fehler«, meinte Madlener.

»Das hat er am nächsten Tag auch eingesehen, nachdem er mit seiner Frau die Nacht vor dem Telefon verbracht hatte. Sie war es, die ihn überredet hat, zu uns zu kommen. Gegen den Rat der restlichen Familie.«

»Die bezahlen will, wenn es eine Forderung gibt?«

»Das hat mir der Graf so versichert.«

Harriet sah sich genauer auf dem Vorplatz um.

»Vielleicht kannten die Geschwister den- oder diejenigen, die vorgefahren sind«, dachte sie laut.

»Möglich«, erwiderte Madlener. »Aber selbst wenn sie den Fahrer und sein Auto nicht kennen, gibt es keinen Anlass für

Argwohn. Elise und Eduard wissen ja nicht, was sie erwartet. Warum sollten sie vorsichtig sein? Sie kommen also raus ...«

Harriet ergänzte: »... und da wartet jemand auf sie mit der Waffe in der Hand und zwingt sie, in seinen Wagen zu steigen.«

»Aber vorher nimmt er ihnen die Handys und die Uhren ab. Zerstört die Handys ... Wo lagen sie eigentlich?«

Fraidling zeigte auf die Stelle gleich am Eingang. »Hier haben wir die zerbrochenen Handys und die Uhren gefunden.«

»Er hat sich also nicht mal die Mühe gemacht, sie in den Wald zu werfen oder zu verstecken.«

»Nein«, sagte Fraidling. »Wir haben hier alles noch gründlich abgesucht, aber außer den Uhren und den Handys haben wir nichts weiter gefunden.«

»Das ist wichtig«, merkte Madlener an. »Er wirft sie mehr oder weniger achtlos weg. Es ist ihm gleichgültig, dass sie gefunden werden. Er ist sich seiner Sache absolut sicher.«

»Oder er will, dass sie gleich entdeckt werden«, warf Harriet ein. »Eigentlich hätte er sie nicht zerstören müssen. Warum macht er das? Aus Wut? Oder soll es sein unmissverständlicher Hinweis darauf sein, dass Elise und Eduard nicht einfach davongelaufen sind?«

Madlener nahm den Faden auf.

»Und als Zeichen dafür, dass er sie mitgenommen hat und dass sie seine Geiseln sind. Dass sie ihm auf Gedeih und Verderb ausgeliefert sind. Und dass er alle Möglichkeiten der Ortung oder der Kommunikation unterbinden kann. Einen Kontakt wird es nur geben, wenn er das will.«

»Könnte es nicht sein, dass er die Handys aus einem bestimmten Grund zerstört? Weil er verhindern will, dass jemand irgendwelche Anrufe oder Aufnahmen darauf entdeckt, die Hinweise auf ihn geben könnten?«

»Weit hergeholt, aber nicht auszuschließen.«

Fraidling staunte, wie Madlener und Harriet mit ihren Argumenten und Schlussfolgerungen nur so hin- und herspielten wie mit Pingpongbällen. Und wenn einer danebenging, machte es auch nichts. Jede noch so schräge Theorie wurde durchkonjugiert und dann eben bei Nichttauglichkeit einfach fallen gelassen.

Er musste zugeben, dass ihn das irgendwie beeindruckte.

Madlener wandte sich wieder ihm zu.

»Was ist mit den zerstörten Handys? Werden die von einem Techniker untersucht? Ob man nicht doch noch irgendwas rekonstruieren kann?«

»Sie sind beim LKA, aber sie waren wirklich ganz schön demoliert, ich selbst habe die Reste eingetütet.«

»Egal, man weiß nie.«

»Ich werde diesbezüglich nachhaken«, versprach Fraidling.

»Tun Sie das. Damit kommen wir zur zentralen Frage«, sagte Madlener. »Wie kann der Entführer davon erfahren haben, dass die Geschwister um diese Zeit an diesem Ort auftauchen? Und er hatte es explizit auf diese beiden abgesehen.«

»Und warum lauert er ihnen nicht vor ihrer Wohnung in Konstanz auf?«, wandte Harriet ein.

»Weil die mitten in der Stadt liegt. Zu viele mögliche Zeugen. Hier draußen ist normalerweise weit und breit kein Mensch.«

»Er hat sie wahrscheinlich schon seit einiger Zeit beobachtet. Könnte auch sein, dass er ihre Computer angezapft hat.«

»Vielleicht kommt der Täter aus dem Umfeld der Familie ...«

Sie sahen Fraidling an, als wollten sie ihn auffordern, sich bei ihrem Herumjonglieren mit möglichen Alternativen zu beteiligen.

Er zwinkerte und hob die Augenbrauen.

»Diese Drückjagd findet jedes Jahr um die gleiche Zeit statt. Ort und Termin stehen in der Lokalzeitung und im Internet.«

»Aber dieses Jahr wurde die Jagd um eine Woche verschoben.«

»Wegen des schlechten Wetters, ja. Doch auch das wurde rechtzeitig bekannt gegeben. Außerdem bekommen so viele Leute eine Einladung oder machen als Jagdhelfer mit – da kann sich leicht jemand alle Informationen beschaffen, die er braucht, wenn er es darauf abgesehen hat.«

»Schon richtig. Dann weiß er allerdings noch lange nicht, dass Elise und Eduard in aller Herrgottsfrüh hierherfahren, um den Zustand von Wald und Schloss zu überprüfen.«

Madlener schüttelte den Kopf. »Er muss ihnen aufgelauert haben. Vielleicht wollte er sogar die Jagd abwarten, um sie irgendwann allein zu erwischen, und hat Glück gehabt, dass sie als Vorhut ein paar Tage eher da waren …«

Er sah über die Lichtung auf das Rund des gegenüberliegenden Waldrands, der gut fünfhundert Meter weit entfernt war.

»Haben Sie auch dort drüben alles absuchen lassen nach eventuellen Reifenspuren?«

Fraidling konnte man die Antwort auf diese Frage direkt vom errötenden Gesicht ablesen, er musste wieder heftig blinzeln.

»Nein. Das ist wohl im allgemeinen Tohuwabohu versäumt worden.«

»Haben Sie ein Fernglas dabei?«

»Im Auto.«

Er wollte zum Dienstwagen, aber Harriet hatte ihr Fernglas schon hervorgeholt, das sie in ihrem Rucksack immer mit sich führte, und reichte es Madlener. Er nahm es entgegen und marschierte ohne ein weiteres Wort nach links über die weiträumige Lichtung, Harriet nach rechts.

Fraidling blieb zurück und telefonierte, während er den beiden von Weitem zusah, wie sie aus verschiedenen Richtungen zum Waldrand vorrückten und ihn abschritten. Madlener von links, Harriet von rechts, so gingen sie aufeinander zu.

Harriet blieb plötzlich stehen und winkte. Madlener eilte auf sie zu. Sie zeigte ins Gebüsch und beide verschwanden im Wald.

Jetzt war Fraidling doch neugierig geworden und lief los bis zu der Stelle, wo die beiden ein Stück weit zwischen den Bäumen standen.

»Vorsicht!«, warnte Madlener, als Fraidling näher kam, und zeigte auf den Boden. Und da sah er es deutlich: Reifenspuren und abgebrochene Zweige.

»Hier hat der Täter vermutlich in einem Fahrzeug gewartet, bis die Geschwister vorgefahren sind«, sagte Madlener. »Fordern Sie die Leute von der Spurensicherung noch mal an. Sie sollen aber nicht nur die Reifenspuren dokumentieren, sondern auch die ganze Umgebung durchforsten. Vielleicht war der Täter über einen längeren Zeitraum hier. Hat möglicherweise sogar in seinem Wagen übernachtet. Dann hat er noch andere Spuren hinterlassen, schließlich muss er den Wagen mal verlassen haben, vielleicht hat er etwas gegessen, etwas weggeworfen.«

Fraidling nickte und entfernte sich ein Stück weit, um mit seinem Handy die Spurensicherung herzubestellen. Bei dem Tempo, das dieser Kommissar aus Friedrichshafen mit seiner Kollegin an den Tag legte, kam er kaum noch mit. Er schwitzte schon wieder in seinen Klamotten, die ihm viel zu warm erschienen.

Madlener suchte mit seinem Feldstecher die gegenüberliegende Front des Schlosses bis zum Waldweg, von dem aus man den Vorplatz des Schlosses erreichte, ab.

»Ja, so könnte es gewesen sein«, sagte er nebenbei zu Harriet. »Von hier aus hat man das ganze Anwesen und die Zufahrt perfekt im Blick.«

Er reichte Harriet das Fernglas, und sie schwenkte ebenfalls das Jagdschloss und die Umgebung ab.

»Das darf doch nicht wahr sein!«, murmelte sie.

»Was hast du?«, wollte Madlener wissen.

»Dass mir das nicht gleich aufgefallen ist …«, schimpfte sie und übergab Madlener den Feldstecher wieder.

»Das Wappen über dem Eingang«, sagte sie. »Schau es mal genauer an.«

Madlener fixierte den Eingang mit dem Fernglas und schwenkte langsam nach oben, bis er das Wappen groß im Blickfeld hatte. Er justierte die Schärfe nach, dann nahm er das Glas ab.

»Das Wappen der Grafen von Waldegg. Eine Tanne und eine Armbrust«, kommentierte Harriet.

Madlener sah nach Fraidling, der immer noch außer Hörweite gestikulierte und telefonierte.

»Eine seltsame Koinzidenz, diese Armbrust ...«, brummte er nachdenklich. »In der Tat seltsam.«

»Ob es da einen Zusammenhang gibt?«, mutmaßte Harriet.

»Mit unserem Fall Döllinger? Was meinst du?«

»Erst mal gar nichts. Ein Wappen mit einer Tanne und einer Armbrust. Nach dem, was ich von Heraldik verstehe, bedeutet das nur, dass das Geschlecht derer von Waldegg sich den Wald und die Jagd zum Mittelpunkt ihres Daseins auserkoren und das mit Hilfe ihres Wappens der mittelalterlichen Welt kundgetan hat. Punkt, aus. Das kann nur reiner Zufall sein, dass wir dieser Waffe schon wieder über den Weg laufen. Weit vom Bodensee entfernt.«

»Und wenn es doch kein Zufall ist?«

Madlener blies die Backen auf. »Wir werden das jedenfalls vorerst für uns behalten.«

Harriet nahm ihm das Fernglas aus der Hand und visierte noch einmal das Wappen am Jagdschlosseingang an.

»Da ist was«, sagte sie.

»Wo?«

Aber Harriet hielt schon im Laufschritt über die Lichtung auf das Jagdschloss zu. Fraidling telefonierte immer noch, und Madlener blieb nichts anderes übrig, als ihr zu folgen.

Sie wartete vor der Eingangstür auf ihn und starrte hoch.

Er trat hinter sie und las laut vor, was auf dem gewundenen Spruchband unter dem Wappen stand.

»›Suum cuique‹. Jedem das Seine ... Meinst du das? War das nicht auf Deutsch der Spruch, den die Nazis als zynisches Motto über dem Eingangstor des Konzentrationslagers Buchenwald stehen hatten?«

»Ja. Aber der Spruch ist viel älter. Soweit ich weiß, gab es den schon in der Antike. Und der Preußenkönig Friedrich I. hat ihn als Motto für einen hohen Orden eingeführt. Die Nazis haben ihn dann für ihre Zwecke missbraucht. Nein, das meine ich nicht.«

Sie zeigte nach oben auf das von den zwei schwarzen staufischen Löwen gehaltene Metallemblem.

»Siehst du das? Im rechten Wappenteil steckt was. Zwischen Sehne und Bogen der Armbrust.«

Madlener sah genauer hin. »Du hast recht. Was ist das?«

Statt einer Antwort ging Harriet zum Streifenwagen und setzte sich ans Steuer. Der Zündschlüssel steckte. Sie ließ den Motor an und lenkte den Wagen seitlich knapp neben die Eingangstür, wo sie den Motor wieder abstellte.

Fraidling beendete endlich sein Gespräch mit dem Leiter der Spurensicherung und ging langsam auf das Schloss zu, während er seine dienstlichen Nachrichten auf dem Handy überflog. Als er schließlich vom Display seines Smartphones hochschaute, konnte er zuerst nicht fassen, was er da sah.

Ohne Rücksicht auf Lack und Blech kletterte diese kleine blonde Kommissarin mit ihren Stiefeln zuerst auf die Motorhaube und dann auf das Dach seines nagelneuen Streifenwagens, um auf Augenhöhe mit dem über dem Eingang angebrachten Wappen aus Metall zu sein.

Er schluckte einen Einwand hinunter, weil sie dort oben offensichtlich etwas entdeckt hatte.

»Was ist es?«, fragte Madlener hinauf.

Harriet sah genauer hin, ohne das Wappen zu berühren.

Dann drehte sie ihren Kopf zu ihm hinunter.

»Du wirst es nicht glauben«, sagte sie. »Es ist ein Armbrustbolzen. Und er steckt erst seit Kurzem da drin. Ich kann nicht den kleinsten Rostflecken finden.«

18

Es ging ein gutes Stück aus Hohenschwarzbach hinaus, eine gewundene Landstraße führte durch abgeerntete Felder, Wälder und Wiesen, bis zu einer Abzweigung, die einem Ortsfremden kaum aufgefallen wäre. Ein kleines Schild stand daneben, auf dem stand:

PRIVATSTRASSE
DURCHFAHRT VERBOTEN!

Kommissar Fraidling jedoch kannte sich hier bestens aus. Er setzte den Blinker und bog mit dem Dienstwagen ab.

Nach ein paar hundert Metern durch einen Laubwald ging es um eine Kurve, dann hielten sie vor einem breiten, übermannshohen Eisentor. Seitlich davon war deutlich sichtbar eine Videokamera auf einem Metallmast montiert.

Fraidling ließ sein Fenster nach unten fahren und drückte auf einen Knopf in der Gegensprechanlage, die so angebracht war, dass sie von einem Autositz aus bequem erreicht werden konnte.

»Kommissar Fraidling«, sagte er nach einem weiblichen »Ja?«.

Es summte, die Torflügel gingen auf, und sie fuhren hinein in das private Reich von Franz und Charlotte von Waldegg.

Wieder führte die Strecke durch einen lichten Laubwald, es waren lauter säulenförmig zugeschnittene, exotische Ginkgobäume, wie Madlener feststellte. Einen Ginkgo erkannte sogar er, obwohl er nicht gerade ein ausgewiesener Botaniker vor dem Herrn war.

Dann öffnete sich der Blick auf eine Behausung der ebenso ungewöhnlichen Art: Auf fast unwirkliche Weise schmiegte sich das Anwesen organisch in einer wahren Symphonie aus

Holz und Glas in einen Berghang hinein und verschmolz gewissermaßen mit der hügeligen Landschaft, die bis zum Horizont reichte. Das Gebäude war ein Solitär und ging doch eine einzigartige, harmonische Symbiose mit der Umgebung ein.

Auf dem großen, halbmondförmigen Platz davor stand ein Streifenwagen. Ein Porsche Cabrio, ein Audi SUV und ein schwerer Mercedes parkten unter einem dezenten Holzcarport. Ein Stück abseits ein VW Polo.

Fraidling, Madlener und Harriet wurden schon von einer jungen Polizistin in Uniform empfangen, die sie begrüßte.

»Der Graf und die Gräfin warten im Haus auf Sie.«

»Was ist mit dem psychologischen Dienst?«, fragte Fraidling.

»Wird wunschgemäß nicht mehr benötigt«, sagte die Polizistin mit dem Pferdeschwanz unter der Dienstmütze vielsagend. »Der Hausarzt der Familie hat Frau von Waldegg schon mit entsprechenden Medikamenten versorgt.«

Sie ging voraus zur wuchtigen Eingangstür des Hauses, die offen stand.

Im Gehen registrierte Madlener die zahlreichen Kameras, die Bewegungsmelder und die Alarmanlage.

Die Familie von Waldegg-Haunstetten hat sich so ziemlich gegen alles gewappnet, dachte er. Aber dann kommt der Schwarze Mann und schlägt ganz woanders zu …

Sicherheit konnte man sich kaufen.

Absolute Sicherheit wohl nicht.

Eine Hausdame mittleren Alters und in elegantem Kostüm erwartete sie im Eingangsbereich, stellte sich kurz vor und lud sie mit einer Geste ein, ihr zu folgen.

Madlener wunderte sich bei dieser herrschaftlichen Umgebung über nichts mehr, auch nicht über die avantgardistische Innenarchitektur mit der teuren Kunst an den Wänden, überwiegend Neue Leipziger Schule, ein Neo Rauch war dabei und daneben tatsächlich ein Gerhard Richter.

Noblesse oblige, dachte Madlener.

Die Flure waren die reinsten Wandelhallen, die sich anschließenden Räumlichkeiten offen und großzügig.

Madlener schnupperte, es roch nur dezent nach dem Parfüm der vorauseilenden Hausdame, aber wenn man Geld im Besonderen und Reichtum im Allgemeinen mit der Nase wahrnehmen konnte, dann musste es hier sein.

Geschmack hatten sie.

Oder einen guten Einrichtungsdesigner.

Aber es war schon immer etwas teurer, einen besonderen Geschmack zu haben, fiel Madlener ein, dem in diesem Moment der Werbeslogan von Atika durch den Kopf ging, obwohl er diese Zigarettenmarke nie gemocht hatte. Außerdem gab es sie schon längst nicht mehr.

Aber ausgerechnet jetzt hätte er Lust auf eine Kippe gehabt.

Wie immer im falschen Moment.

19

Sie kamen in einen Wohnraum, der aussah wie eine Living-Room-Doppelseite in »House and Garden« und durch dessen Fensterfront man eine Hundertachtzig-Grad-Panoramasicht nach Südwesten auf bewaldete Bergrücken bis zum Horizont hatte, die in die goldenen Strahlen der untergehenden, tief stehenden Oktobersonne getaucht waren.

Genau an einem Sonnenreflex am Fenster stand ein stattlicher Mann in tadelloser Haltung, silbernes, sauber gescheiteltes Haar, Designerbrille und Landhaus-Lodenanzug, ein Gutsherr alter Schule. Er hielt ein Cocktailglas in der Hand und sah ihnen mit einem müden Gesichtsausdruck entgegen.

Auf einem Barcelona-Sessel von Mies van der Rohe saß die Dame des Hauses mit brünetter Pagenfrisur in einem Chanel-Kostüm daneben.

Konfektionsgröße 34 oder, wie man heutzutage sagte, XS, höchstens, schätzte Madlener. Sie hatte Kreolen an den Ohren und eine Perlenkette um den Hals und nestelte an einem zerknüllten Taschentuch in ihrem Schoß herum.

Fraidling stellte Madlener und Harriet als die extra aus Friedrichshafen angereisten Spezialisten der Kriminalpolizei vor, der Graf gab ihnen die Hand, die Gräfin nickte nur. Aber dafür preschte sie auch gleich mit einer Frage vor, die einem indirekten Vorwurf gleichkam.

»Kann ich davon ausgehen, dass dieses Großaufgebot an Polizei bedeutet, dass Sie mit positiven Neuigkeiten hier erscheinen?«

»Leider nein«, antwortete Madlener. »Wir sind hier, um noch mal ganz von vorne anzufangen, so anstrengend und bedrückend das für Sie beide sein muss.«

Frau von Waldegg hob resigniert die Hand zum Zeichen, dass sie verstanden und nichts anderes erwartet hatte.

Madlener setzte noch einmal an.

»Frau von Waldegg – wir sind nicht hier, um Sie unnötig zu quälen, glauben Sie mir. Wir sehen uns nur durch die Umstände gezwungen, sofort in medias res zu gehen und die Sache noch mal systematisch aufzudröseln.«

»Nennen Sie mich bitte Waldegg, das ›von‹ lassen wir weg«, warf sie müde ein.

»Wie Sie meinen, Frau Waldegg. Ich möchte Ihnen notwendigerweise noch ein paar Fragen stellen.«

»Tun Sie, was Sie nicht lassen können. Was glauben Sie, wie viele Fragen ich heute schon über mich ergehen lassen musste? Und die ganze Zeit über kann ich an nichts anderes denken als an meine Tochter und meinen Sohn. Und dass sie in der Gewalt eines Entführers sind …«

Sie verlor kurz ihre Fassung und Madlener ließ ihr Zeit, bis sie sich wieder im Griff hatte. Das ging überraschend schnell. Ihr Mann trat hinter sie, stellte sein halb volles Cocktailglas ab und legte seine Hände beruhigend auf ihre Schultern.

»Muss das heute noch sein? Sie sehen doch, meine Frau ist am Ende ihrer Kräfte.«

Sie tätschelte seine Hand. »Es geht schon wieder.«

Rasch betupfte sie mit dem Tuch ihre Augen und setzte sich energisch kerzengerade hin.

»Sie können ruhig Ihre Fragen stellen, Herr Kommissar. Wenn uns das irgendwie weiterbringt …«

Madlener räusperte sich vernehmlich. »Ich darf Ihnen vorab versichern, dass wir alles in unserer Macht Stehende tun, um dafür zu sorgen, dass Sie Ihre Kinder unversehrt wieder zurückbekommen.«

Sie winkte ab.

»Bitte ersparen Sie mir das. Den Spruch höre ich jetzt bestimmt schon zum fünften oder sechsten Mal. Natürlich wollen mein Mann und ich unsere Kinder zurück. Ich frage Sie: Was tun Sie eigentlich konkret dafür? Herumstehen und warten? Dass sie von allein zurückkommen?«

»Ich will Ihnen mein Vorgehen gern erklären, Frau Waldegg«,

sagte Madlener in einer einfühlsamen und geduldigen Art und Weise, die Harriet selten von ihm gehört hatte.

Wenn er etwas wirklich gut konnte, dann war es, sich augenblicklich auf den Gemütszustand seines Gegenübers einzustellen und anschließend auf die richtigen Knöpfe zu drücken.

»Wir gehen in zwei Schritten vor«, erläuterte er. »Schritt Nummer eins: Wir versuchen alles, was unsere Technik, unsere Spurensicherung und unser persönlicher Einsatz hergeben, um auf die Spur derjenigen zu kommen, die an der Entführung Ihrer Kinder beteiligt sind oder irgendwie damit zu tun haben. Und genau dafür brauchen wir Ihre Mitarbeit. Ich weiß, Sie hören immer wieder die gleichen Fragen. Aber jedes Detail, und mag es Ihnen im ersten Moment noch so banal und unwichtig erscheinen, kann uns bei der Suche nach Ihren Kindern und dem Täter wichtige Hinweise geben. Ich bitte Sie in der Hinsicht schon im Voraus um Verständnis und Geduld.«

Er warf einen Blick in die Runde und vergewisserte sich, dass er immer noch die Aufmerksamkeit aller Anwesenden hatte.

»Schritt Nummer zwei: Wir warten notgedrungen, weil wir bisher noch nichts von den Entführern gehört haben. Das kann passieren, glauben Sie mir, ich habe Erfahrung in solchen Fällen. Sie wollen uns schmoren lassen, uns auf die Folter spannen. In diesem Moment bleibt uns nur die Reaktion. Diese Reaktion wird aus einer Reihe von eingespielten Abläufen bestehen, die sich bewährt haben. Zunächst einmal müssen wir auf alles gefasst sein, was auf uns – und insbesondere auf Sie – zukommt. Das sind wir, weil wir selbstverständlich technisch bestens ausgerüstet sind und darauf vorbereitet, alle erforderlichen Maßnahmen einzuleiten, sobald sich der Entführer meldet.«

»Sie sprechen in der Mehrzahl und dann wieder in der Einzahl«, unterbrach Graf Waldegg. »Wissen Sie denn schon, ob es ein Einzeltäter ist oder nicht?«

»Nein, das wissen wir noch nicht. Ich bleibe mal der Einfachheit halber beim Einzeltäter. Also – wir sind darauf vorbereitet, wenn das Telefon klingelt. Und da kommen Sie beide ins Spiel. Der Entführer wird einen von Ihnen beiden sprechen wollen, falls er anruft. Das ist immer der einfachste Weg, um Kontakt aufzunehmen. Entweder Sie, Frau Waldegg, oder Sie, Herr Waldegg. Oder er schickt eine E-Mail oder eine Botschaft übers Netz, die man nicht bis zu ihrem Absender zurückverfolgen kann. Aber damit haben wir ihn trotzdem quasi am Haken. Wir wissen mehr über ihn, über seine Art zu sprechen oder zu schreiben, über seinen Kommunikationskanal, egal welchen. Er wird Forderungen stellen, möglicherweise bereits über Wann und Wo der Geldübergabe sprechen. Das alles verrät uns schon einiges über ihn. Wie er sich ausdrückt, Dialekt, Stimmlage et cetera. Fundamental wichtig ist der erste Kontakt. Bleiben Sie ruhig, lassen Sie sich nicht provozieren. Wer von Ihnen wird an den Apparat gehen, falls er anruft und einen von Ihnen beiden sprechen will?«

»Ich mache das«, sagte Frau Waldegg mit einer wacker gespielten Selbstsicherheit, die nicht so ganz vertrauenswürdig klang, wie sie wollte.

»Gut. Hat man Ihnen schon gesagt, wie Sie sich verhalten sollen?«

»Ja.«

»Dass Sie, bevor Sie irgendeine Zusage machen, einen Beweis dafür wollen, dass Ihre Kinder wohlauf sind?«

»Ja. Aber was machen wir, wenn er sagt, dass wir auf gar keinen Fall die Polizei einschalten dürfen?«

»Das wird er nicht.«

»Woher wollen Sie das wissen?«

»Weil ihm klar ist, dass die Polizei bereits informiert ist. Schließlich war er es, der so viel Zeit hat verstreichen lassen, bevor er sich gemeldet hat. Ansonsten hätte er die Forderung gleich nach der Entführung stellen müssen.«

»Also ist es ihm egal, wenn die Polizei mithört?«

»Das hat er wohl mit einkalkuliert.«

»Warum?«

»Weil er weiß, dass sich das sowieso nicht vermeiden lässt.

Werden Sie auf eine Geldforderung eingehen? Und wenn sie noch so hoch ist?«

»Ja. Und ich werde den Anrufer so lange hinhalten, wie es nur geht.«

»Gut. Dann wäre das geklärt. Ich komme jetzt noch einmal auf Schritt Nummer eins zurück. Meine Fragen an Sie. Also – haben Sie irgendeinen Verdacht, egal wie weit hergeholt, wer Ihre Tochter und Ihren Sohn entführt haben könnte?«

Er sprach dabei den Grafen direkt an.

»Nein«, antwortete der.

»Herr Waldegg, lassen Sie uns kurz Tacheles reden, ohne falsche Tabus …«

»Das höre ich zum ersten Mal aus dem Mund eines Polizisten«, sagte Graf Waldegg. »Und ich bin Ihnen dankbar dafür. Schießen Sie los.«

Madlener nickte. »Alsdann: Gibt es eine Familienfehde, von der niemand etwas weiß?«

»Worauf wollen Sie hinaus?«

»Will jemand aus der Familie Ihnen vielleicht einen bösen Streich spielen? Gibt es irgendeinen Grund dafür?«

»Sie meinen, nach einer Woche springen unsere Kinder aus dem Busch und sagen: Hoppla, hier sind wir wieder?«

»Vorstellbar ist alles.«

»Was denken Sie von uns? Von den Waldeggs? Wir sind uns nicht in allen Dingen grün, aber so etwas … Nein, das ist vollkommen absurd!«

»Gut. Ich wollte das nur der Vollständigkeit halber angesprochen haben. Sie haben sicher Feinde und Neider. Das hat jeder, Sie aber natürlich insbesondere. Sie stehen im Fokus der Öffentlichkeit, sind ein erfolgreicher Geschäftsmann und sehr wohlhabend, wie allgemein bekannt ist. Und hier in der Gegend sowieso. Sie sind das perfekte Ziel für jeden, der sich ein geeignetes Opfer für eine Entführung sucht.«

»Und warum hat man dann nicht mich entführt?«, fragte Frau Waldegg unvermittelt. »Das wäre doch wesentlich einfacher gewesen als zwei erwachsene Kinder.«

»Diese Frage stellen wir uns ebenfalls, Frau Waldegg. Keine Sorge, wir lassen nichts außer Acht. Auch dieser Aspekt wird in unseren Ermittlungsansatz einfließen. Sie sollten wissen: Solange wir auf eine Kontaktaufnahme warten, sitzen meine Kollegen und ich nicht untätig herum. Wir analysieren genauestens, was wir haben, und versuchen gleichzeitig, alle Fakten zu sammeln, die uns weiterhelfen können, dem Entführer auf die Spur zu kommen. Herr Waldegg, es muss irgendeinen Bezug zu Ihnen geben. Entweder einen engeren, den wir noch nicht kennen, oder einen profanen, offensichtlichen: Ihr Geld. Bitte denken Sie gründlich nach: Kennen Sie jemanden, dem Sie so etwas wie eine Entführung zutrauen? Jemand, der in einer verzweifelten Lage ist und Geld braucht? Jemand, der glaubt, dass Ihre Bank schuld daran ist, dass er sein Haus nicht mehr abbezahlen kann? Und damit Sie ins Visier nimmt. Irgend so etwas. Gehen Sie in sich. Es kann jeder sein. Ein ehemaliger oder jetziger Geschäftspartner, ein Konkurrent, ein flüchtiger Bekannter. Ich verspreche Ihnen, wir ermitteln mit aller Vorsicht und Zurückhaltung, wenn Sie uns einen Namen nennen und wir diesbezügliche Nachforschungen anstellen.«

Madlener wartete auf eine Antwort des Grafen oder der Gräfin.

Sie sahen einander an.

Es war plötzlich so leise, dass man das Feuerholz im Kamin knistern und knacken hörte. Draußen war es frisch geworden, die Hausdame kam und legte Feuerholz nach.

»Danke für Ihre offenen Worte, Herr Kommissar«, sagte Franz von Waldegg. »Meine Frau und ich haben uns schon den Kopf darüber zerbrochen, aber beim besten Willen ... Jemanden, der so etwas tut oder dazu in der Lage wäre – den kennen wir nicht.«

»Aber er kennt Sie«, entgegnete Madlener. »Zumindest Ihre Gewohnheiten, Ihren Alltag, Ihren Umgang. Ich gehe davon aus, dass er im gleichen Umfang über Ihre Kinder Bescheid weiß. Er hat sie wahrscheinlich schon länger beobachtet, Sie *und* Ihre Kinder. Wenn das zutrifft, dann stimmt mich das hoffnungsvoller.«

»Wie sollen wir das jetzt bitte verstehen?«, empörte sich Frau Waldegg. »Was in Gottes Namen soll daran gut sein?«

»Weil der Entführer in diesem Fall ein Profi ist. Er checkt vorher alles ab, hat einen Plan. Und vor allem: Er ist nur auf Geld aus. Ein Profi versorgt seine Geisel, dreht nicht durch, weil er plötzlich Panik bekommt und Zeugen beseitigen will. Nein, er hat Geduld und wartet erst mal. Verstehen Sie? Dieser Täter spielt mit Ihnen und Ihrer Angst. Ein grausames Spiel, zugegeben. Aber er will offensichtlich, dass Sie leiden. Sie dürfen ihm nicht den Gefallen tun und die Nerven verlieren.«

Die Gräfin tauschte einen Blick mit ihrem Gatten aus und nickte.

Madlener fuhr fort. »Zurück zu Ihren Kindern: Sind die beiden regelmäßig nach Hause gekommen?«

»Jedes zweite Wochenende«, antwortete Frau Waldegg. »Und in den Semesterferien natürlich. Wir unternehmen viel zusammen.«

»Haben die beiden irgendetwas erwähnt, ein kurioses Vorkommnis, eine Begegnung mit jemandem, der ihnen seltsam erschien, irgendetwas in der Art?«

»Nicht, dass ich wüsste. Du?« Sie wandte sich an ihren Mann.

Der schüttelte nur verneinend den Kopf.

»Was glauben Sie«, fragte Madlener, »wie werden Ihre Kinder sich verhalten?«

»Wie meinen Sie das?«, wollte Frau Waldegg wissen.

»Sie kennen sie am besten«, antwortete Madlener. »Bleiben sie ruhig, gelassen, oder neigen sie dazu, sich zu wehren, sich nicht in ihr Schicksal zu ergeben?«

»Elise hat bestimmt keine Angst. Sie wird nicht so schnell durchdrehen.«

Sie sah ihren Mann fragend an, der ihr recht gab.

»Nein, wird sie nicht«, sagte er mit Bestimmtheit. »Sie ist ein Verstandesmensch, sie wird abwägen und es erst einmal angebracht finden, mitzuspielen und zu versuchen, mit ihrem Entführer ins Gespräch zu kommen.«

»Und ihr Bruder?«, fragte Madlener.

»Bei ihm bin ich mir nicht so sicher«, erklärte Frau Waldegg. »Eduard ist ein sensibler Junge …«

Madlener sah, wie sie mit ihrem Mann einen skeptischen Blick austauschte.

»Glauben Sie mir«, versicherte ihr Madlener. »Es ist Glück im Unglück, dass sie nicht allein sind, sondern zu zweit. Sie können im anderen Halt finden.«

Frau Waldegg nickte, wenn auch nicht ganz überzeugt.

»Haben Ihre Kinder eine feste Beziehung? Einen Freund, eine Freundin?«

»Ja. Unsere Tochter hat einen Freund. Ein anständiger Junge. Studienkollege.«

»Er war schon ein paarmal hier zu Besuch«, ergänzte der Graf.

»Und Eduard?«

»Nichts Festes, soweit ich weiß«, antwortete die Gräfin.

»Frau Waldegg – haben Sie schon mit Elises Freund telefoniert?«

»Nein.«

»Er weiß also noch nichts von der Entführung?«

»Ich denke nicht.«

»Sollte er anrufen, sagen Sie ihm die Wahrheit. Aber mit der dringenden Bitte, das vorerst für sich zu behalten.«

»Ja, ich verstehe.«

»Außerdem sollten Sie natürlich die geplante Jagd unter einem nachvollziehbaren Vorwand absagen.«

»Habe ich schon veranlasst«, sagte der Graf. »Krankheitsbedingt.«

Madlener nickte. »In Ordnung. Dann werden wir Sie heute nicht weiter belästigen«, sagte Madlener und wandte sich zum Gehen, drehte sich aber noch einmal um. »Eines noch: Ich brauche ein aktuelles Bild von Elise und Eduard und eine Beschreibung der Kleidung, die sie zuletzt anhatten.«

»Haben wir schon«, warf Fraidling ein.

»Na schön. Noch Fragen?« Madlener blickte Harriet an.

»Ja«, sagte Harriet. »Was ist mit den Laptops der beiden? Waren sie bei Facebook, Instagram, Twitter und so weiter?«

»Was denken Sie denn?«, sagte Graf Waldegg. »Sie sind damit groß geworden!«

»Die Laptops sind schon bei den Spezialisten vom LKA«, beantwortete Fraidling Harriets Frage.

»Früher oder später wird es auffallen, dass Elise und Eduard nicht mehr über die üblichen Kanäle in den sozialen Netzwerken kommunizieren«, sagte Harriet zu Madlener.

»Das können wir nicht verhindern«, antwortete er.

Dann wandte er sich an den Grafen und die Gräfin. »Das war's für diesmal. Danke für Ihre Geduld.«

»Sagen Sie«, meldete sich Frau Waldegg noch einmal, »sollen wir die ganze Nacht aufbleiben? Wegen des Telefons? Ich möchte mir keine Vorwürfe machen, dass ich das Telefonklingeln überhört habe.«

»Nein, das brauchen Sie nicht. Sollte der Erpresser mitten in der Nacht anrufen, wird er es schon so lange klingeln lassen, bis jemand rangeht. Er will ja etwas von Ihnen, vergessen Sie das nicht. Daran müssen Sie immer denken. Er hat das getan, weil er etwas von Ihnen will, nicht von den Kindern. Die sind nur sein Druckmittel.«

In diesem Moment schrillte es durchdringend.

Es war das Festnetztelefon.

Fast alle zuckten zusammen.

Die Hausdame stand daneben.

»Soll ich rangehen?«, fragte sie unsicher.

»Warten Sie noch …«, sagte Madlener und gab Fraidling ein Zeichen.

Der hatte schon zu seinem Handy gegriffen und wählte.

Das Schrillen hörte nicht auf.

»Seid ihr dran?«, fragte Fraidling ins Handy. »Okay.«

Er nickte der Hausdame zu.

»Sie können!«, sagte er.

Die Hausdame nahm ab.

»Bei von Waldegg?«, sagte sie in den Hörer.

Alle Augen waren auf sie gerichtet, Frau Waldegg war aufgestanden.

»Ja, Herr Bürgermeister, er ist da, einen Moment«, sagte die Hausdame und reichte dem Grafen das Telefon, der es annahm und, während er sprach und zuhörte, den Raum verließ.

Fraidling, Madlener und Harriet verabschiedeten sich von Frau Waldegg und wurden von der Hausdame hinausgeleitet.

»Wohin jetzt?«, fragte Fraidling, als sie alle wieder im Dienstwagen saßen.

»Jetzt checken wir ein. In unser Hotel. Wie heißt es gleich noch mal?«, fragte Madlener.

»›Weißes Ross‹«, antwortete Harriet, und Fraidling fuhr durch den inzwischen von versteckten Scheinwerfern angeleuchteten Ginkgo-Wald zurück zum Tor, das vor ihnen wie von Geisterhand aufging.

Es wurde allmählich finster. Der Schwarzwald hielt, was sein Name versprach.

Die roten Schlussleuchten des Dienstwagens verschwanden in der Dunkelheit.

20

Für die Verhältnisse des Marktfleckens Hohenschwarzbach, vor allem an einem Werktag, in dem normalerweise außer im Hochsommer zwei Stunden nach Sonnenuntergang sprichwörtlich die Gehsteige hochgeklappt wurden, war es schon ziemlich spät, fast zweiundzwanzig Uhr, als Madlener und Harriet endlich Zeit fanden, sich in die Gaststube ihres Hotels zu begeben, um dort vielleicht – wenn sie Glück hatten – noch etwas zum Essen zu bekommen.

Doch der umsichtige und wirklich um sie bemühte Fraidling hatte der Küche Bescheid gegeben, bevor er sich selbst in den Feierabend verabschiedet hatte.

Madlener und Harriet hatten als letzte Gäste Platz genommen, die Speisekarte erhalten und schon die Getränke geordert. Sie wollten ein Resümee des ersten Tages ziehen und beratschlagen, bis das Essen kam.

Insgesamt waren sie von ihrer Unterkunft angenehm überrascht. Nicht nur, dass die Hotelzimmer zwar einfach, aber modern eingerichtet waren, auch der Gastraum hatte nichts von angeranzter Wirtsstube mit einer Einrichtung aus der Nachkriegszeit, wie Madlener zugegebenermaßen zuerst beim Hotelnamen »Weißes Ross« befürchtet hatte, sondern er war frisch renoviert. Dunkler Basaltboden, auberginefarbene Wände, kein Schnickschnack, moderne Stühle und Tische, dezentes Licht.

Die Speisekarte eher schmal, mit Konzentration auf regionaler Küche, aber alles, wie das gesamte Interieur, mit einem gewissen Anspruch.

Harriet bestellte Schwarzwaldforelle »Müllerin« mit Salzkartoffeln, und Madlener, der sein Diätvorhaben erst einmal gedanklich auf Eis legte, entschied sich für Hirschgulasch in Thymiansoße mit hausgemachten Spätzle und Preiselbeerbirne.

Wenn schon, denn schon, überstimmte er sein prompt einsetzendes schlechtes Gewissen mit einer billigen Ausrede.

Schließlich waren sie in einer Gegend und hatten mit Menschen zu tun, für die die Jagd zum Alltag gehörte – sogar Fraidling war in seiner Freizeit begeisterter Jäger, wie er freimütig zum Besten gab –, dann wollte sich Madlener auch kulinarisch darauf einstimmen.

Er trank, wie es sich für den Schwarzwald gehörte, ein Viertel Trollinger, Harriet Zero-Cola. Als der Kellner ihre Bestellung aufgenommen hatte und wieder gegangen war, stellte Harriet, jetzt, wo sie unter sich waren, die Kardinalfrage: »Was machen wir, wenn sich kein Entführer meldet?«

Madlener probierte erst von seinem Wein, bevor er antwortete. »Je länger es dauert, desto schlimmer für die Entführten. Und für uns wird die Lage auch nicht besser. Im Gegenteil – wir können nur froh sein, dass bis jetzt noch nichts an die Öffentlichkeit gedrungen ist. Was denkst du, was dann hier los ist? Das wird eine Medieninvasion, wie sie Hohenschwarzbach noch nicht erlebt hat.«

»Aber wie lange hält der Deckel noch, den wir alle versuchen draufzuhalten? Denn wenn er aufgeht, fliegt er uns ganz schnell um die Ohren.«

»Ganz so drastisch würde ich es nicht ausdrücken, aber es kann ganz schön unangenehm für uns werden, wenn wir bis dahin immer noch mit leeren Händen dastehen. Entführungsfall in einer reichen Familie, dazu noch Adelige, ein Sohn und eine Tochter – und die Polizei hat nicht die geringste Spur! Wenn das kein Futter für die Medien ist …«

Madlener nahm einen Schluck Wein, bevor er weitersprach. »Momentan sehe ich nur eine Möglichkeit: Wir müssen nehmen, was wir haben.«

»Aber wir haben so gut wie nichts!«, warf Harriet ein.

»Dann werden wir eben selber nach der Goldader im dunklen Bergwerk schürfen.«

»Was meinst du damit?«

»Wir haben die ganze weitverzweigte Familie von Waldegg, und wir müssen alles über sie in Erfahrung bringen. Die wichtigste Frage lautet: …«

»… wo ist das Motiv, wenn es nicht das Geld ist?«, vervollständigte Harriet Madleners Satz.

»Richtig.«

»Dann muss es etwas Persönliches sein.«

»Ein Racheakt vielleicht?«

»Wofür?«

»Das werden wir gegebenenfalls rauskriegen. Wenn uns die Familie nicht weiterbringt, müssen wir nach möglichen Verdächtigen suchen, die etwas gegen die Waldeggs haben könnten.«

»An was hast du da gedacht?«

»Zum Beispiel an Kunden der Waldegg-Bank, die ihre Raten für ihre Hypotheken nicht mehr bezahlen konnten und ihr Häuschen verloren haben. Und die den Waldeggs persönlich die Schuld dafür geben und sich rächen wollen. So Leute wird es geben.«

»Wie sollen wir an die herankommen? Der Datenschutz steht uns da ganz schön im Weg.«

»Wir werden sehen, was uns die drei Brüder im Vorstand der Bank sagen, wenn das die einzige Chance ist, einen potenziellen Täter ausfindig zu machen.«

»Außer es kommt der lang erwartete Anruf dazwischen.«

»Wir können nur hoffen, dass nichts anderes kommt«, seufzte Madlener.

»Wie meinst du das?«

»Ich denke da gerade an den Entführungsfall Paul Getty III. Als die Entführer dem jungen Paul Getty ein Ohr abgeschnitten haben, um damit die Ernsthaftigkeit ihrer Forderungen unter Beweis zu stellen. Übrigens waren das Profis von der 'Ndrangheta. Sie haben das Ohr und eine Haarlocke an eine Zeitung geschickt, weil der Großvater, er galt damals als der reichste Mann der Welt, einfach nicht zahlen wollte.«

»Ich habe davon gelesen. Das war 1973. Der alte Getty hat dann nach vielem Hin und Her den Preis drastisch nach unten gedrückt und das Lösegeld bereitgestellt. Getty junior wurde freigelassen.«

»Ja. Aber der Großvater wollte das Geld von den Eltern des entführten Enkels zurück. Es sei nur ein Darlehen gewesen, sagte er. Soweit ich weiß, hat er vier Prozent Zinsen verlangt.«

»War der Schwabe?«

»Nein, Milliardär. Aber so geizig, dass er in seinem Landsitz in England für Gäste des Hauses ein Münztelefon hat einbauen lassen.«

»Tatsache?«

»Tatsache.«

»Ob die Waldeggs aus demselben Holz geschnitzt sind?«

»Wir werden sehen.«

»Ist das mit der Post vom Entführer wieder so eine von deinen bösen Vorahnungen?«

»Ich hoffe nicht. – Übrigens, hast du den Kriminaldirektor zurückgerufen? Ich hab ihn dreimal auf meinem AB.«

»Hab ich.«

»Was hast du gesagt?«

»KbV.«

»Was?«

»Das sagt Götze mit seinem Abkürzungsfimmel doch immer. Keine besonderen Vorkommnisse.«

Madlener lächelte.

Aber nicht über Götze, wie Harriet zuerst fälschlicherweise vermutete, sondern über den Kellner, der ihnen ihr Essen brachte. Erst da merkte Harriet, wie hungrig sie eigentlich war.

Während sie beide mit Appetit zugriffen, entwarf Madlener den Schlachtplan.

»Morgen früh werden wir als Erstes dem Familienoberhaupt Ferdinand von Waldegg-Haunstetten einen Besuch abstatten. Ich möchte mir ein Bild der Familie und von ihrem Stammschloss machen und dort ein wenig auf den Busch klopfen.«

»Wenn uns Seine Durchlaucht eine Audienz gibt«, wagte Harriet zwischen zwei Bissen einzuwerfen.

»Keine Sorge. Da habe ich schon vorgesorgt. Fraidling wird sie alle für uns zusammentrommeln.«

Er blätterte in dem kleinen Flyer der Gemeinde, in dem sämtliche Sehenswürdigkeiten der Gegend mit Fotos aufgelistet waren, und sah sich Schloss Hohenschwarzbach genauer an. »Imposantes Schloss, muss man schon sagen ...« Er blickte wieder hoch. »Du wirst es nicht glauben, aber in letzter Zeit habe ich ein gewisses Faible für alte Gemäuer entdeckt.«

»Wie das?«

»Ich war vor zwei Wochen am Samstag mal wieder in der Meersburg. Mit Oliver, meinem Sohn. Hat ihm sogar so gefallen, dass er die ganze Zeit mit seinem Handy gefilmt hat. Vor allem das Angstloch hat ihm imponiert. Daran konnte er sich noch erinnern, weil wir vor drei Jahren schon mal da gewesen waren.«

»Das was?«

»Das Angstloch. Ein mittelalterliches Verlies, das nur einen engen, flaschenhalsförmigen Zugang von oben hat. Hör mal, warst du noch nie in der Meersburg?«

»Ist mir zu touristisch.«

»Zugegeben. Aber ein Rundgang lohnt sich allemal. Schließlich hat dort eine unserer größten deutschen Dichterinnen bis zu ihrem Lebensende gelebt und gearbeitet. Ich habe auch den leisen Verdacht, dass mein Sohn nur deshalb mitgegangen ist, weil er eine Arbeit über Annette von Droste-Hülshoff schreiben musste.«

Er stocherte in seinem Essen herum, aber eher aus Zerstreutheit, nicht, weil es ihm nicht schmeckte.

»Wie dem auch sei, jedenfalls verspricht unser Besuch auf Schloss Hohenschwarzbach eine interessante Angelegenheit zu werden. Ich will die ganze Sippschaft auf einmal sehen. Zumindest alle, die im Lande sind. Und du kommst mit. Ich brauche Geleitschutz.«

»Nur wenn ich sie nicht alle mit Hoheit anreden muss, Mr. Crawford ...«

Er zog spielerisch seine Stirn in Falten.

»Ich weiß nicht ... Ein wenig Etikette könnte dir manchmal nicht schaden, Agent Starling.«

Sie zog ihre Augenbraue hoch, so wie nur sie es konnte, wenn sie ihre Skepsis ausdrücken wollte.

»Vielleicht sollten Sie gelegentlich vor ihrer eigenen Tür kehren, Mr. Crawford.«

»Und widersprich nicht ständig deinem Vorgesetzten, Agent Starling!«

»Ich widerspreche nie, Mr. Crawford. Ich mache nur die besseren Vorschläge.«

»Siehst du – schon wieder!«

»Ich werde es mir merken, Mr. Crawford.«

Madlener seufzte demonstrativ. »Na ja – die Hoffnung stirbt zuletzt.«

Er hob sein Glas und Harriet stieß mit ihrer Cola an, als Elena Kanauskas hereinschaute und an ihren Tisch kam.

21

Fraidling hatte Madlener und Harriet noch im Polizeirevier mit der technischen Mannschaft des LKA bekannt gemacht, die ihnen mit ihrer Ausrüstung und ihrem Know-how zur Verfügung gestellt worden war. Sie bestand aus drei Frauen und zwei Männern, die teils die Telefone überwachten, teils in einem leeren Lager, das die Stadt bereitgestellt hatte, mit ihren Gerätschaften Quartier bezogen hatten, um Indizien zu sichten und einzuordnen sowie gesicherte Spuren zu untersuchen und zu dokumentieren. In der Tiefgarage des Polizeireviers war auch der Range Rover der Geschwister auseinandergenommen worden.

Elena Kanauskas war die Chefin. Sie war – wie ihre Mitarbeiter – ebenfalls im »Weißen Ross« untergebracht. Madlener kannte sie noch aus Stuttgart, und sie duzten sich. Sie hatte versprochen, ihn und Harriet immer sofort auf den neuesten Stand der Dinge zu bringen. Elena machte einen guten Job, und auf sie war Verlass, das schätzte Madlener an ihr. Sie war ein Kugelblitz, wie er sie im Stillen charakterisierte, klein, rundlich, temperamentvoll, aber auf Zack. Sie war kompetent und kurz angebunden und dazu mit der nötigten Portion Selbstironie und Mutterwitz ausgestattet, was Madlener immer schon hilfreich gefunden hatte. Denn wie lautete sein erstes Gebot in guten Zeiten: »Du sollst nicht alles ernst nehmen. Das Leben ist ernst genug.«

Nur schade, dass er gar nichts Aufmunterndes für schlechte Zeiten parat hatte. Dabei waren sie in seinem Leben eindeutig überrepräsentiert.

Er war noch auf der Suche nach einem coolen Spruch für solche Phasen. Einem Spruch, der den dunklen Momenten im Leben den Mittelfinger zu zeigen in der Lage war.

Bis jetzt war ihm nichts Passendes eingefallen.

Und dabei dachte er schon sein halbes Leben darüber nach.

Elena Kanauskas setzte sich unaufgefordert zu Madlener und Harriet an den Tisch, ein Apfelschorle hatte sie sich selbst mitgebracht.

»Ich hab was für euch«, sagte sie. »Damit ihr was zu tun bekommt und nicht nur auf der faulen Haut liegt und Däumchen dreht.«

»Wir hören«, sagte Madlener.

»Die Reifenspuren beim Jagdschloss – die gehören definitiv zu einem Lieferwagen.«

»Ist das alles?«

»Nein. Es kommt noch eine ganze Menge. Wir haben heute Überstunden gemacht, insbesondere meine Wenigkeit. Du könntest mir dafür glatt ein Apfelschorle ausgeben.«

»Abgemacht.«

»Gut, wird dankend angenommen.«

»Also, was habt ihr noch?«

»Ich weiß nicht, wie lange der Lieferwagen dort stand, wahrscheinlich sogar mehrere Tage. Er muss im Sturm einen Ast abbekommen haben. Wir konnten mikroskopisch kleine Lackspuren am Bruchholz feststellen, der Lieferwagen war weiß. Aber der Kerl, der den Wagen gefahren hat, ist ein Vorbild für alle von uns …«

»Inwiefern?«

»Zumindest in einer Beziehung, nämlich was die Hinterlassenschaft von Müll angeht. Wir haben nichts gefunden, um vielleicht eine DNA festzustellen, absolut nichts, obwohl wir buchstäblich auf den Knien und mit der Lupe den Waldboden abgesucht haben. Keine Chipstüte, keine leere Plastikflasche, keine Kippen. Dabei war er mit Sicherheit ziemlich lange auf Wachposten. Meine Vermutung: Der Typ muss in eine Flasche gepinkelt haben.«

»Klingt ja interessant. Aber ich dachte, du hast was für uns, mit dem wir was anfangen können.«

»Geduld, mein Lieber, das kommt noch. Zuerst zum Wappen über der Eingangstür. Wir haben es abgeschraubt, mitgenommen und das Geschoss entfernt, das drinsteckte. Ihr habt recht. Es war erst seit Kurzem im Metallschild. Dabei handelt es sich um einen Skorpion-Armbrustbolzen aus Carbon, dreifach gefiedert, sechzehn Zoll. Keine Fingerabdrücke.«

Sie zog eine durchsichtige Beweismitteltüte heraus und reichte sie an Harriet weiter, die den Bolzen genauer in Augenschein nahm.

»Wo kriegt man die her?«, fragte Madlener überflüssigerweise.

»Übers Internet. Im Sechserpack für um die dreißig Euro.«

Er hätte es sich denken können.

»Sollen wir ihn Dr. Herzog zeigen?«, fragte ihn Harriet.

»Ja. Mach ein Foto und schick's ihr. Ich will nur wissen, ob er in Frage kommt.«

Elena Kanauskas war neugierig geworden. »Sagt euch der Bolzen was?«

»Andere Baustelle«, antwortete Madlener nur.

»Okay, geht mich nichts an.«

Sie nahm einen Schluck Apfelschorle, dann zog sie ein Smartphone aus ihrer Tasche. »Aber ich hab ja noch was für euch. Mir ist es gelungen, die letzte Aufzeichnung auf einem der Handys wenigstens teilweise zu rekonstruieren. Ist das Handy von Elise. Könnte weiterhelfen. Mehr an technischer Qualität war leider nicht drin ...«

Sie hielt Madlener und Harriet das Display unter die Nase und ließ die Sequenz abspielen.

Die Aufnahme war schwer verpixelt, aber man konnte erkennen, dass sie einen Schwenk durch die Wirtsstube im Jagdschloss zeigte. Der Schwenk endete auf der Fensterfront und Eduard, der gerade hinausschaute.

Elena Kanauskas drückte im richtigen Moment auf Stopp.

Im Standbild war durch ein Fenster hindurch ein heranfahrender Lieferwagen schemenhaft zu erkennen.

»Das ist das beste Bild von dem Lieferwagen. Dann bricht das Video ab. Ein weißer Transporter. Wahrscheinlich ein VW Multivan T6. Und der Teil eines Schriftzugs ...«

Sie vergrößerte das Standbild entsprechend. Es waren ein paar Buchstaben eines Namenszugs und ein Teil des Nummernschilds zu erkennen.

Harriet sah es sich genauer an.

»Flower-Po... und Denz... Kennzeichen SIG, also Sigmaringen. Darf ich?«

Sie nahm das Smartphone und fuhr das Video langsam zurück, bis sie ein Bild fand, das sie den beiden zeigte.

»Hier. Ein Fahrer. Man kann ihn zwar nur erahnen, aber ich glaube, der Beifahrersitz ist leer.«

Harriet blickte Madlener an.

»Ein Einzeltäter«, sagte er. »Jetzt wissen wir das.«

Harriet nahm ihr eigenes Smartphone zur Hand und bearbeitete es in Windeseile, bevor sie wieder hochsah.

»Es gibt eine Gärtnerei Denzel in Pfullendorf, nennt sich ›Flower-Power‹... Die haben ebenfalls Sigmaringer Autokennzeichen.«

Wieder tauschten sie einen Blick aus. Dann hatten sie es plötzlich eilig.

Sie standen gleichzeitig auf, nahmen ihre Jacken vom Haken und schlüpften hinein.

»Gute Arbeit, Elena«, sagte Madlener und klopfte zum Abschied auf den Tisch. »Wir sehen uns!«

Er eilte hinter Harriet her, die schon unterwegs zur Tür war.

Elena Kanauskas stand auf und rief ihnen hinterher: »Und wer bezahlt mir jetzt mein Apfelschorle?«

»Lass es auf meine Rechnung schreiben« sagte Madlener noch, dann war er mit Harriet hinter der Tür verschwunden.

22

Sie hatten sich in Harriets Zimmer zurückgezogen. Harriet stellte in ihrem gewohnt hohen Tempo alles zusammen, was sie im Internet über die Gärtnerei Flower-Power und deren Inhaber finden konnte, während Madlener mit dem LKA in Stuttgart telefonierte, weil er ein Überwachungsteam für eine Observation rund um die Uhr anfordern wollte.

Harriet hörte trotz ihrer intensiven Suche am Bildschirm, dass er es gar nicht so einfach hatte, um diese späte Zeit noch jemanden an die Strippe zu bekommen, der so ranghoch war, dass er so etwas anordnen konnte. Erst das Zauberwort »von Waldegg« war überzeugend genug, damit er endlich mit jemandem aus dem Stab des Polizeipräsidenten sprechen und ihm die Gemengelage auseinandersetzen konnte. Er musste einräumen, dass die Verdachtsmomente gegen Denzel nur sehr mager waren – sie hatten ein unscharfes Foto eines Lieferwagens – und sich höchstwahrscheinlich als gegenstandslos entpuppten. Aber er betonte, dass er nichts unversucht lassen wollte, solange sie nichts anderes tun konnten, als im Nebel herumzustochern. Er erhielt seine Observation, aber keine Telefonüberwachung, da kein dringender Tatverdacht vorlag.

Als Madlener auflegte, war er unsicher, ob er das Richtige getan hatte.

»Vielleicht sollten wir doch selbst da hinfahren«, sagte er mehr zu sich und riss das Fenster auf, um hinauszurauchen. Die Zigarette hatte er sich schnell von Elena geschnorrt, indem er noch mal zu ihr zurückgegangen war, weil er wusste, dass sie immer eine Schachtel Slim-Zigaretten bei sich hatte. Er sah die dünne Kippe skeptisch an und überlegte kurz, ob er sich so etwas antun sollte.

»Das macht doch keinen Sinn«, sagte Harriet nebenher. »Was willst du denn vor Ort anstellen? Wir haben keinen Durchsuchungsbeschluss, den wir aufgrund unserer äußerst dünnen Faktenlage sowieso nicht kriegen, und wir bekommen keine Telefonüberwachung, weil kein Richter sie unter diesen Voraussetzungen bewilligen würde. Willst du in Pfullendorf im Auto sitzen und die halbe Nacht auf ein paar dunkle Fenster starren?«

»Nein, natürlich nicht«, brummte Madlener, »aber stell dir vor, wir hätten einen Glücksstreffer gelandet und gehen dem nicht entsprechend nach.«

»Was willst du tun?«

»Wir könnten uns diesen Denzel und seine Mitarbeiter vorknöpfen. Sie damit konfrontieren, ob sie eine Erklärung dafür haben, dass einer ihrer Lieferwagen zusammen mit den Entführungsopfern gesehen worden ist.«

»Wenn sie nichts damit zu tun haben, verschwenden wir unsere Zeit. Und wenn doch, dann warnen wir sie nur. Oder, noch schlimmer, wir treiben sie in die Enge und provozieren eine Kurzschlusshandlung mit möglicherweise fatalen Folgen für die Geiseln. Vorläufig reicht es, wenn wir sie durch die Leute vom LKA observieren lassen. Die werden schon aufpassen.«

Harriets Argumentation beruhigte Madlener nicht.

Er merkte, dass ihn das Jagdfieber gepackt hatte.

Das kriminalistische Jagdfieber.

Es war dem herkömmlichen Jagdfieber in seiner eigentlichen Bedeutung gar nicht so unähnlich.

Wenn ein Jäger erst einmal die Spur eines Wilds aufgenommen hatte und sich endlich daranmachen konnte, es zu verfolgen und zur Strecke zu bringen, dann erwachte es, das Jagdfieber, und gab ihm gewissermaßen die Sporen.

Aber dann bremste Madlener sich selbst wieder ein.

Noch hatten sie nicht eine konkrete Spur.

Die Kennzeichen konnten gefälscht sein. Die Aufschrift auf dem Lieferwagen ein Fake, eine absichtliche Dublette, um die Polizei in die Irre zu führen.

Madlener wusste, er durfte in so einem brisanten Fall nicht den Fehler machen und einer spontanen Eingebung folgen. Er musste weiterhin systematisch vorgehen und durfte sich nicht dazu hinreißen lassen, fahrlässig zu werden, nur um Aktionismus zu demonstrieren.

Er fasste einen Entschluss.

»Wir beide ...«, er zeigte auf Harriet und sich selbst, »... wir beide bleiben vorläufig bei unserer Strategie.«

»Soll heißen?«

»Antrittsbesuch bei Familie von Waldegg. Wir treffen uns zum Frühstück morgen um acht Uhr. Anschließend machen wir Schloss- und Familienbesichtigung.«

Er steckte die Slim-Zigarette wieder ein, schloss das Fenster und deutete auf die Zimmerdecke.

»Und komm mir bloß nicht auf die Idee, im Zimmer eine zu rauchen. Das da oben ist ein empfindlicher Rauchmelder.«

»Das sagt der Richtige«, kommentierte Harriet, aber Madlener hatte schon die Tür hinter sich geschlossen.

Erwartungsgemäß blieb Madlener lange wach.

Er lag im Bett und las den Hefter von Fraidling zum dritten Mal genau durch, dann sah er sich die Fotos vom Jagdschloss noch einmal an. Harriet hatte ihm zusätzlich Fotos der Familienmitglieder aus dem Netz heruntergeladen und sie entsprechend beschriftet.

Franz von Waldegg mit Gattin, Elise und Eduard.

Der ältere Bruder Karl von Waldegg nebst Gattin und drei erwachsenen Kindern, die im Ausland studierten und zu den besten ihres Jahrgangs gehörten, wie Harriet herausgefunden hatte.

Otto von Waldegg, der jüngste der drei Brüder. Er hatte dennoch als Einziger schon eine Glatze, eine Frau wie aus einer Hochglanzmodezeitschrift, mit strahlendem Lächeln und einen Kopf größer als ihr Mann, und vier Kinder wie die Orgelpfeifen.

Und schließlich das Oberhaupt des Familienclans, Ferdinand von Waldegg. Das Bild war von der Feier seines achtzigsten Geburtstags, die ihm die Stadt Hohenschwarzbach ausgerichtet hatte. Zu diesem Anlass war er auch mit allem Pipapo zum Ehrenbürger ernannt worden, wie man dem Text unter dem Bild entnehmen konnte: Empfang im Rathaus, Eintrag ins Goldene Buch der Stadt, Ansprache Bürgermeister, Ordensverleihung, Blaskapelle, Kinderchor. Es zeigte ihn inmitten aller Familienmitglieder und wichtiger Honoratioren. Der Alte stand im Zentrum, stolz und gleichzeitig unnahbar. Das Gesicht mit Habichtsnase wie aus Stein gemeißelt. Es musste das letzte offizielle Bild von ihm sein, das hatte Harriet extra dazugeschrieben.

Während Madlener die Fotos durchblätterte und versuchte, sich Gesichter und dazugehörige Namen einzuprägen, überlegte er gleichzeitig, wie der von Harriet im Familienwappen entdeckte Armbrustpfeil mit dem Fall Döllinger in Verbindung zu bringen war, wenn es denn überhaupt eine solche gab. Doch er kam auf keine halbwegs zufriedenstellende und logische Erklärung, wie und ob die Fälle irgendwo zusammenhingen.

Aber an einen Zufall wollte er auch nicht glauben.

Irgendetwas kam ihm spanisch vor, so sehr er jedoch grübelte, nichts wollte zusammenpassen.

Wie auch – es gab nicht den geringsten Zusammenhang.

Bis auf den, dass beide Fälle verwirrend und in gewissem Sinne unorthodox waren.

Ein Sisyphus-Fall mit einer ausgefallenen Mordwaffe und eine Entführung ohne Lösegeldforderung.

Er war kurz davor, das Licht auszumachen, weil er tatsächlich einen Anflug von Müdigkeit verspürte, da fiel ihm ein, dass er eigentlich noch Simone Zoller hätte anrufen wollen.

Er sah auf seine Uhr. Halb eins.

Das war zu spät, er würde sie nur aus den Federn klingeln, das wollte er nicht.

Er ärgerte sich, dass er schon wieder von einem Fall so in Beschlag genommen worden war, dass er die einfachsten privaten Umgangsformen, die man in einer Beziehung, die einem wichtig war, unbedingt einhalten sollte, erneut außer Acht gelassen hatte.

Er schickte Simone wenigstens eine SMS, stellte die Weckfunktion auf seinem Handy ein, dann löschte er das Licht und drehte sich zur Seite.

Keine zwei Minuten später war er eingeschlafen.

Und zwar so fest, dass er nicht einmal das Summen seines Handys hörte, das ihm eine Antwort auf seine Nachricht meldete.

Von irgendwoher war das Läuten einer Kirchenglocke zu hören.

Dann setzte eine zweite ein.

Madlener brauchte eine Weile, bis er begriff, wo er war.

Hohenschwarzbach.

Offensichtlich gab es hier viele Kirchen, vor allem in der Nähe des Hotels, der Lautstärke nach zu urteilen.

Es musste an der guten Schwarzwaldluft liegen, dass er bei offenem Fenster ohne Weiteres eingedöst war, und, oh Wunder!, zwischendurch keine Wachphasen gehabt hatte.

Vielleicht war Hohenschwarzbach so etwas wie ein Luftkurort, er sollte mal Kommissar Fraidling danach fragen. Aber wahrscheinlich war »Luftkurort« ein Begriff aus den längst vergangenen Zeiten seiner Jugend, als man noch »Schlachtenbummler«, »Zigeunerschnitzel« und »Mohrenkopf« gesagt hatte. Harriet hatte wohl recht mit ihrer schon oft geäußerten Vermutung, dass er, Madlener, geistig in einer Zeitschleife stecken geblieben war, irgendwo zwischen den 1960er- und 1970er-Jahren.

Er beschloss, alles Gestrige für die bevorstehenden Aufgaben auszublenden und ganz im Hier und Jetzt zu sein.

War das ein Ratschlag von Buddha? Oder von Konfuzius? Egal.

Gleichsam wie von einer Sprungfeder aus dem Bett gerissen, sprang er energisch auf, als er den ersten Klingelton seines Weckers hörte, auf den er gewartet hatte wie auf den Startschuss für den neuen Tag.

Sieben Uhr.

Er freute sich über Simones Nachricht auf seinem Handy und beantwortete sie.

Anschließend machte er sich in aller Eile fertig für den langen Tag, während er die anstehende To-do-Liste nur so durch seinen Kopf rattern ließ.

Nebenher führte er ein längeres Telefonat mit Binder vom Polizeipräsidium Friedrichshafen, im Fall Döllinger gab es keine neuen Erkenntnisse.

Dann ging er zum Frühstücksraum hinunter, wo er Harriet gleich an einem Ecktisch sitzen sah. Sie hatte schon kräftig Make-up aufgelegt und ihre Haare mit Wachs zu Stacheln hergerichtet. Insgeheim nannte Madlener das ihre Kriegsbemalung. Außerdem war sie wieder in ihren schwarzen Lederklamotten.

Das war ihre bevorzugte Art, um Außenstehenden zu zeigen, dass sie es an diesem Tag mit jedem aufnehmen würde, stellte Madlener zufrieden fest.

Er holte sich Käse, Schinken, Butter und Semmeln vom Büfett, schnappte sich ein gekochtes Ei und setzte sich Harriet gegenüber, die Rührei mit Speck futterte und dazu auf ihrem Smartphone herumwischte.

»Bin auf Facebook«, sagte sie ungnädig, »sehe mir die Freunde von Elise und Eduard an. Hast du was Neues?«

Madlener ließ sich Zeit und trank erst mal von seinem – zu heißen – Kaffee. Er unterdrückte ein »Mist, Mist, Doppelmist!«, bevor er berichtete.

»Hab mit Binder telefoniert. KbV.«

Sie blickte ihn mit hochgezogener Augenbraue an. »Bitte was?«

»Keine besonderen Vorkommnisse.«

Genervt verdrehte sie die Augen.

Madlener freute sich, dass er seine junge Kollegin einmal auf dem falschen Fuß erwischt hatte, normalerweise glänzte sie durch ihre Schlagfertigkeit und war nie um einen rhetorischen Konter verlegen, aber so früh am Tag war ihre notorische Widerspenstigkeit wohl doch noch ein wenig im Schlafmodus.

»Schönen guten Morgen«, flötete er und lächelte sie dabei übertrieben freundlich an.

»Wieso bist du eigentlich schon so schrecklich gut gelaunt?«, entgegnete sie kratzbürstig und wischte weiter auf ihrem Smartphone herum.

»Weil ich überzeugt bin, dass wir heute ein gutes Stück vorankommen.« Sie rollte erneut mit den Augen und tippte auf ihr Display. »Das ist übrigens die Antwort von Dr. Herzog. Wegen des Bolzens. Ich zitiere: ›… entspricht mit hoher Wahrscheinlichkeit in Länge, Material und Ausführung dem Projektil, das den Tod von H. Döllinger verursacht hat‹. Na – immer noch so gut gelaunt?«, fragte sie provokativ.

»Du kannst einem auch das schönste Frühstück vermiesen«, meinte er und blies vorsichtshalber in seine Kaffeetasse, um sich nicht wieder Lippen und Zunge zu verbrennen.

»Das ist noch nicht alles«, erwiderte sie. »Ich habe hier eine Rückmeldung der Zulassungsstelle bekommen. Die Gärtnerei Denzel hat zwei Lieferwagen auf das Geschäft laufen. Beides VW Multivan T6, Farbe Weiß.«

Sie sah ihn direkt an. »Sollten wir uns nicht doch lieber persönlich um diesen Denzel kümmern?«

Madlener zögerte und überlegte, dann köpfte er sein Ei und traf eine Entscheidung. »Du hast recht. Das wird mir allmählich zu riskant. Wenn da doch was dran ist …«

Er gab ordentlich Salz auf sein Ei und fing an zu löffeln.

»Soll ich nach Pfullendorf?«, fragte Harriet.

»Ja. Ist wohl besser. Nur um sicherzugehen, dass die vom LKA nicht übers Ziel hinausschießen. Ruf sie noch mal an, die Verantwortliche ist eine Frau Marianne Siewert.«

Er simste die Nummer auf Harriets Handy.

»Und sag Ihnen, dass du kommst. Bis dahin sollen sie mich ständig auf dem Laufenden halten, falls was passiert. Beim kleinsten ungewöhnlichen Vorkommnis möchte ich eine unverzügliche Meldung. Und dass ihr euch um Gottes willen bedeckt haltet! Wenn da was dran ist an dem Verdacht, könnte sonst das Leben der Geiseln gefährdet werden. Sag ihnen das ausdrücklich!«

Sie stand auf. »Dann fahr ich jetzt los.«

»Nimm unseren Wagen. Ich fahr bei Fraidling mit.«

Sie machten ihre übliche Telefongeste, die bedeutete, dass sie sich so bald wie möglich anrufen würden, dann verschwand Harriet mit ihrem Smartphone.

Madlener widmete sich weiter seinem Ei und den Lokalnachrichten der Zeitung.

Bis jetzt schien nichts von dem Entführungsfall nach außen durchgesickert zu sein.

Er fragte sich allerdings, wie lange die trügerische Ruhe noch andauerte ...

Und wenn der Zeitpunkt kam, dass Abwarten keine Option mehr war und sie sich notgedrungen mit einem Aufruf an die Öffentlichkeit wenden mussten?

Diesen Schritt würde er erst dann machen, falls wirklich alle anderen Ansatzpunkte nicht griffen und im Sande verlaufen waren.

Eine Pressekonferenz in diesem Entführungsfall war im Grunde genommen eine Ultima Ratio, nichts anderes als ein Offenbarungseid der Polizei, weil sie zugeben mussten, dass sie mit ihrem Latein am Ende waren.

Höchstwahrscheinlich stellte sich auch die Spur nach Pfullendorf als Niete heraus. Aber er war trotzdem erleichtert, dass Harriet sich dahinterklemmte. Dann konnte er sich wenigstens nicht vorwerfen, nicht alles Menschenmögliche unternommen zu haben. Selbst wenn die Hinweise auf einen möglichen Täter in Pfullendorf noch so fadenscheinig waren.

Im Ausmalen von schlechtestmöglichen Szenarien war Madlener leider schon immer mit überdurchschnittlicher Phantasie geschlagen.

Dabei hatte er alles getan, um mit großem Elan und Optimismus in den Tag zu starten.

Aber die schnöde Wirklichkeit ließ sich nicht so einfach im Vorbeigehen aus dem Weg räumen oder auch nur ignorieren. Immer wieder erhob sie ihr abscheuliches Haupt, dachte er mit einem Weltschmerzseufzer, weil gerade niemand in der Nähe war.

Er löffelte sein Ei leer, machte zwei Schinken-Käse-Sandwiches, wickelte sie in eine Papierserviette, steckte sie in seine Tasche, trank den letzten Schluck lauwarmen Kaffee aus und machte sich grübelnd auf den Weg zum Polizeirevier.

Was zum Teufel hatte das zu bedeuten, dass der Bolzen im Wappen der Familie Waldegg höchstwahrscheinlich dem Projektil glich, das Rechtsanwalt Döllinger vom Leben zum Tode befördert hatte?

War da beide Male derselbe Armbrustschütze am Werk gewesen?

Und wenn ja – was für eine Absicht steckte dahinter?

Hingen doch beide Fälle zusammen?

25

Punkt neun Uhr in der Früh stellte Kommissar Fraidling seinen Kollegen aus Friedrichshafen dem versammelten Waldegg-Clan in aller Förmlichkeit in der Empfangshalle des Schlosses vor. Dort hielt Madlener erst einmal seinen allgemeinen Vortrag und erklärte seine Einschätzung der Lage, um anschließend den üblichen Fragenkatalog abzuarbeiten.

Das alles kannten Franz von Waldegg und dessen Gattin schon. Aber auch der Rest des Clans konnte ihm nicht weiterhelfen, keiner äußerte einen konkreten Verdacht, außerdem hatten sie untereinander schon ausführlich darüber gesprochen und kontrovers diskutiert – ohne Ergebnis.

Alle zeigten sich mehr oder weniger entsetzt über das, was der Familie angetan worden war und was ihnen selbst oder ihren Kindern hätte passieren können. Sie erklärten sich zu jeder nur erdenklichen Unterstützung und Zusammenarbeit mit der Polizei bereit. Niemand wollte vorher auch nur etwas geahnt oder bemerkt haben, was mit einer Entführung in Zusammenhang hätte gebracht werden können.

Madlener hatte das Gefühl, dass sie ihm vermitteln wollten, dass die Familie in Notsituationen um jeden Preis zusammenhielt und an einem Strang zog, egal, was es sonst für Differenzen gab, geschäftliche oder private.

Schon sehr bald war ihm klar geworden, dass er außer Allgemeinplätzen oder Befürchtungen nichts Zielführendes hören würde. Wenn es ihm nicht gelang, den Familienclan ein wenig aufzumischen.

Entweder verschwiegen sie ihm etwas, oder sie wussten wirklich nichts.

Er beschloss, auf den sprichwörtlichen Busch zu klopfen und etwas preiszugeben, das nur polizeiintern bekannt war.

»Ihr Familienwappen ist ein gespaltenes Schild, das auf der linken Hälfte eine Tanne vor weißem Hintergrund zeigt, auf der rechten eine Armbrust. Ich habe es über dem Eingang zum Jagdschloss gesehen. Meine Kollegin hat in diesem Wappen ein Projektil gefunden, das eine Technikerin vom LKA als Armbrustbolzen identifiziert hat. Jemand muss also mit einer dementsprechenden Waffe darauf geschossen haben. Haben Sie irgendeine Erklärung dafür?«

Sie schauten sich überrascht gegenseitig an und einige zuckten mit den Schultern, bis sich schließlich Franz von Waldegg meldete.

»Sind Sie der Meinung, dass das vom Entführer stammt?«

»Wir wissen es nicht. Aber theoretisch könnte er es gewesen sein. Die Techniker haben festgestellt, dass der Bolzen noch nicht sehr lange dort drin gesteckt haben kann.«

Franz von Waldegg zog irritiert die Stirn in Falten.

»Warum sollte der Entführer mit einer Armbrust herumschießen?«, fragte er.

»Vielleicht ist es ein versteckter Hinweis«, meinte Madlener. »Eine Art Drohung. Ein Ausdruck der Geringschätzung. Ein aggressives: ›Euch allen zeige ich es!‹«

»Weshalb?«

»Sagen Sie es mir.«

»Also ich kann mir keinen Reim darauf machen. Ihr vielleicht?«, fragte der Graf in die Runde und erntete nur verständnislose Gesichter.

»Nein«, sagte er. »Ich tippe eher auf einen Akt von Vandalismus. Es kommt oft vor, dass Jugendliche oder Betrunkene irgendwelche Verkehrsschilder in der Gegend als Zielscheibe für Luftgewehre oder Kleinkaliberschusswaffen hernehmen. Uns wurden auch schon mal ein paar Fenster des Jagdschlosses eingeschossen.«

»Mit Armbrustbolzen?«

»Nein. Vermutlich mit Steinschleudern. Wir haben Stahlkugeln gefunden.«

»Haben Sie die Polizei informiert?«

»Nein. Wir haben es als Lappalie abgetan, was es auch war. Damals haben wir absichtlich kein großes Gewese darum gemacht, weil wir keine Nachahmungstäter anlocken wollten. Die Fenster sind neu verglast worden, das war's dann auch. Ist seither Gott sei Dank nie mehr vorgekommen.«

»Wann war das?«

»Das ist mindestens drei oder vier Jahre her«, antwortete Charlotte von Waldegg, was von ihrem Mann mit einem Kopfnicken bestätigt wurde.

»War's das dann?«, fragte Otto von Waldegg in die Stille hinein mit einem demonstrativen Blick auf seine Uhr. »Wir haben noch einen wichtigen Termin in der Bank. Wenn Sie dann vielleicht zu einem Ende kommen könnten …«

»Ja, selbstverständlich«, sagte Madlener scheinbar verbindlich und dachte sich seinen Teil über die Prioritäten der Familie Waldegg. »Ich will Sie nicht länger aufhalten als nötig. Sie haben natürlich auch anderes zu tun … Ich habe nur noch eine Frage.«

Er blätterte umständlich in seinen angeblichen Notizzetteln herum, eine alte, aber bewährte Methode, die er bisweilen in zähen Vernehmungen zur Anwendung brachte, um die Spannung zu erhöhen und auf die Spitze zu treiben. Dabei machte er sich nie Notizen, auf den zerknitterten Zetteln waren nur seine Listen, mit denen er sich beschäftigte, wenn er unliebsame Pausen zu überbrücken hatte.

Die Top-100-Liste der besten Popsongs aller Zeiten, an der er ständig herumdokterte, weil ihm immer wieder neue Titel in den Sinn kamen und sein Musikgeschmack je nach seelischer Verfassung kräftig oszillierte. Des Weiteren eine Liste der Dinge, die die Welt nicht brauchte und die deshalb völlig überflüssig waren – ganz oben war seit Neuestem der Wackeldackel gelandet –, und dann eine Liste der Sachen, die er unbedingt noch für seine neu bezogene Wohnung besorgen wollte.

Die versammelten Waldeggs begannen schon unruhig zu werden. Sorgsam faltete Madlener die Zettel zusammen und steckte sie weg, bevor er wieder hochsah und den Faden erneut aufnahm.

»Ist Ihnen ein prominenter Rechtsanwalt aus Friedrichshafen bekannt? Hatte je einer von Ihnen geschäftlich oder privat mit ihm zu tun?«

»Wie heißt der Mann?«, wollte Karl von Waldegg wissen.

»Heribert Döllinger.«

Karl sah seine Brüder und deren Gattinnen an, alle zeigten mit ratlosen Mienen oder Schulterzucken an, dass ihnen ein Rechtsanwalt dieses Namens anscheinend kein Begriff war.

»Ich kenne niemanden, der so heißt«, erwiderte Karl. »Wissen Sie, mit wie vielen Anwälten Menschen in unserer Position Umgang haben, wenn man wie wir geschäftlich auf so vielen Hochzeiten tanzt?«

»Kann's mir denken«, sagte Madlener vermeintlich konziliant.

»Was hat dieser Döllinger mit uns zu tun?«, fragte Karl.

»Er ist kürzlich ermordet worden«, antwortete Madlener staubtrocken. »Mit einem Armbrustbolzen«, fügte er nicht ohne eine gewisse Süffisanz hinzu und sah in erstaunte bis betretene Gesichter. Das plötzliche Schweigen war geradezu dröhnend, die scheinbar lapidare Bemerkung Madleners zeigte Wirkung.

Karl fasste sich als Erster wieder.

»Ich sehe da zwar keinen Zusammenhang, aber ich werde bei unseren Anwälten Erkundigungen darüber einholen und Sie dann davon in Kenntnis setzen. Aber was bitte schön hat die Ermordung eines Anwalts mit der Entführung zu tun?«

»Genau diese Frage habe ich mir auch gestellt. Sobald ich mehr darüber in Erfahrung gebracht habe, lasse ich Sie das wissen.«

Madlener lächelte zuvorkommend und nickte ihnen allen zu.

»Alsdann, das war's vorläufig. Danke für Ihre Geduld. Ich weiß, ich habe Sie auf eine harte Probe gestellt.«

Der Einzige, der bisher kein Wort gesagt und keine Miene verzogen hatte, war Ferdinand von Waldegg, der von Anfang an nur still in seinem Rollstuhl gesessen hatte und den Eindruck erweckte, das Ganze ginge ihn nichts an. Oder schlimmer noch:

Er sei nicht mehr in der Lage, dem zu folgen, was sich vor seinen Augen und Ohren abspielte.

Der alte Graf war schwer krank, er hatte Parkinson im fortgeschrittenen Stadium, wie Fraidling Madlener auf der Fahrt zum Schloss erklärt hatte.

Auf den ersten Blick wirkte er tatsächlich wie ein seniler Tattergreis. Er sah scheinbar stumpfsinnig vor sich hin, und Madlener, der sehr wohl Verhalten und Empörungsgrad eines jeden Familienmitglieds registrierte, teilte Fraidlings Einschätzung, was den geistigen Zustand des Clan-Oberhaupts anging, und glaubte auch, dass dessen Verfassung keine hinreichend ertragreiche Kommunikation mehr zuließ.

Aber da sollte er sich getäuscht haben.

Gerade als alles gesagt war, was gesagt werden musste, und Madlener sich umdrehen und hinausgehen wollte, winkte ihm Ferdinand von Waldegg mit einer Hand zu, deren Tremor nicht zu übersehen war.

Er ging zu ihm und beugte sich hinunter in der Annahme, dass der Graf irgendetwas Unverständliches von sich geben würde.

»Kommen Sie mit«, sagte Ferdinand von Waldegg mit einer zwar etwas verschwommenen, aber deutlich vernehmbaren Stimme. »Ich will Ihnen etwas zeigen.«

Er gab einem jungen Mann ein Zeichen, der sich die ganze Zeit über diskret im Hintergrund gehalten hatte und nun herantrat, um den Rollstuhl zu schieben.

»Kommen Sie, Herr Kommissar, folgen Sie mir.«

Bevor Madlener das tat, sah er sich noch einmal um.

Die Familienmitglieder standen immer noch in einer Reihe, Otto, Karl und Franz mit ihren Gattinnen.

Wie die Royals bei der Abnahme einer Parade, fehlen nur die Hüte der Damen, dachte Madlener, der bei diesem Anblick irgendwie an Ascot denken musste.

Pflichtbewusst, sich redlich bemüht volksnah gebend, diszipliniert, aber sich irgendwie auch unantastbar fühlend, jedenfalls bildeten sie sich das ein.

Aber ihm war nicht entgangen, dass hinter der offiziösen Fassade ein kurzer, besorgter Blick zwischen den Brüdern und ihren Frauen gewechselt worden war, als er den Namen Heribert Döllinger erwähnt hatte.

Da gab es noch etwas.

Etwas, das unter Verschluss gehalten wurde, da war Madlener sich sicher.

Und früher oder später würde er es herausbekommen.

Er hoffte nicht, dass es dann für die beiden Entführten zu spät war.

Jetzt konnte er jedenfalls das kollektive Misstrauen spüren, das daraus zu resultieren schien, dass auf den alten Ferdinand von Waldegg nicht allzu viel Verlass war, wenn es darum ging, gewisse Vorgänge innerhalb der Familie nicht unbedingt an das Licht der Öffentlichkeit kommen zu lassen.

Mal sehen, was ich dem alten Clanchef entlocken kann, dachte Madlener und folgte dem Rollstuhl.

Fraidling wollte Madlener begleiten, aber Ferdinand von Waldegg sagte laut und deutlich: »Nein, nein – nur Sie, Herr Madlener. Kommen Sie.«

Fraidling blieb respektvoll zurück, und Madlener schritt hinter dem rollstuhlschiebenden jungen Mann her durch die große Empfangshalle des Schlosses, wo das Treffen stattgefunden hatte.

Der Alte führte ihn durch schier endlose Zimmerfluchten mit offen stehenden, hohen Doppeltüren, in denen jeder Raum, den sie durchquerten, eine andere, längst vergangene Epoche repräsentierte: Barock, Rokoko, Empire, Biedermeier, Fin de Siècle – es war wie ein Schnelldurchlauf durch die von verschiedenen europäischen Kunststilen geprägten Jahrhunderte.

Der junge Helfer am Rollstuhl legte ein strammes Tempo vor, bis sie in ein Treppenhaus mit Opernhaus-Dimensionen kamen. Dort drehte der Pfleger den Rollstuhl so, dass er den Grafen eine provisorische Rampe hochziehen konnte, die bis ins nächste Stockwerk führte.

Madlener wollte schon helfend eingreifen, aber Ferdinand von Waldegg winkte ab.

»Lassen Sie nur, mein Pfleger ist es gewohnt und weiß damit umzugehen. Das verdammte Schloss hat nun mal keine gescheite Heizung und keinen Aufzug. Ich sollte einen einbauen lassen, aber irgendwie scheint mir das unpassend.«

26

Endlich waren sie ein Stockwerk höher angekommen, und der Pfleger öffnete eine Tür, bevor er den Grafen in einen Saal schob, der die Ausmaße einer Turnhalle hatte.

Madlener sah sich beeindruckt um.

Es war so etwas wie die museale Rüstkammer des Schlosses.

Nebeneinander aufgereiht Dutzende glänzende und martialische Ritterrüstungen, Rossharnische auf Pferdeattrappen und an den Wänden Waffen, Waffen, Waffen.

Speere, Schwerter, Dolche, Morgensterne, Streitäxte, Schilde, Hellebarden, Turnierlanzen, Saufedern, Arkebusen und, eine ganze Wand vollgepflastert bis zur Decke, Armbrüste, Pfeile und Bolzen aus dem Mittelalter und der Renaissance in sämtlichen Variationen.

Mit einer Handbewegung schickte der Graf seinen Helfer hinaus. Er wartete, bis dieser den Raum verlassen hatte, um sich dann wieder Madlener zuzuwenden.

»Sehen Sie das?«, sagte er und wies mit seiner zittrigen Hand auf die Schusswaffen an der Wand. »Jetzt wissen Sie, woher unser Familienwappen kommt. Alle meine Vorgänger – und es sind Legionen – waren Jäger. Alle durch die Bank. Und die Armbrust war schon immer unsere liebste Jagd- und Streitwaffe. Obwohl sie als unchristlich verteufelt wurde, ist Ihnen das bekannt? Ja, sie war im Mittelalter unter Rittern im Kampf verfemt. Hat uns Waldeggs das was ausgemacht? Nein, es hat uns einen Dreck geschert. Im Gegenteil, wir waren stolz darauf. Die Jagd mit der Armbrust ist etwas ganz Besonderes. Sie zeigt, dass man als Jäger noch so etwas wie Respekt vor dem Wild hat. Annähernd Waffengleichheit, sozusagen. Das Wild hat die Chance, den Jäger zu wittern oder zu hören, und der Jäger hat nur einen Schuss. Und keine Jagdflinte mit Zielfernrohr, mit dem man auf fünfhundert Meter einer Fliege das Auge rausschießen kann. Bis man eine Armbrust nachgeladen hat, ist das Wild entwischt. Die Jagd liegt uns Waldeggs im Blut. Und dieses Blut haben auch meine Enkel. Ich bin mir absolut sicher: Elise und Eduard lassen sich nicht durch so einen feigen Akt der Entführung unterkriegen. Niemals.«

»Sie denken nicht, dass Ihre Enkel die Nerven verlieren und irgendeine Dummheit begehen, die beim Entführer eventuell eine unüberlegte Kurzschlussreaktion zur Folge haben könnte?«

»Kann ich mir nicht vorstellen, nein. Dazu sind meine Enkel zu besonnen. Da bin ich mir sicher.«

»Gibt es etwas, das ich wissen müsste?«, fragte Madlener. »Etwas, das der Familie bekannt ist, das sie aber entweder nicht in Zusammenhang mit der Entführung bringt oder nicht preisgeben will?«

»Sie meinen so etwas wie ein schmutziges, kleines Geheimnis? Das wir lieber für uns behalten? Aber mit dem man uns erpressen könnte, wenn man es darauf abgesehen hat?«

»Ja. Gibt es so was?«

»Gegenfrage: In welcher Familie gibt es so was wohl nicht? Natürlich ist auch bei uns nicht alles Gold, was glänzt. Aber ich sage immer: Wer ohne Sünde ist, der werfe den ersten Stein. Auch der Name Waldegg hat ein paar dunkle Flecken vorzuweisen. Im Bauernkrieg zum Beispiel haben wir uns nicht gerade mit Ruhm bekleckert. Unter dem Kommando von Albert von Waldegg wurde 1526 der Aufstand eines Bauernhaufens blutig niedergeschlagen. Mein Vorfahr hatte den Beinamen ›der Gnadenlose‹ und pflegte keine Gefangenen zu machen. Aber das ist fast fünfhundert Jahre her. Müsste inzwischen verjährt sein, nehme ich an …«

Er lachte meckernd.

»Und was unsere Rolle vor und während des Zweiten Weltkriegs angeht: Meine Verwandtschaft hat nach dem Krieg durch die Bank ihren Persilschein bekommen, falls Sie auf das ›tausendjährige Reich‹ anspielen, das ganze zwölf Jahre brauchte, um die halbe Welt in Schutt und Asche zu legen. Mein Vater war in der Partei, zugegeben – aber wen interessiert das heute schon noch? Er ist seit über vierzig Jahren unter der Erde.«

»Was will der Entführer von Ihnen?«, ließ Madlener nicht locker. »Warum spielt er ein Spiel mit Ihrer Familie?«

»Tut er das?«

»Es sieht mir ganz danach aus. Er spielt ein Spiel, dessen Regeln wir noch nicht kennen. Er will Ihnen Furcht einjagen. Ihnen allen. Weil er weiß: Je länger er wartet, bis er sich meldet, je mehr er die Ungewissheit schürt, desto größer wird die Angst auf Ihrer Seite.«

»Ist das Ihre Theorie?«

»Zwangsläufig. Jedenfalls bis wir mehr haben.«

»Uns Angst einzujagen ist ihm wohl gelungen. Aber wissen Sie was? Irgendwann wird ihm das Spiel langweilig werden, weil es einseitig ist. Dann macht er den nächsten Zug. Ich sehe das ganz pragmatisch. Was bringt es ihm, wenn er meine Enkel entführt, das ganze Risiko eingeht und dafür nichts bekommt?«

»Was will er? Was denken Sie?«

»Pah, was wohl«, sagte der Alte verächtlich und machte dazu eine wegwerfende Handbewegung. »Das, auf was sie alle scharf sind. Es wird Geld sein. Viel Geld. Danach gieren sie da draußen doch alle. Karl Marx hat einen grundsätzlichen Denkfehler begangen. Apropos – nicht nur einen, sein ›Kapital‹ ist ein einziger Denkfehler. Was hat er behauptet? Religion sei das Opium des Volkes. Und Lenin hat aus der Religion das Opium *für* das Volk gemacht. Nein, nein, nein. Grundfalsch. Das Geld ist es. Das Geld ist das Opium für das Volk. Das goldene Kalb, das angebetet wird. Warum sollte jemand auf die Idee verfallen, meine Enkel zu entführen? Weil er Geld will, so einfach ist das! Kommen Sie, ich zeige Ihnen noch etwas!«

Madlener atmete tief durch – der alte Mann war zwar interessant und verfügte immer noch über einen messerscharfen Verstand, aber er hatte nicht das Gefühl, dass der Graf im Entführungsfall hilfreich oder nützlich für seine Ermittlungen sein konnte.

Oder sein wollte, weil er ein alter Fuchs war, der genau kalkulierte, was er preisgeben konnte und was nicht, um dem Ruf der Familie nicht zu schaden.

Madlener war sich nicht sicher, ob dem Alten der tadellose Ruf der Familie wichtiger war als das Leben seiner Enkel.

Er folgte ihm zur nächsten Tür, die geschlossen war.

Jedenfalls wollte er sich nicht vorwerfen lassen, nicht alles versucht zu haben, der Dynastie Waldegg von allen Seiten auf den Zahn zu fühlen.

Gründlichkeit und Unnachgiebigkeit waren nun einmal nach seinem Selbstverständnis das A und O in der Ermittlungsarbeit.

27

Madlener öffnete die Tür für den Grafen im Rollstuhl, sie führte in die Bücherhalle des Schlosses. Auch sie war beeindruckend in Größe und Ausstattung und hatte die Ausmaße und das Fluidum einer Klosterbibliothek.

Er sah dem alten Ferdinand von Waldegg zu, wie er mit seinem Rollstuhl in den prachtvollen barocken Saal fuhr und inzwischen ganz und gar nicht mehr den Eindruck machte, dass er geistig nicht in der Spur war, im Gegenteil, er war wie aufgedreht.

Madlener hatte von Anfang an die Absicht gehabt, vor dem alten Grafen kein Blatt vor den Mund zu nehmen, falls dieser noch bei klarem Verstand war. Er redete mit ihm genauso offen wie mit allen anderen Mitgliedern der Familie von Waldegg auch. Dabei hatte er irgendwie das Gefühl, der Patriarch fände sogar Gefallen daran, dass er von Madlener noch für voll genommen wurde und dass er ihn nach seiner Meinung und seinem Rat fragte. Das schmeichelte seiner immer noch vorhandenen Eitelkeit.

Vielleicht war das in seiner Umgebung sonst nicht mehr so oft der Fall. Wenn überhaupt.

Ferdinand von Waldegg kurvte mit seiner Decke auf dem Schoß mit dem Rollstuhl herum, als könnte er es nicht ertragen, auf einer Stelle stehen zu bleiben. Dabei suchte er nur nach etwas Bestimmtem zwischen den Abertausenden von Buchrücken, die in den deckenhohen Regalen eingeordnet waren.

Über mehrere Wendeltreppen links und rechts war eine Galerie erreichbar, die ein Stockwerk höher ringsum verlief, damit man auch Zugriff auf die Bücher in den oberen Reihen hatte.

Schwere Ledersessel waren um einen riesengroßen antiken Globus gruppiert, der das Zentrum des Raumes bildete.

Die Welt, wie wir sie seit Kolumbus kennen, und darum

herum die Versuche, sie schriftlich zu verstehen und zu erklären, dachte Madlener, der von der schieren Menge an Folianten und Wälzern aus vielen Jahrhunderten durchaus beeindruckt war, wie er zugeben musste.

»Es war mein freier Wille, mich aus der Öffentlichkeit zurückzuziehen«, sagte Ferdinand von Waldegg und fingerte endlich eine dicke schwarze Mappe aus einem Regal heraus, nach der er gesucht hatte. »Ein Mann muss wissen, wann es an der Zeit ist, loszulassen und sich den essenziellen Dingen des Lebens zu widmen, die einem bleiben, wenn die Tage gezählt sind, so wie das nun mal bei mir der Fall ist. Wissen Sie, was das Schlimmste für mich ist?«, fragte er mit seiner leicht verwaschenen Aussprache.

»Dass Sie nicht mehr auf die Jagd können?«, antwortete Madlener.

Ferdinand von Waldegg sah den Kommissar lange an, dann nickte er. »Nun, das ist nicht schwer zu erraten, da kann ja sogar ein Polizist drauf kommen«, sagte er und lachte meckernd.

Madlener konnte sich ein Lächeln nicht verkneifen.

Das Einzige, was an dem Alten noch einwandfrei zu funktionieren schien, war sein Humor.

»Sehen Sie«, sagte er und schwenkte die schwarze Mappe, die er in der Hand hielt. »Das ist es, was ich Ihnen zeigen wollte. Sie wissen vielleicht, was für bedeutende Leute hier auf dem Schloss schon zu Besuch waren. Das wird Ihnen dieses verfluchte Internet schon auf die Nase gebunden haben, nehme ich an.«

»Ja, im Großen und Ganzen. Napoleon, Rilke, Hermann Hesse, Heidegger …«

»Sie sagen es. Aber das waren beileibe nicht alle. Das hier …«, damit hielt er die Mappe hoch, »… das hier ist der größte Schatz. Die Korrespondenz meines Großvaters mit einem der bedeutendsten Politiker, die Deutschland je gehabt hat.«

Jetzt war Madlener gespannt, was da kommen würde. Er wartete einfach und sagte nichts.

»Nein, nicht das, was Sie denken«, sagte Ferdinand von Waldegg und lachte wieder sein meckerndes Lachen. »Ich meine nicht diesen aufgeblasenen Popanz, den Reichsjägermeister. Der war auch einmal hier – zur Jagd natürlich. Übrigens, kennen Sie den schon? Mein Vater konnte den Witz so gut erzählen ... Also: Hermann Göring auf der Jagd. Voller Begeisterung auf der Pirsch nach ein paar Rebhühnern. Im Eifer des Gefechts übersieht er, dass er sein Jagdrevier längst verlassen hat. Göring legt sich auf die Lauer und schießt – peng! – ein Rebhuhn. Als er gerade seine Beute wegstecken will, stürmt ein Bauer, dem das Feld gehört, aus dem Wald und schreit: ›Halt – das Rebhuhn gehört mir!‹ Göring streckt seinen fetten Bauch raus, sieht den Bauern geringschätzig an und sagt: ›Mein Lieber, ich bin der Reichsjägermeister, und deshalb darf ich jagen, wo ich will. Lächerlich, wenn Sie behaupten, das Rebhuhn gehört Ihnen!‹ Der Bauer schüttelt den Kopf. ›Leider nein. Das ist mein Grund und Boden, auf dem Sie gejagt haben‹, sagt er. ›Ganz egal, wer Sie sind – alles, was Sie hier geschossen haben, gehört mir. Aber wissen Sie was? Hier draußen auf dem Land regeln wir Streitfälle dieser Art so: Wir treten uns in die Eier, und wer liegen bleibt, der hat verloren. Ich fange an!‹ Junge, Junge, denkt Göring, das sind ja raue Sitten, aber weil er kein Waschlappen sein will – deutsche Gebräuche sind deutsche Gebräuche –, erklärt er sich damit einverstanden. Der Bauer nimmt also Anlauf und tritt Göring mit voller Wucht in die Kronjuwelen. Göring schreit auf, fällt um, röchelt, er wird weiß im Gesicht, windet sich, doch bevor er sich übergeben muss, stemmt er sich mühsam wieder hoch, wischt sich die Tränen aus den Augen und krächzt: ›So, mein Lieber, jetzt bin ich dran!‹ Da sagt der Bauer: ›Ach, wissen Sie was? Heil Hitler, Herr Reichsjägermeister – behalten Sie das Rebhuhn.‹«

Der Graf klopfte sich auf die Schenkel und lachte meckernd. »Der ist gut, oder?«

Madlener konnte sich erneut eines Lächelns nicht erwehren.

»Für so einen Witz wäre man damals glatt ins KZ gekommen«, sagte Ferdinand von Waldegg. »Trotzdem hat ihn mein Vater in den braunen Zeiten gerne erzählt. Nun ja«, fuhr er fort, »den Göring meine ich natürlich nicht, wenn ich von Deutschlands bedeutendstem Politiker spreche, bei Gott nicht. Ich spreche von Bismarck. Er war ein Brief- und Duzfreund meines Großvaters.«

Er öffnete die Mappe und zeigte mehrere Packen Briefe, mit einem Weckgummi umwickelt. Dann tippte er darauf.

»Sehen Sie, alle diese Briefe sind von ihm. Von Bismarck. Ein kluger Kopf. Und ein begeisterter Jäger. Wissen Sie, was er da in einem Brief an meinen Großvater schreibt? ›Es wird niemals so viel gelogen wie vor der Wahl, während des Krieges und nach der Jagd.‹ Und genau darüber wird meine Enkeltochter Elise promovieren. Es ist zwar noch eine Weile hin, bis sie zu ihrer Doktorarbeit zugelassen wird, aber Elise weiß genau, was sie will. Das hat sie von mir.«

Er reichte Madlener die Mappe, der sie vorsichtig durchblätterte.

»Von Bismarck und von Waldegg-Haunstetten – die Außenpolitik des deutschen Kaiserreichs unter Reichskanzler Bismarck im Spiegel einer Brieffreundschaft«, deklamierte der Alte. »Komplizierter Titel, aber so gehört sich das für eine anständige Doktorarbeit. Nun ja, wie soll ich sagen … Ich bin sehr stolz auf meine Enkelin. Elise ist die Sonne und das Licht meiner alten Tage.«

Plötzlich und unerwartet packte er Madlener am Ärmel und zog ihn zu sich auf Augenhöhe herunter.

»Und wissen Sie was? Das Einzige, was ich mir in meinem jämmerlichen Leben noch wünsche, ist, dass ich sie lebend und unversehrt zurückbekomme. Hören Sie! Bringen Sie mir Elise zurück, Herr Kommissar. Sie müssen mir versprechen, dass Sie sie mir zurückbringen!«

Tränen liefen ihm die Wangen herunter. Madlener konnte jede einzelne Bartstoppel sehen. Der Patriarch zitterte jetzt am ganzen Körper.

Von der unerwartet plötzlichen Wende in Ferdinand von

Waldeggs Verhalten wurde Madlener vollkommen kalt erwischt, und er wusste im ersten Augenblick nicht, wie er reagieren sollte. Er hätte niemals gedacht, dass der Alte so die Fassung verlieren würde.

Endlich ließ der Graf ihn wieder los, bedeckte seine Augen mit der zittrigen Hand und sagte: »Tut mir leid. Entschuldigen Sie. Ich … ich weiß nicht, was in mich gefahren ist.«

»Kann ich Ihnen irgendwie helfen?«, bot Madlener an.

Aber der Alte ließ ihn nicht ausreden und winkte ab. »Nein, bitte gehen Sie jetzt. Und schicken Sie mir den Pfleger, wenn Sie ihm begegnen.«

Madlener sah ein, dass er nichts mehr tun konnte und dass es besser war, den Rückzug anzutreten.

Er legte dem Grafen die Mappe mit den Briefen in den Schoß, nickte ihm noch einmal zu und verließ die Bibliothek.

Seine klackernden Schritte auf dem nackten Marmorboden kamen ihm furchtbar laut vor.

Er glaubte, den Blick des Patriarchen auf seinem Rücken zu spüren, bis er die Bibliothek verlassen und die Tür hinter sich geschlossen hatte.

28

Vor sich hingrübelnd stieg Madlener langsam Stufe um Stufe im imposanten Treppenhaus hinunter.

So, wie das Schloss in seinen Mauern jahrhundertealte Geheimnisse zu verbergen schien, die eines Tages vielleicht aufgedeckt wurden, so war das anscheinend auch mit dem Waldegg-Clan – hinter jeder Ecke lauerten überraschende Geständnisse und mehr oder weniger offensichtliche Heimlichkeiten und Lügen.

Er zog sein Smartphone heraus und wollte eben seinen Kollegen Binder in Friedrichshafen anrufen, als er am Fuß der Treppe eine Gestalt stehen sah, die auf ihn wartete. Es war der junge Pfleger. Ein aufgeweckter, rothaariger Junge im Studentenalter mit Sommersprossen. Offenbar hatte er auf Madlener gewartet, um ihn abzupassen.

»Herr Kommissar …«, fing er schüchtern an und machte ein paar Schritte auf Madlener zu. Dabei sah er sich verstohlen um, als hätte er Angst, beobachtet zu werden.

»Ja? Was kann ich für Sie tun?«, fragte Madlener. »Der Graf hat mich gebeten, Sie zu ihm hochzuschicken.«

»Ich wollte sowieso gerade zu ihm«, sagte der Pfleger und grinste verlegen. »Aber vorher soll ich Ihnen das hier geben …«

Mit diesen Worten drückte er ihm einen zusammengefalteten Zettel in die Hand.

»Von wem ist das?«, wollte Madlener wissen.

»Von seiner Schwiegertochter, Charlotte von Waldegg. Aber Sie dürfen mich nicht verraten, hat sie gesagt. Und dass Sie das von ihr haben.«

»Tu ich nicht, versprochen«, erwiderte Madlener und sah zu, wie der Pfleger mit federleichten Schritten die Treppenstufen hocheilte, bevor er den Zettel entfaltete und die paar Zeilen las, die handschriftlich darauf notiert waren.

Kann ich Sie allein sprechen?
In 30 Minuten in der Schlosskapelle.
Es ist wichtig.
C.

Nachdenklich steckte Madlener den Zettel in die Tasche.

Er hatte recht gehabt.

Es gab etwas, das ihm verheimlicht worden war.

Und er wusste auch schon, um was es sich dabei handeln musste.

Madlener trat ins Freie und sah, dass Fraidling auf dem gekiesten Schlossparkplatz neben dem Dienstwagen auf ihn wartete und telefonierte. Der Parkplatz war groß, an Wochenenden kamen viele Tagestouristen, die bei einem kleinen Spaziergang die Aussicht vom hoch gelegenen Schloss Hohenschwarzbach auf die Stadt und den Schwarzwald genießen oder die gepflegten und akkurat im französischen Stil angelegten Schlossgärten besichtigen wollten.

Fraidling beendete sein Gespräch und sah Madlener erwartungsvoll entgegen.

»Na, was hat der alte Waldegg Ihnen denn Schönes gezeigt, das ich nicht sehen durfte?«, fragte er.

»Nichts von Belang. Nur eine kleine Schlossführung durch Waffenkammer und Bibliothek inklusive Familienanekdoten. Historisch interessant, wenn auch nichts, was uns im Entführungsfall weiterhelfen könnte. Aber ich wollte ihm seinen Wunsch nicht abschlagen.«

»Verstehe«, sagte Fraidling und öffnete die Fahrertür. »Wollen wir?«, fragte er einladend.

Madlener sah sich um und winkte ab. »Fahren Sie schon mal voraus. Ich komme nach. Ich möchte mir noch ein wenig die Beine vertreten. Ein kleiner Fußmarsch hinunter ins Revier kann mir nicht schaden.«

Fraidling nickte und setzte sich ans Steuer.

Madlener hob die Hand zum Gruß und wartete, bis sein Kollege mit dem Dienstwagen den Parkplatz verlassen hatte.

Dann griff er zum Smartphone und erreichte Binder im Polizeipräsidium Friedrichshafen, um sich nach den Fortschritten im Fall Döllinger zu erkundigen.

Götze hatte den letzten Abend des Ermordeten beinahe lückenlos bis zu dessen Tod rekonstruiert, und sie hatten inzwischen auch die Überwachungsvideos der Spielbank und vom Casinoparkplatz sowie der Fähre und von den Fährhäfen in Konstanz-Staad und Meersburg ausgewertet. Nichts Auffälliges darunter. Keiner der vernommenen Augenzeugen hatte gesehen, dass Döllinger verfolgt worden war oder dass ihm jemand aufgelauert hatte. Götze arbeitete jetzt daran, die Passagiere auf der Fähre soweit es ging zu identifizieren und gegebenenfalls zu vernehmen. Binder hatte sich in Döllingers Kanzlei eingenistet und ging mit Hilfe der Sekretärin alle Fälle der letzten Jahre durch, an denen der Rechtsanwalt beteiligt gewesen war.

Madlener bat ihn, nach einer Verbindung Döllingers zur Familie von Waldegg-Haunstetten zu suchen, das hatte höchste Priorität.

Binder versprach, sich zu melden, sobald er etwas gefunden hatte. Damit beendete Madlener das Gespräch.

Er durchquerte den Schlossgarten, in dem ein paar Gärtner Laub zusammenrechten und die Blumenbeete für den bevorstehenden Winter präparierten.

Es war unangenehm windig geworden, tief hängende schwarze Wolken zogen am Himmel dahin. Es wurde schlagartig dunkel, am hellichten Tag.

Er schlug den Kragen seines Mantels hoch und steuerte auf die abseits gelegene Schlosskapelle am Waldrand zu.

Madlener öffnete die schwere Eingangspforte und betrat die Kapelle, deren Innenraum im gotischen Stil gehalten war, schlicht und streng, mit wenigen alten Fresken an den Wänden, deren Bildinhalt kaum noch zu erkennen war. Im dämmrigen Licht sah er ein Dutzend Bankreihen rechts und links vom Mittelgang, eine Apsis mit einem eindrucksvollen geschnitzten Holzaltar, auf dem die Bekehrung des heiligen Hubertus bei der Jagd im Wald durch das Erscheinen eines Hirsches mit einem Kruzifix zwischen den Sprossen des Geweihs in filigranen Einzelheiten dargestellt war, ein Pult und ein steinernes Taufbecken an der Seite. Frischer Blumenschmuck stand in einer großen Vase neben dem Altar, Kerzenlicht flackerte, es roch schwach nach Feuchtigkeit und Weihrauch. Durch bunte Bleiglasfenster kam nur schwaches Tageslicht herein, zumal es draußen zunehmend dunkler geworden war.

Alles in der Kapelle war ganz der Kontemplation und der inneren Einkehr gewidmet.

Außer Madlener war niemand hier. Er setzte sich in die erste Bankreihe, vergewisserte sich, dass er sein Handy ausgestellt hatte, und wartete.

Erst jetzt, nachdem sich seine Augen an das Dämmerlicht gewöhnt hatten, erkannte er das Wappen der Familie Waldegg-Haunstetten als Relief auf dem Taufbecken, die Tanne auf der linken Hälfte und die Armbrust auf der rechten.

Als sein Blick nach oben schweifte, sah er am Deckengewölbe den aufgemalten Nachthimmel, Hunderte leuchtende Sterne auf dunkelblauem Grund. Es war kein astronomisch korrekter Sternenhimmel, die Sterne waren stilisiert, sie wirkten mehr poetisch als religiös inspiriert.

Wenn Rainer Maria Rilke oder Hermann Hesse auch hier in der Kapelle gewesen waren, hatte ihnen das sicher ebenfalls gefallen. Heidegger wohl eher weniger, vermutete er. Obwohl er nicht wusste, ob der Vertreter der sogenannten Existenz-philosophie auch eine heimliche Neigung für Romantik und dichterisches Empfinden gehabt hatte.

In seinem Rücken knarzte die Eingangspforte, jemand betrat den Innenraum und stöckelte vernehmlich auf den alten, ausgetretenen Steinplatten vor zum Altar.

Madlener drehte sich um und sah Charlotte von Waldegg. Er stand auf, aber sie berührte mit roten Lederhandschuhen seinen Arm und bedeutete ihm, sich wieder zu setzen.

»Danke, dass Sie gekommen sind«, sagte sie und nahm an seiner Seite Platz.

Jetzt, wo sie ihm so nahe war, dass er den Duft ihres teuren Parfüms wahrnahm, bemerkte er, dass ihr großzügig aufge-tragenes Make-up die Ringe unter ihren Augen nicht vollends übertünchen konnte. Er schwieg und wartete, bis sie von selbst damit herausrückte, was sie auf dem Herzen hatte, das schien ihr augenscheinlich nicht leichtzufallen.

»Sie werden sich fragen«, fing sie schließlich an, »was der Grund dafür ist, dass ich unter vier Augen mit Ihnen reden will. Und warum ich das, worum es mir geht, nicht schon vorher im Beisein unserer Familie angesprochen habe …«

Madlener sah sie unverwandt an und schwieg eisern.

Er wusste aus Erfahrung, wann man bei einer Vernehmung oder einem Verhör Fragen stellte und wann nicht. Es war bis-weilen besser, einfach den Mund zu halten, sobald man das Gefühl hatte, das Gegenüber wollte endlich mit der Wahrheit herausrücken, weil das schlechte Gewissen so drückte, dass es alles loswerden musste, was ihm auf der Seele lastete.

Bei Charlotte von Waldegg war es offensichtlich so weit.

Sie sah nach vorne zum Altar und seufzte etwas zu theatra-lisch für Madleners Geschmack.

»Mein Mann hat nicht die Wahrheit gesagt. Jedenfalls nicht die ganze Wahrheit. Und meine Schwäger und Schwägerinnen auch nicht. Ich will das nicht unbedingt gutheißen, aber ich versuche zu erklären, warum das so ist. Niemand in unserer Familie wird jemals Außenstehenden gegenüber etwas preisgeben, was ein schlechtes Licht auf den Namen Waldegg werfen könnte. Das klingt für Ihre Ohren vielleicht lächerlich, aber es ist unausgesprochenes, ungeschriebenes Gesetz. Daran haben sich alle zu halten, so ist das von alters her in die Waldegg-Gene eingepflanzt. Und auch wir Frauen, die in die Familie eingeheiratet haben, richten uns nach diesem Kodex.«

Sie fummelte ein Taschentuch aus ihrer Hermès-Kelly-Bag und tat so, als schnäuzte sie sich, doch es war wohl eher eine Verlegenheitsgeste.

»Aber jetzt, jetzt geht es um meine Kinder. Verstehen Sie?«, fragte sie und blickte ihm wieder direkt in die Augen, in denen Madlener durchaus so etwas wie eine stille Verzweiflung schimmern sah. Dabei legte sie ihre Hand beschwörend auf seinen Arm, bis er nickte.

»Ja«, sagte er, »ja, das kann ich sehr wohl verstehen. Aber die Frage ist, ob das auch der Rest Ihrer Familie versteht.«

Sie sah ihn lange an und nickte schließlich.

»Nun, ich kann nicht länger etwas verschweigen, das unter Umständen mit der Entführung meiner Kinder zu tun hat, obwohl ich mir nicht vorstellen kann, wie das zusammenhängen soll. Deshalb habe ich mich entschlossen, Sie darüber zu unterrichten. Niemand weiß davon, und ich bitte Sie darum, es auch dabei zu belassen. Weil ich mir bewusst bin, dass ich mir ziemliche Schwierigkeiten einbrocke, wenn publik wird, dass ich aus dem Nähkästchen geplaudert habe. Es … es kommt mir fast wie ein Verrat vor, aber ich sehe keinen anderen Ausweg. Ich muss es tun. Auch wenn ich denke, dass Sie früher oder später von selbst darauf gestoßen wären …«

Madlener zwang sich dazu, verhalten zu reagieren.

»Sie haben geschwiegen, obwohl Sie wussten, dass Sie durch Ihr Verhalten wichtige Ermittlungen behindern? Das ist ein Straftatbestand, das brauche ich Ihnen nicht zu sagen.«

Charlotte von Waldegg sah zu Boden und zerknüllte ihr Taschentuch.

Madlener wurde eindringlich.

»Aber diese Bagatelle lassen wir mal beiseite. Ihre beiden

Kinder sind entführt worden, Frau Waldegg! Ist Ihnen immer noch nicht klar, was das bedeutet? Wachen Sie endlich auf! Sie sind auf Gedeih und Verderb einem gefährlichen Verbrecher ausgeliefert. Möglicherweise – was wir nicht hoffen wollen – geht es um das Leben von Elise und Eduard. Und da verschweigen Sie mir etwas, das uns unter Umständen weiterhelfen könnte, weil ... ja: weil Sie den Namen Waldegg nicht in Misskredit bringen wollen?«

Charlotte von Waldegg antwortete nicht, aber er sah, wie sie auf ihre karmesinroten Lippen biss.

»Obwohl Ihnen das bewusst war, Ihnen und der ganzen Familie – trotzdem hat keiner was gesagt? Warum?«

Charlotte von Waldegg zuckte mit den Schultern. »Niemand von uns will die alte Sache wieder aufwärmen, wenn Sie so wollen. Sie hat damals hohe Wellen geschlagen und uns schwer mitgenommen. Ich denke, wir alle haben das verdrängt. Es war für uns ... wie soll ich sagen ... abgeschlossen gewesen. Bis Sie den Namen Döllinger erwähnt haben.«

»Sie kennen ihn also?«, fragte Madlener.

Charlotte von Waldegg nickte. »Ja, natürlich.«

»Wer von Ihnen hatte mit ihm zu tun?«

»Mein Mann. Rechtsanwalt Döllinger hat meinen Mann in einem Prozess verteidigt.«

»Um was ging es?«

»Mein Mann sollte in einen schlimmen Verkehrsunfall mit Fahrerflucht verwickelt sein, so lautete die Anklage. Es hat damals drei Tote gegeben. Eine Mutter und ihre zwei Töchter. Ein Tanklastwagen ist explodiert. Mein Mann wurde wegen fahrlässiger Tötung angeklagt, obwohl er seine Unschuld beteuerte. Rechtsanwalt Döllinger gelang es, den wahren Schuldigen zu finden. Damit konnte er nachweisen, dass mein Mann nicht am Steuer des Wagens saß, der den Unfall auf der Autobahn ausgelöst hatte und einfach weiterfuhr. Er wurde freigesprochen.«

»Wann war das?«

Charlotte von Waldegg musste nicht lange nachdenken. »Vor ziemlich genau fünf Jahren.«

Ihr Handy meldete sich. Es hatte das bekannte Klavierstück »Für Elise« von Beethoven als Klingelton, was angesichts der Situation in der schummrigen Kapelle seltsam befremdlich klang.

»Entschuldigung, da muss ich rangehen«, sagte sie, als sie auf das Display sah. »Mein Mann ...«

Sie stand auf und nahm den Anruf an. »Ja?«

Madlener ließ sie nicht aus den Augen. Sie hörte eine Weile zu, dann sagte sie: »Ja, ich komme sofort. Fünf Minuten.«

Sie legte auf und sah Madlener an.

»Ich muss los. Es ist dringend.«

Auch Madlener war aufgestanden.

»Sie wissen jetzt Bescheid«, sagte sie. »Ich bitte Sie nur um eins: Sagen Sie nicht, dass ich bei Ihnen war und das mit Döllinger erzählt habe. Sie können ja behaupten, dass Sie von selbst darauf gestoßen sind ...«

Madlener kämpfte mit sich. Eigentlich hatte er absolut kein Verständnis dafür, dass die Familie Waldegg angesichts der Tatsache, dass das Leben von Elise und Eduard auf dem Spiel stand, glaubte, eine so schwerwiegende Angelegenheit wie die Verbindung zu einem kürzlich ermordeten Anwalt unter den Teppich kehren zu können – und damit auch noch davonzukommen.

Er konnte seine Fassungslosigkeit darüber nur mit Mühe kaschieren.

Einen Augenblick lang war er versucht, ihr das alles an den Kopf zu werfen. Doch dann sah er ein, dass es sinnlos war.

Allein die schiere Verzweiflung in den Augen von Charlotte von Waldegg sprach Bände. Sie machte sich schon Vorwürfe genug.

Oder sie war eine gute Schauspielerin.

Er war sich nicht sicher.

Jedenfalls war sie über ihren Schatten gesprungen, indem sie ihn über die Lüge ihrer Familie informiert hatte – reichlich spät zwar, aber sie hatte es schlussendlich doch getan. Obwohl es ihr bestimmt verdammt schwergefallen war.

»Ich werde sehen, was sich machen lässt«, sagte er schließlich.

Sie berührte ihn mit ihrer behandschuhten Hand am Oberarm, hauchte ein leises »Danke!« und stöckelte im Eiltempo aus der Kapelle.

31

Harriet hockte mit fünf schwer bewaffneten und gepanzerten Männern der SEK-Einheit aus Stuttgart im fensterlosen Laderaum eines von außen neutralen Transporters. Es war eng, die Luft stickig. Jeweils drei Personen saßen sich an den Längsseiten gegenüber, die Knie mit den dicken Knieschützern waren sich ständig gegenseitig im Weg. Keiner sagte ein Wort, alle konzentrierten sich darauf, ihre Ausrüstung noch einmal zu kontrollieren oder taten zumindest so, weil man es strikt vermied, sich in die Augen zu schauen.

Der Wagen raste im Konvoi mit zwei weiteren Einsatzfahrzeugen mit Höchstgeschwindigkeit dahin, und alle schaukelten Schulter an Schulter synchron mit, wenn eine Bodenwelle kam oder sie sich in einer engen Kurve gegen die Fliehkräfte stemmen mussten.

Harriet spürte die verstohlenen Blicke der Männer, aber sie sah betont gleichmütig vor sich hin und simste an Madlener, zum Telefonieren war sie nicht mehr gekommen. Wenn sie mit Madlener sprach, wollte sie das ohne Zeugen tun, aber dazu hatte die Zeit nicht gereicht.

Als sie mit ihrer Nachricht fertig war, überprüfte sie ebenfalls zum wiederholten Mal den Sitz ihrer Kevlarweste und die Funktionstüchtigkeit ihrer Dienstwaffe. Sie merkte, wie Nervosität und Anspannung in ihr zunahmen, je näher sie ihrem Einsatzort kamen. Immer wieder schielte sie auf ihr Handy, doch Madlener meldete sich nicht. Harriet wunderte sich, dass es keine Reaktion von ihm gab, schließlich hatte jetzt Dr. Ilgner in Stuttgart entgegen der Absprachen das Oberkommando an sich gerissen. Entweder Madlener hatte seine Gründe, sein Handy abzustellen, oder er war noch am Überlegen, wie er auf diesen offensichtlichen Affront reagieren sollte. Wenn er wollte oder dazu gezwungen war, konnte er ziemlich pampig werden – gelinde gesagt.

Und in diesem Fall wäre das nach ihrer Meinung durchaus gerechtfertigt. So wie sie das Vorgehen im Landespolizeipräsidium Stuttgart interpretierte, hatte man dort die Chance gesehen, aufgrund von mehr als vagen Verdachtsmomenten die Initiative ergreifen zu müssen und die Lorbeeren einzuheimsen, falls es am Ende welche zu verteilen gab. Was zählte da schon das Versprechen einem Provinzkommissar gegenüber, der zur Vorsicht gemahnt hatte und dessen Kompetenz und Erfahrung keinen Pfifferling mehr wert waren, wenn es darum ging, in der Öffentlichkeit als Retter der Waldegg-Kinder dazustehen.

Als Harriet, aus Hohenschwarzbach kommend, nach fast zweistündiger Fahrt über kurvige und unübersichtliche Landstraßen mitten in Pfullendorf den Stadionparkplatz angesteuert hatte, zu dem sie von Marianne Siewert vom LKA über ihr Handy dirigiert worden war, wurde sie zu ihrer Überraschung bereits von drei schwarzen Transportern mit SEK-Leuten und dem Chef der Truppe erwartet, der neben einer großen, drahtigen Frau stand, die sich militärisch knapp als »Siewert, LKA« vorstellte.

Der Mann an ihrer Seite hieß Meidrich und sah in seiner schwarzen Kampfmontur aus, als wollte er demnächst ein Raumschiff besteigen und in den Krieg der Sterne ziehen.

Aber Harriet kannte das. Sie hatte während ihrer Ausbildung zusammen mit SEK-Leuten trainiert und an gemeinsamen Lehrgängen teilgenommen. Vom halbmilitärischen Gestus und Habitus eines Spezialeinsatzkommandos war sie nicht mehr zu beeindrucken. Und vom in diesen Kreisen zumeist üblichen Machogehabe schon gleich gar nicht.

Meidrich nickte Harriet kaum merklich zu und ließ sie deutlich spüren, was er von ihrer Anwesenheit hielt: nämlich weniger als nichts.

Siewert war die Einsatzleiterin des LKA vor Ort, sie redete nicht lange um den heißen Brei herum und erklärte die Brisanz der Lage.

»Wir haben beide Lieferwagen der Gärtnerei Denzel von Anfang an observiert. Zunächst gab es nichts Ungewöhnliches, aber dann hat das Observationsteam Zwei gemeldet, dass der Lieferwagen mit dem Chef auf ein ehemaliges Bundeswehrgelände gefahren ist. Das war früher militärisches Sperrgebiet und liegt mitten im Wald. Dort steht eine einstmals geheime Bunkeranlage, die am Ende des Kalten Krieges aufgegeben wurde. Das Gelände mit vier Bunkern diente bis in die 1980er-Jahre als Munitionsdepot und ist, wie wir festgestellt haben, seit Neuestem an die Firma Denzel verpachtet. Für einen Appel und ein Ei im Übrigen. Wir haben das bei der zuständigen Stelle im Verteidigungsministerium recherchiert, sie haben uns an die Bundesvermögensverwaltung verwiesen, und die haben uns gesagt, dass der Pachtnehmer als Nutzungszweck angegeben hat, dass er die Bunker als billige Lagerräume nutzen will. Jetzt ist der Mann seit zwei Stunden mit ein paar vollgepackten Körben in einem dieser Bunker verschwunden und nicht mehr aufgetaucht. Der Verdacht ist nicht mehr von der Hand zu weisen, dass dort möglicherweise die Geiseln festgehalten werden. Ein ideales Versteck. Wir haben das gemeldet und die Anweisung bekommen, sofort einzugreifen.«

»Wem haben Sie das gemeldet?«, wollte Harriet wissen.

»Unseren Vorgesetzten in Stuttgart.«

»Ich dachte, wir haben vereinbart, dass Sie uns zuerst Bericht erstatten. Insbesondere meinem Kollegen Kommissar Madlener, der in diesem Entführungsfall Ihr Ansprechpartner zu sein hat.«

»Wir stehen von Anfang an in ständigem Kontakt mit unseren Vorgesetzten in Stuttgart. Das ist bei einem Fall von solcher Tragweite Usus«, erwiderte Siewert einigermaßen indigniert.

»Was palavern wir hier herum, wir müssen los. Das können wir alles unterwegs besprechen!«, drängte Meidrich. »Wir haben eh schon eine Menge Zeit verschwendet, weil wir auf Sie gewartet haben, Frau Kommissarin.«

Er schenkte Harriet einen giftigen Blick, der unverhohlen herablassend und vorwurfsvoll zugleich war.

Harriet registrierte genau den leicht verächtlichen Unterton, der bei Meidrich mitschwang, weil er sich offensichtlich schwer vorstellen konnte, dass eine kleine blonde Frau wie Harriet, die höchstens Ende zwanzig war, in einem von militärtaktischer Vorgehensweise dominierten Einsatz irgendeine halbwegs wichtige Rolle zu spielen hatte, über die er sich grundsätzlich sowieso nicht so recht im Klaren war. Oder es interessierte ihn einfach nicht, weil er nicht in der Lage war, auf seine testosteronbedingten Scheuklappen zu verzichten.

Mit einer Hand gab er schon mal seinen Männern, die mit ihrer Ausrüstung wie die schwarzen Sturmtruppen des Galaktischen Imperiums alle in ihren Kampfmonturen vor den schwarz lackierten Fahrzeugen warteten, das Zeichen zum Einsteigen, was sie im Laufschritt und in Windeseile befolgten.

»Augenblick«, sagte Harriet. Sie ignorierte Meidrich absichtlich und fragte Siewert: »Von wem haben Sie die Anweisung bekommen, jetzt loszuschlagen? Ich will einen Namen!«

Siewert merkte, dass Harriet angefressen war und sich noch zurückhielt.

»Dr. Ilgner«, sagte sie. »Er ist es, der von Stuttgart aus für die Aktion verantwortlich zeichnet.«

»Das heißt, nur um das klarzustellen: Sie haben Kommissar Madlener nicht darüber informiert?«, fragte Harriet. »Darüber, dass das SEK jetzt zum Einsatz kommt?«

»Nein. Dafür war keine Zeit. Wir haben den Einsatzbefehl kurzfristig erhalten. Außerdem wussten wir ja, dass Sie als seine Kollegin zu uns unterwegs waren.«

»Meine Präsenz bedeutet nicht, dass mein Kollege und ich mit einem sofortigen Zugriff einverstanden sind. Das ist entgegen der Absprache, das wissen Sie. Das möchte ich ausdrücklich fürs Protokoll festgehalten haben.«

»Was soll diese Kompetenzscheiße – Abmarsch!«, bellte Meidrich, weil seine Männer bereits auf die Transporter verteilt waren und auf das Kommando zum Abrücken warteten.

Siewert zuckte humorlos mit den Schultern, konnte Harriet aber nicht in die Augen sehen. »Zur Kenntnis genommen. Aber Ober sticht Unter, wie man so sagt. Diese Aktion fällt nicht mehr in Ihren Zuständigkeitsbereich. Das SEK hat jetzt das Sagen.«

»Und wenn Sie das Leben der Geiseln gefährden? Die Abmachung lautete: Observation und nichts anderes. Ein Zugriff ist nur bei einer akuten Gefahrenlage vorgesehen!«

»Die uns jetzt gegeben scheint«, erwiderte Siewert kurz angebunden.

»Warum? Weil dieser Denzel in einem Bunker verschwunden ist? Oder haben Sie sonstige Anhaltspunkte dafür, dass Gefahr in Verzug ist?«

»Schluss jetzt! Halten Sie endlich die Klappe!«, schnauzte Meidrich sie an. »Das mit der Verantwortung lassen Sie mal unsere Sorge sein. Wir wissen schon, was wir tun. Sie warten hier, bis wir die Lage geklärt haben. Da haben Sie genügend Zeit, Ihrem Kollegen die neue Lagebeurteilung zur Kenntnis zu bringen.«

Harriet wich keinen Millimeter zurück.

»Ich fahre mit«, sagte sie und fügte provokativ im Jargon von Meidrich hinzu: »Ohne Kommissar Madlener und mich würden Sie jetzt in Stuttgart sitzen und in der Nase bohren.«

Meidrich sah Harriet vom Scheitel bis zur Sohle geringschätzig an, wie ein General einen Rekruten, der noch feucht hinter den Ohren war und es gewagt hatte, einen seiner Befehle in Zweifel zu ziehen und dann auch noch aufmüpfig zu werden.

Harriet hielt seinem bohrenden Blick ohne Weiteres stand. Schließlich bellte er Siewert an. »Das liegt in Ihrem Verantwortungsbereich.«

»Wir nehmen sie mit«, entschied Siewert nach kurzer Überlegung.

»Okay. Aber dann spielen Sie auch gefälligst das Kindermädchen.«

Damit wandte er sich ab.

Harriet ließ sich nicht einschüchtern und rief ihm hinterher:
»Ich will wissen, wie Sie vorzugehen gedenken!«
Meidrich blieb stehen und wandte sich halb um.
»Das werden Sie dann schon sehen. Wir haben unsere taktischen Anweisungen. Und die bekommen wir nicht von Ihnen. Sie können froh sein, dass ich Sie mitfahren lasse. Aber halten Sie sich gefälligst im Hintergrund und mischen Sie sich nicht ein, sonst kriegen Sie es mit mir zu tun!«, drohte er unmissverständlich und ließ Harriet und Siewert endgültig stehen, um zum ersten Transporter zu traben, in den er einstieg.

Siewert reichte Harriet eine Kevlarweste.

»Sie gehen in den letzten Wagen«, befahl sie und nahm im zweiten Wagen auf dem Beifahrersitz Platz.

Harriet sah zu, dass sie in den Laderaum des letzten Wagens kam, dann wurden die Hecktüren geschlossen, und die wilde Fahrt ging los.

Das war jetzt eine halbe Stunde her.

Während sie immer noch stumm im Transporter dahinfuhren, überlegte Harriet, was die Konsequenzen des sofortigen Zugriffs sein könnten.

Waren sie erfolgreich, Denzel tatsächlich der Entführer und das SEK konnte die Geiseln unversehrt befreien, dann war das natürlich eine ganz große Nummer, die sich Dr. Ilgner in Stuttgart an die Brust heften würde wie einen dicken Orden.

Ging es schief und den Geiseln passierte etwas – immer vorausgesetzt, sie waren, wovon sie in Stuttgart offenbar ausgingen, in einem dieser Bunker gefangen –, dann würden Köpfe rollen.

Aber nicht der von Dr. Ilgner, davon war sie überzeugt. Dr. Ilgner war ein Mann, der sich grundsätzlich nach allen Seiten abzusichern wusste. Irgendein Bauernopfer würde es dann schon geben. Harriet wollte das nicht sein. Und Madlener bestimmt auch nicht.

Ihr Handy vibrierte, sie sah auf das Display.

Es war eine Nachricht von Madlener.

Endlich.
Danke für deine Infos. Lass sie ruhig machen, schrieb er.
Aber bleib am Ball. Ich will genau wissen, was passiert. Habe für alle Fälle telefonisch in Stuttgart Protest eingelegt, damit wir aus dem Schneider sind. Melde dich, wenn es vorbei ist.
Harriet steckte ihr Handy wieder weg und wunderte sich, obwohl sie sich natürlich nichts anmerken ließ. Mit so einer moderaten Reaktion von Madlener hatte sie jetzt nicht unbedingt gerechnet.
Verfügte er über neue Informationen?
Oder ließ er Dr. Ilgner und seine Truppe absichtlich und gnadenlos auflaufen?
Zuzutrauen war ihm das.
Harriet war bekannt, was Madlener von Dr. Ilgner hielt, den er noch allzu gut aus seiner Stuttgarter Zeit kannte und nicht gerade in bester Erinnerung hatte. Wenn Ilgner Madlener eins auswischen konnte, war er bereit, das zu tun. Es war keine persönliche Animosität, es war einfach seine Art, mit Untergebenen umzugehen und sie wo es ging zu demontieren, um seine Macht zu demonstrieren und seine eigene Position auf Kosten anderer zu stärken.
Madlener war ihm schon lange ein Dorn im Auge, oder, wie er gesagt hätte, weil er eine drastische Sprache bevorzugte, die er besonders cool und männlich fand: »a pain in the ass«. Zumal seine Schwägerin, Ex-Kriminaldirektorin Schwanitz-Terstegen, nicht vergessen hatte, dass Madlener für ihren schmachvollen Abgang von ihrem Posten in Friedrichshafen verantwortlich war. Schwanitz-Terstegen war extrem nachtragend. Und ihr Schwager war ihr noch etwas schuldig.
Dr. Ilgner würde alles tun, um Madlener in einem schlechten Licht dastehen zu lassen.

All das wusste Madlener, oder er ahnte es zumindest und hatte Harriet davon erzählt – aber auch er hatte noch alte Freunde im Polizeipräsidium in Stuttgart, die ihn gelegentlich unter dem Siegel der Verschwiegenheit über den Stand der Dinge unterrichteten und mit ihrer Meinung nicht hinter dem Berg hielten.

Das Polizeipräsidium in Stuttgart lief bei Madlener nur noch unter der Bezeichnung »Intrigantenstadel«.

Mehrfach hatte Madlener Harriet vor Ilgners verschlagenem Charakter gewarnt.

»Dr. Ilgner ist ein Pharisäer«, sagte er dann.

Sie hatte jedoch nie direkt mit ihm zu tun gehabt und das immer mit einem Achselzucken abgetan.

Stuttgart war weit genug weg vom Bodensee.

Sie machte ihren Job in Friedrichshafen, und sie wusste, dass sie ihn gut machte.

Jetzt auf einmal verstand sie, was ihr Freund und Mentor mit »Intrigantenstadel« gemeint hatte.

Ober sticht Unter, hatte Siewert gesagt.

Willkommen im Spiel der Superegos und von sich Eingebildeten, der Alphatiere und Machtgierigen, dachte sie.

Es war ein einziges Hauen und Stechen, wie in »Game of Thrones«.

Die Serie im Pay-TV, auf die alle aus ihrer Generation ganz scharf waren.

Nur Harriet nicht.

Weil da Drachen vorkamen. Und Fantasy konnte sie auf den Tod nicht ausstehen.

Dabei hatte sie selbst einen Drachen namens Long.

Wenn auch nur als Tattoo auf ihrem Rücken.

Long war der chinesische Name des Feuerdrachen der Mythologie aus dem Reich der Mitte. Ein Fabelwesen mit dem gewundenen Leib einer mächtigen Schlange, den Schuppen eines Fisches, mit Bart, gezacktem Rückenkamm, vier Adlerklauen und dem Gebiss eines Löwen, die hervorspringende Zunge war ein stilisierter Flammenstoß.

Er reichte gerade bis zu ihrem Haaransatz im Nacken.

Long war für Harriet eine Art Schutzheiliger. Er gab ihr das Gefühl, unverwundbar zu sein.

Es war nur Einbildung, Selbstsuggestion, Projektion, was auch immer.

Das wusste sie.

Aber es half.

32

Der Transporter verlangsamte und bog ab.

Harriet sah auf ihre Uhr.

Gute vierzig Minuten waren seit ihrer Abfahrt vergangen. Im abgedunkelten Laderaum, in dem nur ein Notlicht brannte, hatte sie inzwischen jedes Zeitgefühl verloren.

Die Fahrt wurde nun ziemlich ungemütlich, der Wagen rumpelte bockig über eine unebene und löchrige Fahrbahn, es musste ein unbefestigter Feld- oder Waldweg sein.

Mit einem Ruck hielt der Lieferwagen plötzlich und unerwartet an, und die rückwärtigen Türen wurden von Meidrich aufgerissen.

Er sagte kein Wort und trieb seine Leute mit Handbewegungen an.

Die Abläufe waren tausendfach trainiert, die Männer agierten lautlos und schnell.

Als Harriet ausstieg, sah sie, dass sie an der Ausbuchtung eines Waldwegs angehalten hatten. Dort stand ein unauffälliges Zivilfahrzeug halb versteckt im Wald, es musste dem zweiten Observationsteam gehören.

Im Laufschritt ging es den Weg weiter in den dichten Wald hinein. Meidrich trabte voraus, Siewert und Harriet folgten der Truppe.

Einige der Männer führten Spezialgewehre mit sich, mit denen man Blendgranaten verschießen konnte. Es wurde nicht gesprochen, das Einzige, was Harriet hörte, waren ihre Schritte auf dem steinigen Weg und das leise Knacken und Rauschen der Funkgeräte.

An einem Maschendrahtzaun mit Schildern, auf denen »Zutritt verboten!« stand, warteten zwei Männer in Zivilkleidung auf sie, offensichtlich LKA-Beamte.

Harriet hielt sich im Hintergrund. Sie, die sonst keiner Konfrontation aus dem Weg ging, hatte inzwischen eingesehen, dass eine weitere Auseinandersetzung mit Meidrich sinnlos war, unnötige Zeit- und Energieverschwendung. Sollte er selbst sehen, was bei einem gewaltsamen Zugriff herauskam.

Hinter dem mannshohen Zaun, der nach oben zusätzlich mit Stacheldrahtrollen abgesichert war, war eine fußballfeldgroße Lichtung mitten im Wald.

Ein verfallenes Wachhäuschen stand hinter dem Zugangstor.

Ein weißer Lieferwagen mit der Aufschrift »Flower-Power. Gärtnerei Denzel« war vor vier lang gezogenen und grasbewachsenen Hügeln abgestellt, die wie große Maulwurfverwerfungen aussahen und ungefähr jeweils fünfzig Meter lang waren. Schwere Stahltore verschlossen die einzigen Zugänge, Harriet vermutete, dass die Erdbunker eine autarke Strom- und Wasserversorgung hatten.

Dummerweise konnte sie nicht verstehen, was Meidrich mit den zwei LKA-Beamten zu besprechen hatte, zu denen sich Siewert gesellt hatte. Jedenfalls schienen sie sich über das weitere Vorgehen nicht unbedingt einig zu sein, so viel konnte sie den erregten Gesichtern und den Gesten entnehmen.

Die Männer vom SEK waren alle in Deckung gegangen und warteten auf ihren Einsatzbefehl.

Harriet hatte es ihnen gleichgetan, kauerte hinter einem Baumstamm und war gespannt, was jetzt passieren würde.

Es konnte jedenfalls kein leichtes Unterfangen sein, weil die Bunker extra darauf ausgerichtet waren, dass man sie von außen nicht so leicht einnehmen konnte. Außer den schweren Stahltoren gab es keinen Zugang und natürlich keine Fenster. Nicht einmal Lüftungsschächte oder Schießscharten konnte Harriet entdecken.

Meidrich schien sich auf einmal über die Vorgehensweise im Klaren zu sein. Er beorderte zwei seiner Männer zum Zaun. Sie hatten Spezialwerkzeug dabei und im Nu in den Maschendraht an zwei Stellen Öffnungen geschnitten, die groß genug waren, damit die Männer samt Ausrüstung hindurchschlüpfen konnten. Geduckt und mit gezückten Waffen drangen sie im Gänsemarsch in das Innere der Bunkeranlage ein.

Siewert kam zu Harriet und zischte in unmissverständlichem Befehlston: »Sie bleiben hier, verhalten sich ruhig und lassen sich nicht blicken! Haben Sie verstanden?«

»Akustisch schon«, erwiderte Harriet und erntete dafür einen giftigen Blick, den sie auf dieselbe Art erwiderte. Wenn man ihr so kam, blieb sie grundsätzlich nichts schuldig.

Aber dann ging sie ohne ein weiteres Wort in die Hocke und lehnte sich an einen Baumstamm. Was sollte sie auch schon ausrichten? Es war klüger, den Leuten vom SEK und dem LKA das Terrain zu überlassen.

Siewert nahm das als Zustimmung und eilte den Männern nach, die inzwischen alle auf die Lichtung gelangt waren. Sie postierten sich über und neben dem Eingang zum ersten Bunker, vor dem der weiße Transporter abgestellt war. Mit ihren Waffen nahmen sie den Zugang ins Visier und warteten.

Anscheinend bestand ihre Taktik darin, darauf zu setzen, dass der Verdächtige bald den Bunker verließ, um dann überraschend zuzuschlagen. Ein Hinterhalt für den mutmaßlichen Entführer, weil der Bunker von außen uneinnehmbar war.

Je länger nichts passierte und nichts zu hören war außer dem ab und zu hämmernden Stakkato eines eifrigen Spechts, desto mehr gelangte Harriet zu der Überzeugung, dass sie hier am falschen Ort waren.

Jetzt fing es auch noch an zu tröpfeln.

Harriet sah dicke, schwere Wolken über sich dahinziehen, zog sich die Kapuze ihres Hoodies über den Kopf und rückte näher an den Baumstamm in ihrem Rücken heran. Das Blätterdach schützte sie vorerst einigermaßen, der Regen wurde immer stärker.

Die Zeit verrann zäh und Harriet verspürte mehr und mehr Lust auf eine selbst gedrehte Zigarette.

Halfzware, holländische Mischung, extra stark.

Das war natürlich nicht möglich, und so vertrieb sie sich die Zeit damit, dass sie Madlener simste, was da vor sich ging.

Oder besser: was da nicht vor sich ging.

Sie musste nicht lange auf eine Antwort warten.

Er schrieb ihr postwendend einen lapidaren Satz: *Duck and cover.*

Harriet kannte den Spruch. Er war aus den 1950er-Jahren, als die Amerikaner aus Angst vor einem sowjetischen Atomschlag diesen Leitsatz in der Bevölkerung verbreiteten. Im Falle eines Falles: »Zieh den Kopf ein und such Deckung«, frei übersetzt.

Jetzt war sie sich sicher, dass Madlener nur darauf wartete, dass sich dieser Einsatz als Rohrkrepierer entpuppte. Seine Reaktion wäre sonst unter Garantie eine andere gewesen.

Obwohl sie nach menschlichen und professionellen Gesichtspunkten die Geschwister Waldegg so schnell wie möglich außer Gefahr und gerettet sehen wollte, verspürte sie im Grunde eine klammheimliche Genugtuung darüber, dass Dr. Ilgner, Meidrich und Konsorten sich nicht nur eine Klatsche abholten, sondern auch der Lächerlichkeit preisgegeben wurden.

Selbst schuld, dachte sie. Hochmut kommt vor dem Fall, um noch einen Spruch zu strapazieren.

33

Madlener nahm sich Zeit für seinen Fußmarsch zurück zum Polizeirevier in Hohenschwarzbach, obwohl der Wind unangenehm aufgefrischt hatte und jetzt auch noch der Regen dazukam. Schließlich hatte er genug Stoff, über den es in aller Ruhe nachzudenken galt.

Eigentlich sollte er, sobald die dumme Geschichte mit dem SEK-Einsatz bei Pfullendorf vorbei war, Harriet nach Friedrichshafen beordern. Er brauchte sie dort dringend bei der Recherche um Heribert Döllinger und dessen Verbindung zu Franz von Waldegg. Kommissar Binder war zwar ein erfahrener Routinier und machte seine Sache sicher zuverlässig, aber was ihm fehlte, war die nötige Portion Phantasie. Harriet war in der Hinsicht doch aus anderem Holz geschnitzt. Ganz abgesehen von ihrer überragenden Intelligenz, ihrem eidetischen Gedächtnis und ihrer nahezu verbissenen Beharrlichkeit konnte er sich auch auf ihre Eigeninitiative verlassen, als wäre er selbst vor Ort. Sie beschränkte sich eben nicht nur darauf, das abzuarbeiten, was man ihr aufgetragen hatte, wie das bei Götze und Binder der Fall war, sondern machte den entscheidenden Schritt weiter. Harriet war kreativ im besten Sinn und ging dabei auch unorthodoxe Wege, auf die andere nicht gekommen wären.

Er wollte sämtliche Unterlagen über den Unfall und den darauffolgenden Prozess, über den Charlotte von Waldegg gesprochen hatte. Und nicht nur das. Er brauchte Polizei- und Gerichtsprotokolle, Fotos, die Aussagen von Zeugen, die damals involviert waren, Hintergründe – einfach alles.

Erst wenn er sich in der Hinsicht entsprechend informiert und präpariert sah, war immer noch Zeit und Gelegenheit,

Franz von Waldegg zu befragen, um sich auch seine Sicht der Dinge anzuhören. Nur so konnte er sicher sein, nicht wieder Lügen oder Halbwahrheiten aufgetischt zu bekommen.

Wohl oder übel musste er vorerst Binder und Götze damit beauftragen. Er führte deswegen ein Telefonat mit Binder und wies ihn ausdrücklich darauf hin, wie wichtig und eilig die Sache war.

Auf halbem Weg vom Schlossberg herunter meldete sich Harriet, um ihm per SMS mitzuteilen, was sich bei ihr an der Bunkeranlage tat. Es war nicht viel, und er schrieb ihr kurz und bündig zurück: *Duck and cover.*

Alles Weitere musste er ihr persönlich mitteilen, es gab zu viel zu besprechen, das konnte nicht schriftlich per SMS abgewickelt werden. In Stuttgart hatte er bereits angerufen, um pro forma seinen ausdrücklichen Protest gegen den Einsatz des SEK zu Protokoll zu geben. Aber das war nur zur Absicherung, damit man bei einem zu erwartenden Fehlschlag nicht ihm und Harriet die Schuld in die Schuhe schieben konnte.

Bei allem, was er inzwischen wusste und was er sich daraus zusammenreimen konnte, rechnete er nicht mehr damit, dass sie mit Denzel und dessen Lieferwagen auf einer erfolgversprechenden Spur gewesen waren.

Ganz im Gegenteil, die von Dr. Ilgner forcierte Aktion war Madleners Meinung nach todsicher ein Schuss in den Ofen.

Fragte sich nur, wer danach rußgeschwärzt dastand.

Eigentlich hätte er Harriet am liebsten gleich wieder nach Hohenschwarzbach zurückgerufen, aber er wollte doch noch abwarten, bis das Spiel an den Waldbunkern endgültig abgepfiffen worden war, bildlich gesprochen.

Was den verdächtigen Lieferwagen in Weiß anging – da musste es sich um eine zufällige Ähnlichkeit bei Namen und Aussehen handeln. Oder es war eine beabsichtigte Dublette, was besonders ausgekocht und hinterhältig war, wenn der wahre Täter wirklich so weit gegangen war, dass er damit die

Polizei an der Nase herumführen wollte. Was wiederum ein Schlaglicht auf den Entführer der beiden Waldegg-Kinder selbst warf: Wer so raffiniert vorging, hatte einen ganz ausgeklügelten Plan, den er akribisch vorbereitet haben musste und Schritt um Schritt weiterverfolgte. Der Täter war ein intelligenter, eiskalter und berechnender Mann, der sich bisher fast keinen Fehltritt erlaubt hatte.

Dass Elena Kanauskas vom LKA das Video auf dem zerstörten Handy von Elise halbwegs rekonstruieren konnte, war sein bisher einziger Lapsus. Und er hatte nur zur Folge, dass sie zeitweise auf einer falschen Spur unterwegs gewesen waren, die in eine Sackgasse geführt hatte. Wenn es vage Hinweise gab, dann waren die nicht zufällig, sondern mit Bedacht gelegt worden, der Armbrustbolzen im Wappen der Waldeggs zum Beispiel. Das war sozusagen seine Signatur. Dass diesem durchtriebenen Täter ein unbedachter Fehler unterlief, der ihn früher oder später auffliegen ließ, war Madleners Meinung nach so gut wie ausgeschlossen. Sie hatten es mit einem Profi zu tun, der mit allen Wassern gewaschen war.

Madlener fand, dass sie trotz allem ein gutes Stück weitergekommen waren, auch wenn sich der Entführer immer noch nicht gemeldet hatte.

Doch ganz allmählich fügte sich für ihn ein Profil zusammen, aus dem, was der Täter getan und was er nicht getan hatte. Er trat, ohne es zu wollen, für Madlener einen Schritt aus dem Schatten. Es war nicht viel, was er von sich unfreiwillig oder absichtlich preisgegeben hatte, aber es reichte doch, dass er peu à peu Konturen erhielt. Das, was man da erkennen konnte, ließ Madlener allerdings wiederum befürchten, dass sie es mit einem äußerst gefährlichen und zu allem entschlossenen Mann zu tun hatten, der sein Ding – was immer es auch war – mit aller Konsequenz und ohne Rücksicht auf Verluste durchzog.

Was nichts Gutes für die Geiseln verhieß.

Vielleicht war eine Verbindung zwischen Heribert Döllinger

und Franz von Waldegg das Missing Link in dieser bisher so verworrenen Angelegenheit zwischen Bodensee und Schwarzwald. Das fehlende Puzzleteil, das plötzlich ein Bild erkennbar machte, sobald man es einsetzte.

Bei all dem konzentrierten Telefonieren und Nachdenken hatte Madlener gar nicht bemerkt, wie nass er im Regen inzwischen geworden war. Wenigstens überquerte er schon den Marktplatz von Hohenschwarzbach und sah von Weitem das abstrakte Kunstwerk, das den Eingang zum Polizeirevier markierte.

Er musste Fraidling gelegentlich mal fragen, was es eigentlich darstellen sollte. Madlener war alles andere als ein Banause, er wusste gute Kunst zu schätzen, auch wenn sie anstrengend war und ihre Aussage sich nicht gleich auf den ersten Blick erschloss. Außerdem bildete er sich einiges auf seine Kenntnis in Sachen Kunstgeschichte ein. Aber zu dieser angerosteten Stahlskulptur fand er keinen vernünftigen Zugang. Sie verkörperte für ihn in ihrer trostlosen Beliebigkeit beim besten Willen höchstens die Vergeblichkeit allen menschlichen Strebens angesichts der Gleichgültigkeit des Universums, dachte er zugegebenermaßen zynisch, als er daran vorbeieilte, um schnellstens ins Trockene zu kommen.

Das hieß übersetzt: Der – wahrscheinlich lokale – Künstler hatte sich im Bereich seiner begrenzten Möglichkeiten viel Mühe gegeben. Kunst an einem öffentlichen Gebäude bedeutete im Normalfall nichts und alles.

Sinnsuche im Sinnlosen. Oder, genauso schlecht: sinnlose Sinnsuche.

Ein Prozent der Bausumme eines Polizeireviers für die Kunst davor.

Er warf einen kurzen Blick auf die Plakette, die am Sockel angebracht war.

»Gestiftet von der Familie von Waldegg-Haunstetten«, stand darauf.

Das hätte sich Madlener denken können.

Er setzte die Skulptur im Stillen auf seine Liste der Dinge, die die Welt nicht brauchte und die deshalb völlig überflüssig waren, gleich hinter das Plastikpräservativ für Salatgurken.

Dringend notwendig für die Welt und die Menschheit aber war seiner Meinung nach die aufmunternde Wirkung von Kaffee im Allgemeinen, und für ihn im Speziellen war es notwendig, dass Fraidlings Kaffeemaschine funktionierte und nicht schon wieder den Dienst quittiert hatte. Er merkte nämlich, dass er unbedingt und dringend einen Koffeinschub benötigte.

Und ein trockenes Handtuch.

34

Harriet war aufgestanden, weil ihre Beine eingeschlafen waren. Wenn es nicht geregnet hätte, wären ihr wahrscheinlich noch die Augen zugefallen vor Müdigkeit, weil einfach nichts passierte und sie zur Untätigkeit verdammt war. Sie stampfte auf dem Waldboden auf und machte ein paar Kniebeugen. Bei den Bunkern auf dem ehemaligen Militärgelände tat sich immer noch nichts. Und das Blätterdach über ihrem Kopf konnte dem zunehmenden Regen auch nicht länger standhalten. Überall tropfte und rieselte es durch.

Sie erinnerte sich an ein Bonmot ihres ersten Ausbilders auf der Polizeihochschule, der über die Praxis der Überwachung referierte und auf ihre Frage, was das Wichtigste bei einer Observierung sei, die Antwort gab: eine strapazierfähige Blase.

Eben wollte sie sich abseits ins Gebüsch schlagen, als sie bei einem Blick auf die Bunkeranlage sah, wie im rückwärtigen Bunker hinter dem Eingang, den die SEK-Leute immer noch ins Visier genommen hatten, die Stahltür aufging und ein Mann in einem grünen Arbeitsoverall mit einem gefüllten Plastikkorb ins Freie trat.

Das konnte nur Denzel sein.

Und er kam aus einem Bunker, der von den SEK-Leuten nicht bewacht wurde.

Es musste also irgendwo einen unterirdischen Versorgungsgang zwischen den Bunkern geben.

Dass anscheinend nicht daran gedacht worden war, sich Pläne von Gelände und Anlage zu besorgen, war ein Versäumnis erster Güte und machte den Großeinsatz endgültig zu einer Farce. Vielleicht hatten sie es noch versucht, aber in der Eile war das Verteidigungsministerium wohl mal wieder nicht in der Lage, unbürokratisch und vor allem schnell zu reagieren. Harriet kannte das aus eigener leidvoller Erfahrung, sie hatte einmal beruflich mit dem Militär zu tun gehabt. Die Worte

»zeitnah«, »schnell« und »eilig« waren Fremdworte im zuständigen Ministerium und definitiv nicht Teile ihres Vokabulars.

Harriet hatte einen Logenplatz und war gespannt, was jetzt passieren würde. Der Mann im grünen Overall hatte anscheinend noch nicht Lunte gerochen, was da für ein Verhängnis auf ihn wartete. Er ging geduckt, weil es regnete und er so schnell wie möglich den trockenen Lieferwagen erreichen wollte.

Als er am Transporter ankam, sah er zu seinem Entsetzen in die Mündungen von einem Dutzend Maschinenpistolen, die von Kreaturen auf ihn gerichtet waren, die sich scheinbar aus dem Nichts materialisierten und, seinem verblüfften Gesichtsausdruck nach zu urteilen, außerirdischen Ursprungs zu sein schienen.

Wenn Harriet sich nicht Sorgen um den guten Mann gemacht hätte, weil die SEK-Leute ihn einen Herzschlag später nach allen Regeln der Kampfkunst zu Boden rangen und unter lautstarken Kommandos dabei nicht gerade sanft zu Werke gingen, wäre sie bei diesem Anblick beinahe in Lachen ausgebrochen.

Erst zwanzig Minuten später – Denzel war abgeführt worden wie ein Schwerverbrecher und wurde seitdem in einem der Einsatzwagen von Siewert ins Verhör genommen – war es Harriet gestattet worden, sich in dem Bunker umzusehen, aus dem Denzel herausgekommen war.

Es roch dumpf und modrig, und die Beleuchtung war spärlich, aber Harriet erkannte, als ihre Augen sich akkommodiert hatten, dass im ganzen Bunker seltsame, kartoffelsackgroße Gebilde von der Decke baumelten. An den Längsseiten befanden sich Regale, in denen große Plastikwannen voller Erde aneinandergereiht waren.

Sie trat an eines der an der Decke hängenden Gebilde näher heran und erkannte endlich, um was es sich dabei handelte.

Der ganze Bunker – und wie sie später erfuhr, auch die anderen drei – diente als Versuchs- und Ernteanlage für Speisepilzanbau.

Shiitake, Kräuterseitlinge, Austernpilze, Steinchampignons.

Denzel hatte in den Bunkeranlagen mit einer groß angelegten Pilzzucht begonnen, sie boten ideale Bedingungen dafür – konstante Dunkelheit, Luftfeuchtigkeit und Temperatur. Am heutigen Tag hatte er die Bunker aufgesucht, weil er die Fortschritte seiner Pilzbrutkulturen begutachten wollte und mit Bewässerung und Düngung teilweise noch in der Experimentierphase war.

Mit der Entführung hatte er nicht das Geringste zu tun. In den Räumlichkeiten fanden sich außer Tausenden Exemplaren der vielfältigen Gattung der Eukaryoten keine weiteren Lebewesen.

Jedenfalls keine, die größer waren als eine Ameise oder eine Kellerassel.

Aber das gaben die LKA-Leute und Meidrich erst zu, als sie das gesamte Gelände und die Anlage gründlich durchsucht und auf den Kopf gestellt hatten. Später statteten sie zusätzlich noch der Gärtnerei Denzel selbst einen Besuch ab, aber auch hier wurde nichts Verdächtiges gefunden.

Da war Harriet aber schon längst nicht mehr mit von der Partie.

Ihr hatte das Fiasko in der Bunkeranlage vollkommen ausgereicht, um zu verstehen, dass sie mit dieser Spur auf dem Holzweg gewesen waren.

Sie enthielt sich wohlweislich jeglichen spöttischen Kommentars, schließlich waren ihre ursprünglichen Ermittlungen der Auslöser für den Einsatz gewesen, aber ihre Miene war Statement genug für Marianne Siewert und Meidrich, die geradezu erleichtert waren, als Harriet darauf bestand, so schnell wie möglich von der Bildfläche zu verschwinden, zu ihrem Dienstwagen gebracht zu werden und von der Stätte dieses blamablen Einsatzes wegzukommen.

Sie ließ sich von der LKA-Beamtin des Observationsteams zum Parkplatz des Stadions nach Pfullendorf zurückbringen, wo ihr Auto stand.

Während der Fahrt dorthin sprachen sie kein einziges Wort. Harriet wollte die Frustration, die bei LKA und SEK sowieso schon förmlich zu greifen war, nicht zusätzlich anheizen.

Wenn der Gegner am Boden lag, war es nach Harriets Selbstverständnis unfair und unsportlich, noch einmal nachzutreten.

Harriet war schließlich zweimal in der Woche beim Boxtraining.

Sie wusste, wie sich ein Knock-out anfühlte.

35

Madlener futterte eines seiner zwei Schinken-Käse-Sandwiches, die er sich noch vom Frühstücksbüfett im Hotel »Weißes Ross« mitgenommen und eingepackt hatte, und trank den starken Kaffee dazu, den ihm Fraidlings Kaffeemaschine gnädigerweise spendiert hatte.

Er saß in einem kleinen Büro im Hohenschwarzbacher Polizeirevier, das ihm zur Verfügung gestellt worden war, und surfte im Internet auf der Suche nach dem Unfall, in den Franz von Waldegg vor fünf Jahren verwickelt gewesen war. Madlener war dabei lange nicht so findig und erst recht nicht so schnell wie Harriet. Vor allem war Harriet ihm und sämtlichen Kollegen darin haushoch überlegen, unter die Oberfläche der allgemein zugänglichen Dateien zu gelangen und Quellen ausfindig zu machen, auf die er selbst nie gekommen wäre. Er sah auf die Uhr: Sie war unterwegs nach Hohenschwarzbach und musste im Laufe der nächsten Stunde eintreffen.

Endlich war er auf einen Artikel in einer überregionalen Zeitung gestoßen, der sich ausführlich mit dem Unfall beschäftigte. Zwar wurden keine Namen erwähnt, aber bei dem Horror-Unfall, der sich damals auf der Autobahn zugetragen hatte, musste es sich um den Crash handeln, den er suchte.

SCHWERER UNFALL AUF DER A 96 BEI OBERPFAF-FENHOFEN

Drei Tote, ein Schwerverletzter, ein ausgebrannter Tanklastzug und Fahrerflucht – das ist die traurige Bilanz eines Verkehrsunfalls auf der Autobahn A 96, der sich gestern Vormittag auf der Höhe von Oberpfaffenhofen gegen 11:30 Uhr ereignete und der zu einer zehnstündigen Totalsperre der Autobahn in Richtung München führte.

Wie Augenzeugen berichteten, sei der Unfall durch die rücksichtslose Fahrweise eines BMW SUV ausgelöst worden, der einen Lexus, der auf der Überholspur unterwegs war, so sehr durch dichtes Auffahren und Lichthupe bedrängt hatte, dass dieser zu früh vor einem auf der rechten Spur fahrenden Tanklastwagen einscherte, mit diesem kollidierte, sodass der Tankwagen ins Schleudern geriet, sich überschlug, den Lexus unter sich begrub und anschließend in Flammen aufging. Der Inhalt des Tankwagens explodierte, die drei Insassen des Lexus überlebten das Flammeninferno tragischerweise nicht. Es waren eine 42-jährige Mutter und ihre zwei Töchter, 12 und 16 Jahre alt. Als die Feuerwehr eintraf, war die Zerstörung schon so weit fortgeschritten, dass es nur noch darum ging, weitere Schäden zu verhindern.

Wie die zuständige Polizeibehörde berichtete, sei das Kennzeichen des möglicherweise unfallauslösenden Wagens von Zeugen eindeutig erkannt worden. Nach dem Fahrzeug, dessen Fahrer sich nicht um die Kollision scherte, die er verursacht hatte, sondern Fahrerflucht beging, wird noch gesucht.

Ein Kriseninterventionsteam kümmerte sich um Beteiligte und Angehörige, die unter Schock standen. Der Fahrer des Tanklastwagens konnte zu dem Vorgang noch nicht befragt werden. Er überlebte schwer verletzt und befindet sich derzeit im künstlichen Koma auf der Intensivstation des Klinikums Landsberg.

Zur genaueren Unfallursache wollte sich die Polizei vorläufig nicht äußern. Sie verwies auf die laufenden Untersuchungen, Sachverständige wurden hinzugezogen. Der Schaden wird von der Polizei auf mindestens 150.000 Euro geschätzt.

Unter dem Artikel war ein Foto, das den Unfallort nach dem Eintreffen der Feuerwehr und dem darauffolgenden Löscheinsatz zeigte, aufgenommen von einem Hubschrauber aus.

Es war ein Bild des Schreckens. Das ausgebrannte Stahlgerippe des Tanklastwagens inmitten eines Schaumteppichs und daneben die kläglichen Überreste eines Pkws. Sie sahen aus wie ein bizarrer Stahlklumpen, nur der Motorblock war noch halbwegs zu erkennen, alles andere war im Inferno der Treibstoffexplosion zusammengeschmolzen.

Madlener wollte gerade nach weiteren Artikeln zu diesem Unfall suchen, als die Tür zu seinem Büro ohne Klopfen aufgerissen wurde und Harriet hereinkam.

Er sah sie überrascht an. »Bist du hergeflogen?«

»Nein«, sagte sie und knallte wie immer ihren Rucksack auf einen leeren Schreibtisch. »Ich bin nur so gefahren wie du sonst. Wenn ich allein bin, kann ich das.«

»Setzt dich erst mal«, sagte Madlener. »Hast du Hunger? Ich hätte noch ein Sandwich übrig.«

»Was ist drin?«

»Käse und Schinken. Wenn du Glück hast, noch eine Essiggurke.«

Sie streckte nur die Hand aus und pflanzte sich in den Stuhl neben Madlener, anders konnte man es nicht nennen, so wie sie sich immer in den Sitz hineinfläzte.

»Was passiert, seit ich weg war?«, fragte sie und nahm das Sandwich, das Madlener hervorgekramt hatte, packte es aus und inspizierte erst den Belag, bevor sie zufrieden hineinbiss.

»Kann man so sagen …«, meinte Madlener und kratzte sich nachdenklich an der Wange.

»Bin ganz Ohr.«

»Dann setze ich dich jetzt ins Bild«, sagte er.

»Tu das«, sagte sie mit vollem Mund und entsprechend undeutlich. »Das mit dem Bild.«

»Bitte?«, fragte Madlener zerstreut und blickte sie einigermaßen irritiert an.

»Na ins Bild setzen – das wolltest du doch.«

Sie sah ihn kauend an und hatte dabei wieder ihr unschuldiges Pippi-Langstrumpf-Gesicht aufgesetzt.

»Entschuldige, wenn ich nebenher esse. Aber ich bin am Verhungern. So eine sinnlose Dienstreise samt Observation, Hahnenkämpfen mit Ignoranten und Besserwissern, die sich einbilden, mit dem Segen und der Rückendeckung von oben sich jeden Unfug leisten zu können, dann die Belagerung und die Einnahme einer Bunkeranlage plus Festnahme eines friedfertigen Gärtners durch ein Bataillon SEK-Kämpfer ... Also ich kann dir sagen: Das schlaucht doch ganz schön.«

Sie klimperte dazu mit ihren langen, schwarzen Wimpern und zeigte ihr Pippi-Langstrumpf-Lächeln.

Da erst verstand Madlener, dass sie das Intermezzo bei Pfullendorf schadlos überstanden und als das abgehakt hatte, was es war: ein einziges Fiasko.

Aber für die Ilgner-Fraktion.

Und dass das Lächeln eindeutig als schadenfroh zu interpretieren war.

Das beruhigte ihn ungemein.

Sollten die hohen Tiere in Stuttgart sich erst einmal ihre Wunden lecken und nach Schuldigen suchen. Vielleicht ermöglichte ihnen das hier in Hohenschwarzbach eine kleine Verschnaufpause, in der sie unbehelligt durch dilettantische Einmischungen von außen ihrer Ermittlungsarbeit nachgehen konnten.

Beim Gedanken daran lächelte er ebenfalls und begann, Harriet in aller Ruhe und systematisch ins Bild zu setzen, indem er ihr alles erzählte und ihr die entsprechenden Artikel auf dem Bildschirm zeigte, bis Harriet das Keyboard übernahm und blitzschnell, wie es ihre Art war, darauf herumtippte, um noch mehr aus dem Netz herauszuholen.

Elena Kanauskas saß mit einem Techniker inmitten von elektronischen Apparaturen und blinkenden Gerätschaften samt diversen Bildschirmen im umfunktionierten Besprechungsraum und fummelte zum wiederholten Mal an der SIM-Card von Elises Handy herum, um ihr vielleicht doch noch etwas Brauchbares aus ihrem Innenleben zu entlocken, als es plötzlich »Bling« machte und eine E-Mail aufploppte.

Sie las »Nachricht von Sagittarius« und öffnete die Mail. Keine Sekunde später klopfte sie vor lauter Aufregung dem Techniker an ihrer Seite so heftig auf den Rücken, dass sich dieser beinahe an seinem Kaffee verschluckte und verschreckt von seinem Bildschirm zu ihr herübersah.

»Hol Madlener und Fraidling«, sagte sie. »Mach schnell! Der Entführer meldet sich mit einer Botschaft!«

Elena Kanauskas wartete mit dem erneuten Abspielen, bis der Techniker mit Madlener, Harriet und Fraidling im Schlepptau in den Besprechungsraum zurückgeeilt kam.

Nebenher tippte sie auf einer zweiten Tastatur und zeigte gleichzeitig auf den großen Bildschirm. Dort war das erste Standbild der Botschaft zu sehen, Kanauskas hatte das Video noch angehalten.

»Kam vor fünf Minuten rein«, sagte sie. »E-Mail. Der Absender nennt sich ›Sagittarius‹. Ging an uns und in Kopie an die Familie von Waldegg. Bin gerade dabei, sie zurückzuverfolgen ... Okay, hab ihn schon. Ist ein Internetcafé in Singen, wir leiten das gleich an die Kollegen dort weiter, obwohl es natürlich zu spät sein dürfte ...«

»Sagen Sie denen aber, dass sie den Inhalt unbedingt für sich behalten sollen!«, warf Madlener ein.

Kanauskas nickte dem Techniker auffordernd zu, der wieder an ihrer Seite Platz genommen hatte und zum Telefon griff.

»Geht klar«, sagte er und wählte.

Elena Kanauskas ließ das Video laufen und kommentierte: »Die lange vermisste Botschaft. Hier haben wir sie. Ist übrigens ohne Ton. Und schwarz-weiß. Scheint mir authentisch zu sein.«

Die Kamera war anscheinend auf einem Stativ befestigt. Was sie sahen, war eine starre Einstellung vor einem neutralen grauen Hintergrund, der sich leicht bewegte, offensichtlich eine Plastikplane. Ein Mann trat von der Seite in den Bildausschnitt, er wurde von einer künstlichen Lichtquelle beleuchtet. Der Mann hatte Handschuhe und einen grauen Overall an, er war vom Scheitel bis zur Hüfte zu sehen und hielt einen DIN-A3-großen weißen Karton vor die Brust, auf dem in großen Druckbuchstaben geschrieben stand:

ELISE UND EDUARD
SIND IN UNSERER GEWALT

Statt eines Gesichts hatte der Mann eine Donald-Trump-Maske auf, was ihn seltsam starr und gespenstisch wirken ließ. Er entledigte sich des ersten Kartons, darunter kam ein zweiter zum Vorschein.

WENN IHR BEIDE LEBEND
ZURÜCKHABEN WOLLT
HIER UNSERE BEDINGUNGEN

Wieder wurde der Karton von dem Mann fallen gelassen, auf dem nächsten stand:

IHR HABT 24 STUNDEN ZEIT
FÜR FOLGENDE TRANSAKTION
SOLLTE SIE BIS DAHIN NICHT
ZU UNSERER ZUFRIEDENHEIT ABLAUFEN …

Auch dieser Karton rutschte weg.

… BEKOMMT IHR DIE GESCHWISTER
STÜCKWEISE ZURÜCK
WERDEN UNSERE FORDERUNGEN NICHT ER-
FÜLLT …

Auch der Karton wurde fallengelassen.
Auf dem nächsten stand:

STIRBT ELISE
STIRBT EDUARD
UND ZWAR HIERMIT …

Der letzte Karton fiel weg, der Mann griff aus dem Bild und hielt eine geladene Profi-Armbrust deutlich sichtbar in die Kamera.

Er legte sie wieder weg und holte außerhalb des Bildausschnitts neue Kartons hervor, die er sich vor die Brust hielt.

2 MILLIONEN AN DIE GEMEINNÜTZIGE ORGANI-
SATION
»HIT & RUN – HILFE FÜR OPFER VON FAHRER-
FLUCHT«
KONTONR. STEHT AUF DER WEBSITE

Der nächste Karton wurde in die Kamera gehalten.

2 MILLIONEN AN UNS
BAR
ÜBERGABEMODALITÄTEN
FOLGEN TELEFONISCH
GELD IST BINNEN 8 STUNDEN BEREITZUHALTEN

Der Mann ließ auch diesen Karton achtlos fallen, dann folgte der nächste und letzte.

AUSSCHLIESSLICH
CHARLOTTE VON WALDEGG
WIRD MIT UNS SPRECHEN

Der Karton wurde beiseitegefegt, der Mann mit der Maske ging auf die Kamera zu und schaltete sie aus.

»Das war alles«, sagte Elena Kanauskas in die Stille hinein, die der Vorführung des Videos folgte.

Der Techniker an ihrer Seite drehte sich zu Madlener und Fraidling um und sagte: »Wir haben den Callshop, von dem die Mail kam. Er heißt ›Café Lap‹. Die Kollegen in Singen sind schon unterwegs.«

»Natürlich wird es zu spät sein«, ärgerte sich Madlener. »Aber sie sollen die Angestellten und die User fragen, vielleicht kann jemand eine halbwegs brauchbare Personenbeschreibung abliefern. Wenn wir Glück haben, gibt's dort eine Überwa-chungskamera.«

»Hab ich schon veranlasst«, antwortete der Techniker.

»Gut.« Madlener nickte und überlegte. Fraidling, Harriet, Elena Kanauskas und der Techniker an ihrer Seite sahen ihn auffordernd an.

»Ich fasse mal für uns alle zusammen«, sagte Madlener schließ-lich. »Was zeigt uns das Video? Dass wir es mit einem cleveren Burschen zu tun haben. Aber ich habe nichts anderes erwartet. Wir haben nur seine Statur, kein Gesicht, keine Stimme, nicht mal verfremdet, keine besonderen Merkmale. Und aus dem, was man von der Örtlichkeit sehen kann, in der das Video aufgenommen worden ist, kann man gar nichts schließen, außer dass es in einem Innenraum bei Kunstlicht aufgezeichnet wurde.«

»Er nennt sich ›Sagittarius‹«, sagte Harriet. »Das ist eine kaum verschlüsselte Botschaft. Wenn er sich in voller Absicht als ›Schütze‹ bezeichnet und sich dazu mit einer Armbrust zeigt, dann offenbart er sich uns gleichsam. Das ist wie ein Geständnis.«

»Zweifellos«, gab ihr Madlener recht. »Aber du darfst eines nicht vergessen: Er weiß nicht, dass wir mit beiden Fällen zu tun haben.«

»Oder er hat's irgendwie spitzgekriegt und will uns dadurch zeigen, dass er uns über ist.«

»Du meinst – es gibt jemand in unseren Reihen, der ihn informiert? Einen Maulwurf?«

»Können wir das denn ausschließen?«

»Nicht unbedingt.«

Als Madlener bemerkte, dass Fraidling, Kanauskas und der Techniker ihrem Gesprächs-Pingpong mehr oder weniger ver-ständnislos folgten, erklärte er ihnen: »Das hängt mit einem anderen Fall zusammen, mit dem wir und unsere Kollegen in Friedrichshafen zu tun haben ...«

»Ein Mordfall. Das Opfer wurde mit einer Armbrust umge-bracht«, ergänzte Harriet.

»Was?«, entfuhr es Fraidling.

»Sie haben schon richtig gehört. Aber das ist bisher nicht an die Öffentlichkeit weitergegeben worden«, sagte Madlener.

»Die andere Baustelle?«, meinte Kanauskas.

»So ist es.«

»Es muss ein und derselbe Täter sein«, konstatierte Harriet.

»Ja«, gab ihr Madlener recht. »Aber jetzt hat die Videonachricht erst einmal höchste Priorität.«

Er zeigte auf das Standbild des Mannes mit der Donald-Trump-Maske.

»Wir können jedenfalls weiterhin davon ausgehen«, fuhr Madlener fort, »dass es ein Einzeltäter ist, sonst wäre sein Komplize an der Kamera gewesen oder hätte ihm von außen seine Armbrust oder diese Kartons reichen können.«

»Ja, die Bilder geben nicht viel her«, stimmte Elena Kanauskas zu. »Aber wenn es wirklich ein Einzeltäter ist – warum schreibt er dann ›wir‹ auf seine Tafeln?«

»Entweder er benutzt den Pluralis Majestatis, oder er will uns einfach aufs Glatteis führen und uns im Unklaren lassen. Ich tippe eher auf ein Ablenkungsmanöver. Dafür spricht auch die Donald-Trump-Maske. Desinformation nennen das unsere Kollegen von der Spionageabteilung. Ablenken und Verwirren ist der Sinn der Sache, natürlich will er uns so wenig Informationen wie nur möglich zukommen lassen. Zielführender für uns sind seine Forderungen.«

»Und an wen sie gerichtet sind«, meinte Harriet.

»Ja, das stimmt. An uns, die Polizei. Und gleichzeitig an die Familie Waldegg«, sagte Madlener.

»Also nimmt der Entführer an, dass die Polizei längst informiert ist«, meinte Fraidling.

»Das wird er von vorneherein eingeplant haben«, erwiderte Madlener. »Deshalb gab es keine Drohung, die Polizei aus dem Spiel zu lassen. Aber warum will er nur mit Charlotte von Waldegg sprechen?«

Darauf wusste niemand eine Antwort.

»Was genau waren noch mal seine Forderungen?«, fragte er Elena Kanauskas.

»Zwei Millionen für sich und zwei Millionen für diese obskure Organisation«, stellte Fraidling fest, als Kanauskas noch einmal auf das entsprechende Bild auf dem Video fuhr.

»Was bedeutet das?«, fragte Harriet. »Was ist das für ein Erpresser, der die Hälfte des Lösegeldes für eine Organisation fordert, von der noch niemand gehört hat?«

An den anderen Gesichtern war abzulesen, dass sie sich genau dieselbe Frage stellten.

Madlener fühlte sich direkt angesprochen und versuchte, sie zu beantworten.

»Ich lehne mich jetzt mal weit aus dem Fenster, wenn ich diese Lösegeldforderung interpretiere«, sagte er. »Aber ich glaube, das Geld interessiert ihn nicht. Er ist auf etwas ganz anderes aus.«

»Auf was?«

»Er ist auf Krieg aus, wenn ihr mich fragt. Dieser Mann mit der Donald-Trump-Maske hat den Waldeggs den Krieg erklärt.«

38

In die Stille hinein, die dieser neuen These folgte, weil alle
darüber nachdachten, was das für Konsequenzen hatte, insbesondere natürlich für die Entführten selbst, kam eine Meldung
des Technikers. »Ich hab das mit dieser Organisation Hit & Run gerade ge-
checkt«, warf er ein und sah auf seinen Extrabildschirm. »Den
Verein gibt es. Hat seinen Sitz in Berlin. Es ist eine Stiftung,
gegründet 1996. Von einem Vater, dessen Sohn von einem Lastwagen überfahren wurde, der abgebogen ist und den Jungen
auf seinem Fahrrad übersehen hat, er war sechs Jahre alt. Der
Lkw-Fahrer hat Fahrerflucht begangen und wurde nie gefasst.
Als man den Jungen fand, war er bereits tot. Die Ärzte sagten,
er hätte gerettet werden können, wenn jemand rechtzeitig den
Notarzt gerufen hätte. Der Verein leistet Hilfe, wie der Name
schon sagt, bei Autounfallopfern, die unverschuldet in Not
geraten sind, weil der Unfallverursacher Fahrerflucht begangen
hat, was anscheinend immer öfter geschieht. Die Organisation
war neulich in den Medien, weil sie vermehrt Opfer unterstützt,
die bei illegalen Autorennen zu Schaden gekommen sind. Die
Vorsitzende hat ein Interview gegeben und damit den Verein
erst in die Schlagzeilen gebracht.«

»Die nehmen wir später genauer unter die Lupe, aber danke
für die Info«, sagte Madlener. »Wir müssen sofort die Waldeggs
kontaktieren. Ich will wissen, ob sie das Lösegeld zur Verfügung stellen können und wollen.«

»Wir empfehlen ihnen zu zahlen?«, fragte Fraidling.

»Selbstverständlich«, antwortete Madlener. »Vorläufig
jedenfalls.«

»Ich übernehme das«, sagte Fraidling und ging hinaus.

Madlener sah Harriet an: »Ich fürchte, ich muss dich schon
wieder losschicken. Nach Friedrichshafen. Du weißt, was du
zu tun hast?«

»Sagittarius«, sagte sie.

Madlener nickte. »Sagittarius und Döllinger.«

Harriet packte ihren Rucksack und verschwand grußlos.

39

Den Schriftzug auf dem weißen Lieferwagen hatte der Mann im grauen Overall längst entfernt, er war nur aufgeklebt gewesen, das Nummernschild ausgetauscht. Er kam aus Singen und fuhr in ein neu erschlossenes Gewerbegebiet nordwestlich von Friedrichshafen, das zum größten Teil noch aus Baustellen bestand. Zwischen rangierenden Lastwagen hindurch und auf noch ungeteerten Straßen gelangte er mit seinem Transporter an eine umzäunte, nagelneue Halle. Er öffnete das Schiebetor mit einer Fernbedienung. Es rollte langsam beiseite und schloss sich wieder, als der Wagen auf den gepflasterten Vorhof gefahren war.

Kein Schild zeigte an, um was für eine Firma es sich bei dieser Halle handeln konnte, am Briefkasten stand nur »Fa. Bogardus. G. Bowmann«.

Am großen Rolltor der Halle betätigte der Fahrer erneut eine Fernbedienung, wartete, bis das Tor oben war, fuhr in die Halle und stellte den Motor aus.

Er stieg aus, sah zu, wie sich das Tor wieder schloss, machte Licht, das neonhell an der Decke und an den Seiten aufflackerte, drehte sich um und ging zu einer Rampe, die zu einem Büro an der linken Seite der weiträumigen Halle führte.

Dadurch, dass sie bis auf ein gewächshausgroßes Plastikzelt in der hinteren rechten Ecke vollkommen leer war, wirkte sie noch riesiger.

Der Mann öffnete die Tür zum Büro, das zwei Fenster in die Halle hatte, und machte Licht.

Die Armbrust lag auf einem Schreibtisch neben der Donald-Trump-Maske.

Ein Bildschirm, der in vier Viertel eingeteilt war, zeigte die Überwachungsbilder von vier Kameras. Zwei hatten die Zufahrt außen im Blickfeld, die anderen beiden das Plastikzelt aus verschiedenen Perspektiven. Er spulte sie im Schnelldurchlauf zurück. Als er nichts Verdächtiges entdecken konnte, zog er Lederhandschuhe aus der Tasche und schlüpfte hinein. Dann öffnete er eine Schublade am Schreibtisch. Ein gutes Dutzend Handys lag darin. Er nahm eines heraus, steckte es weg, stülpte sich die Maske über den Kopf und verließ das Büro wieder.

Gewandt sprang er von der Rampe und ging auf das große Zelt aus Plastikplanen zu.

Er zog den Reißverschluss am Eingang hoch und machte Licht. Zwei helle Scheinwerfer flammten auf und beleuchteten das bizarre Spezialgefängnis für Elise und Eduard von Waldegg.

Die spartanische Einrichtung bestand aus einem Campingtisch, zwei Campingstühlen, zwei Feldbetten mit Decken und einer Campingtoilette im Eck. Auf dem Tisch standen zwei Plastikflaschen mit Wasser sowie Becher, benutzte Teller und Besteck aus Plastik.

Die Geschwister saßen auf ihren Feldbetten und blinzelten in das gleißend weiße Licht der beiden Scheinwerfer, das genau auf sie gerichtet war und sie blendete.

Elise und Eduard waren jeweils mit Handschellen an einen beweglichen Carbonfaserdraht gefesselt, dessen Länge ihnen eine begrenzte Bewegungsfreiheit im Umkreis der Feldbetten ermöglichte. Beide Drahtseile waren an einem massiven Eisenring befestigt, der in der Mitte des Zelts am Boden angebracht war.

»Wie lange wollen Sie uns noch festhalten?«, fragte Elise in das helle Licht der Lampen, in dem sie die Silhouette des Mannes mit der Donald-Trump-Maske erkennen konnte.

»So lange, wie es nötig ist«, antwortete der Mann mit der durch die Maske seltsam gedämpften Stimme und winkte.

»Steht auf und stellt euch nebeneinander«, befahl er.

Die Geschwister sahen sich an und standen schließlich auf.

»Schulter an Schulter«, sagte der Mann und wartete, bis beide zögerlich der Anordnung nachkamen.

»Hier«, fügte er barsch hinzu und warf den beiden eine zusammengerollte Zeitung zu, die Eduard nicht schnell genug auffangen konnte, weil er durch die Handschellen behindert war. Sie fiel ihm vor die Füße.

»Aufheben und mit gut sichtbarem Titelblatt vor die Brust halten!«

Eduard bückte sich nach der Zeitung und kam dem Befehl folgsam nach. Es war die aktuelle Ausgabe des »Südkurier«.

Die Geschwister hielten sich den Titel vor die Brust, und der Mann filmte sie dabei.

»Sagt was, bewegt euch, damit man sieht, dass ihr lebt«, wies sie der Mann an.

Elise warf ihrem Bruder einen Blick zu, da meinte der Mann schon: »Okay. Das war's.«

Er drehte sich um, machte das Licht aus und ging zum Ausgang.

Elise fegte die Zeitung beiseite, fing an zu brüllen und lief ihm so weit nach, wie es die Länge ihres Drahtseils zuließ, an das sie gefesselt war.

»Nein!«, schrie sie und zerrte an dem Seil, obwohl die Handschellen schmerzhaft in ihre Gelenke schnitten und sie wusste, dass es sinnlos war. »Nein – Sie können nicht einfach wieder verschwinden. Halt! Hören Sie zu! Sie müssen uns anhören! Wir müssen mit Ihnen reden!«

Die Plastikplane raschelte, und die Schritte, die sich entfernten, zeigten Elise, dass es dem Mann völlig gleichgültig war, was sie ihm nachschrie und in welcher Emotion und Lautstärke.

Er würde nur mit ihnen sprechen, wenn er es für angebracht hielt.

In diesem Augenblick verlor Elise von Waldegg-Haunstetten endgültig ihre angeborene und anerzogene Contenance, das Bisschen an Fassung, das ihr noch geblieben war und das ihr bisher die Kraft gegeben hatte, die gewaltsame Entführung und anschließende Gefangenschaft inklusive Horrorszenarien darüber, wie der Schlussakt wohl aussehen würde, einigermaßen durchzustehen.

Sie schrie aus Leibeskräften, schrie sich ihre Seele aus dem Leib, schrie, wie sie noch nie in ihrem Leben geschrien hatte.

»Komm zurück! Du elendes Schwein! Du sollst gefälligst zurückkommen, du widerlicher Wichser!«

Ihr Bruder bedeckte sein Gesicht mit den Händen und sank verzweifelt auf die Knie.

40

Harriet hatte die Strecke nach Friedrichshafen in Rekordzeit zurückgelegt. Ihrer eigenen Ansicht nach war sie die schlechteste Beifahrerin aller Zeiten. Aber wenn sie selbst das Steuer in der Hand hatte und einschätzen konnte, wie viel sie riskieren durfte, ohne sich oder andere zu gefährden, dann fuhr sie wie der Henker.

Sie wusste, wie wichtig es war, die Identität des Armbrustschützen zu lüften. Wenn sie erst herausbekommen hatten, wer hinter der albernen Gummimaske steckte, hatten sie auch im Entführungsfall endlich einen Trumpf in der Hand.

Harriet fand es nur seltsam, dass der Entführer so offensichtlich selbst darauf hingedeutet hatte, dass er das Bindeglied zwischen der Entführung der Waldegg-Kinder und der Ermordung von Döllinger war.

Warum tat er das?

Warum war er nicht erpicht darauf, alles, was auf ihn hinweisen konnte, möglichst zu verschleiern?

Weil es ihm gleichgültig war?

Wahrscheinlich hatte Madlener wieder einmal recht, wenn er behauptete, dass es dem Armbrustschützen gar nicht um Geld ging, sondern darum, die Familie Waldegg in Angst und Schrecken zu versetzen.

Er führte einen Privatkrieg gegen sie.

Die Entführung war sozusagen der Einmarsch in feindliches Gebiet mit Gefangennahme zweier Geiseln.

Aber die Kriegserklärung war in der Ermordung Döllingers zu sehen.

Fragte sich nur, was seine finalen Absichten waren.

Jedenfalls passte einiges noch nicht so ganz zusammen. Aber sie, Harriet, würde sich so schnell wie möglich dahinterklemmen, um herauszubekommen, warum das so war.

In Friedrichshafen wollte sie es vermeiden, im Polizeipräsidium vorbeizuschauen, weil sie keine Zeit und erst recht keine Lust hatte, zum Rapport bei Kriminaldirektor Cornelius anzutreten und sich seinen Fragen nach Verlauf und Fortschritt in der Entführungssache zu stellen.

Zumal sie den nicht unberechtigten Verdacht hatte, dass er bereits von Stuttgart über den fehlgeschlagenen Einsatz bei Pfullendorf informiert worden war. Wahrscheinlich war das auch der Grund, warum er ihnen nicht schon längst mit seinen Anrufen auf den Wecker gegangen war.

Sie war jetzt im Jagdmodus, und mit dem lästigen Intermezzo in den Bunkeranlagen hatte sie genug Zeit verschwendet, die sie besser für die Nachforschungen im Fall Döllinger/ Waldegg aufgewendet hätte.

Aber das Lamentieren darüber brachte nichts.

Harriet war niemand, der verpennten oder versäumten Gelegenheiten nachtrauerte. Mit ihrem unbändigen Elan und Ehrgeiz stürzte sie sich eben umso mehr auf das, was sie hatten und was vielleicht übersehen worden war.

Noch von unterwegs rief sie im Präsidium an und fragte bei Frau Gallmann nach Binder. Als sie gleich mit ihm verbunden wurde, steuerte sie doch lieber die nächste Parkbucht an, weil sie sich auf ein längeres Gespräch einstellen musste.

Erst einmal erkundigte sie sich bei ihm nach seinen Fortschritten.

Er brütete immer noch über der Akte, die den Prozess um die angebliche Fahrerflucht von Franz von Waldegg dokumentierte.

»Akte hört sich so einfach an«, seufzte Binder am Telefon, »aber es handelt sich dabei eher um Aktenberge. Die Sekretärin von Döllinger hat mir zwei Umzugskartons mit Papierkram vollgepackt.«

Der Prozess musste sehr aufwendig und langwierig gewesen sein, und Binder hatte noch mehrere Leitz-Ordner vor sich, die er durchwühlen musste, bevor er in konzentrierter Form seinen Senf dazugeben wollte, wie er sagte. Er war sorgfältig, das wusste Harriet, aber in seiner pingeligen Gründlichkeit nicht gerade der Schnellste.

Sie bat ihn erst einmal um eine Zusammenfassung dessen, was er bisher herausbekommen hatte – mit den dazugehörigen Daten.

Die gab er ihr zuerst durch, Tag und Uhrzeit des Unfalls, Prozessdauer, Freispruch.

Harriet brauchte sich das nicht aufzuschreiben, so etwas konnte sie sich spielend merken und jederzeit – falls wichtig – wieder abrufen.

»Was genau ist damals passiert?«, fragte sie anschließend. »In Kurzform, bitte.«

»Bin wie gesagt noch nicht ganz durch, aber der BMW, der auf die Frau von Franz von Waldegg zugelassen war, verursachte laut Sachverständigengutachten den besagten Unfall auf der Autobahn mit dem Tanklastwagen und dem Lexus der Frau mit ihren beiden Töchtern, den drei Todesopfern. Der Fahrer des BMW machte sich ohne anzuhalten aus dem Staub, der Wagen wurde einen Tag später in einem Parkhaus in München aufgefunden. Franz von Waldegg stellte sich darauf mit seinem Anwalt, Heribert Döllinger, der Polizei. Er hatte für den fraglichen Zeitpunkt kein hieb- und stichfestes Alibi, behauptete aber, nicht selbst gefahren zu sein, sondern krank mit Fieber im Bett gelegen zu haben. Seine Frau und die Haushälterin waren an dem Tag nicht zu Hause. Franz von Waldegg sagte aus, dass jeder, der im Gestüt arbeitete, das seine Frau führt, Zugang zum Autoschlüssel gehabt hätte und damit gefahren sein könnte. Es gab ein oder zwei Zeugen des Unfalls, die glaubten, ihn hinter dem Steuer des BMW gesehen zu haben. Aber hundertprozentig sicher waren sie sich nicht. Als der schwer verletzte Fahrer des Tanklastwagens wieder zu sich kam, sagte er bei einer Gegenüberstellung mit absoluter Sicherheit aus, dass Franz von Waldegg den BMW gefahren und den Unfall durch seine rücksichtslose Fahrweise verursacht habe. Döllinger versuchte nach allen Regeln der Kunst die Aussage des Tanklastwagenfahrers auseinanderzupflücken, aber es sah schlecht aus für Franz von Waldegg. Quasi im allerletzten Augenblick gelang es Döllinger, den Fahrer des BMW aufzutreiben. Es war ein Angestellter des Gestüts, ein gewisser ... Moment, hab's gleich ... ein gewisser Ingolf Seibold, ein Pferdepfleger, der sich reumütig gab, ein umfassendes Geständnis ablegte und anschließend zu fünf Jahren Haft verurteilt wurde. Franz von Waldegg wurde freigesprochen.«

»Was ist mit diesem Seibold passiert?«

»Das weiß ich nicht. Wenn er nicht aufgrund von guter Führung auf Bewährung freigelassen wurde, könnte er noch im Gefängnis sein. Das Urteil ist jetzt fünf Jahre her. Ich werde da mal nachfragen. Sobald ich mehr weiß, informiere ich Sie.«

»Das mit diesem Seibold erledige ich schon. Wo sitzt er ein?«

»Warten Sie, da muss ich nachsehen ... JVA Bruchsal.«

»Okay, bleiben Sie weiter an der Akte dran, suchen Sie nach Zeugen von damals, nach den Angehörigen der Opfer. Was macht eigentlich Götze?«

»Er ist immer noch damit beschäftigt, Zeugen von der Fähre aufzutreiben. Außerdem klappert er sämtliche Waffengeschäfte im gesamten Bodenseeraum ab auf der Suche nach verdächtigen Käufern von Armbrüsten.«

Was folgte, war ein abgrundtiefer Seufzer, der mehr ein Stöhnen war. »Was soll ich sagen – es ist eben ein Sisyphus-Fall!«

»Ja, ein echter Sisyphus«, gab sie ihm recht, bedankte sich – das Freundlichsein zu Kollegen hatte sie inzwischen verinnerlicht, was ihr gar nicht so leichtgefallen war – und legte auf, bevor Binder danach fragen konnte, was sie und Madlener eigentlich dort oben am Rand des Schwarzwalds so zu tun hatten. Kriminaldirektor Cornelius hatte Binder und Götze sicher nicht reinen Wein eingeschenkt.

Bevor sie weiterfuhr, rief sie noch in Überlingen beim »Südkurier« an und hatte Glück, dass diejenige, die sie sprechen wollte, anwesend und bereit war, sich mit ihr auf einen kleinen Kaffeeplausch in Überlingen an der Promenade zu treffen.

Ihr Name war Sibylle Ohrt. Sie hatte als Berichterstatterin

über den Prozess gegen Franz von Waldegg mehrere Artikel in der »Schwarzwald-Zeitung« geschrieben, die Harriet bei Madlener auf dem PC gelesen hatte. Harriet hatte sich natürlich ihren Namen eingeprägt und schnell herausgefunden, wo sie jetzt arbeitete. Sie war Redakteurin beim »Südkurier«, zuständig für Kultur und Kommunales.

Sie legte auf und dachte nach.

Dann wählte sie eine Nummer, die sie gespeichert hatte, und bat unter Angabe ihres Namens und Dienstgrads darum, mit dem Gefängnisdirektor der JVA Bruchsal verbunden zu werden. Sie kannte den Knast, unter Insassen auch als »Café Achteck« bekannt, wegen seines sternförmigen Umrisses. Als der Direktor sich meldete, erklärte sie kurz den Grund ihres Anrufs und fragte nach Ingolf Seibold.

»Seibold ...«, wiederholte der Direktor, »... lassen Sie mich nachschauen ... Ach, jetzt fällt's mir wieder ein. Der ist schon lange tot. Starb vor drei oder vier Jahren, warten Sie, ich seh mal nach ... Ja, an Weihnachten vor vier Jahren war er bei uns auf der Krankenstation.«

»Was hatte er?«

»Krebs. Unheilbar. Ich kann mich noch an den Fall erinnern. Brach plötzlich zusammen. Stand nichts von einer Vorerkrankung in seinen Akten. Seibold hat wohl davon gewusst, es aber absichtlich verschwiegen. Als er in die Klinik eingeliefert wurde, hat man ihn noch operiert. Starb aber zwei Tage später.«

41

Sibylle Ohrt hatte schon immer ein Faible für spektakuläre Gerichtsverhandlungen, seit sie als Studentin an der Journalistenschule in München beim Prozess gegen den Oetker-Entführer Zlof an jedem Verhandlungstag in München bis zur Urteilsverkündung dabei gewesen war. Damals – im Jahr 1980 – hatte sie Blut geleckt und darum gebeten, dass sie für die »Schwarzwald-Zeitung« über den Prozess gegen Franz von Waldegg berichten durfte.

Sie saß Harriet an einem Fensterplatz im »Café LaVita« an der Seepromenade in Überlingen gegenüber, beide tranken sie Tee. Draußen war richtig ekliges Schmuddelwetter aufgezogen, bei dem kein Mensch unterwegs war, und wenn, dann gebückt und mit dem Regenschirm gegen die böigen Regenschauer gestemmt, die den Bodensee grau und bleiern aussehen ließen und dafür sorgten, dass er den Beinamen »Schwäbisches Meer« zu Recht trug, weil die Nordsee sich auch nicht viel wilder gebärden konnte. Die vom Wind aufgepeitschten Wellen hatten Schaumkronen und klatschten mit unerschöpflicher Energie immer und immer wieder gegen die Kaimauern, dass die Gischt nur so über die Promenade spritzte. Die Sturmwarnleuchten blinkten, die Schifffahrt war sogar bis auf die Fähren eingestellt worden.

»Wissen Sie«, sagte Sibylle Ohrt und gab Kandiszucker in ihre Tasse, »ich liebe so ein Wetter. Es ist die einzige Zeit, wo der See nicht den Touristen gehört, sondern nur den Leuten, die hier leben und arbeiten.«

Sie war Anfang sechzig, hatte eine dicke grau-rote Löwenmähne unter einer Ballonmütze und einen selbst gestrickten Schal um ihren Hals geschlungen, den sie anfangs nicht abnahm, aber nach und nach entrollte, je länger das Gespräch dauerte und je mehr sie sich warmredete.

Obwohl Harriet nicht gerade »Hier!« gerufen hatte, als Gott die Geduld verteilte, ließ sie es in diesem Fall locker angehen, schließlich war dies kein Verhör, und ihr lag daran, dass die Journalistin so ausführlich wie möglich schilderte, wie der Prozess gegen Franz von Waldegg abgelaufen war. Harriet wollte dadurch rascher und effizienter an relevante Details kommen, als dies durch das langwierige Herumstöbern in den hinterlassenen Aktenbergen Döllingers durch ihren Kollegen Binder möglich war. Schließlich hatte sie auf die Schnelle mit Sibylle Ohrt die einzige Zeugin ausfindig gemacht, die der damaligen Verhandlung jeden Tag als Zuschauerin beigewohnt hatte und sich schon berufsbedingt daran erinnern konnte – zumindest erhoffte Harriet sich das.

Als Sibylle Ohrt von ihrer Studienzeit in München und dem Prozess gegen Dieter Zlof erzählte, der schon ihrer damaligen Meinung nach eiskalt und berechnend die Entführung von Oetker geplant und ausgeführt hatte und von dessen Schuld sie von Anfang an überzeugt gewesen war, blitzten ihre Augen. Sie war immer noch mit Leib und Seele Journalistin, und sie verhehlte auch nicht, dass sie zum Ausgleich für ihre Auskünfte über den Waldegg-Prozess ein paar exklusive Insiderinformationen über den Döllinger-Fall erwartete, für den Harriet mitverantwortlich war, so viel wusste sie.

Harriet versprach nichts, aber sie deutete an, dass sie mit ihrem Chef darüber reden wollte, wenn es so weit war. Sie nahm einen Schluck von ihrem Tee und fragte: »Der Prozess gegen Franz von Waldegg muss damals doch skandalträchtig gewesen sein. Wie gut können Sie sich noch daran erinnern?«

»Ziemlich gut. In der Beziehung habe ich ein erstklassiges Gedächtnis. Aber wenn Sie mich fragen, was ich gestern zu Abend gegessen habe …« Sie hob die Augenbrauen und schmunzelte.

Harriet tat ihr den Gefallen und schmunzelte verständnisvoll mit. Obwohl sie noch genau wusste, was sie am gestrigen Abend gegessen hatte.

Und am Abend zuvor.

Aber schließlich wollte sie etwas Substanzielles von Sibylle Ohrt erfahren, und von Madlener hatte sie gelernt, dass es dann besser war, sich auf den jeweiligen Gesprächspartner mit einer guten Portion Empathie einzulassen.

Also machte sie es.

»Okay – was war los damals?«, fragte sie.

»Der Prozess fand in München statt. Weil der Unfall bei Oberpfaffenhofen passiert war. Fernab von heimatlichen Gefilden des Franz von Waldegg. Mehr als eine kleine Notiz auf der überregionalen Seite war anfangs allerdings nicht drin. Mein damaliger Chefredakteur – ich war noch in Villingen-Schwenningen und für den ganzen Südwesten der Republik zuständig, also auch für den Schwarzwald – schickte mich zwar für die Gerichtsreportage nach München, aber unter der Voraussetzung, dass erst groß berichtet werden sollte, falls es einen Schuldspruch gegen den Grafen geben sollte. Oder einen Freispruch. Je nachdem.«

»Warum?«

»Aus Rücksicht auf die Familie. Die Waldeggs waren die wichtigsten Anzeigenkunden und nebenbei mit allen vernetzt, die etwas zu sagen hatten. Außerdem Anteilseigner am Zeitungsverlag, wenn Sie verstehen, was ich meine.«

»Zweifellos. Ist das heute noch so?«

»Gegenfrage: Ist der Papst katholisch?«

»Warum waren Sie dann so an dem Prozess interessiert?«

»Weil mir in meiner Naivität vorschwebte, dass ich eine große Geschichte daraus machen wollte. Überregional. Wenn Franz von Waldegg dafür verurteilt worden wäre. Aber wie Sie ja auch wissen, wurde er freigesprochen.«

»Wie kam es dazu? War es das Verdienst von Rechtsanwalt Döllinger, der ihn da herausgepaukt hat?«

»Ja. Kann man wohl sagen.«

»Was war Döllinger für ein Mensch?«

»Er war Anwalt durch und durch. Modischer Auftritt, leicht geckenhaft, eitel, eine selbstgefällige Intelligenzbestie ohne Beißhemmung. Ein Mann mit Präsenz, der mit allen juristischen Wassern gewaschen war. So etwas wie ein Star in seiner Branche. Und so pflegte er auch aufzutreten. Das Dumme war, dass er sich dessen voll bewusst war. Ich habe erlebt, dass sich sogar berühmte Kollegen nicht zu schade dafür waren, für ein paar Stunden in die Verhandlung zu kommen und unauffällig in der letzten Zuschauerreihe Platz zu nehmen, weil sie Döllinger einmal live bei einem seiner Plädoyers erleben wollten. Er galt als Einzelgänger, der angeblich keine Freunde hatte.«

»Er war Junggeselle. Gab es Gerüchte über Frauen- oder Männergeschichten?«

Sibylle Ohrt zuckte mit den Schultern. »Mein Gott, getratscht wurde viel. Dass er angeblich spezielle Vorlieben hätte, für die man bezahlen muss, solche Sachen. Aber bitte – üble Nachreden, Verleumdungen, wer weiß das schon. Vielleicht hatte er ein heimliches Doppelleben. Wenn ja, dann hat er das gut verborgen.«

Sie setzte wieder ihr schelmisches Grinsen auf.

»Ich sehe Ihnen schon an, dass dieser Verdacht die Anzahl der möglichen Täter um eine Zehnerpotenz nach oben schnellen lässt.«

Harriet seufzte zustimmend. »Zugegeben, das macht die Ermittlungen nicht einfacher. Aber damit muss ich in meinem Job umgehen können. Er hatte also keine Freunde … dafür umso mehr Feinde?«

»Wenn Sie damit meinen, dass er mit seiner schroffen und herablassenden Art und mit seinen scharfen Attacken, die er für seine Mandanten geritten hat, eine Menge Leute gegen sich aufgebracht hat, dann gebe ich Ihnen recht. Aber das hat ihn nicht abgeschreckt. Ich glaube, das mochte er sogar. Er war stolz auf seinen Nimbus, gefürchtet zu sein.«

»Viel Feind, viel Ehr?«

»Das trifft es genau. Ich glaube, im Grunde genommen verachtete er alle, die ihm intellektuell nicht das Wasser reichen konnten.«

Sie senkte die Stimme, obwohl das Café fast leer war, und beugte sich zu Harriet hinüber.

»Nur unter uns zwei Pfarrerstöchtern: Haben Sie schon einen Verdacht, wer Döllinger umgebracht haben könnte? Muss doch die Suche nach der Nadel im Heuhaufen sein, so unbeliebt, wie er war.«

»Wir gehen noch verschiedenen Spuren nach ...«

»Ach kommen Sie! Quid pro quo!«

»Wenn es so weit ist, dass wir jemanden zweifelsfrei festgenagelt haben, dann stehe ich Ihnen für Fragen zur Verfügung. Quid pro quo.«

Die Journalistin streckte die Hand hin, und Harriet schlug ein.

»Abgemacht.«

Sibylle Ohrt lehnte sich wieder zurück und blickte auf den grauen, aufgewühlten See hinaus. Durch die dichte Wolkendecke brach in diesem Moment ein letzter Sonnenstrahl und tauchte die Szenerie in ein seltsam unwirkliches, nahezu magisches Licht.

»Auf dieses Angebot werde ich beizeiten zurückkommen«, sagte sie, hob spielerisch einen warnenden Finger und sah auf ihre Uhr. »Na ja, spät genug«, meinte sie und winkte der Kellnerin. »Ich brauche jetzt was Stärkeres. Sie auch?«, fragte sie Harriet.

Harriet schüttelte den Kopf.

Sibylle Ohrt bestellte einen Gin Tonic.

»Wie war Franz von Waldegg vor Gericht?«, fragte Harriet.

Sibylle Ohrt spielte mit ihrem Teelöffel.

»Unauffällig. Der Anklage angemessen übte er sich in Demut. Ich war mir nicht sicher, ob sie echt oder gespielt war.«

»Obwohl er von Anfang an behauptete, nicht gefahren zu sein? Das hat er doch, oder?«

»Ja, er hätte auch den Empörten geben können, der es als eklatante Frechheit ansah, jemandem wie ihm, einem allseits respektierten, erfolgreichen Unternehmer aus altem Adelsgeschlecht, überhaupt zu unterstellen, als gewissenloser Raser für den Tod von drei Menschen verantwortlich zu sein. Aber ich nehme mal an, Döllinger hat ihn dementsprechend instruiert, eine andere, defensive Strategie zu fahren. Bescheiden, zurückhaltend, auf das Beurteilungsvermögen des Gerichts vertrauend.«

»Was passierte dann?«

Sibylle Orth schüttelte den Kopf. »Kaum zu glauben, aber es war wie bei Bertold Brecht im Showdown der ›Dreigroschenoper‹: Der Angeklagte Mackie Messer hat bereits die Schlinge um den Hals, da kommt der reitende Bote mit der Begnadigung.«

»Und der reitende Bote – das war Döllinger?«

»Gewissermaßen. Er hatte aber keine Begnadigung des Gouverneurs, sondern präsentierte den wahren Schuldigen.«

»Wie kam das?«

Sibylle Ohrt legte eine Pause ein, weil die Bedienung den Drink brachte. Sie rührte erst sorgfältig um, bevor sie einen großen Schluck nahm, den sie eingehend zu genießen schien, um dann weiterzusprechen.

»Wie hieß der Mann doch gleich …?«

»Seibold, Ingolf Seibold«, half Harriet ihr auf die Sprünge.

»Richtig, Seibold. Er hatte sich selbst gestellt. Das heißt, er hatte sich Döllinger gestellt. Und der hatte ihn überredet auszusagen. Kam wie ein Deus ex Machina zu seinem Auftritt vor Gericht. Daran kann ich mich noch genau erinnern. Als wäre es einer dieser amerikanischen Gerichtsfilme – kurz vor der Urteilsverkündung kommt der Twist, und der vermeintlich Schuldige ist plötzlich unschuldig, der wahre Täter gefunden. Die Gerechtigkeit hat gesiegt. Sehr melodramatisch! Ein Effekt ganz nach dem Geschmack des Publikums.«

»Sie meinen, etwas zu offensichtlich, dieser Joker, den Döllinger aus dem Hut gezaubert hat?«

»Das war mein erster Eindruck. Aber dann stellte sich heraus, dass der Mann so lange mit sich gehadert hatte, bis sein Gewissen ihn schließlich förmlich dazu getrieben hat, im letzten Augenblick mit der Wahrheit herauszurücken. Er hatte tatsächlich Zugang zum Autoschlüssel des BMW und eine Geliebte in München, die er spontan besuchen wollte, weil sie ihm am

Telefon gesagt hatte, dass es aus sei und sie für immer nach Südafrika gehen wollte, zu einem neuen Lover. Also nahm er den Autoschlüssel und fuhr wie ein Verrückter nach München, weil er glaubte, sie noch umstimmen zu können. Behauptete er jedenfalls. Nach dem Unfall, den er sehr wohl bemerkt hatte, stellte er das Auto in einem Parkhaus in München ab, weil er befürchten musste, dass es zur Fahndung ausgeschrieben war. Die Geliebte war schon ausgeflogen, also fuhr er mit dem Zug zurück nach Hohenschwarzbach. Erst als es seinem Chef, Franz von Waldegg, an den Kragen gehen sollte, hat er seiner Frau seine Schuld eingestanden, und die hat ihn dann davon überzeugt, dem Anwalt seines Chefs alles zu beichten. Was er im letzten Augenblick getan hat. Er sagte umfassend aus und wurde verurteilt. Hat vier Jahre bekommen, wenn ich mich nicht irre.«

»Fünf Jahre«, präzisierte Harriet.

»Jedenfalls wurde Franz von Waldegg freigesprochen«, sagte Sibylle Ohrt und drückte die Eiswürfel ihres Drinks mit dem Strohhalm nach unten.

»Und Seibold starb ein Jahr später im Knast«, vervollständigte Harriet.

Sibylle Ohrt sah überrascht auf. »Das wusste ich nicht.«

»Ich auch nicht«, gab Harriet zu. »Hab's vorher erst erfahren.«

Sibylle Ohrt nippte nachdenklich an ihrem Drink.

»War vielleicht so was wie ausgleichende Gerechtigkeit. Drei Tote, eine ganze Familie zerstört.«

»Was wurde aus dem Ehemann und Vater der Unfallopfer?«, wollte Harriet wissen.

»Ich kann mich noch erinnern, dass er nach der Urteilsverkündung durchdrehte. Er war als Nebenkläger zugelassen. Er tobte und musste gewaltsam aus dem Gerichtssaal entfernt werden.«

»Warum?«

»Er glaubte nicht an die Unschuld des Franz von Waldegg. Er brüllte immer wieder, dass die Gerechtigkeit mit Füßen getreten worden sei und dass er Berufung einlegen würde.«

»Wurde etwas daraus? Aus der Berufung?«

»Nein. Abgeschmettert, soweit ich weiß. Obwohl er die besten Anwälte engagiert hatte. Aber gegen Döllinger und das Schuldeingeständnis von Seibold war kein Kraut gewachsen.«

»Wie hieß der Mann?«

»Gregor Lombardi. Alle im Gerichtssaal hatten Verständnis dafür, dass er so ausflippte. Seine Frau und seine zwei halbwüchsigen Töchter durch einen hirnlosen Raser verloren. Was für eine sinnlose Tragödie. Kann einem Menschen Schlimmeres widerfahren? Ich glaube nicht.«

Sie trank ihren Gin Tonic aus und stand auf.

»Ich muss jetzt gehen. Habe noch ein Date. Dazu muss ich mich aber vorher ein wenig aufbrezeln, wenn Sie verstehen, was ich meine ...«

Sie flüsterte hinter vorgehaltener Hand gespielt verschwörerisch: »ElitePartner. Ich parshippe jetzt ...«

Dann schaltete sie wieder auf normale Tonlage um.

»Danke für die Einladung. Aber Sie schulden mir was!«

Harriet stand ebenfalls auf.

»Nur eine Frage noch ...«, sagte sie. »Sie haben vorhin erwähnt, dass Lombardi als Nebenkläger die besten Anwälte engagiert hat. Das ist eine teure Angelegenheit. War er vermögend?«

»Was heißt vermögend ... Er war schwerreich! Hatte ein paar Patente in Medizinaltechnik und eine Firma dafür. Hat danach alles verkauft, nachdem seine Berufung abgelehnt worden war. An den US-Konzern Johnson & Johnson Medical. Ein Zigmillionendeal.«

»Wo kann ich ihn finden?«

Sibylle Ohrt nahm ihren überlangen Schal und wickelte ihn sich sorgfältig um den Hals.

»Wo Sie ihn finden?«, sagte sie und wies mit dem Kopf nach draußen, wo sich das Unwetter weiter austobte.

»Irgendwo auf dem Grund des Bodensees. Er ist mit seiner Segeljacht bei einem Sturm wie diesem ums Leben gekommen. Die Jacht konnte geborgen werden, aber seine Leiche ist bis heute nicht aufgetaucht. Es gab Gerüchte, dass er mit dem Verlust von Frau und Kindern nicht fertiggeworden ist. Wer kann's ihm verdenken ... Er soll mit seiner Jacht rausgefahren sein, obwohl es eine Sturmwarnung gab. Auch eine Art, abzutreten. So traurig es letzten Endes ist – es hat eine gewisse Größe.«

Sie zuckte mit den Schultern und seufzte demonstrativ, als sie Harriet zum Abschied zuwinkte. »C'est la vie.«

Beim Hinausgehen musste sie sich regelrecht gegen die Tür stemmen, weil der Wind dagegendrückte.

Harriet sah ihr nach, wie sie ihre Ballonmütze festhielt und in der regengrauen Dämmerung verschwand.

Aber mit ihren Gedanken war sie ganz woanders.

42

Madlener wurde zusammen mit Fraidling von der Hausdame in den weitläufigen Wohnraum des waldeggschen Stararchitekten-Anwesens geführt. Die Panoramasicht auf die Ausläufer des Schwarzwalds war diesmal nicht ganz so atemberaubend. Regen peitschte gegen die lang gezogene Fensterfront, dunkle Wolken standen tief und hüllten den Ausblick in morbides Moll. Die Stimmung im Livingroom entsprach der düsteren Außenwirkung. Obwohl das Holzfeuer im Kamin knisterte und knackte, war die gefühlte Temperatur nahe am Gefrierpunkt.

Franz von Waldegg stand neben dem flackernden Kaminfeuer, das obligatorische Cocktailglas in der Hand. So, als warte er in einer Privataudienz auf das Eintreffen eines Literaturwissenschaftlers, der ein Referat über Rainer Maria Rilke und die bedeutenden Verse halten wollte, die dem Dichter auf Schloss Hohenschwarzbach in den Sinn gekommen waren. Und er hatte den Vortrag gesponsert.

Charlotte von Waldegg bildete die statuarische Hintergrunddekoration dazu, in ihrem klassisch-modischen Outfit, perfekt geschminkt und frisiert und ebenso perfekt in ihrer Haltung.

So schätzte es Madlener jedenfalls ein, als er den Raum betrat und Atmosphäre und Schauplatz sowie die Anwesenden kurz, aber treffend und nicht ohne eine gesunde Portion Zynismus überspitzt für sich analysierte.

Und das hatte seinen Grund.

Schließlich war er gekommen, um der glatten Oberfläche einer scheinbar harmonischen Familie, die durch das Schicksal auf eine harte Probe gestellt wurde, ein paar gehörige Kratzer zuzufügen.

Er wartete, bis sich die Hausdame zurückgezogen hatte, bevor er das Wort an den Grafen richtete.

»Herr Waldegg«, sprach Madlener ihn direkt und ohne große Fisimatenten an, »warum haben Sie uns nicht darüber informiert, dass Sie den Rechtsanwalt Heribert Döllinger doch bestens gekannt haben?«

»Habe ich das nicht?«, stellte Franz von Waldegg sich dumm, was irgendwie nicht zu ihm passte. Weil man seiner Miene eine gewisse Blasiertheit nicht absprechen konnte.

»Nein, haben Sie nicht. Obwohl Sie und der ganze Rest Ihrer Familie die Gelegenheit dazu hatten. Um es klipp und klar zu sagen: Sie haben mir glatt ins Gesicht gelogen. Sie alle, als ich Sie gefragt habe, ob Sie jemals mit Döllinger zu tun hatten. Warum? Warum haben Sie mir verschwiegen, dass Sie in einem Prozess sein Mandant waren? In einem Prozess, in dem es um Ihre Reputation, den Familiennamen und im Grunde genommen um Ihre Existenz ging. Sie können mir nicht weismachen, dass man so etwas einfach vergisst.«

Madlener ließ Franz von Waldegg keinen Moment aus den Augen, bis dieser einsah, dass er keine glaubwürdige Ausrede mehr auftischen konnte, schließlich nickte und den Zerknirschten gab.

»Sie haben recht. Es war ein Versäumnis, für das ich ehrlich gesagt keine hinreichende Erklärung habe. Außer dass ich dachte, es hätte für die Entführung keinerlei Relevanz. Wir alle dachten das wohl.«

Er sah zu seiner Frau, um ihre Bestätigung einzufordern.

Charlotte von Waldegg reagierte mit leichter Verspätung und nickte zustimmend.

»Für die Beurteilung der Relevanz in dieser Angelegenheit bin allein ich zuständig«, widersprach Madlener und fuhr weiter seine harte Linie. »Und ich kann Ihnen nur sagen, es ist durchaus von Belang.«

Franz von Waldegg schüttelte den Kopf, so, als ob ihm selbst sein kürzliches Verhalten am Abend zuvor rätselhaft vorkam.

Madlener wunderte sich bei dieser Familie über gar nichts mehr.

Die beiden, Charlotte und Franz von Waldegg, hatten offensichtlich gewisse schauspielerische Qualitäten. Aber vielleicht wurde einem diese Veranlagung auch als Extrabonus in die Wiege gelegt, wenn man schon mit einem silbernen Löffel im Mund auf die Welt kam. Weil es eine Voraussetzung für das Standing war, das man in der Öffentlichkeit zeigen musste: das adlige und auf sämtlichen gesellschaftlichen und ökonomischen Gebieten erfolgreiche Vorzeigepaar par excellence. Doch Madlener ließ sich von der Schokoladenseite nicht beeindrucken.

Er war im Grunde seines Herzens schon immer Jakobiner gewesen, und diese Einstellung verfestigte sich umso mehr, je länger er am »Hofe« der Waldeggs zu tun hatte.

»Nun, vielleicht liegt es auch daran, dass ich auf dieses unselige Kapitel in meinem Leben nicht gerade besonders stolz bin«, fuhr der Graf fort. »Ich war zu Unrecht angeklagt, und meine ganze Familie und ich haben sehr darunter gelitten. Ich wollte nicht unnötigerweise alte Wunden wieder aufreißen. Das trifft auf alle Familienmitglieder zu. Wer hat Ihnen von diesem Prozess erzählt?«

Die scheinbar in aller Unschuld gestellte Frage stand groß im Raum, und Madlener ließ sich absichtlich Zeit, um sie zu beantworten. Sollte Frau Waldegg ruhig ein wenig ins Schwitzen geraten, das konnte nicht schaden, fand er.

»Meine Mitarbeiter haben das herausbekommen«, behauptete er schließlich und sah Charlotte von Waldegg dabei an, die kurz ihren Blick senkte und damit andeutete, dass sie ihm für diese Notlüge dankbar war.

Madlener hatte beschlossen, von jetzt an andere Saiten aufzuziehen und die Samthandschuhe endgültig abzustreifen. Er hatte die Nase gestrichen voll von dem vornehmen Getue und der falschen Rücksichtnahme auf eventuelle Befindlichkeiten.

»Ich frage das nicht zum Vergnügen«, ätzte er, »oder um Sie mit irgendwelchen Verfehlungen in der Vergangenheit, ob berechtigt oder nicht, an den Pranger zu stellen. Um das ein für alle Mal deutlich zu machen, Herr Waldegg, selbst auf die Gefahr hin, dass ich mich wiederhole: Mir geht es einzig und allein darum, Ihre Kinder heil aus den Fängen eines skrupellosen Entführers zu befreien. Eigentlich bin ich bisher davon ausgegangen, dass dies auch für Sie und Ihre Gattin an erster Stelle steht. Und dazu gehört, dass Sie mir die Wahrheit sagen. Mit diesem Versteckspiel behindern Sie die Ermittlungen und gefährden das Leben Ihrer Kinder. Warum wollen Sie das nicht verstehen, Herrgott noch mal?«

Fraidling wurde angesichts der Schärfe in Madleners Formulierungen und dem Tonfall puterrot, so peinlich schien es ihm zu sein. Madlener hatte seinem hiesigen Kollegen nichts von der Philippika erzählt, mit der er Franz von Waldegg zur Rede stellen wollte, und jetzt hatte Fraidling die nicht unberechtigte Sorge, dass diese Zusammenkunft aus dem Ruder laufen könnte und das wohlaustarierte Binnenverhältnis zwischen der Adelsfamilie und den Bürgern von Hohenschwarzbach ins Wanken geraten würde.

Madlener sah seinem Gesicht an, dass in Fraidling in diesem Moment die begründete Besorgnis aufkam, ein Außenstehender könnte mit einem Schlag all das konterkarieren, was jahrhundertelang als selbstverständlich angesehen worden war und noch immer tief im kollektiven Unbewussten der alteingesessenen Bevölkerung steckte: den unseligen Untertanengeist.

Wenn so etwas Grundsätzliches wie ein stilles Einvernehmen zwischen Oben und Unten in Frage gestellt wurde, begann die Angelegenheit hochemotional und explosiv zu werden.

Aber für Madlener war ab sofort Schluss mit dem Schmusekurs, den er bisher aus Rücksicht auf die Befindlichkeit der Eltern entführter Kinder gefahren hatte. Weil der anscheinend von der Familie Waldegg nicht als das angenommen wurde, was er war: ein Vertrauensvorschuss.

Er konnte auch anders, sie hatten es mit ihrem Verhalten herausgefordert. Und wenn man ihm glatt und unverfroren ins Gesicht log, dann war er durchaus in der Lage, so richtig pampig zu werden.

Oder impertinent, wie man in diesen Kreisen wohl sagen würde.

»Na schön, lassen wir das mal beiseite«, machte er in geschäftsmäßigem Ton weiter. »Ich komme später gegebenenfalls noch einmal darauf zurück. Jetzt zu den Forderungen, die der Entführer gestellt hat. Sind Sie bereit, die Bedingungen zu erfüllen? Ja oder nein? Jetzt ist nicht die Zeit für umständliches Herumlavieren. Ich brauche eine klare und eindeutige Antwort. Glauben Sie mir, der Entführer hat nicht so viel Geduld.«

»Ja«, antwortete Franz von Waldegg. »Ich habe mit meinen Brüdern bereits Rücksprache gehalten. Wir werden die Forderungen erfüllen, so absurd sie sind.«

»Gut. Gilt das auch für das Zeitfenster, das der Entführer angegeben hat?«

»Ja. Die zwei Millionen für den Verein werden innerhalb der vierundzwanzig Stunden überwiesen. Und die in bar werden bereitgestellt.«

»In Ordnung. Ich frage Sie jetzt noch mal, Frau Waldegg: Fühlen Sie sich dazu imstande, mit dem Entführer zu telefonieren und dabei die Bedingungen für eine Lösegeldzahlung nicht außer Acht zu lassen? Keine Zusage ohne einen Beweis von seiner Seite, dass Ihre Kinder am Leben sind und es ihnen gut geht.«

Madlener sah Charlotte von Waldegg auffordernd an, bis sie schließlich nickte.

»Ja«, sagte sie mit gepresster Stimme. »Ich gebe mein Bestes.«

Der schrille Ton des Telefonklingelns ließ alle zusammenzucken.

Es klingelte zweimal durchdringend.

Bevor jemand zum Hörer greifen konnte, war es wieder still.

So still, dass man nur das Knacken des Kaminfeuers und das Prasseln des Regens gegen die Fensterscheiben hören konnte.

43

Bevor sie Max Madlener von ihren neuen Erkenntnissen unterrichten konnte, fuhr Harriet doch noch ins Präsidium, um so schnell wie möglich einige Vorkommnisse zu checken, die endlich ein wenig Licht ins Dunkel ihrer Fälle bringen würden.

Es war ihr egal, ob sie dort dem Kriminaldirektor über den Weg laufen würde, sie musste jetzt alles über Gregor Lombardi herausbringen, was zu Einträgen in Polizeiakten geführt hatte, und dazu brauchte sie Zugang zu sämtlichen Dokumenten, die es im Zusammenhang mit seinem spurlosen Verschwinden im Bodensee gab.

Es war inzwischen Nacht geworden, sie war allein im Büro, sogar Frau Gallmann war längst nach Hause gegangen.

Gott sei Dank musste Harriet nicht in alten Archiven stöbern, um Unterlagen zu finden, die Gregor Lombardi betrafen. Alles, was es aus polizeilicher Sicht darüber gab, war digitalisiert und so gründlich dokumentiert, wie es sich für einen akribischen Polizeibericht über eine im Bodensee vermisste Person gehörte.

Tag, Uhrzeit, Umstände, damit befasste Namen – alles war genau protokolliert und wurde ebenso lückenlos von Harriet in ihrem üblichen atemberaubenden Lesetempo durchgearbeitet und in ihrem eidetischen Gedächtnis gespeichert.

Vor vier Jahren im September war Gregor Lombardi mit seiner Segeljacht, der »Sagittarius«, vom Jachthafen Friedrichshafen, dem Hinteren Hafen, in See gestochen.

»Sagittarius« – der Name der Jacht elektrisierte Harriet sofort. So hatte sich der Entführer in seiner Videobotschaft selbst genannt.

Sie machte gedanklich ein Häkchen dahinter und las weiter.

Der Letzte, der ihn lebend gesehen hatte, war der Hafenmeister gewesen. Er hatte Lombardi extra noch auf ein heranziehendes Unwetter aufmerksam gemacht. Aber Lombardi, ein erfahrener Skipper, hatte alle Warnungen in den Wind geschlagen und behauptet, nur eine kurze Probefahrt zu machen, weil er angeblich den frisch reparierten Schiffsmotor testen wollte. Der Hafenmeister hatte ausgesagt, dass Lombardi kurz vor achtzehn Uhr aus dem Hafen gefahren war. Noch sei bestes Wetter gewesen, aber am Bodensee konnte sich das sehr schnell ändern, und die kurzfristige Wetterprognose, die eine von Westen aufziehende Gewitterfront ankündigte, war absolut zuverlässig.

Gegen neunzehn Uhr zehn kam laut Bericht der Wasserpolizei die erste konkrete Sturmwarnung herein, und die Sturmleuchten rund um den See wurden aktiviert – das unmissverständliche Zeichen für alle Schiffe und Boote, die noch auf dem Wasser waren, unverzüglich den nächsten Hafen anzulaufen.

Erste Orkanböen traten gegen neunzehn Uhr fünfundzwanzig auf, und der einsetzende heftige Sturm hielt fast die ganze Nacht über an, erst bei Sonnenaufgang flaute er allmählich ab. Gegen acht Uhr in der Früh meldete der Hafenmeister Gregor Lombardi und die »Sagittarius« als vermisst. Bei Dienstantritt war ihm der leere Liegeplatz der Jacht aufgefallen. Er hatte noch versucht, den Eigner auf seinem Handy zu erreichen, aber der Anschluss war tot.

Die gesuchte Jacht wurde kurze Zeit später kieloben mitten auf dem See treibend zwischen Bregenz und Friedrichshafen gesichtet und schließlich geborgen. Der Skipper konnte trotz einer sofort eingeleiteten und aufwendigen Suchaktion nicht gefunden werden und wurde nach der gesetzlich vorgeschriebenen Frist für tot erklärt.

Nachdem Harriet den abschließenden Polizeibericht, also die offizielle Version des Unglücks, gelesen hatte, durchforstete sie noch sämtliche Dateien im Netz, die sie über das Geschehen finden konnte. Die Artikel aus verschiedenen Printmedien brachten von den nackten Fakten her nichts Neues, dafür gingen sie umso mehr auf die tragische Vorgeschichte des ehemals so erfolgreichen Unternehmers Gregor Lombardi ein, insbesondere den Verlust seiner Frau und seiner Kinder durch einen grauenvollen Unfall. Es wurde darüber spekuliert, dass dieser Schicksalsschlag wohl der Grund dafür gewesen war, dass Gregor Lombardi erst sein ganzes Lebenswerk verkauft und dann den Freitod im Bodensee gesucht hatte.

Was Harriet nicht fand, war ein Hinweis darauf, was mit dem vielen Geld geschehen war, das Lombardi mit dem Verkauf seiner Firma und der Patente erzielt hatte.

Das herauszubringen war der nächste Schritt.

Sie sah auf die Uhr und erschrak.

Wie immer beim Recherchieren im Internet war die Zeit wie im Flug vergangen.

Jetzt konnte sie niemanden mehr erreichen. Außer Madlener, dem sie unbedingt ihre Erkenntnisse mitteilen musste.

Aber unter seiner Nummer meldete sich nur die Mailbox.

Sie simste Madlener und bat um schnellstmöglichen Rückruf.

44

Der Anruf kam, als das Herumsitzen und Schweigen im Livingroom des Anwesens der Familie Franz und Charlotte von Waldegg allmählich unerträglich geworden war. Aber alle Anwesenden harrten aus, weil sie annahmen, dass »Sagittarius« mit seinem Telefonat nicht mehr allzu lange auf sich warten lassen würde und dass das zweimalige Klingeln, das sich mit längeren Pausen dazwischen dreimal wiederholt hatte, eine Art Lockruf war.

Erneut vermutete Madlener, dass der Entführer eine sadistische Ader haben musste, weil es ihm anscheinend ein höllisches Vergnügen bereitete, Leute auf die Folter zu spannen und zu quälen.

Ihm selbst machte das Warten wenig aus. Er war es von Verhören gewohnt, einem Verdächtigen so lange schweigend gegenüberzusitzen, ihm gelegentlich einen bedeutungsschwangeren Blick zuzuwerfen und in seinen angeblichen Notizen zu blättern, bis es diesem mehr und mehr vorkam, als hätte er mit seinem Hintern auf einem Hornissennest Platz genommen, und er von sich aus zu reden begann, weil er es nicht mehr aushielt.

Außerdem hatte er zu tun. Er simste zuerst Simone Zoller eine Nettigkeit, dann erwiderte er die Nachricht von Harriet und schrieb, dass er sie so bald wie möglich zurückrufen würde, aber momentan ginge das nicht, weil sie auf den Anruf des Entführers warteten, der jederzeit eintreffen konnte.

Und prompt klingelte wieder das Festnetztelefon.

Madlener hatte Charlotte von Waldegg gebeten, auf laut zu schalten, sobald sie abnahm, und Fraidling deutete mit Gesten an, dass die Technik bereit war, das Gespräch aufzuzeichnen und zurückzuverfolgen.

Charlotte von Waldegg hob den Hörer ab und meldete sich mit ihrem Namen.

Zu hören war nach einer längeren Pause zunächst nur ein

Rauschen und dann eine eindeutig elektronisch verfremdete Stimme, die ohne Umschweife zur Sache kam.

»Hier spricht Sagittarius. Haben Sie alles befolgt, was ich Ihnen in meinem kleinen Video aufgetragen habe?«

»Ja. Die zwei Millionen für Hit & Run stehen zur Verfügung, die zwei Millionen in bar ebenfalls.«

»Was heißt ›stehen zur Verfügung‹? Ich hatte angeordnet, dass sie sofort zu überweisen sind! Können Sie nicht lesen? Ich habe den Eindruck, dass Sie nicht kapieren wollen, was für Sie und Ihre Kinder auf dem Spiel steht!«

»Wie geht es ihnen? Wie geht es Elise und Eduard?«, wagte Charlotte von Waldegg zaghaft einzuwerfen.

»Sie stellen keine Fragen, sondern beantworten meine, sonst sehen Sie die beiden nicht wieder. Höchstens stückchenweise. Wollen Sie das?«

Charlotte von Waldegg schüttelte ihren Kopf und vergaß in der Aufregung, dass sie laut und deutlich sprechen sollte, ihr »Nein« war eher ein Flüstern.

»Ich kann Sie nicht verstehen«, kam es prompt aus dem Lautsprecher. »Ich warne Sie – wenn Sie mich hinhalten wollen, lege ich auf, und Sie hören nie wieder etwas von mir.«

Franz von Waldegg hatte sich neben seiner Frau postiert und machte ganz den Eindruck, als wollte er jeden Augenblick eingreifen, aber Madlener hatte keine Sekunde vorgehabt, das zuzulassen. Er nahm Charlotte von Waldegg den Hörer geradezu sanft aus der Hand und machte klipp und klar seine Ansage.

»Hier spricht Kommissar Madlener von der Kripo. Jetzt hören Sie mir zu, Sagittarius.«

Er sah die entsetzten Gesichter der Waldeggs und Fraidlings, aber er winkte mit einer Handbewegung ab.

Als keine Antwort zu hören war, nur das Rauschen in der Leitung, machte Madlener unverfroren weiter.

»Sie sind ein Profi. Ich bin ein Profi. Sie wissen genau, wie so was funktioniert. Keine Leistung ohne Gegenleistung. Wenn Sie nicht einen eindeutigen Beweis dafür liefern, dass Elise und

Eduard in Ihrer Gewalt und am Leben sind, gehen Sie leer aus und kriegen gar nichts. Haben Sie verstanden?«

Es rauschte in der Leitung. Lange.

Madlener dachte schon, dass Sagittarius aufgelegt hatte, als endlich eine Antwort kam.

»Kommissar Madlener, soso. Ich weiß, wer Sie sind, Kommissar. Ich habe schon von Ihnen gehört. Sie sollen ein ganz scharfer Hund sein. Wollen Sie mir Angst machen, weil Sie jetzt an der Strippe sind? Weil ich es mit Ihnen zu tun bekomme?«

»Ich glaube kaum, dass man Ihnen Angst einjagen kann.«

»Da haben Sie allerdings recht. So etwas Überflüssiges wie Angst habe ich schon lange hinter mir gelassen.«

»Betrachten Sie mich von jetzt an in dieser Angelegenheit als ihren Ansprechpartner. Meine Rolle ist wie die eines Schlichters bei Tarifverhandlungen, verstehen Sie, Sagittarius? Ich darf Sie doch so nennen?«

»Nennen Sie mich, wie Sie wollen. Das ändert nichts an der Situation. Weil Sie dummerweise nicht wissen, wer ich wirklich bin. Finden Sie nicht auch, dass Sie eine dicke Lippe riskieren? Hier geht es nicht um einen halben Prozentpunkt mehr oder weniger. Ich feilsche nicht. Warum mischen Sie sich da in eine Angelegenheit, die Sie nichts angeht?«

»Diese Angelegenheit, wenn wir die gewaltsame Entführung von zwei Menschen mal so nennen wollen, geht mich sehr wohl etwas an, das wissen Sie genau. Und dass sich die Polizei früher oder später einschaltet – damit haben Sie doch gerechnet, nicht wahr?«

»Was Sie nicht sagen. Selbstverständlich war davon auszugehen, dass sich das nicht vermeiden lässt. Sind schließlich hohe Tiere, die Waldeggs. Hohe Tiere, die auf großem Fuß leben und dann, wenn's mal brenzlig wird, ihre Beziehungen spielen lassen. Bis hinauf nach Stuttgart, wie ich vermute. Sie sind also wohl der beste Mann der Kripo, nehme ich mal an. Nun ja, ich habe damit gerechnet, dass ich es mit so einem wie Ihnen zu tun bekomme.«

»Dann müssen Sie auch damit gerechnet haben, dass wir auf

Ihre Forderungen im Gegenzug ebenfalls mit Forderungen reagieren.«

Eine Pause entstand.

Schließlich entgegnete Sagittarius: »Sie verkennen offensichtlich die Kräfteverhältnisse, Kommissar. Ich habe hier das Sagen. Und warum? Weil ich alle Argumente auf meiner Seite habe. Im Geschäftsleben sagt man bei Verhandlungen, dass man gewisse Druckmittel hat. Meine Druckmittel heißen Elise und Eduard. Und wenn ich nicht bekomme, was ich will, dann sterben sie. Soll ich das weiter ausführen, oder ist das überzeugend genug?«

»Nein. Wir beide wissen, wie das Spiel normalerweise läuft.«

»Das ist kein Spiel, Kommissar. Das ist tödlicher Ernst.«

»Was Sie nicht sagen. Dann will ich's kurz machen. Also, für Sie zum Mitschreiben: Ich will einen Beweis dafür, dass die Geschwister am Leben und bei guter Gesundheit sind. Vorher ist jedes Verhandeln sinnlos. Weil Sie nur Ihre und meine Zeit verschwenden.«

Sagte es und legte einfach auf.

Franz und Charlotte von Waldegg starrten Madlener entgeistert an.

Fraidling brachte vor lauter Fassungslosigkeit den Mund nicht mehr zu. Und zwinkerte wie verrückt mit den Augenlidern.

»Was haben Sie da getan?«, fragte der Graf schließlich konsterniert.

Diesmal wirkte seine Empörung echt, fand Madlener.

»Ich habe Klartext geredet«, antwortete er unverblümt und sah Fraidling fragend an. »Und?«

Fraidling hielt per Handy und Ohrenstöpsel Kontakt mit den Technikern vom LKA.

»Negativ«, sagte er schließlich. »Er hat mit einem Prepaid-Handy telefoniert. Aus Friedrichshafen. Am Airport. Soll ich die Kollegen dort alarmieren?«

Madlener winkte ab. »Das bringt nichts. Bis wir da sind, ist er längst auf und davon.«

»Hallo, ich frage Sie noch mal: Warum haben Sie aufgehängt?«, insistierte Franz von Waldegg.

Madlener wandte sich ab und blickte scheinbar aus dem Fenster, obwohl es draußen nicht viel zu sehen gab. Die Nacht in Richtung Schwarzwald war sternenlos und düster, immerhin schienen Wind und Regen nachgelassen zu haben.

»Warum ich aufgehängt habe?«, sagte er dann, als würde er mit sich selbst sprechen. Er ließ sich Zeit für die Antwort auf seine eigene Frage. »Weil ich ihm demonstrieren wollte, dass er nicht allein die Kontrolle hat.«

»Ach was! Das nenne ich eine großartige Taktik«, regte sich Franz von Waldegg auf. »Und was ist, wenn er nicht mehr anruft?«

»Keine Sorge. Er wird wieder anrufen.«

»Sagen Sie! Und wenn nicht? Wenn Ihr … Ihr Psychospielchen nicht funktioniert?«

»Er wird anrufen. Verlassen Sie sich darauf.«

»Worauf soll ich mich verlassen? Vielleicht auf Ihren Riecher als Polizist?«

»Nein. Darauf, dass ich weiß, wie dieser Mann tickt.«

»Ah ja. Und woher bitte schön wollen Sie das wissen? Hat er sich Ihnen vielleicht vorgestellt? Ich warne Sie – wenn da etwas schiefgeht, wird Sie das Kopf und Kragen kosten! Dieser Mann ist nicht mit normalen Maßstäben zu messen. Ganz im Gegenteil, er ist doch komplett verrückt!«

»Das ist er mit Sicherheit nicht«, antwortete Madlener und drehte sich wieder um.

»Ich gebe ihm noch fünf Minuten«, sagte er und konsultierte seine Armbanduhr. »Höchstens.«

»Ich frage mich allen Ernstes«, sagte der Graf, »ob Sie noch ganz bei Trost sind!«

»Ich kann Ihnen versichern, da sind Sie nicht der Einzige, der sich das fragt«, erwiderte Madlener sarkastisch.

»Das wird Konsequenzen haben, das kann ich Ihnen versichern, Herr Kommissar!«, blaffte Franz von Waldegg und stellte sein Glas so heftig ab, dass es klirrte. »Ich werde Ihre

Vorgesetzten von Ihrer unverantwortlichen Vorgehensweise und Ihrer Respektlosigkeit mir und unserer Familie gegenüber informieren und dafür sorgen, dass Sie auf der Stelle abgelöst werden. Ich bin in Stuttgart nicht ganz ohne Einfluss. Sie haben eben Ihre Karriere an die Wand gefahren, das kann ich Ihnen versprechen!«

In diesem Augenblick meldete sich das Handy von Charlotte von Waldegg.

Madlener erkannte die Melodie. »Für Elise« von Beethoven.

Die spielerisch leichte Tonfolge passte irgendwie überhaupt nicht zur angespannten Atmosphäre, die aufgeladen war wie die Luft ganz kurz vor einem Gewitter, dessen Blitze wohl alle bei Madlener einschlagen würden.

»Gehen Sie ruhig ran«, sagte Madlener gelassen.

Charlotte von Waldegg fischte das Handy aus ihrer Hermès-Kelly-Bag und aktivierte es.

»Oh Gott!«, entfuhr es ihr, als sie sah, was da angekommen war.

»Oh Gott!«, wiederholte sie, schlug die Hand im Entsetzen vor den Mund und hielt Madlener das Handy hin.

Er sah sich an, was auf dem Display abgespielt wurde.

Es war ein kurzes Video.

Elise und Eduard blickten vor einer Art Plastikplane Schulter an Schulter starr in die Kamera. In ihren wächsernen Gesichtern konnte man die mühsam unterdrückte Panik und Verzweiflung geradezu ablesen. Elise hielt eine Zeitung vor sich, man sah, wie sie dabei zitterte. Es war, wie man deutlich erkennen konnte, die aktuelle Ausgabe des »Südkurier«. Gerade als Elise sich ihrem Bruder zuwandte, brach der Clip auch schon abrupt ab.

Bevor sie sich das Video zum zweiten Mal ansehen konnten, klingelte das Festnetztelefon erneut.

Madlener ging ran.

»Ja?«, sagte er kurz angebunden.

»Zufrieden?«, fragte die elektronisch verfremdete Stimme nur.

»Zufrieden bin ich erst, wenn Elise und Eduard wohlbehalten zurück sind.«

»Puh, das wird noch ein langer und steiniger Weg, den wir beide da zusammen gehen müssen. Beziehungsweise es wird Charlotte von Waldegg sein, die ihn gehen muss. Ich will nämlich, dass sie das Lösegeld überbringt. Morgen Abend, Punkt zweiundzwanzig Uhr. In einer neutralen schwarzen Reisetasche. Unregistrierte Scheine, kein GPS-Sender. Allein. Sie wissen nicht, wo und wann sie überwacht wird, also halten Sie sich daran. Sie wird von mir Anweisungen erhalten. Ein einziger Bulle vor Ort, und ich breche unwiderruflich ab und bin auf Nimmerwiedersehen verschwunden. Das ist keine leere Drohung, ist das bei Ihnen angekommen?«

»Klar und deutlich.«

»Aber vorher muss ich die Bestätigung für die Überweisung der anderen zwei Millionen haben. Sagen Sie mir, ob Sie das alles verstanden haben.«

»Bis hierher ja. Sind Sie so weit fertig? Ich habe nämlich auch ein paar Bedingungen, die Sie einhalten müssen.«

»Sie scheinen da etwas Grundsätzliches durcheinanderzubringen. Seit wann haben Sie Bedingungen zu stellen?«

»Seit wir so etwas Ähnliches wie eine geschäftliche Beziehung haben. Wenn ich mich nicht irre, haben Sie selbst diese Formulierung für unsere Verhandlungen ins Spiel gebracht. Und im Sinne dieser geschäftlichen Beziehungen sollten beide Seiten darauf bedacht sein, dass es zu keinen Missverständnissen kommt. Wir wollen doch, dass alles so glatt wie möglich über die Bühne geht. Das ist in Ihrem und in unserem Interesse. Und vor allem im Interesse von Elise und Eduard. Ich appelliere an Sie und Ihren gesunden Menschenverstand. Lassen Sie uns vernünftig bleiben. Dann passiert niemandem etwas.«

Eine lange Pause entstand, angefüllt mit dem Rauschen des

elektronischen Stimmenverzerrers auf der anderen Seite der Leitung.

»Woher wollen Sie wissen, dass ich vernünftig bin?«, meldete sich die Stimme plötzlich wieder.

Madlener spürte, dass er etwas am sprichwörtlichen Angelhaken hatte, er wusste nur noch nicht, was es war.

Aber Sagittarius hatte jedenfalls angebissen.

»Sind Sie es denn nicht?«, bohrte Madlener nach. »Vernünftig?«

»Sie sind gut! Jeder normale Mensch würde sagen, dass eine Entführung keine vernünftige Sache ist, oder?«

»Da gebe ich Ihnen vollkommen recht. Aber da sie nun schon mal passiert ist, wollen wir doch lieber zusehen, dass wir das ruhig und sachlich zu einem guten Ende bringen. Für beide Seiten.«

»Soll das ein Witz sein, Kommissar? Sie wissen genau, dass diese Angelegenheit niemals für beide Seiten gut ausgehen kann! Falls Sie die zwei Waldeggs, die sich gegenwärtig in meinem Gewahrsam befinden, unversehrt zurückbekommen – ich sagte: falls! –, dann werden Sie Himmel und Hölle in Bewegung setzen, um mich zu kriegen. Falls nicht, tun Sie das sowieso. Machen wir uns doch nichts vor. Wie man es auch dreht und wendet: Sie und der gesamte Polizeiapparat von Baden-Württemberg werden hinter mir her sein wie der Teufel hinter der armen Seele.«

»Sie sehen das durchaus realistisch. So läuft das eben«, erwiderte Madlener. »Ich bin sicher, dass Sie auch das von vorneherein einkalkuliert haben.«

»Kehren Sie jetzt Ihre verständnisvolle Seite heraus, Kommissar? Ist es das, was man auf der Polizeiakademie lernt im Umgang mit Entführern? Lektion Nummer eins?«

»Nein. Ich versuche nur, mich Ihnen verständlich zu machen. Das hat mit verständnisvoll nichts zu tun.«

»Okay. Sie verstehen mich, ich verstehe Sie. Aber mit Verlaub – Sie werden sicher Verständnis dafür aufbringen, dass mir jetzt Zeit und Muße fehlen, mit Ihnen über das grundsätzliche

Phänomen der Vernunft zu plaudern. Also, was sind nun Ihre Bedingungen?«

»Sie betreffen die unversehrte Rückkehr der Kinder. Geld gibt es nur, wenn gleichzeitig die Geiseln freigelassen werden.«

»Sobald ich das Geld habe und sicher sein kann, dass ich unbehelligt bin, erfahren Sie, wo sie sind.«

»Welche Garantie habe ich, dass Sie Ihr Wort halten?«

»Gar keine.«

»Das ist nicht fair, das wissen Sie.«

»Fair? Sie sprechen von fair?«

Madlener merkte, dass sein Gesprächspartner sich aufregte. Es war ihm also doch gelungen, ihn ein wenig aus der Reserve zu locken.

Sagittarius zeigte Emotionen.

Er hatte wohl einen wunden Punkt getroffen.

»Ich könnte Ihnen geradezu Vorträge halten darüber, was nicht fair ist«, fuhr Sagittarius mit unverhohlener Wut in der Stimme fort. »Aber das führt jetzt wirklich zu weit. Sie haben keine Wahl. Sie werden sich wohl oder übel darauf verlassen müssen, dass ich Sie nicht linke.«

»Lassen Sie mich das Lösegeld überbringen.«

»Nein! Dafür habe ich Charlotte von Waldegg vorgesehen. Dieser Punkt ist nicht verhandelbar.«

»Warum nicht?«

»Weil ich es sage! So ist das nun mal: Ich schaffe an, Sie befolgen das.«

»Wenn Sie Ihr Wort nicht halten, werden Sie das noch bereuen, das verspreche ich Ihnen!«

»Drohen Sie mir? Das ist nicht sehr klug von Ihnen. Wo ich doch alle Trümpfe in der Hand halte. Das können Sie sich sparen. Ich kann mir durchaus vorstellen, dass Sie sämtliche Hebel in Bewegung setzen, um mich zu fassen. Das brauchen Sie nicht extra zu betonen. Sie sind der Bulle. Das gehört zu Ihrer fundamentalen Stellenbeschreibung, das ist Ihre Pflicht und Schuldigkeit als Vertreter der Staatsgewalt. Aber ich trage Ihnen das nicht nach. Wir alle müssen das tun, was wir tun müssen. So ist das nun mal. Wie dem auch sei – jetzt sorgen Sie dafür, dass die feine Familie von Waldegg-Haunstetten das anleiert, was ich ihr aufgetragen habe. Sie haben genügend Zeit dafür. Ach ja, den Übergabeort für das Lösegeld erfahren Sie erst kurz vorher. Falls die Überweisung der zwei Millionen bis dahin getätigt worden ist. Sagen wir vierzig Minuten vorher. Ich möchte dann doch nicht, dass Sie genügend Zeit haben, um irgendeinen Hinterhalt vorzubereiten, so viel Verständnis für meine Situation werden Sie sicher aufbringen können. Sie hören von mir.«

Ein Klick.

Sagittarius hatte aufgelegt.

45

»Hallo Harriet!«, sagte Madlener und blickte in die winzige Kameralinse über dem Bildschirm seines Computers. »Wie geht's?«

Er skypte, obwohl er es nicht mochte, aber von seinem provisorischen Büro des Polizeireviers in Hohenschwarzbach aus war es problemlos möglich, und außerdem musste er mit seiner Assistentin ... Mist, Mist, Doppelmist – er wusste nicht warum, aber er schaffte es einfach nicht, diesen Begriff aus seinem Kopf zu bekommen, so sehr er sich auch bemühte, sich einzuhämmern: Harriet Holtby ist keine Assistentin mehr, sie ist jetzt Kommissarin!

Jedenfalls musste er mit seiner Kollegin Harriet länger und ausführlicher reden, schließlich war in der Zwischenzeit eine ganze Menge passiert, und da war es doch ganz angenehm, sein Gegenüber bei einer Besprechung sehen zu können. Weil der Mensch eben nicht nur verbal, sondern auch mit dem Gesicht und mit Gesten zu kommunizieren in der Lage war.

Obwohl Madlener zunächst immer fremdelte beim Skypen. Weil er sich vorkam, als hätte er eine Verbindung zum Raumschiff Enterprise. Fehlte nur noch, dass Harriet eine dieser albernen Schlafanzuguniformen trug wie Lieutenant Uhura.

Er war eben in vieler Hinsicht, vor allem in technischer, ein altmodischer Mensch. Ein »analoger«, sagte Harriet immer, wenn sie ihn mit todernster Miene aufziehen wollte. Eine Spezies aus grauer Vorzeit, in der man sich noch mit einem piepsenden Faxgerät herumplagte, die Concorde das Nonplusultra am Flugzeughimmel war und man zusammen mit der Familie und ausreichend Salzgebäck bewaffnet am Samstagabend im Wohnzimmer vor dem Röhrenfernsehgerät saß und Thomas Gottschalk bei »Wetten, dass ...?« zuschaute.

Dabei leugnete er das nie, im Gegenteil, für ihn war der Begriff »analog« nicht unbedingt negativ konnotiert. Aber er hatte auch eingesehen, was die digitale Kommunikationstechnik für Möglichkeiten bot, vor allem, wenn es um berufsspezifische Belange ging.

»Also, ich habe jede Menge Neuigkeiten, aber du zuerst, schieß los – wie ist es gelaufen?«, fragte Harriet und kaute nebenher unverfroren an etwas, das wohl ein Müsliriegel war. Er sah am Hintergrund, dass sie in ihrem Appartement in Immenstaad war. Aber es war auch schon spät, kurz vor Mitternacht.

Dies konnte eine lange Nacht werden, er ahnte das, wobei der nächste Tag auch nicht ohne war. Im Kopf hatte er schon mal an einer Liste herumgedoktert, die abgearbeitet werden musste. Schließlich war er gezwungen, für die Lösegeldübergabe alles akribisch vorzubereiten, um auf sämtliche denkbaren und undenkbaren Szenarien vorbereitet zu sein. Er hatte die Verantwortung dafür, und er wusste, dass er sich keine Nachlässigkeit und keinen Ausrutscher erlauben durfte, was seine Vorgehensweise und die Anordnungen anging, auf die eine Menge Kollegen warteten. Daran, dass es ebenso einige Leute gab, die es nur darauf abgesehen hatten, ihn bei einem falschen Zug zu ertappen, wagte er gar nicht zu denken. Elise und Eduard heil nach Hause zu bringen – das hatte oberste Priorität, und nur das zählte zunächst.

Er fing damit an, dass er Harriet in allen Einzelheiten schilderte, was sich ereignet hatte, seit sie wieder an den Bodensee zurückgefahren war, und bemühte sich dabei zunächst, das erste Telefonat mit Sagittarius möglichst wortgetreu wiederzugeben, obwohl er das nicht so gut konnte wie sie mit ihrem übermenschlichen Gedächtnis. Aber dann entschied er sich doch, ihr beide Telefonate komplett vorzuspielen, weil sie natürlich aufgezeichnet worden waren. Nach einigem Hin und Her schaffte er es, auch wenn er sich dabei mit dem technischen Equipment schwertat. Seine umständlichen Bemühungen, bis es funktionierte, provozierten bei Harriet ihre berüchtigte hochgezogene Augenbraue, die aber sofort gespannter Aufmerksamkeit wich, als sie genau zuhörte.

Anschließend versuchte er kurz, die zwei Telefonate mit Sagittarius zu analysieren. Seiner Meinung nach hatten sie es mit einem intelligenten, raffinierten und zielgerichteten Mann zu tun, der überhaupt nicht in die Schublade eines herkömmlichen Entführers passte. Eines Entführers, der aus Habgier und krimineller Energie heraus seine Opfer nach ihrem Prominentenstatus und ihrem Vermögen ausgesucht hatte, weil er glaubte, so am einfachsten an möglichst viel Geld zu kommen.

»Wenn du mich fragst: Er ist so, wie wir es vermutet haben«, schloss er seine Ausführungen ab. »Sagittarius ist ein Sonderfall. Aber auf das genaue Profiling können wir später noch zusammen eingehen, sobald ich weiß, was du inzwischen herausbekommen hast.«

Er hatte schon die ganze Zeit bemerkt, dass Harriet eine gewisse Ungeduld ausstrahlte, die zwar nichts Besonderes war, weil er ihr immer ansehen konnte, dass sie unzufrieden war, wenn die Dinge nicht so schnell liefen, wie sie sich das vorgestellt hatte, und ihr so einiges auf der Zunge lag, was sie unbedingt loswerden wollte. Doch dieses Mal musste es wirklich sehr wichtig sein. Je mehr Madlener berichtet hatte, umso mehr schien sie ihn jeden Augenblick unterbrechen und mit ihren Erkenntnissen herausplatzen zu wollen.

Aber sie beherrschte sich, bis er mit seinem Vortrag zu einem vorläufigen Ende gekommen war.

»So«, sagte er deshalb. »Jetzt bist du an der Reihe. Doch bevor du loslegst … Warte einen Moment, bin gleich wieder da! Lauf bloß nicht weg!«

Er stand auf, eilte zu seinem Mantel, den er über eine Stuhllehne gehängt hatte, und durchwühlte in aller Hast sämtliche Taschen, aber er konnte die Slim-Zigarette von Elena Kanauskas, von der er sicher war, dass er sie am Vorabend eingesteckt hatte, einfach nicht finden.

Er riss die Tür auf, stürmte in den Gang hinaus und zum Wachhabenden am Empfangstresen, der Nachtdienst schob, in aller Gemütsruhe ein gekochtes Ei gepellt hatte, es sorgfältig mit einem kleinen Salzstreuer bestreute und dazu den lokalen Sportteil des »Südkurier« studierte.

»Sie rauchen doch?«, fragte Madlener überfallartig.

Der Mann biss gerade herzhaft in sein Ei, zuckte zusammen und fuhr hoch.

»Ja«, sagte er mit vollem Mund, aber ohne sichtbares Verständnis für Madleners Frage.

Madlener streckte die Hand aus: »Kann ich eine von Ihnen abstauben?«

Er wartete ungeduldig, bis der Mann endlich kapiert hatte, was er von ihm wollte, seine Taschen abklopfte, die Schachtel schließlich fand und sie ihm zuwarf.

Madlener fing sie auf, holte eine Kippe heraus und reichte sie ihm wieder.

Als er »Danke!« sagte, war er bereits auf dem Weg zurück in sein Büro und hörte nicht mehr, wie ihm der Wachhabende hinterherrief: »Aber Herr Kommissar, Sie wissen schon, dass Sie im Revier nicht rauchen dürfen!«

Madlener hatte die Tür wieder hinter sich zugeschlagen und setzte sich auf seinen Schreibtischstuhl vor den Bildschirm, klemmte sich die Zigarette zwischen die Lippen und suchte überall nach seinem Feuerzeug. Dabei ließ er Harriet nicht aus den Augen, die tatsächlich missbilligend den Kopf schüttelte.

»Ich dachte, im Revier ist Rauchen strengstens verboten«, sagte sie tadelnd, und jetzt wusste er wirklich nicht, ob sie das ernst meinte oder ihn nur auf den Arm nehmen wollte. Aber das war ihm auch egal, er winkte mit einer entsprechend verächtlichen Geste ab. Endlich fand er sein Feuerzeug in einer Tasche, in der er es nie vermutet hätte, zündete sich die Kippe an, inhalierte tief und lehnte sich zurück, während er seinen leeren Kaffeebecher heranzog, den er als Aschenbecher zweckentfremdete.

»Okeydokey«, meinte er und nahm noch einen tiefen Zug. »Ich bin ganz Ohr.«

Harriet pustete einmal tief durch und legte los.

»Max – das klingt vielleicht krass, was ich dir jetzt zu sagen habe. Aber ich glaube, dass ich wahrscheinlich weiß, mit wem wir es zu tun haben. Ich kenne seinen richtigen Namen, ich kenne seine Vorgeschichte, ich weiß, was er durchgemacht hat, ich weiß, warum er Döllinger umgebracht hat, und ich kann mir denken, warum er Elise und Eduard entführt hat.«

Sie machte eine Pause, weil ihr klar geworden war, was für eine rhetorische Bombe sie da soeben scharf gemacht hatte.

Madlener brauchte einen Moment, um zu erfassen, was Harriet ihm per Skype vor den Latz knallte. Er kannte sie gut genug, um zu wissen, dass sie ihn bei so einer ernsten Sache nicht auf den Arm nehmen würde.

»Was in drei Teufels Namen sagst du da? Kannst du das bitte wiederholen? Damit ich sicher sein kann, dass ich dich richtig verstanden habe …«

»Ich weiß, wer Sagittarius ist.«

»Warum hast du das nicht gleich gesagt?«

»Du hast mich ja nicht zu Wort kommen lassen.«

»Na schön«, sagte er grimmig und ließ seine Zigarette aufglühen. »Den Namen«, forderte er sie auf. »Gib mir seinen Namen, Harriet!«

»Ich habe den Namen«, antwortete sie und schniefte. »Aber die Sache hat einen Haken … einen gewaltigen sogar.«

»Einen Haken? Was für einen Haken?«

»Der Mann heißt Gregor Lombardi.«

»Und der Haken? Wo ist der Haken?«

»Gregor Lombardi ist seit vier Jahren tot.«

46

Es dauerte eine Weile, bis Harriet Madlener alles geschildert und erklärt hatte, was sie von Sibylle Ohrt erfahren und anschließend im polizeieigenen System und im Netz über Gregor Lombardi herausbekommen hatte.

Madlener dachte nach, und dazu musste er aufstehen und hin- und hertigern, was für Harriet insofern ein wenig seltsam war, weil er ständig aus dem Aufnahmebereich seiner Webcam marschierte und ansonsten nur ohne Kopf zu sehen war. Aber zunächst riss er erst einmal das Fenster weit auf, um frische Nachtluft hereinzulassen.

Ab sofort war Brainstormingmodus angesagt. Ein Zustand, den er zusammen mit Harriet perfektioniert hatte, und zwar nur, wenn sie unter sich waren und jeder frei von der Leber weg alles durchdeklinieren konnte, was ihm fallbezogen in den Sinn kam. Manchmal landeten sie dabei auch in einer Sackgasse, aber meistens brachte sie das, was sie beim freien Assoziieren in die Waagschale warfen, auf eine Spur oder eine Erkenntnis, die sie bisher gar nicht auf ihrer Agenda gehabt und glatt übersehen hatten. Madlener nannte das »den Wald vor lauter Bäumen nicht sehen«, eine Metapher, die wie gemacht war für ihren momentanen Einsatzort am Rand des Schwarzwalds.

»Ich fasse mal zusammen«, deklamierte er im Hin- und Hergehen wie ein Schauspieler, der seine Rolle lernte. »Ich meine: Was hätten wir, wenn unser Mann nicht ertrunken wäre und jetzt in zweihundertfünfzig Metern Tiefe als Fischfutter vor sich hinmoderte. Wir hätten ein glasklares Motiv, nämlich Rache an der Familie, die ihm seiner Meinung nach so unendlich viel Leid zugefügt hat.«

»Ja«, nahm Harriet den Faden auf. »Das würde alles passen – der Mord an Döllinger mit einer Armbrust als Zeichen dafür, dass er nun mit seinem Rachefeldzug beginnt und dabei als Erstes den Mann aufs Korn genommen hat, der seiner Ansicht nach alles so eingefädelt hat, dass sein damaliger Mandant Franz von Waldegg ungeschoren davonkommt. Wobei die skurrile Mordwaffe als mehr oder weniger dezenter Hinweis auf den Adelsclan von Waldegg-Haunstetten zu verstehen ist, der eine Armbrust im Familienwappen führt.«

Madlener machte weiter: »Als Nächstes ist seiner Logik nach der Verursacher des Unfalls dran, der seine Frau und seine zwei Töchter ausgelöscht hat ...«

»... Franz von Waldegg«, fügte Harriet nahtlos an.

»Halt!«, rief Madlener und unterbrach Harriets Gedankengang, den sie laut ausgesprochen hatte. »Genau an diesem Punkt stellt sich mir eine fundamentale Frage. Woher will Gregor Lombardi wissen, dass Franz von Waldegg der eigentliche Verursacher des Unfalls ist? Das Gericht hat Ingolf Seibold schuldig gesprochen und verurteilt ...«

»... weil Seibold ein umfassendes Geständnis abgelegt hat und alle Schuld an diesem Unfall auf sich genommen hat.«

»Ich frage mich: Wusste Gregor Lombardi mehr? Und wenn ja, warum haben das seine Anwälte nicht argumentativ in ihren Antrag auf Berufung eingebracht?«

Harriet zögerte mit einer Antwort, weil sie Madleners Einwand nachvollziehbar fand, ihn aber auch nicht richtig einordnen konnte.

»Vielleicht ahnte er es, hatte aber keinen Beweis für so eine Behauptung«, vermutete sie. »Leider können wir ihn nicht mehr danach fragen. Und Ingolf Seibold auch nicht mehr, weil er im Knast gestorben ist.«

Madlener schüttelte unwillig den Kopf.

»Das passt irgendwie nicht zusammen. Der Sache müssen wir noch nachgehen. Lass uns das später erneut ins Visier nehmen. Jetzt aber zurück zu Gregor Lombardi. Erst mal müssen wir sein Motiv und den daraus resultierenden Racheplan besser verstehen, weil unser Sagittarius anscheinend genau danach vorgeht, und zwar Punkt für Punkt. Fällt dir dabei was auf?«

»Willst du damit andeuten, dass Lombardi vielleicht gar nicht tot ist?«

»Gegenfrage: Hat man seine Leiche gefunden?«

»Nein.«

Madlener ließ diese Antwort eine Weile im Raum stehen und machte eine Geste, die besagte, dass sich mit dieser Tatsache ein ganz neuer Ansatzpunkt auftat. »Behalten wir das jetzt mal im Hinterkopf«, meinte er. »Und nehmen das, was wir haben. Je mehr wir über Lombardi wissen, desto mehr können wir antizipieren, was die nächsten Schritte des Entführers sind. Hypothese: Lombardi ist noch am Leben und steckt hinter der ganzen Angelegenheit. Wenn das stimmt, dann hat er nicht mehr die alleinige Kontrolle für sich gepachtet. Im Idealfall können wir ihm so einen Schritt voraus sein. Wir dürfen nicht zulassen, dass er uns am Nasenring durch die Manege führt, wie er das bisher getan hat.«

»Du hast vollkommen recht. Also weiter im Text. Er entführt die zwei Kinder in der vollen Absicht, dass Franz und Charlotte von Waldegg endlich merken, was Sache ist. Dass es nicht um Geld geht. Sondern darum, sie den höchstmöglichen psychischen Qualen auszusetzen, nämlich der Angst um ihre Kinder. So wie er, Lombardi, Höllenqualen erleiden musste, als seine Frau und seine Töchter unschuldig gestorben sind.«

»Und, was ebenso elementar ist: Er war der Katastrophe und den Folgen hilflos ausgeliefert. Genau dieses Gefühl will er bei Franz von Waldegg und dessen Gattin hervorrufen.«

»Richtig. Das ist Teil seiner Rache. Das würde alles zu dem passen, was er bisher getan und am Telefon gesagt hat.«

»Und auch dazu, dass er zwei Millionen für diesen obskuren Verein gespendet haben will.«

»Die gemeinnützige Organisation Hit & Run – Hilfe für Opfer von Fahrerflucht«, präzisierte Harriet.

»Exakt. Die zwei Millionen, die er für sich fordert, sind nur vorgeschoben.«

»Pro forma, damit wir nicht auf sein wahres Motiv kommen.«

»Wie hast du gesagt, hieß seine Segeljacht?«

»›Sagittarius‹. Weißt du, warum er sie vermutlich so genannt hat? Ich hab mich das nämlich auch gefragt und herausbekommen, dass sowohl er als auch seine Frau vom Sternzeichen her Schütze waren.«

»Na bitte. Und warum nennt sich unser Entführer in seiner Videobotschaft so? Wenn das kein Wink mit dem Zaunpfahl ist ...«

»Weil er mit uns ein Verwirrspiel treibt. Denk an die Donald-Trump-Maske. Absicht? Ein schlechter Scherz?«

»Beides möglich. Aber lass uns den Faden mal weiterspinnen, mit der Logik von Gregor Lombardi, selbst wenn er offiziell nicht mehr unter uns weilt. Es ist natürlich reine Spekulation, aber das würde meiner Meinung nach bedeuten, dass er gar nicht darauf aus ist, Elise und Eduard gegen das Lösegeld freizulassen.«

»Nein. Wenn er mit seiner verqueren Konsequenz weitermacht, bedeutet das ...«

»... er will dem Vater der beiden das größtmögliche Leid zufügen. Weil es das ist, was man ihm angetan hat.«

»Weißt du, was das heißt?«, fragte Madlener und setzte sich wieder mit sorgenzerfurchter Stirn vor die Webcam, um Harriet in die Augen sehen zu können.

»Ja«, antwortete Harriet. »Wenn er wirklich maximale Rache nehmen will, sind Elise und Eduard für ihn schon so gut wie tot. Er braucht sie noch als Lockmittel. Er lässt sie nur am Leben, solange er sie für seine Zwecke benutzen will. Und das ganze Ballyhoo um die Lösegeldübergabemodalitäten ist ein einziges großes Täuschungsmanöver.«

»Weißt du, Harriet, an was ich dabei denken muss? Sagittarius macht auf mich ganz den Eindruck, dass er jemand ist, der einzig und allein auf Rache aus ist. Koste es, was es wolle. Sein eigenes Leben ist ihm schnurzegal. Der Mann hat nichts zu verlieren.«

»Weil er schon alles, was ihm lieb und teuer war, verloren hat.«

»Du sagst es. Glaubst du an die Auferstehung der Toten?«

»Was ist das? Eine theologische oder eine fallbezogene Frage?«

»Wir werden es rauskriegen.« Finster fügte er hinzu: »Aber das wird nicht einfach sein. Wir haben es mit einem gefährlichen Mann zu tun. Egal ob wiederauferstanden oder nicht. Man sollte sich nie mit einem Gegner anlegen, der nichts zu verlieren hat …«

Sie schwiegen sich eine ganze Weile an, weil sie sich gleichzeitig über die Tragweite dieses Gedankens klar geworden waren.

»Mist, Mist, Doppelmist!«, fluchte Madlener laut und schlug mit der Faust auf seinen Schreibtisch, dass der Bildschirm nur so wackelte und Harriet vor Schreck zusammenzuckte.

»Er verarscht uns, Harriet«, stellte er wütend fest. »Sagittarius verarscht uns von vorn bis hinten. Und wenn wir ihm nicht irgendwie zuvorkommen, verlieren wir die Kinder.«

47

Harriet ließ seinen Wutausbruch unkommentiert. Das war
Antwort genug.

Sie schwiegen sich eine Weile lang an.

»Ich kann hier nicht weg«, sagte Madlener schließlich, als er
sich wieder einigermaßen beruhigt hatte. »Alles, was wichtig
ist und dazu noch schnell geklärt werden muss, ist deine Aufgabe. Du musst jede Menge recherchieren. Und das so bald
wie möglich. Hatte Gregor Lombardi Verwandtschaft? Einen
Bruder, einen Schwager, irgendwen, der ihm nahestand und in
seinem Namen Rache nehmen will?«

»Soweit ich weiß, nicht.«

»Wir müssen das herausbekommen. Lass Götze das machen. Wir vermuten da etwas, aber wir müssen trotzdem alle
Möglichkeiten durchgehen. Wenn Lombardi wirklich tot ist –
und ich sage wenn! –, dann muss es irgendjemanden geben,
der sozusagen in seine Haut geschlüpft ist. Sein mörderischer
Stellvertreter. Ich will wissen, was mit Lombardis Geld passiert
ist. Binder soll sich seine Anwälte vorknöpfen. Die werden
natürlich mauern, aber er soll's trotzdem probieren. Ich habe
mit einem Mann aus Fleisch und Blut gesprochen, Harriet.
Nicht mit einem Toten. Was ist mit Ingolf Seibold? Kommen
wir mit dem irgendwie weiter?«

»Der ist doch auch schon seit Jahren tot.«

»Schon klar. Aber was ist in ihm vorgegangen? Warum hat
er sich erst im Lauf des Prozesses gestellt? Er war doch verheiratet, hast du das nicht erwähnt?«

»Ja. Seine Frau soll ihn laut Sibylle Ohrt überredet haben,
sich nachträglich zu stellen.«

»Versuch mal, seine Frau aufzutreiben. Vielleicht kann sie
uns irgendwie weiterbringen. Ich weiß, das ist alles Sisyphus,
vor allem, weil wir diese Entführungssache am Hals haben,
die natürlich absolute Priorität hat, aber vielleicht finden wir

so irgendeinen Hebel, wo wir ansetzen können. Wir müssen jeden Stein umdrehen. Zur Not soll Cornelius noch ein paar Leute dazuholen, die müssen die Laufarbeit erledigen. Ich rufe ihn an deswegen.«

Er rieb sich mit beiden Händen über das Gesicht und fasste einen Entschluss.

»Na schön, wir machen Folgendes. Morgen ist D-Day. Ich sorge dafür, dass alles vorbereitet wird, was nötig ist. Du bringst so viel raus wie möglich und bleibst mit Binder und Götze in Kontakt, sie sollen dich ständig auf dem neuesten Stand halten, was ihre Recherchen anbelangt.«

»Da bleibt mir nichts anderes übrig, als sie endgültig einzuweihen, um was es geht.«

»Tu das. Jetzt ist nicht mehr die Zeit für geheime Operationen. Trotzdem sollen sie den Medien gegenüber nichts rauslassen. Aber wenn hier die Post abgeht, dann will ich dich an meiner Seite haben! Also sieh zu, dass du bis morgen Spätnachmittag wieder in Hohenschwarzbach bist.«

»Was hast du vor? Du hast doch etwas vor? Das kann ich dir ansehen.«

»Du hättest eine Laufbahn beim Varieté einschlagen sollen. Du weißt schon: Madame Holtby, die Frau, die Gedanken lesen kann. Ich habe eventuell einen Job für dich. Er ist nicht ungefährlich, und du kannst auch Nein sagen. Außerdem muss ich da vorher noch ein paar Dinge klären …«

Harriet verdrehte nur demonstrativ die Augen. Den Spruch, dass sie auch Nein sagen konnte, hatte sie nun wirklich schon zu oft von Madlener gehört.

»Okay, was ist es? Was soll ich tun?«

»Kann ich dir erst morgen verraten. Ich muss noch eine Nacht darüber schlafen. Apropos – du haust dich jetzt mal besser aufs Ohr. Wird morgen ein langer Tag. Und eine lange Nacht.«

»Seit wann bist du mein Erziehungsberechtigter?«

»Gott bewahre! Schlaf gut«, sagte er nur und schaltete den Computer aus.

Aber sie hatte ihm wenigstens ein kleines Lächeln entlockt, das er sich jedoch erst erlaubte, als sie ihn nicht mehr über die Webcam sehen konnte.

48

Als Madlener endlich in seinem Hotelzimmer im Bett lag, kam es, wie er befürchtet hatte.

Seine Gedanken spielten Achterbahn und er konnte sie einfach nicht in den Griff bekommen. Da half auch das Fläschchen einheimischer Himbeergeist aus der Minibar nichts, das er sich ausnahmsweise als Einschlafhilfe zu Gemüte geführt hatte.

Im Gegenteil, je mehr er versuchte, seine Überlegungen und Befürchtungen zu bändigen, desto mehr marterten und beunruhigten sie ihn.

Es gab so vieles, was schiefgehen konnte.

Dabei durfte nichts schiefgehen, weil das Leben von zwei Menschen auf dem Spiel stand.

Das Schlimme war, dass er ganz schön viel riskieren musste, davon war er überzeugt. Gleichzeitig sollte auch noch bei Sagittarius keinerlei Verdacht aufkommen, dass jemand versuchte, ihn auszutricksen, weil er sonst wohl die Reißleine ziehen würde. Und was das dann für Folgen hatte, konnte er sich ausmalen.

Wieder und wieder spielte Madlener im Geiste alle Optionen durch. Aber mit keiner einzigen war er restlos zufrieden.

Wie er es auch drehte und wendete, es blieb immer ein gutes Stück Unwägbarkeit, das er nicht beeinflussen konnte.

Auch wenn sie sich einbildeten, bereits eine ungefähre Vorstellung von Sagittarius und seinen Motiven zu haben, blieb er vorläufig ein Phantom und letzten Endes unberechenbar.

Ein Toter, der aus den Tiefen des Bodensees emporstieg und Rache nahm. Lächerlich.

Und doch war etwas dran.

Weil der Tote vielleicht gar nicht tot war.

Denn genau danach sah es aus.

Gerade als es allmählich dämmerte, schlief er endlich ein.

Sein Handywecker klingelte. Es kam ihm vor, als hätte er nur für höchstens fünf Minuten die Augen zugemacht.

Mit einem Blick auf seine Uhr stellte er fest, dass es halb sieben war.

Immerhin – zweieinhalb Stunden Schlaf waren besser als mit der rostigen Gabel ins Knie gestochen, dachte er fatalistisch und quälte sich aus dem Bett.

Eine eiskalte Dusche, eine gründliche Rasur und ein anständiges Frühstück würden aus ihm wieder einen halbwegs akzeptablen Menschen machen, jedenfalls hoffte er das.

Die Hoffnung war trügerisch, aber er hatte keine Wahl.

Er führte das unvermeidliche Telefonat mit Kriminaldirektor Cornelius, der ihm, nachdem er von Madlener kurz und bündig über den neuesten Stand der Dinge informiert worden war, mitteilte, dass eine Beschwerde gegen ihn vorlag.

Bedauerlicherweise, meinte Cornelius, denn nach Abschluss der Entführungsgeschichte werde er dieser offiziell eingereichten Beschwerde mit aller gebotenen Sorgfalt nachgehen müssen.

Auf die Frage nach dem Urheber und dem Grund der Beanstandung warf Cornelius verbale Nebelkerzen, indem er behauptete, dass jetzt, angesichts der Brisanz und Dringlichkeit der aktuellen Ereignisse, nicht die Zeit war und ein Telefonat nicht ausreichte, um den Vorwurf genauer zu erörtern, dieser sei wohl eher allgemeiner Natur.

Er ließ sich aber doch zu der Behauptung hinreißen, Madleners Umgangsformen mit verdienten und honorigen Persönlichkeiten als teilweise nicht respektvoll genug zu bezeichnen. Damit würde Madlener sich doch nur Feinde machen, das sei einfach taktisch unklug.

Mehr brauchte Madlener nicht zu hören, um zu wissen, woher der Wind wehte.

Nach diesem kleinen Ausflug in Gefilde, die als angeblich gut gemeinte Ratschläge daherkamen und in Wirklichkeit versteckte Drohungen waren, warnte Cornelius ausdrücklich noch einmal vor einem Fehlverhalten, das das Leben der Entführten gefährden könnte.

Alles, was im Polizeiapparat Rang und Namen habe und über die Vorgänge in Hohenschwarzbach Bescheid wisse, das gehe bis ganz hinauf in hohe politische Kreise, würde mit Argusaugen die Anstrengungen der Sonderkommission »Sagittarius« beobachten. Den Namen hatte Cornelius selbst der Truppe in Hohenschwarzbach inzwischen verpasst.

Dass er im Fokus stand, wusste Madlener auch so, da brauchte er die deutlichen Anspielungen und oberlehrerhaften Mahnungen von Kriminaldirektor Cornelius so nötig wie ein erneutes Aufblühen seines Herpes labialis, dachte er, behielt das aber wohlweislich für sich und gab vorsichtshalber einen Klecks Zovirax auf die übliche Stelle an seiner Lippe. Diesmal hatte er tatsächlich mitgedacht und eine Tube davon in seine Manteltasche gesteckt, bevor er nach Hohenschwarzbach aufgebrochen war.

Wie es die Vorgehensweise von allen Vorgesetzten auf der Welt war, sagte ihm sein Chef trotzdem zum Abschluss seine volle Unterstützung zu, bevor er auflegte.

Madlener fehlte nur noch, dass Cornelius behauptete, er würde ihn in seine Nachtgebete einschließen.

Das wäre wenigstens ehrlich gelogen gewesen.

Die verbale Rückendeckung seines Kriminaldirektors war ungefähr so viel wert wie die Zusicherung vom Präsidenten eines Fußballvereins in der Abstiegszone, dass er seinem Trainer vorbehaltlos zutraue, das Ruder noch einmal herumzureißen, ihm kumpelhaft auf die Schulter klopft und ihm sein volles Vertrauen ausspricht. Und am nächsten Tag, sobald der Trainer das Vereinsgelände betreten will, informiert ihn dann der Hausmeister, dass er über Nacht gefeuert worden ist und alle Schlüssel abzugeben hat.

Um seine grenzwertige Laune noch zu verschlechtern, wollte Madlener aus dem wohl letzten und einzigen Zigarettenautomaten in ganz Hohenschwarzbach mit schlechtem Gewissen eine Schachtel Marlboro Gold ziehen. Aber als eine seiner passenden Münzen zum vierten Mal ergebnislos durchgefallen war, gab er es wieder auf.

Wenn eine höhere Macht partout nicht wollte, dass er rauchte, dann sollte es eben so sein.

An der nichtssagenden Stahlskulptur vor dem Polizeirevier wurde Madlener bereits von Fraidling erwartet. So rostig, wie das abstrakte Kunstwerk war, so nervös wirkte der Polizeichef von Hohenschwarzbach. Er trat von einem Fuß auf den anderen und zwinkerte dazu heftig, irgendwie war sein Tick über Nacht noch schlimmer geworden.

Der Tag fing ja wirklich schon gut an.

Madlener seufzte innerlich und machte sich auf eine neue Hiobsbotschaft gefasst.

»Ist was passiert?«, fragte er ohne Begrüßung. Das »Guten Morgen« schien ihm nicht angebracht, deshalb verzichtete er darauf.

»Kann man wohl sagen«, antwortete Fraidling. »Charlotte von Waldegg hat heute Nacht einen erneuten Nervenzusammenbruch erlitten. Sie liegt im Krankenhaus und musste medikamentös ruhiggestellt werden. Für eine Lösegeldübergabe fällt sie definitiv aus.«

»Das wird Sagittarius gar nicht gefallen«, stellte Madlener lapidar fest.

»Nein, das wird es garantiert nicht.«

Fraidlings Stimme begann schrille Töne anzunehmen, als er die Schlussfolgerung aus dieser Tatsache anfügte.

»Und was noch viel schlimmer ist: Er wird es nicht glauben! Er wird denken, wir wollen ihn übers Ohr hauen.«

»Genau das wird er denken«, gab Madlener ihm grimmig recht.

»Er wird das Ganze abblasen. Und wir sehen die Kinder niemals wieder.«

»Jedenfalls nicht lebend.«

Als Madlener das ausgesprochen hatte, was er dachte, sah

ihn Fraidling entsetzt und hilflos zugleich durch seine dicken Brillengläser an.

Der gute Mann blinzelte heftig und hatte tausend Fragezeichen in seinem Gesicht.

Nur hatte Madlener keinen Bock, sie in diesem Augenblick alle zu beantworten. Er hatte Wichtigeres zu tun.

Deshalb ließ er Fraidling stehen und ging voraus ins Polizeirevier.

Was er jetzt vor dem anstehenden Team-Meeting und der Verteilung der Aufgaben dringend brauchte, war eine Tasse Kaffee.

Heiß, schwarz, extrastark.

49

Durch wie viele Stahlgittertüren sie ging, begleitet von einem Vollzugsbeamten, der groß den Schriftzug »JUSTIZ« auf dem Rücken seiner Uniform trug und ein dunkelblaues Käppi auf dem Kopf hatte, das wusste Harriet nicht mehr. Sie war gottfroh, dass es nicht mehr so war wie in früheren Zeiten, als ein Gefängniswärter alter Schule mit einem riesigen Schlüsselbund bewaffnet alle Schleusentüren und Zellen im Knast von Hand auf- und wieder zusperren musste, was eine umständliche und nervende Prozedur war. Das meiste erledigte man heutzutage über Kameras, Monitore und einen entsprechenden Druckknopf im zentralen Überwachungsraum.

Waffe und Rucksack hatte sie am Eingang für Besucher abgegeben.

All dies war für Harriet Holtby Routine, schon ein paarmal hatte sie in Gefängnissen zusammen mit Madlener Vernehmungen oder Befragungen durchgeführt. Die meisten waren für die Katz gewesen, Knastvögel krakeelten zwar häufig, aber sie zwitscherten nicht. Außer wenn sie hofften, einen Vorteil für sich herausschlagen zu können. Dass einer der Insassen, wie das korrekt hieß, freiwillig etwas preisgab, mit dem sie etwas anfangen konnten, hatte sie noch nie erlebt.

Deshalb war sie auch nicht sehr optimistisch, als sie schließlich allein in einem tristen Besucherraum zurückgelassen wurde, von dessen Wänden die Farbe schon abblätterte, und darauf wartete, dass man ihr Wilhelm »Inkasso-Willy« Völkers zuführte. Er war unter anderem mehrfach wegen schwerer Körperverletzung verurteilt worden, für Totschlag hatte er noch zwei Jahre abzusitzen. Jetzt stellte sich ihr nur die Frage, ob er überhaupt mit einem Bullen, wie sie es in seinen Augen war, reden wollte.

Aber davon war auszugehen. Madlener hatte beim ersten

gemeinsamen Besuch in einem Gefängnis gesagt, dass seiner Erfahrung nach alles, was etwas Abwechslung in den bleiernen Alltagstrott einer Justizvollzugsanstalt brachte, bei den Insassen willkommen war. Selbst wenn es nur darum ging, einer Abordnung der Staatsmacht den sprichwörtlichen Mittelfinger zu zeigen, um vor den anderen Mithäftlingen damit angeben zu können, dass man mit den Cops Schlitten gefahren war.

Oder man gab sich als Mister Obercool und log das Blaue vom Himmel herunter.

Die ganz Hartgesottenen stellten sich stur, hielten einfach die Klappe und beantworteten keine einzige Frage, nicht mal die nach dem eigenen Namen.

So hatte jeder seine Art, die Bullen zu ärgern und gleichzeitig die Zeit totzuschlagen.

Harriet setzte sich an den billigen Resopaltisch im Besucherraum und wartete, während sie auf ihrem Smartphone herumwischte.

Sie war schon in aller Herrgottsfrüh losgefahren, um rechtzeitig im »Café Achteck« zu sein, der JVA Bruchsal. Vom Dienstwagen aus hatte sie mit Binder und Götze telefoniert und sie eingeweiht, in welcher Mission sie und Madlener unterwegs waren, warum sie bis jetzt Stillschweigen bewahren mussten und was als Nächstes von ihnen erledigt werden sollte. Anschließend hatte sie den Gefängnisdirektor in Bruchsal angerufen, der sie über den Inhalt der Akte von Inkasso-Willy ins Bild setzte. Sie wusste also, weswegen er eingebuchtet worden war und wie lange sein Zwangsaufenthalt in der JVA noch andauerte.

Harriet hatte eine empfindliche Nase und konnte nicht nur die überdominanten Reinigungsmittel, sondern auch den Angstschweiß und die dumpfe Verzweiflung im Besucherraum förmlich riechen, es erinnerte sie an den Geruch in Krankenhäusern. Sie fragte sich, ob man wohl jemals immun dagegen wurde. Vielleicht, wenn man die vollen fünfzehn Jahre absitzen musste.

Endlich ging die Tür auf und Völkers wurde von einem Justizbeamten hereingeführt. Er war überraschend klein, hatte eine muskelbepackte und vom vielen Hantelpumpen von bleistiftdicken Adern durchzogene Figur inklusive Kugelbauch, trug ein ärmelloses, fleckiges Feinrippunterhemd, und seine Arme waren übersät mit Knasttätowierungen, die zwar furchteinflößend wirken sollten, aber nicht gerade durch besondere Kunstfertigkeit hervorstachen. Am Hals unter seinen Ohrläppchen waren stilisierte Blutstropfen, er hatte Blumenkohlohren vom Boxen, eine windschiefe Nase, zweimal gebrochen, vermutete Harriet, einen Sechs-Tage-Bart und stoppelkurze Haare. Dazu schielte er, was er wohl einem Schlag auf sein linkes Auge zu verdanken hatte. Außerdem humpelte er leicht, und Harriet war sich sicher, dass dieses Grinsen über sein Gesicht huschte, weil er feststellte, dass Kommissar Holtby eine Frau war.

Das hatten sie ihm wohl nicht gesagt.

Eine blonde junge Frau, die ganz nach Rookie aussah, als wäre sie Praktikantin bei der Kripo und müsste als erste praxisorientierte Aufgabe einen mit allen Wassern gewaschenen Knastologen ausquetschen. Im Gefühl der Überlegenheit entschied sich Inkasso-Willy in diesem Moment dafür, diesem milchgesichtigen Frischling zu zeigen, wie abgebrüht man als Knastvogel sein konnte, und spielte den coolen Part, obwohl er eigentlich zur Fraktion der Aufbrausenden und Aggressiven gehörte. Ein Mann, der zuerst zuschlug und hinterher fragte: »Was willst du, Alter?«

Jetzt sagte er erst mal gar nichts, ließ sich aufreizend langsam gegenüber von Harriet nieder und sah sie abschätzig an.

Der Justizbeamte, der ihn hereingeführt hatte, nahm auf einem Stuhl in der Ecke Platz, zog eine Zeitung heraus und fing an zu lesen. Jedenfalls tat er zumindest so, während er Inkasso-Willy keinen Moment aus den Augen ließ.

Harriet zeigte korrekt ihren Ausweis, den Völkers nur mit einem verächtlichen Seitenblick streifte, und stellte sich vor:

»Herr Völkers, mein Name ist Holtby. Ich bin Kommissarin bei der Kripo in Friedrichshafen und habe ein paar Fragen an Sie. Es geht um einen Fall, in dem ich ermittle. Vielleicht können Sie mir weiterhelfen.«

Sie wartete auf eine Reaktion, aber Völkers ließ sich Zeit, viel Zeit, bevor er kurz die Decke anvisierte und schließlich sagte: »Nennen Sie mir einen Grund, warum ich mit der Polizei zusammenarbeiten sollte. Einen einzigen!«

»Sie müssen gar nicht mit mir zusammenarbeiten. Es genügt, wenn Sie mir ein paar Auskünfte geben. Auskünfte, die nicht mal Sie persönlich betreffen.«

»Sind Sie so naiv oder tun Sie nur so? Sie wollen tatsächlich, dass ich jemanden verpfeife?«

»Keineswegs. Wenn Sie mir weiterhelfen, dann können wir durchaus über eventuelle Vergünstigungen für Sie sprechen.«

»Vergünstigungen. Sieh mal einer an! Sie haben mir tatsächlich etwas anzubieten. Um was genau handelt es sich denn dabei? Butter statt Margarine? Eine halbe Stunde länger Hofgang im Monat? Kommen Sie ... Wenn das alles ist, dann war's das für mich.«

»Vielleicht hören Sie sich erst einmal an, was ich Ihnen konkret anzubieten habe. Es ist unter Umständen etwas Substanzielles.«

»Etwas was?«

»Etwas Wesentliches, wenn Sie so wollen. Aber das gilt ebenso für Ihre Auskünfte. Sie müssten dieses Kriterium schon auch erfüllen.«

»Was soll das alles? Kriterium ... Subdingsbums ... Wollen Sie mich verkackeiern?«

»Herr Völkers, Sie sind jetzt dreiundsechzig Jahre alt. Und Sie haben noch – gute Führung vorausgesetzt – zwei Jahre abzusitzen. In einer zehn Quadratmeter kleinen Zelle mit Doppelbelegung. Das kann sich noch verdammt lange hinziehen ...«

Inkasso-Willy setzte sein schräges Grinsen ein, von dem er wohl meinte, dass es ihm ein raffiniertes Aussehen verlieh.

»Sagen Sie bloß, Sie können dafür sorgen, dass ich früher rauskomme!«

»Nein, das kann ich definitiv nicht.«

Er breitete die Arme aus, die Muskelpakete hatten wie Popeye.

»Sehen Sie? Also was soll das?«

»Sie lassen mich ja nicht ausreden. Ich kann dafür sorgen, dass Sie Hafterleichterungen bekommen. Erhebliche Hafterleichterungen, die Ihnen das Leben ein wenig erträglicher machen.«

Jetzt schien sich doch ein gewisser Gesinnungswandel bei Völkers anzubahnen. Er zeigte gemäßigtes bis vorsichtiges Interesse.

»Was meinen Sie mit erheblich?«

»Verlegung in eine andere JVA. Eine spezielle Seniorenhaftanstalt. Dort sind die Zellen von sieben Uhr bis zweiundzwanzig Uhr geöffnet. Sie bekommen eine Einzelzelle. Alle Insassen sind älter als zweiundsechzig. Es gibt einen Sportplatz, Fitnessräume und eine große Bibliothek, im Garten Blumen- und Gemüsebeete und einen Fischteich. Außerdem können sie, wenn Sie wollen, an Koch-, Bastel- und Gymnastikkursen teilnehmen. Ach ja, Anspruch auf bessere ärztliche Betreuung hätten Sie da auch. Wie hört sich das an?«

Völkers sagte zuerst nichts. Aber Harriet sah ihm an, wie es in ihm arbeitete.

Er kratzte sich ausgiebig am Kopf und meinte schließlich: »Hört sich an, als ob man da gar nicht mehr rauswollte. Krieg ich das schriftlich?«

»Jederzeit. Vorausgesetzt, ich kann mit den Informationen, die Sie mir liefern, wirklich etwas anfangen. Kein Larifari, sondern Klartext. Substanziell eben.«

»Und wo soll dieser Fünf-Sterne-Knast sein? Auf Mauritius?«

»In Singen am Hohentwiel. Nicht weit vom Bodensee entfernt.«

»Sie meinen Pension Sing-Sing. Hab davon gehört.«

»Keine Russenmafia, keine Nazis, keine Schlägergang. Nachts kein Geschrei auf den Gängen.«

»Scheint das reinste Sanatorium zu sein ...«

»Und? Wie klingt das für Sie?«

Harriet wusste, das war für jemanden in Inkasso-Willys Situation beinahe zu schön, um wahr zu sein.

Aber das Gesicht von Völkers wollte nichts verraten. Nur seine Kaumuskeln arbeiteten. Und das entging Harriet nicht. Als die Pause angemessen lang genug gedauert hatte, fragte Völkers: »Deal?«

Harriet nickte. »Deal.«

»Okay, was wollen Sie wissen?«

»Alles, was Sie mir über jemanden erzählen können, der bereits tot ist.«

»Hä?«

»Ich meine Ihren ehemaligen Zellengenossen. Den Mann, der fast ein ganzes Jahr Ihr Mitinsasse war.«

Inkasso-Willy lehnte sich zurück und verschränkte die Arme.

»Ingolf Seibold? Der verrückte Ingo? Wieso ist der plötzlich interessant für Sie?«

»Das hat etwas mit einem anderen Fall zu tun. Mehr kann ich Ihnen dazu nicht sagen.«

Er blies die Backen auf. »Wo soll ich anfangen? Der Typ war eine einzige Landplage. Und hysterisch obendrein. Ein astreines Arschloch, wenn Sie mich fragen.«

»Hat er Besuch bekommen?«

»Anfangs oft. Sehr oft sogar.«

»Von wem?«

»Von seiner Frau. Ausschließlich von seiner Frau. Oh Gott, was war das für ein Laberheini. Hat nur von ihr erzählt. Tag und Nacht. Lizzy meint dies, Lizzy meint das, Lizzy hat das so und so gemacht ... Das ging mir mit der Zeit schwer auf die Eier. Hat an der Wand über seinem Bett eine Art Altar gebaut, mit lauter Bildern von ihr. Obwohl, Lizzy – also Elisabeth, so hieß sie wirklich, glaube ich –, Lizzy war wirklich eine scharfe

Braut, das muss man ihr lassen. Kann's ihm nicht verdenken, dass er verrückt nach ihr war. Aber total. Richtig besessen. Bis ich ihm mal Bescheid gestoßen habe.«

»Warum?«

»Weil ich sein ständiges Gejammere nicht mehr ausgehalten habe.«

»Was ist passiert? Wie haben Sie ihm Bescheid gestoßen?«

Völkers beugte sich abrupt nach vorne und riss die Augen weit auf, dazu machte er eine Würgegeste. Zum ersten Mal kam sein wahres Ich zum Vorschein.

»Ich hab ihn am Kragen gepackt, dass ihm die Luft wegblieb. Bis er ganz blau angelaufen war. Das hab ich gemacht.«

Harriet ließ sich nicht erschrecken und reagierte kein bisschen. Das Einzige, was sie irritierte, war sein Schielen.

Der Vollzugsbeamte in der Ecke hatte das gesehen und räusperte sich vernehmlich. »Halten Sie sich gefälligst zurück, Völkers! Sonst landen Sie umgehend wieder in Ihrer Zelle.«

»Is ja schon gut …«

Inkasso-Willy lehnte sich zurück und gab sich wieder lässig. Wenigstens hatte er der Schlampe von der Kripo ein wenig Angst eingejagt. Auch wenn sie sich gut gehalten und nicht mit der Wimper gezuckt hatte.

»Und weiter?«, fragte Harriet unbeeindruckt.

»Was weiter – danach war jedenfalls Funkstille. Ingo war tödlich beleidigt und sprach wochenlang kein Wort mehr. War mir nur recht. Bis er nachts anfing rumzustöhnen.«

»Weshalb?«

»Weil der Scheißkerl krank war. Todkrank. Wurde so schlimm, dass ich den Arzt rufen wollte. Aber er hat mich angefleht, es nicht zu tun. Und dann hat er mir alles gebeichtet. War die reinste Märchenstunde.«

»Was? Was hat er Ihnen gebeichtet?«

»Steht unser Deal? Ist das Klartext genug für Sie?«

»Kommt darauf an, was Sie noch in petto haben …«

Wieder beugte er sich nach vorne, aber diesmal nur so weit, dass der Vollzugsbeamte im Hintergrund sich nicht einzumischen brauchte, obwohl er misstrauisch über den Rand seiner Zeitung lugte.

»Ganz im Ernst, ich will hier nicht versauern. Wenn Sie mehr wissen wollen, dann brauch ich was Schriftliches. Sie können mir viel versprechen, wenn der Tag lang ist. Und anschließend marschieren Sie hier raus, und ich hör nie wieder was von Ihnen. Ich trau keinem Bullen, und wenn er auch noch so schnuckelig aussieht wie Sie.«

»Haben Sie eine Wahl? Ich halte mein Versprechen. Wenn Sie Ihres halten.«

Harriet wich seinem Silberblick nicht aus, bis Inkasso-Willy klein beigab und die Tischplatte fixierte, während er weitersprach.

»Er hat mir den gleichen Sermon erzählt, den sie hier alle absondern. Von wegen dass sie vollkommen unschuldig einsitzen. Von wegen Justizirrtum und dergleichen. Immer dieselbe Leier. Das behauptet jeder. Aber wissen Sie was? Ihm hab ich's abgekauft.«

»Warum?«

»Weil der Typ kurze Zeit später die Hufe hochgerissen hat.«

»Er hat was?«

»Na, er ist einfach abgekratzt. Von jetzt auf gleich. Wollte vorher aber noch alles loswerden. Und weil es niemand anderen gab, war ich sein Beichtvater.«

Er grinste wieder. Endlich hatte er einen Trumpf in seiner Hand, mit dem er gar nicht mehr gerechnet hatte. Und jetzt wagte er es, ihn auszuspielen.

»Er wusste, dass er nicht mehr lange zu leben hatte. Krebs. Hat sein letztes erbärmliches Lebensjahr im Knast verbracht, weil er es für seine Frau verkauft hat. Damit sie eine sorgenfreie Zukunft hat. Weil ihm klar war, dass er es sowieso nicht mehr lange machen würde. Da hat er lieber alles versilbert, indem er für einen anderen in den Knast gewandert ist. Jedenfalls hat er das behauptet. Ob's stimmt, weiß ich nicht. So, jetzt haben Sie die ganze Story.«

»Hat er gesagt, für wen er den Kopf hingehalten hat?«

»Nee. Irgend so ein hohes Tier jedenfalls. Den Namen wollte er mir nicht sagen. Ich würde ihn sowieso nicht kennen, behauptete er. Hat angeblich eine halbe Million Euro gezahlt. Dafür, dass Ingo für ihn in den Knast gegangen ist. Stellen Sie sich vor: eine halbe Million! Ich sag ja: der verrückte Ingo und seine Märchenstunde!«

Er tippte sich mit dem Zeigefinger an die Stirn.

»Vollkommen plemplem, der Mann. Wer zahlt so einem schon eine halbe Million? Aber ich hab so getan, als ob ich's glaube. Friede seiner Asche.«

Jetzt bekreuzigte Inkasso-Willy sich tatsächlich auch noch.

»Wissen Sie, was aus seiner Frau geworden ist?«, fragte Harriet.

»Sie hat ihm jede Woche einen Brief geschrieben. Und Ansichtskarten. Die hat er sich auch an die Wand gepinnt. An seinen Altar.«

»Was heißt das? Ich denke, sie hat ihn bis zuletzt besucht?«

»Was glauben Sie denn? Sitzen gelassen hat sie ihn natürlich. Nach einem halben Jahr. Hat angeblich die Fliege gemacht. Ist auf und davon. Ob mit der Kohle oder ohne, das wissen die Götter. Das war ja der Grund für sein Rumgeheule. Aber Ingo wollte es schließlich so. Hat er jedenfalls behauptet. Weil das die Bedingung dafür war, dass die Kohle floss. Dass Lizzy sich damit absetzt. Und aus Deutschland verschwindet.«

»Woher kamen die Briefe? Und die Ansichtskarten?«

»Aus Australien. Sidney, soweit ich weiß.«

Harriet hatte genug gehört. Sie stand auf und streckte die Hand aus.

»Danke, Herr Völkers. Sie haben mir sehr geholfen.«

Er stand ebenfalls auf und drückte ihr die Hand beinahe so fest er konnte. Aber nur beinahe. Und das wollte etwas heißen – lautete sein zweiter Spitzname doch »Schraubstock-Willy«.

Aber Harriet verzog keine Miene.

Das beeindruckte Schraubstock-Willy mehr als alles andere.

»War das jetzt subdingsbums genug? Sie wissen schon …«, erkundigte er sich.

»Keine Sorge. Sie kriegen Ihre Hafterleichterung.«

Harriet nickte dem Vollzugsbeamten auffordernd zu, der sich schwerfällig erhob und wie in Zeitlupe die Tür zum Zellentrakt öffnete.

Inkasso- alias Schraubstock-Willy schüttelte den Kopf und humpelte darauf zu.

»Dass ich das auf meine alten Tage noch erleben darf – ein Bulle tut mir einen Gefallen …«

Er drehte sich noch einmal zu Harriet um.

»… und dazu noch ein gutaussehender …«

Aber das hörte Harriet schon nicht mehr, weil sie inzwischen bereits zum Ausgang unterwegs war.

Also sagte Wilhelm Völkers es noch einmal zum Vollzugsbeamten, der ihn durch die offene Tür zurück in den Zellentrakt führte und sich taub stellte.

Das konnte er gut.

War berufsbedingt.

50

Von Bruchsal aus raste Harriet im Dienstwagen über die A 8 und die B 463 in Rekordzeit wieder zurück nach Friedrichshafen. Zweihundertachtzig Kilometer bei dichtem Verkehr in knapp drei Stunden. Unterwegs rief Binder an. Er und Götze hatten wichtige Neuigkeiten, die sie sich anhören musste.

Harriet betrat nur ungern das Großraumbüro im Polizeipräsidium, wollte sie doch Kriminaldirektor Cornelius nicht unbedingt über den Weg laufen. Nicht in dieser heißen Phase, weil sie keine Zeit damit verschwenden durfte, lang und umständlich erklären zu müssen, was sie gerade am Laufen hatte und warum. Aber auch diesmal hatte sie Glück. Cornelius hatte zehn Minuten zuvor das Haus verlassen, wie ihr Frau Gallmann mitteilte, die stets ein Gefühl dafür hatte, was in Harriet vorging. Sie war es auch, die Harriet mit Gebäck und Heißgetränken versorgte, weil sie so blass aussah, wie sie anmerkte. Frau Gallmann war die Einzige, die so mit Kommissarin Holtby reden durfte, alle anderen hätte Harriet mit gleichgültiger Missachtung bestraft, wenn sie ihr so gluckenhaft gekommen wären.

Binder und Götze erwarteten sie schon. Diesmal war Götze ganz in Schwarz gekleidet, schwarzes Hemd, schwarze Jeans, schwarze Sneakers, dazu ein schwarzer Bartschatten. Seine bunte und anschließende Schwarz-Weiß-Phase hatte er offenbar hinter sich gelassen und durch ein existenzialistisches Outfit ersetzt, was ihm bei seinen vielen Außendiensteinsätzen eine gewisse Seriosität verlieh, wie er sich einbildete. Schließlich war ihm wie immer die undankbare Rolle desjenigen zugefallen, der Klinken putzte und die Laufarbeit machte. Binder war kaum zu sehen vor lauter Aktenbergen, die vor ihm auf seinem Schreibtisch aufgetürmt waren.

»Habt ihr was gefunden?«, fragte Harriet ohne große Einleitung, und Götze nickte.

»Allerdings. Nichts Neues von möglichen Zeugen auf der Fähre oder im Casino. Aber ich war mehr in Sachen Gregor Lombardi unterwegs. Er hat tatsächlich keine Verwandten, Eltern und Schwiegereltern sind tot, keine Geschwister, auch die Frau hatte keine bekannten Angehörigen. Es gibt keine natürliche Person, die er mit Geld oder sonstigen Vermögenswerten bedacht hat. Aber dann war ich auf dem Friedhof, wo das Familiengrab der Lombardis ist. Das Grab, in dem seine Frau und seine zwei Kinder liegen, ist tipptopp in Schuss. Eine Gärtnerei sorgt dafür, dass immer frischer Blumenschmuck da ist. Die Graberde sieht aus, als wäre sie mit der Haarbürste gerecht. Und: Sein Name ist ebenfalls mit Geburts- und Todestag auf dem Grabstein verewigt. Obwohl er ja gar nicht drinliegt. Aber es steht nicht ›gest. am‹ drauf, sondern ›vermisst seit‹.«

»Das hört sich ja alles sehr interessant an, aber könnten wir vielleicht auf den Punkt kommen?«, fragte Harriet angesichts der Zeit, die ihr davonzulaufen drohte.

»Bin gerade dabei«, verteidigte sich Götze. »Ich hab mich dann bei der Gärtnerei und beim Steinmetz erkundigt, wer die Rechnungen bezahlt. Eine Stiftung in Luxemburg, sagte man mir. Und wie heißt die Stiftung?«

»Lasst mich raten«, sagte Harriet. »Sagittarius?«

»You name it!«, gab ihr Götze recht, der in Anglizismen und Abkürzungen vernarrt war, weil das nach seiner Ansicht megaprofessionell klang, und zeigte mit dem Finger auf sie wie ein US-Politiker bei einer Wahlkampfrede.

»Womit ich ins Spiel komme«, übernahm Binder.

Er war wie immer korrekt gekleidet mit einem Anzug von der Stange. Aber dass er sich wirklich knietief in die Materie eingearbeitet hatte, die er durchackern sollte, zeigte sich daran, dass er seine Krawatte erheblich gelockert hatte, was sonst nur bei der Weihnachtsfeier vorkam, und das auch nur, wenn der Chef schon gegangen war.

»Es gibt nicht nur eine, sondern mehrere Stiftungen in der

Schweiz und in Liechtenstein. Heißen nach den Vornamen seiner Frau und seiner Töchter. Offensichtlich hat Gregor Lombardi all sein Geld dorthin übertragen. Über die Treuhänder gibt es natürlich keine Auskünfte, ebenso wenig über die Einlagen, aber das nur am Rande. Wie ihr wisst, bin ich seit einiger Zeit mit der Durchsicht der Geschäftsunterlagen der Anwaltskanzlei Döllinger beschäftigt. Eine Heidenarbeit! Der Mann war bienenfleißig und hat es verstanden, die enormen Geldflüsse, mit denen er zu tun hatte – er hat auch für vermögende Mandanten Geld verwaltet und angelegt –, so oft hin- und herzutransferieren, dass man das mit Fug und Recht verschleiern nennen könnte. Oder Geldwäsche. Ich bin noch lange nicht ganz durch und auch nicht aus allem wirklich schlau geworden. Das Geflecht aus Firmen, Fonds, Gesellschaften und Bankkonten wäre etwas für die Finanzexperten von der Steuerfahndung …«

Er holte kurz Luft.

Harriet nutzte die Pause und fragte:»Aber …?«

»Aber ich bin dann doch noch auf etwas gestoßen, das für euch ziemlich interessant sein dürfte.«

»Und das wäre?«

»Um es kurz zu machen: Döllinger hat von Franz von Waldegg eine halbe Million – getarnt als Provision für seine Verteidigung – auf ein Konto umgeleitet, in mehreren Tranchen übrigens, das einer Frau Stockinger gehört.«

»Stockinger? Wer soll das sein?«

»Genau das wollte ich auch wissen.«

»Ich nehme an, Sie haben es herausbekommen?«

»Allerdings«, sagte Binder nicht ohne Stolz.»Frau Elisabeth Stockinger. Sie war mit einem gewissen Ingolf Seibold verheiratet. Und jetzt dürft ihr raten, wo sie kurz vor dem Tod ihres Mannes hingezogen ist …«

»Nach Sidney, Australien«, antwortete Harriet wie aus der Pistole geschossen.

Binder warf in gespielter Verwunderung die Arme in die Höhe und blickte Götze an.»Ich weiß nicht, was wir noch machen sollen, immer klaut sie uns die Pointe!«

»Superarbeit, Leute!«, lobte Harriet und meinte es ehrlich. Sie war schon wieder auf dem Sprung.

»Wirklich! Bleibt weiter dran, ich melde mich.«

Im Gehen nahm sie eine Handvoll Gebäck mit und sah zu, dass sie zurück zum Dienstwagen kam.

Madlener wartete sicher schon voller Ungeduld auf sie, und es war noch ein gutes Stück über mutmaßlich verstopfte Bundes- und Landstraßen zu fahren.

Bei Landregen, wie sie zu ihrem Leidwesen feststellte, als sie aus dem Hinterausgang zum Parkplatz trat.

51

Avanti o popolo, alla riscossa,
Bandiera rossa, bandiera rossa.
Avanti o popolo, alla riscossa,
Bandiera rossa trionferà.

Carlo Tuzzi, »Bandiera rossa«

Madlener warf einen Blick aus dem Fenster seines provisorischen Büros im Polizeirevier von Hohenschwarzbach. Von dort aus konnte er die ganze Hauptstraße überblicken.

Er wartete auf Harriet.

Sie war unterwegs, hatte ihn bereits telefonisch über ihre neuen Erkenntnisse informiert und ihr baldiges Eintreffen angekündigt.

Er nippte an seinem kalten Kaffee und dachte über das nach, was Harriet, Binder und Götze alles herausbekommen hatten.

Das war wohl der endgültige Durchbruch in den Ermittlungen über das Motiv und das Vorgehen des Entführers.

Aber Gregor Lombardi galt offiziell als tot.

Ein Toter, der wahrscheinlich mit unbegrenzten Geldmitteln aus diversen Stiftungen einen einsamen Rachefeldzug ausführte?

Wenn man alle Möglichkeiten, die keinen Sinn ergaben und nicht plausibel waren, ausschloss, blieb am Ende nur diese eine übrig.

Lombardi hatte seinen Tod nur vorgetäuscht.

Es gab keine andere logische Erklärung.

Sie hatten zwar für die Identität von Sagittarius immer noch keinen eindeutigen Beweis, doch das, was Harriet eruiert hatte, warf gleichzeitig ein ganz neues Licht auf die Machenschaften von Döllinger und vor allem von Franz von Waldegg.

Darüber würde mit dem Grafen ein ernstes Wort zu reden sein.

Mit ihm hatte er wirklich ein Hühnchen zu rupfen, salopp gesagt.

Ein gehöriges sogar.

Doch das musste auf später verschoben werden.

Was der Graf – aus naheliegenden Gründen – alles verheimlicht hatte, ging auf keine Kuhhaut, wie Madleners Vater gesagt hätte, der zu jeder passenden und unpassenden Gelegenheit einen alten Spruch auf Lager gehabt hatte.

Die Familie von Waldegg-Haunstetten und an ihrer Spitze Franz von Waldegg hatte mehr dunkle Geheimnisse als das spanische Königshaus und Juan Carlos I. Und der hatte schon jede Menge Dreck am Stecken, angefangen vom bis heute unter den Teppich der Staatsräson von Francos Gnaden gekehrten mysteriösen Tod seines Bruders durch einen Gewehrschuss in Jugendzeiten über die unrühmliche Elefantenjagd in Afrika samt gebrochener Hüfte bis zum heimlichen Verhältnis mit einer deutschen Geliebten namens Sayn-Wittgenstein, die ihren wohlklingenden Adelstitel einer Kurzzeitehe zu verdanken, also angeheiratet hatte.

Madleners Vorurteile gegen die immer noch grassierende Selbstherrlichkeit bestimmter Teile der Adelskaste, die glaubten, das Geburtsrecht zu haben, über dem Gesetz zu stehen, waren durch diesen Fall eher noch bestärkt worden.

Er merkte, dass er wieder anfing, an seine besondere Liste zu denken, ein Ranking nach Bösartigkeit und Hasswürdigkeit. Normalerweise vermied er es, sich damit geistig zu beschäftigen, weil er dadurch nur schlechte Laune bekam.

Angeführt wurde sie von den Internet-Big-Five Apple, Google, Microsoft, Amazon und Facebook. Gleichauf kamen Großkapital, Banken, Immobilienhaie, Klerus, Autokraten, Rechtspopulisten, Geschichtsleugner und Fake-News-Prediger. Momentan hatten sich gewisse Adelskreise ganz nach vorne geschoben.

Die Liste wurde immer länger.

Gegen diese Mächte fühlte er sich manchmal regelrecht hilflos.

Was ihn wütend machte.

Richtig wütend.

Harriet hatte auch diese undefinierbare Wut in sich, das wusste er, weil er es immer wieder spüren konnte.

Woher sie kam, wusste er nicht.

Aber er hatte von Anfang an gespürt, dass irgendetwas in ihr gärte, dass irgendetwas in ihr nicht richtig verarbeitet worden war. Oder immer noch verdrängt wurde.

Etwas Schwerwiegendes.

Wenn sie es ihm eines schönen Tages beichten wollte, um die unsichtbare Last auf ihrer Seele loszuwerden, würde er ihr gut zuhören und ihr mit Rat und Tat zur Seite stehen, wenn sie es denn wollte.

Aber es musste von ihr ausgehen, er durfte sie nicht drängen.

Vielleicht war dieser Zorn sogar der tiefere und unausgesprochene Grund, warum sie beide sich so gut verstanden, obwohl sie das nie thematisiert hatten.

Bei ihm war das die irrationale Wut auf die Ungerechtigkeit in der Welt, der, egal was man tat, nicht beizukommen war.

Bei Harriet lag das wohl genauso.

Aber es kam noch etwas Persönliches hinzu, das an ihr nagte.

Da war irgendetwas in ihrer Vergangenheit.

Davon war er überzeugt.

Er musste sich mit aller Gewalt zusammenreißen, um sich wieder auf das zu konzentrieren, was er ausrichten konnte und weshalb er angetreten war.

Das zu tun, was in seinen Kräften stand.

Konnte er die Welt wenigstens einen Tick besser machen?

Wann hatte er zuletzt daran geglaubt?

Er konnte sich nur noch dunkel daran erinnern.

Es musste eine frühe und naive Ära gewesen sein, wahrscheinlich zu der Zeit, als er Georg Büchner verehrt hatte – »Friede den Hütten! Krieg den Palästen!« – und auf Demos gegen die Nachrüstung und gegen Atomkraftwerke, zu denen ihn sein großer Bruder immer mitschleppte, »Bandiera rossa« gesungen hatte. Ein Arbeiterlied der italienischen Sozialisten, dessen Text er heute noch auswendig kannte und das sie beim Bemalen der Transparente am Vorabend mit Gleichgesinnten einstudiert hatten.

War lange her.

Es gab Augenblicke, da hätte er über seine Sturm-und-Drang-Phase milde gelächelt.

Über sich selbst, seinen revolutionären Eifer und seinen grenzenlosen jugendlichen Glauben an eine Verbesserung der Welt.

Nach Lächeln war ihm jetzt nicht zumute.

Und wenn er die Welt schon nicht besser machen konnte, dann wenigstens sicherer?

In diesem Moment zweifelte er sogar daran.

Obwohl das der eigentliche Grund war, warum er vor langer Zeit beschlossen hatte, ein Bulle zu werden.

52

Er warf einen Blick auf seine Uhr. Zehn Minuten vor sieben. Allmählich rückte die Deadline näher.

Zweiundzwanzig Uhr, hatte Sagittarius gesagt. Und dass er vierzig Minuten vorher anrufen würde, also kurz nach einundzwanzig Uhr.

Alles war vorbereitet, so gut es eben ging.

Die Überweisung der zwei Millionen an Hit & Run – Hilfe für Opfer von Fahrerflucht war erfolgt.

Zwei Millionen in Cash waren in eine übergroße schwarze Reisetasche gepackt, die vor ihm auf dem Schreibtisch abgestellt war.

Elena Kanauskas hatte noch versucht, Madlener zu überreden, doch einen GPS-Tracker im Boden der Tasche installieren zu dürfen.

Aber er hatte abgelehnt. So viel technisches Know-how hatte er, dass er wusste: Es gab Ortungsgeräte dafür, die so ein Gerät sofort anzeigen würden.

Anschließend hatte Madlener eine generelle Mobilmachung sämtlicher Polizeikräfte im Umkreis von fünfzig Kilometern angeordnet. Er wollte so viele Zweierteams wie möglich in Bereitschaft haben, in unauffälligen Zivilwagen und jederzeit in der Lage, bei seinem Einsatzbefehl loszuschlagen. Weil sie nicht wussten, wo Sagittarius die Lösegeldübergabe geplant hatte, zeichnete er auf die Landkarte aus der Gegend, die einen sehr großen Maßstab hatte, bei der Einsatzbesprechung einen Kreis mit einem Fünfzig-Kilometer-Radius um Hohenschwarzbach. Madlener schloss aus der Ansage von Sagittarius, er würde vierzig Minuten vorher anrufen, dass sich die Übergabe innerhalb dieses Kreises abspielen musste, weiter konnte man in dieser Zeit kaum kommen.

Das alles erforderte eine Menge organisatorischer Arbeit,

aber in der Beziehung musste Madlener sich auf Fraidling verlassen.

Eine SEK-Einheit war für alle Fälle ebenfalls in Alarmbereitschaft.

Ein Hubschrauber mit Wärmebildkamera wurde startklar gemacht.

Die Techniker vom LKA warteten nur noch auf den Anruf.

Sie waren im Besprechungsraum und hatten das Festnetztelefon der Waldeggs so umgeleitet, dass es bei Madlener auf dem Smartphone klingeln würde.

Ebenso waren sie mit der Nummer des Smartphones von Charlotte von Waldegg verfahren, weil man nicht wusste, wo Sagittarius anrufen würde.

Ein Auto stand bereit, der schwarze Audi Q5 von Charlotte von Waldegg.

Madlener hatte eine letzte Ansprache an alle Beteiligten gehalten, in der er in aller Deutlichkeit noch einmal darauf hingewiesen hatte, auf was es ihm ankam: Sie wollten Sagittarius nach der Geldübergabe mit hohem Personalaufwand und allen technischen Mitteln, die ihnen zur Verfügung standen, verfolgen, ob er den Standpunkt der Geiseln nun verriet oder nicht. Sie mussten unter allen Umständen an ihm dranbleiben. Madlener untersagte strengstens sämtliche Versuche, zu improvisieren und auf eigene Faust zu handeln.

Er allein würde mit dem Anrufer reden und strikt befolgen, was ihm aufgetragen wurde – solange es sinnvoll war und nicht kontraproduktiv.

Und er allein würde im allergrößten Notfall den Befehl erteilen, Sagittarius auf der Stelle, falls möglich, festzunehmen.

Wenn Madlener in die entschlossenen und ernsten Gesichter der an der Schlussbesprechung Beteiligten schaute, war er fest davon überzeugt, dass sie alle ihr Bestes gaben.

Auch Fraidling hatte seinen Job gut gemacht. Wenn man ihm klipp und klar ansagte, was er tun sollte, war er ein Meister im

Organisieren. Außerdem kannte er jeden Polizisten landauf und landab persönlich, das war ein nicht zu unterschätzender Vorteil. Er hatte es auf Madleners Bitte hin sogar übernommen, mit dem LKA in Stuttgart zu sprechen. Weil Madlener keine Zeit dafür verschwenden wollte. Das stimmte zwar, war aber nicht die ganze Wahrheit. Wenn es irgendwie zu vermeiden war, wollte er nichts mit denen da oben zu tun haben und schon gar nicht den Eindruck erwecken, er würde sich rückversichern wollen für den Fall, dass etwas schiefging. Er musste so oder so den Kopf hinhalten, also sollten sie ihn gefälligst in Ruhe seine Arbeit machen lassen.

Nur mit einem grundsätzlichen Problem strapazierte Fraidling Madleners Nerven. Zum wiederholten Mal wollte er wissen, wie es Madlener gelingen würde, Sagittarius davon zu überzeugen, dass Charlotte von Waldegg nicht als Geldbotin zur Verfügung stand und dass dies einem Zusammenbruch ihrerseits zuzuschreiben war und keinesfalls einem Versuch, Sagittarius zu täuschen und über den Tisch zu ziehen.

Madlener versicherte ihm genauso oft, dass er das schon irgendwie hinkriegen werde.

Anschließend bat er darum, für eine Stunde in Ruhe gelassen zu werden, weil er noch einmal alles gründlich durchdenken und sich konzentrieren wollte.

Aber in Wirklichkeit kam es ihm darauf an, mit Harriet noch einiges besprechen zu können, von dem die anderen zunächst nichts erfahren sollten.

Endlich sah Madlener den Dienstwagen mit seiner Kollegin auf der Hauptstraße herankommen. Erleichtert atmete er auf und wählte ihre Nummer.

Sie meldete sich sofort: »Ja?«

»Fahr schon auf den Parkplatz im Hinterhof. Dort ist eine Garage für Mannschaftswagen. Sie ist bis auf einen schwarzen Audi leer. Park neben ihm ein. Ich warte dort auf dich.«

»Verstanden.«

Er trank den letzten Rest seines Kaffees aus, griff sich eine bereitgestellte Papiertüte und eilte durch den Hinterausgang auf den rückseitig gelegenen Parkplatz des Polizeireviers.

53

Harriet befolgte die Anweisungen und lenkte den Dienstwagen direkt in die geräumige Garage, hielt neben dem schwarzen Audi und machte den Motor aus.

Madlener war schon da und ließ das Rolltor zur Garage herunterfahren.

Als Harriet ausstieg, wurde sie von ihm in Empfang genommen, indem er die Fahrertür des Q5 für sie aufhielt.

»Steig ein«, sagte er, ging um den SUV herum und setzte sich neben sie auf den Beifahrersitz.

»Hungrig?«, fragte er, wartete keine Antwort ab und reichte ihr ein dick belegtes Sandwich in Butterbrotpapier und eine Zero-Cola aus der großen Papiertüte, die er mitgebracht hatte. »Iss erst mal, ich sage dir jetzt, was wir vorhaben.«

Harriet griff wortlos zu, begutachtete kurz den Sandwichbelag, so wie sie es immer machte, und fragte: »Ich kann auch Nein sagen, oder?«

Als sie Madleners irritierten Blick sah, sagte sie nur: »Scherz. Erklär mir, was ich tun soll.«

Erst dann biss sie zu und nahm einen Schluck von der Cola.

»Natürlich kannst du auch Nein sagen«, meinte Madlener. »Aber zuerst erläutere ich dir meinen Plan. Wie ich dir am Telefon bereits mitgeteilt habe, ist Charlotte von Waldegg aus dem Spiel. Sie liegt noch im Krankenhaus und ist nicht in der Verfassung, den Part zu übernehmen, den Sagittarius ihr zugedacht hat.«

Er hatte die Tüte auf dem Schoß und zog ein haariges Etwas heraus, das er vor Harriets Gesicht hielt.

»Das ist die beste Perücke, die Fraidling in Hohenschwarzbach auftreiben konnte«, sagte er. »Sieht ungefähr in Farbe und Haarschnitt so aus wie die Frisur von Frau Waldegg. Du wirst sie für die Geldübergabe vertreten. Traust du dir das zu?«

Harriet zögerte nur einen Augenblick, dann schluckte sie den letzten Bissen ihres Sandwichs hinunter, reichte ihm die Colaflasche und setzte sich die Perücke auf, indem sie dabei im Rückspiegel Maß nahm.

Madlener hatte das Innenlicht angelassen und wartete, bis sie das Haarteil zurechtgerückt hatte, bevor er seinen Kommentar dazu abgab.

»Nicht gerade ein Klon von Frau Waldegg, aber bei Dunkelheit und von Weitem müsste es durchgehen. Sagittarius kennt sie wahrscheinlich nur von Fotos, und Größe und Statur kommen ungefähr hin.«

Während Harriet sich noch mit ein wenig Skepsis im Rückspiegel beäugte, fuhr Madlener fort: »Keine Sorge, ich bin die ganze Zeit über mit von der Partie.«

»Wie das?«, fragte sie. »Kannst du dich jetzt schon in Luft auflösen?«

»So gut wie«, antwortete er, stieg aus, öffnete von außen die Fahrertür, in deren Türgriff der Knopf für die Heckklappe war, und betätigte ihn. Die Klappe des SUV fuhr hoch, und er kletterte in den geräumigen Kofferraum, drückte auf den Knopf, der die Klappe wieder schloss, und als Harriet sich nach hinten umdrehte, sah sie, dass ein Teil der Rückbank umgeklappt worden war. Der Durchgang zum Kofferraum war gerade groß genug, dass Madlener in den Fahrgastraum hindurchschlüpfen konnte. Was er sogleich in die Tat umsetzte, wenn es auch nicht gerade elegant aussah. Mühsam zwängte er sich durch und setzte sich auf die Rückbank hinter sie.

»Voilà! Fast so schnell wie der Flaschengeist aus ›Tausendundeiner Nacht‹«, sagte er ächzend und ärgerte sich, dass er nicht schon längst seine zehn Pfund Übergewicht abgenommen hatte. »Wenn's brenzlig wird, rufst du mich, und ich stehe auf der Matte.«

Sie erwiderte im Rückspiegel seinen Blick und zog skeptisch eine Augenbraue nach oben.

»Ein Schlangenmensch wird auch nicht mehr aus dir«, kommentierte sie seine umständliche Turnübung trocken. »Vom

Flaschengeist ganz zu schweigen. Wieso versteckst du dich nicht einfach im rückwärtigen Fußraum?«

»Wenn Sagittarius uns irgendwie überwacht oder überwachen lässt, was wir nicht wissen, will ich nicht gleich auffliegen, verstehst du?«, antwortete er.

Jemand trat aus dem Schatten, in dem er bisher gewartet hatte.

»Wenn ihr das hier vermasselt, könnt ihr immer noch als Max Copperfield und seine zauberhafte Assistentin Harriet im Zirkus auftreten«, spottete Elena Kanauskas, die an der Fahrertür auftauchte und Madleners ungelenkes Manöver beobachtet hatte.

Sie hatte sich die ganze Zeit im Hintergrund gehalten, weil Madlener sie darum gebeten hatte. Aber sie war eingeweiht und reichte Madlener und Harriet nun jeweils ein radiergummigroßes Teil.

»Das sind die leistungsstärksten und kleinsten GPS-Tracker, die es derzeit auf dem Markt gibt. Bestens geeignet, um verschwundene Kleinkinder und Haustiere wieder aufzufinden, also passt das auch für euch. Die steckt ihr gut ein. Am besten in eure Schutzwesten.«

Madlener wollte schon ablehnen, aber Elena Kanauskas blieb eisern.

»Keine Widerrede! Ohne die Dinger lasse ich euch nicht auf diesen Sagittarius los. Sie haben eine SOS-Taste und sind auf den Meter genau zu orten. Ich kann auf keinen Fall riskieren, dass ihr mir verloren geht.«

»Was mache ich, wenn ich den Wagen wechseln muss?«, fragte Harriet.

»Für so einen Fall wirst du zusätzlich verkabelt«, erwiderte Elena. »Du auch, Max. Damit ihr jederzeit in Kontakt bleibt. Und wir mit euch.«

Sie winkte den beiden.

»So, und jetzt kommt ihr mit mir. Wir gehen shoppen.«

Harriet stieg aus und nahm die Perücke ab.

Elena zog Harriet am Arm mit sich.

Madlener folgte ihnen.

»Ich hab ein Paar todschicke schusssichere Westen für euch, das Neueste vom Neuesten, tragen kaum auf und wiegen nicht mal so viel wie eine Lederjacke«, sagte sie. Die nächsten Sätze flüsterte sie, damit Madlener sie nicht hören konnte.

»Und dann habe ich noch ein nettes, kleines Schmuckstück extra für dich. Einen Spezialring. Aber das muss unter uns bleiben ...«

Harriet warf Madlener einen skeptischen Blick zu.

Aber der zuckte nur mit den Achseln.

Gegen Elena Kanauskas und ihre rustikale Art war nun mal kein Kraut gewachsen.

54

Es regnete in Strömen, die Nacht war dadurch noch undurch-
dringlicher geworden.

Nur die Strahlenkegel der Straßenlaternen an der Auffahrt
zum St.-Elisabethen-Klinikum in Ravensburg bildeten schmut-
zig-gelbe Lichtinseln.

Im Schatten eines Nebeneingangs versteckte sich ein Mann in
der Einsatzkleidung eines Sanitäters und mit einem Notfallrucksack in der Hand.

Wind war aufgekommen, der den Regen schräg gegen die
Seite drückte, sodass die Beine des Mannes nass wurden, obwohl er sich so weit wie möglich unter das kurze Vordach
gestellt hatte.

Aber das machte ihm nichts aus, er wartete nur noch auf
den richtigen Moment, es konnte nicht mehr lange dauern.

An der Zufahrt zur Notaufnahme herrschte Hochbetrieb.
Mehrere Krankenwagen nacheinander kamen mit Blaulicht an,
Verletzte und Kranke wurden mit der fahrbaren Transportliege
aus den Wagen genommen und im Eiltempo von den Sanitätern
in den Eingang zur Notaufnahme geschoben.

Der Mann im Sanitäteroutfit sah seine Chance gekommen, als
alle in der Notaufnahme verschwunden waren.

Nur die drei Sankas mit blinkenden Lichtern und kräch-
zenden Funkgeräten standen in einer Reihe.

Die Überwachungskamera bereitete ihm keine Sorgen, er
hatte den Schirm seiner Basecap tief ins Gesicht gezogen und
hielt den Kopf nach unten, als er sich aus dem Schatten löste.

Er warf einen kurzen Blick in den ersten Wagen.

Der Zündschlüssel steckte.

In einer fließenden Bewegung kletterte der Mann auf den

Fahrersitz, warf seinen Notfallrucksack auf den Beifahrersitz, schloss die Tür, startete und fuhr los.

Niemand hielt ihn auf oder schrie ihm hinterher, denn es war keiner da, der ihm zugesehen hatte.

Die flackernden Blaulichter wurden ausgeschaltet, und der Sanka verschwand bei Dauerregen im Dunkel der Nacht.

55

Der Sanka fuhr durch den Regen eine einsame Landstraße entlang.

Der Mann am Steuer lenkte den Rettungswagen auf eine Parkbucht und hielt an. Er schaltete den Motor aus, stieg aus und nahm seinen Notfallrucksack, aus dem er Nummernschilder und einen Akkuschrauber herauszog.

Mit dem Schrauber löste er die Kennzeichen vom Wagen und warf sie ins Gebüsch. Dann brachte er seine mitgebrachten Nummernschilder an und stieg wieder in den Krankenwagen.

Dort fischte er ein Handy und einen kleinen Stimmenverzerrer aus dem Rucksack und konzentrierte sich.

56

Der sprichwörtliche Engel war nicht nur durchs Zimmer gegangen, er war hiergeblieben.

Seit gut fünfzehn Minuten saßen oder standen sie schweigend im Besprechungsraum und blickten alle paar Sekunden auf die große Uhr an der Wand neben dem Kruzifix, weil sie dachten, die Zeit sei stehen geblieben. Aber der Sekundenzeiger bewegte sich, wenn auch nur quälend langsam. Man glaubte, sein Ticken hören zu können, obwohl das nur Einbildung war. Madlener, Harriet, Elena Kanauskas, Fraidling und zwei Techniker an ihren Computerbildschirmen, alle warteten sie. Alles war x-mal durchgekaut worden, sodass es nichts mehr zu besprechen gab.

Das Smartphone von Madlener lag neben ihm auf dem Tisch. Er hatte die Füße auf der Kante des Schreibtischs und kippelte gedankenverloren mit seinem Stuhl.

Harriet wartete nur darauf, dass er ganz nach hinten kippte und Madlener mit ihm umfiel, weil er den Grenzbereich immer weiter austestete.

Fraidling putzte schon wieder ausgiebig seine Brille, und Elena Kanauskas spielte mit ihrer Packung Slim-Zigaretten, eine davon hatte sie zwischen ihre Lippen gesteckt, ohne sie anzuzünden.

Harriet begnügte sich mit Kaugummikauen gegen ihre erzwungene Untätigkeit und zupfte immer wieder an ihrer ungewohnten Perücke herum, die sie bereits aufgesetzt hatte. Das Ding war unbequem und juckte, aber das musste sie eben irgendwie aushalten.

Theoretisch waren sie und Madlener auf alles vorbereitet. Sie hatten Schutzwesten an, in denen der GPS-Tracker steckte, außerdem waren sie verkabelt. Jeder Seufzer und jede ihrer Bewegungen würde kontrolliert werden.

Also – was sollte da schon groß schiefgehen?

Wenn sie Madlener anschaute, wusste sie es.

Sie kannte ihn gut genug, um seinem Gesicht anzusehen, wie es in ihm arbeitete.

Sagittarius war unberechenbar. Er hatte Döllinger umgenietet, ganz einfach so mit einem Fingerschnippen, weil es in sein Rachekonzept passte. Wenn Madlener recht hatte mit seiner Vermutung, dass Sagittarius nichts zu verlieren hatte, dann war das, was ihnen jetzt bevorstand, eine hochgefährliche Angelegenheit. Sie …

Das Telefon von Madlener klingelte und unterbrach ihren Gedankengang.

Alle zuckten sie zusammen, obwohl sie nur darauf gewartet hatten. Madlener stand ruckartig auf und ließ es noch zweimal klingeln, bis ihm ein Techniker auffordernd zunickte, dann nahm er ab.

»Ja, Madlener hier?«, sagte er.

Das Handy war auf Lautsprecher geschaltet, sodass jeder mithören konnte.

»Es ist so weit, Kommissar«, kam die schon bekannte, elektronisch verfremdete Stimme aus der Leitung.

Harriet fand, dass sie durch die Verzerrung wirklich klang wie aus dem Totenreich.

Schnell verscheuchte sie den irrationalen Gedanken wieder und hörte konzentriert zu.

»Haben Sie das Geld?«, fragte Sagittarius.

»Steht bereit. Zwei Millionen in Scheinen. Die Überweisung an den von Ihnen genannten Verein ist getätigt worden.«

»Das habe ich bereits überprüft. Andernfalls hätten Sie nichts mehr von mir gehört.«

»Sie sehen, wir haben alle Ihre Forderungen erfüllt. Jetzt sind Sie an der Reihe, Sagittarius. Wie geht es Elise und Eduard?«

»Oh, bestens. Machen Sie sich da mal keine Gedanken. Übrigens, nur der Ordnung halber: Es ist vollkommen sinnlos, mich jetzt orten zu wollen. Weil ich natürlich ein Prepaid-Handy benutze, dessen SIM-Karte hinterher zerstört wird. Ja und dann muss ich noch eine Vorwarnung loswerden: Sollten Sie versuchen, im Laufe der nun folgenden Aktion meiner habhaft zu werden, wovon ich Ihnen dringend abraten würde, dann sehen die beiden ihre Eltern nie wieder, sondern werden eines langsamen und qualvollen Todes sterben. Weil ich in diesem Fall den Ort ihres gegenwärtigen Aufenthalts niemals preisgeben werde. Haben wir uns da verstanden, Kommissar?«

»Absolut.«

»Nun denn, kommen wir zur Sache. Ist Charlotte von Waldegg bereit?«

»Ja.«

»Gut. Ich werde Ihnen im Anschluss an unser kleines Gespräch die Koordinaten unseres Treffpunkts durchgeben. Es gibt da eine kleine Planänderung meinerseits. Ich habe mich entschieden, doch einen Ort auszuwählen, der weiter von Hohenschwarzbach entfernt ist, als ursprünglich vorgesehen. Ich sehe mich deshalb gezwungen, Charlotte von Waldegg mehr Zeit zu geben, damit sie rechtzeitig an ihren Zielort gelangen kann. Sagen wir neunzig Minuten. Das ist durchaus machbar, ich bin die Strecke selbst um diese nächtliche Zeit abgefahren.«

»Und wie soll die Geldübergabe im Austausch mit den Geiseln vonstattengehen?«

»Die Mutter wird ihr Handy dabeihaben, und ich gebe ihr dann rechtzeitig durch, was sie zu machen hat. Ach ja, ich wiederhole mich ungern, aber ihr Wagen wird selbstverständlich überwacht. Sie wissen nicht wie, Sie wissen nicht wo und Sie wissen nicht wann. Also – keine linken Touren, wenn Sie kein Fiasko erleben wollen. Das müssen Sie dann auf Ihre Kappe nehmen.«

Als Madlener darauf nicht antwortete, fragte Sagittarius nach: »Ich will hören, dass Sie das verstanden haben und auch befolgen, Kommissar. Geben Sie mir ein lautes und deutliches ›Ja‹!«

»Verstanden«, antwortete Madlener knapp.

»Nun denn. Schreiten wir zur Tat. Punkt Mitternacht wird Charlotte von Waldegg am vereinbarten Treffpunkt sein. Ich melde mich dann. Sie soll aussteigen und mit der Geldtasche auf mich zukommen.«

»Wie erkennt sie Sie?«

»Ich mache mich bemerkbar, keine Bange.«

Ein Klick – er hatte aufgelegt.

»Und die Koordinaten?«, fragte Elena Kanauskas in die Stille hinein.

»Die sind schon da«, meldete der Techniker und wies auf den Bildschirm.

47.651590, 9.484977, war dort zu lesen.

Absender: *Sagittarius.*

»Wo ist das?«, wollte Madlener wissen, während sich Harriet startklar machte.

Der Techniker hatte bereits Google Maps aufgerufen und vergrößert.

»Friedrichshafen, der Jachthafen am Zeppelinmuseum«, meldete er.

Madlener und Harriet stürmten schon aus dem Besprechungsraum.

57

Der Mann im Sanka ließ das Fenster herunterfahren, zog die
SIM-Karte aus dem Handy und warf beides in die Nacht hinaus.

Dann startete er den Wagen und verschwand in der Dunkelheit.

58

Harriet fuhr im Grenzbereich dessen, was das immer noch regnerische Wetter, die Dunkelheit und die Verkehrsverhältnisse ermöglichten, und Madlener war froh, dass er das nicht mitansehen musste.

Aber er war gezwungen, den Grenzbereich mit seinen Knochen zu spüren, wenn er in engen Kurven hin- und hergeschleudert wurde.

Er hatte es sich im Kofferraum des Audi so komfortabel wie möglich eingerichtet, wenn man das überhaupt komfortabel nennen durfte, weil er mit seiner Größe doch nur mit angewinkelten Beinen hineinpasste, was auf Dauer nicht gerade sehr bequem war.

Aber er fing nicht an, an Harriets Fahrweise herumzunörgeln. Dazu war die Zeitspanne bis zum Treffpunkt zu knapp, außerdem hatte er sich seine Lage schließlich selbst eingebrockt, es war sein Plan, den sie ausführten.

»Schaffen wir das bis Mitternacht?«, fragte er und sah auf seine Armbanduhr, deren Leuchtziffern einigermaßen in der Dunkelheit des Kofferraums erkennbar waren.

»Ich gebe mein Bestes«, antwortete Harriet. »Wie geht's dir da hinten?«

»Könnte kaum besser sein«, flunkerte Madlener. »Aber wie hat Frau Gallmann neulich gesagt? Wat mutt, dat mutt.«

»Seit wann spricht Frau Gallmann Platt?«, wunderte sich Harriet.

»Vielleicht hat sie einen heimlichen Liebhaber in Ostfriesland«, witzelte Madlener, der alle Mühe hatte, sich im Kofferraum so zu positionieren, dass er nicht ständig irgendwo aneckte bei Harriets halsbrecherischer Fahrweise. Aber es war besser, sich mit Harriet zu unterhalten. Erstens lenkte ihn das von seiner unpraktischen Liegehaltung ab und zweitens von dem, was auf sie zukommen würde, das war ernst genug.

Harriet ging es wohl genauso.

Am besten ließ sich ihre Nervosität mit einem belanglosen Wortgeplänkel verdrängen.

»Habe ich dir schon gesagt, dass Frau Gallmann mich gelegentlich an Miss Moneypenny erinnert?«, sagte er. »Die Miss Moneypenny aus den alten Filmen.«

»Solange du dir nicht gleichzeitig einbildest, dass du 007 bist …«

»Allmählich komme ich mir so vor.«

»Okay, Frage: Wer war der beste James Bond?«

»Zuerst die Schlechtesten. George Lazenby und Timothy Dalton. Der Beste war eindeutig Sean Connery.«

»Ich wusste es.«

»Was?«

»Dass du das behaupten wirst.«

»Wieso?«

»Weil das deine Zeit gewesen ist. Das letzte Jahrtausend.«

»Was willst du damit andeuten? Dass ich meine besten Tage längst hinter mir habe?«

»Das hast du jetzt gesagt.«

»Nein: Sean Connery war schlicht und einfach der Beste. Frag nach bei Frau Gallmann alias Miss Moneypenny. Die muss es schließlich wissen.«

»Und was ist mit Daniel Craig? Kennst du den überhaupt?«

»Nicht persönlich. Aber zugegeben, der ist nicht schlecht. Wäre wohl für uns alle besser, wenn er jetzt statt meiner Wenigkeit hinter dir im Kofferraum auf der Lauer liegen würde …«

Während Madlener und Harriet sich wach und bei Laune hielten, indem sie sich gegenseitig aufzogen, schoss der Audi die B 31 entlang. Die Scheibenwischer hatten ordentlich zu tun, und Harriet, die sich ganz auf die nasse Fahrbahn und darauf konzentrierte, Madlener so gut es ging gedanklich abzulenken, unterlief etwas, das ihr ganz außerordentlich selten passierte: Sie übersah einen auf einem Rastplatz abgestellten Rettungswagen, der ohne Licht hinter ein paar Büschen parkte.

Als der Audi an der Parkbucht vorbeigerauscht war, machte der Sanka das normale Abblendlicht an und bog auf die Bundesstraße ein.

In weitem Abstand folgte er dem Audi.

59

»Was machen wir, wenn wir am Jachthafen ankommen?«, fragte Harriet nach einer Weile.

»Wo sind wir jetzt?«

»Auf der Höhe von Meersburg. Also, was machen wir?«

»Was wohl – du tust das, was Sagittarius dir sagt. Und ansonsten improvisieren wir.«

»Wenn das keine klare Ansage ist …«

»Da fällt mir ein: Ich bin noch gar nicht dazu gekommen, dir zu gratulieren.«

»Wozu?«

»Für das, was du herausbekommen hast. Über Ingolf Seibold und dessen Frau. Verdammt gute Arbeit, Kollegin.«

»Aber wie hilft uns das weiter? Wir haben immer noch keinen belastbaren Beweis, dass Lombardi hinter Sagittarius steckt.«

»Jedenfalls wissen wir dank deiner Recherche, dass Franz von Waldegg am Tod von drei Menschen schuld ist. Und damit ungeschoren davongekommen ist. Was heißt ungeschoren – er hat einen Freispruch erster Klasse bekommen.«

»Wie Phönix aus der Asche.«

»Weißt du, was mir das sagt?«

»Nein.«

»Mit Geld kann man sich wohl alles erkaufen. Sogar seine Unschuld.«

»Und seinen guten Ruf und seine Freiheit. Egal, was man verbrochen hat.«

»Aber du musst erst mal einen finden, der für dich in den Knast geht. Irgendwie musste Franz von Waldegg über Seibolds Krankheit Bescheid gewusst haben.«

»Das ist wohl damit zu erklären, dass Seibold am Gestüt seiner Frau angestellt war.«

»Du sagst es. Als er davon erfahren hat – wie auch immer

das passiert ist –, hat er seine Chance gesehen, sich aus dem ganzen Schlamassel mit dem verhängnisvollen Unfall elegant herauszuwinden. Quasi den Kopf aus der Schlinge zu ziehen. Und Rechtsanwalt Heribert Döllinger hat das alles für ihn gemanagt und bühnenreif in die Tat umgesetzt.«

»Gregor Lombardi hat also recht gehabt: Ingolf Seibold ist unschuldig, hat aber die Schuld auf sich genommen. Franz von Waldegg bleibt unbestraft, kann sein gewohntes Leben wieder aufnehmen und behält auch noch seine blütenweiße Weste.«

»Eine Weste, die in Wirklichkeit blutbesudelt war.«

»Aber das wusste nur Gregor Lombardi, und er konnte es nicht beweisen. Und geglaubt hat ihm auch niemand. Deshalb sind seine Wut und seine Rachsucht so grenzenlos, dass er beschließt, Franz von Waldegg nicht ungeschoren davonkommen zu lassen. Als Erster ist Döllinger an der Reihe, der das alles eingefädelt hat.«

»Das erscheint mir logisch. Aber das beweist immer noch nicht, dass Sagittarius Lombardi ist.«

»Nein. Wir können ihn ja fragen.«

»Ich lache später. Wenn das alles einigermaßen gut über die Bühne gegangen ist.«

»Ortsschild Friedrichshafen. Noch ein paar Minuten.«

»Mach langsam. Wir sind doch in der Zeit?«

»Ja. Sind wir. Ich fahre jetzt direkt in die Stadt, über die Zeppelinstraße.«

60

Die Ampel zeigte Rot.

Harriet hielt nicht an und fuhr mit unverminderter Geschwindigkeit über die Kreuzung.

Um diese Zeit war niemand mehr unterwegs.

Hinter dem Audi tauchten plötzlich blinkende Blaulichter auf.

Harriet fing an zu schimpfen, als sie einen kurzen Blick in den Rückspiegel warf.

»Das darf doch nicht wahr sein! Da kommen Blaulichter hinter mir«, sagte sie.

»Was?« Auch Madlener konnte es nicht fassen. »Was wollen die? Die müssen doch Bescheid wissen, was hier abgeht, verdammt noch mal!«

»Warte … nein, keiner von uns … ein Sanka«, sagte sie erleichtert. »Hat's wohl eilig. Überholt uns …«

Der Rettungswagen fuhr links am Audi vorbei und setzte sich vor den SUV.

Regenwasser klatschte gegen die Windschutzscheibe des Audi, die Scheibenwischer leisteten Schwerstarbeit.

Völlig unerwartet für Harriet leuchteten plötzlich die Bremslichter vor ihr hell auf.

Sie musste reagieren und bremste hart.

Hinten im Kofferraum rumpelte es, und Madlener fluchte.

»Sorry, aber der Sanka stellt sich quer, ich muss anhalten«, meldete sich Harriet und stoppte zehn Meter hinter dem Sanka.

»Sag mir, was passiert!«, kam Madleners Stimme dumpf hinter der Rückenlehne hervor.

»Ein Mann steigt aus«, sagte Harriet tonlos. »Er kommt auf mich zu …«

Sie betätigte den Scheibenwischer, um wieder klare Sicht nach vorn zu bekommen.

»Er hat etwas in der Hand … eine Pistole. Ich tippe auf eine Glock.«

Der Mann in Sanitäteruniform trat an die Fahrertür und klopfte unmissverständlich mit dem Lauf seiner Waffe ans Fenster.

»Es ist definitiv eine Glock«, sagte Harriet, ohne die Lippen zu bewegen.

»Harriet, tu, was er sagt«, flüsterte Madleners Stimme aus dem Kofferraum.

»Sofort aussteigen!«, rief der Sanitäter, riss die Fahrertür auf und fuchtelte mit seiner Glock.

Harriet ließ sich Zeit beim Öffnen des Sicherheitsgurts und stieg aus.

Im flackernden Blaulicht des Rettungswagens sah das bärtige Gesicht unter der tief heruntergezogenen Basecap, das abwechselnd rot und blau beleuchtet wurde, seltsam fahl und geisterhaft aus. Aber es war zweifellos ein Mann aus Fleisch und Blut und kein Zombie, keine Erscheinung aus dem Totenreich, dachte Harriet.

»Umdrehen, los!«, sagte er. »Hände über den Kopf, Handflächen nach vorn!«

Harriet sah die Wassertropfen, die ihm vom Schirm der Basecap herunterperlten, als sie seine Augen kurz anvisierte, bevor sie sich umdrehte und tat, was er befohlen hatte.

Er tastete Harriet mit der freien Hand ab, fand ihre Waffe und steckte sie ein. Dann fuhr er mit einem zigarettenschachtelgroßen Gerät ihren Körper ab, es piepste.

»Ausziehen, die Weste, los!«, forderte er Harriet auf, die Waffe dabei immer auf ihren Hinterkopf gerichtet.

Harriet schlüpfte aus dem von Charlotte von Waldegg ausgeliehenen Blazer und ließ ihn fallen. Dann öffnete sie den Klettverschluss ihrer Kevlarweste und passte auf, dass sie beim Ablegen der Weste nicht ihre Perücke mit abstreifte. Ihr war klar, dass sie Sagittarius gegenüberstand.

Er hatte sie vor dem verabredeten Treffpunkt abgefangen. Dorthin waren sämtliche zivile Einheiten unterwegs oder lagen schon auf der Lauer und hatten den Jachthafen bereits im Visier. Kein schlechter Schachzug, dachte sie, aber vorerst blieb ihr nichts anderes übrig, als seine Anweisungen zu befolgen und darauf zu warten, was passierte. Angst hatte sie keine, im Gegenteil, eine seltsame Ruhe und Klarheit hatte sie erfasst. Sie versuchte, alles in sich aufzunehmen, was der Täter sagte und tat, jede Kleinigkeit konnte wichtig sein.

Sie hoffte nur, dass kein anderes Auto vorbeikam. Es würde die Angelegenheit erheblich verkomplizieren, falls jemand anhalten sollte. Dann fehlte nicht viel, um die Situation schnell eskalieren und außer Kontrolle geraten zu lassen.

Doch Sagittarius machte auf sie keinen nervösen Eindruck. Er schien von seinem gewagten Vorhaben nicht überfordert zu sein und womöglich durchzudrehen. Er trat klar und bestimmt auf und hatte bisher ruhig Blut bewahrt. Dass er aber gegebenenfalls nicht zaudern würde, von der Waffe Gebrauch zu machen, davon war Harriet allerdings auch überzeugt.

Schließlich hielt sie die ausgezogene Weste in einer Hand.

»Weg damit!«, sagte Sagittarius.

Harriet ließ sie los.

»Bluse aufmachen!«, befahl er. »Zu mir umdrehen. Hände hinter dem Kopf verschränken!«

Harriet befolgte die Aufforderung und knöpfte ihre Bluse bis zum Bauchnabel auf, bevor sie die Hände hochnahm.

Sagittarius hielt ihr die Mündung seiner Waffe an die Stirn und tastete sie vom Hals an abwärts ab. Er fand das verkabelte Mikro, das mit Heftpflastern auf die Haut geklebt war, zog es mit einem Ruck ab und warf es weg.

»Sie können die Bluse wieder zumachen«, sagte er.

Als Harriet damit fertig war, ließ er in einer geschickten Bewegung eine Handschelle um ihr linkes Handgelenk schnappen.

»Ab in den Sanka, los!«, sagte er und drückte ihr seine Waffe auffordernd gegen die Seite.

Als sie an der Beifahrertür des Sanka zögerte, bekam sie wieder einen Stoß mit der Waffe in den Rücken.

»Jetzt die Tür auf«, sagte Sagittarius, »wir haben nicht die ganze Nacht Zeit!«

Sie stieg ein, und der Mann zeigte auf den Türgriff.

»Machen Sie sich mit der Handschelle da fest!«

Harriet ließ die freie Handschelle um den Türgriff einschnappen, was sie in die unangenehme Lage brachte, dass ihr linker Arm über die Brust ging und rechts befestigt war. Aber das hatte Sagittarius beabsichtigt, weil sie auf diese Weise in ihrer Beweglichkeit erheblich eingeschränkt war.

Er überprüfte, ob die Handschelle auch richtig eingerastet war, und fragte: »Das Lösegeld, wo ist es?«

»Im Audi. Auf dem Beifahrersitz«, antwortete Harriet.

Sagittarius schlug die Tür zu und wandte sich zum Audi um.

61

Im SUV zwängte sich Madlener inzwischen unter Aufbietung aller Kräfte und so schnell er konnte durch die Lücke in der Rückenlehne.

Er hatte alles mitgehört und wollte so schnell wie möglich eingreifen.

Gerade hatte er es geschafft und hob vorsichtig den Kopf, um zu sehen, was da beim Sanka los war. Gleichzeitig zog er seine Waffe aus dem Holster, die SIG Sauer.

Der Sanitäter kam mit seiner Glock in der Hand auf den Audi zugestiefelt.

Beide sahen sich im selben Augenblick.

Sagittarius stoppte abrupt ab.

Madlener öffnete die hintere linke Tür des SUV und ließ sich auf die Straße fallen.

Er hörte, wie gleichzeitig ein Schuss peitschte.

Die Kugel durchschlug die Frontscheibe des Audi.

Madlener erwiderte das Feuer nicht, duckte sich instinktiv hinter die offene Autotür und spähte dann vorsichtig um die Türkante.

Sagittarius sprintete zum Sanka zurück, hechtete auf den Fahrersitz und schlug die Tür zu.

Der Rettungswagen preschte davon, sodass Madlener, der sich mühsam hochstemmte, nur noch der Gischt vom Heck des Wagens hinterhersehen konnte, dessen Lichter hinter der nächsten Kurve verschwanden.

62

Vom Sturz auf die Straße war Madlener klatschnass und schmutzig, aber er beachtete es nicht. Alle seine Gedanken kreisten um Harriet, die Sagittarius auf Gedeih und Verderb ausgeliefert war.

Er rappelte sich hoch, steckte seine SIG Sauer ins Holster zurück, klemmte sich hinters Steuer, hatte direkt vor seinen Augen das Einschussloch in der Windschutzscheibe und nahm die Verfolgung des Rettungswagens auf, während er in sein Mikro sprach. Er war genauso verkabelt, wie es Harriet bis vor Kurzem gewesen war.

»Könnt ihr mich hören?«

Fraidling meldete sich mit einem knappen »Ja!« in Madleners Ohr.

Madlener beschrieb kurz, was passiert war, und gab das Kennzeichen des Sanka durch – aber mit der ausdrücklichen Warnung, bei einer Sichtung des Rettungswagens vorerst nicht einzugreifen.

Auf der Überführung, die über die Bahngleise zum Bahnhof ging, hielt er kurz mitten auf der Straße an und sprang aus dem Wagen, weil man von hier oben aus einen guten Überblick in Richtung Friedrichshafen-Ost hatte.

Es regnete immer noch in Strömen.

Madlener wischte sich das Wasser aus dem Gesicht und suchte alle Straßen ab, die in seinem Blickfeld waren.

Aber der Sanka war weit und breit nicht zu sehen.

Er spurtete zurück zum Wagen und setzte sich wieder hinter das Steuer.

»Mist! Mist! Doppelmist!«, fluchte er laut und schlug wütend auf das Lenkrad ein.

»Ich habe sie verloren!«, sagte er ins Mikro.

63

Während der Mann in der Sanitäteruniform mit flackerndem Blaulicht auf Nebenstraßen aus Friedrichshafen herausfuhr wie der sprichwörtliche Henker und dabei das Wenige aus dem Weg räumte, das um diese späte Zeit noch auf vier Rädern unterwegs war, überlegte Harriet angestrengt, was sie tun sollte. Sie hatten ihrer Meinung nach sämtliche Optionen durchgespielt, aber auf diese Rolle, in der sie sich jetzt befand, war sie nicht vorbereitet.

Ihre größte Sorge war, was passieren würde, sobald Sagittarius dahinterkam, dass sie nicht Charlotte von Waldegg war. Bisher schien er davon auszugehen, dass er auch die Mutter der entführten Kinder gekidnappt hatte.

Was er damit bezwecken wollte, war ihr schleierhaft. Aber wenn es denn stimmte, dass er es gar nicht auf das Lösegeld abgesehen hatte, und so sah es aus, dann musste sie mit dem Schlimmsten rechnen.

Wenn er die Tasche mit dem Lösegeld wirklich auf Teufel komm raus gewollt hätte, dann wäre es nicht nur bei dem einen Schuss geblieben. Nämlich dem auf Madlener – sie hatte von der Beifahrerseite des Sanka aus alles mit angesehen. Ob Sagittarius ihn getroffen hatte, wusste sie nicht.

Wahrscheinlich nicht, sonst wäre er mit der Tasche zurückgekommen.

Die unheilvolle Vision, dass er ihren Kollegen trotzdem erwischt hatte und Madlener verletzt war oder noch Schlimmeres, machte sich ungehindert breit …

Harriet schloss die Augen und verbannte den schrecklichen Gedanken gewaltsam aus ihrem Kopf.

Im Moment genügte es ihr schon, dass sie einschätzen musste, was Sagittarius jetzt im Schilde führte.

Und wie sie darauf reagieren würde.

Wie sie es auch drehte und wendete – sie musste alles daransetzen, mit ihm zu verhandeln oder zumindest zu reden. Sie

glaubte zwar nicht, zu Sagittarius so etwas wie einen ansatz-
weise zwischenmenschlichen Kontakt herstellen zu können,
aber sie musste es wenigstens versuchen.

Der Mann neben ihr war skrupellos und würde, nach allem,
was er bisher getan hatte, keine Sekunde zögern, auch sie zu
beseitigen, wenn es ihm in den Kram passte.

Von der Seite sah sie aus den Augenwinkeln auf das bärtige
Gesicht unter der Baseballkappe.

Sie brauchte nicht sehr tief in ihrem fotografischen Gedächtnis zu kramen, um sich an das Porträt zu erinnern, das sie gesehen hatte, als sie im Internet nach dem im Bodensee vermissten
Gregor Lombardi und dessen Unternehmen gesucht hatte.

Der Mann in Sanitäteruniform, der neben ihr saß, den Sanka
lenkte und kein Wort sagte, musste Gregor Lombardi sein.
Außer er hatte einen Zwillingsbruder, dem er glich wie ein Ei
dem anderen.

Aber Harriet wusste, dass Gregor Lombardi keinen Bruder
hatte.

»Wo fahren wir hin?« Diese Frage war schließlich Harriets
erster Versuch, den Mann anzusprechen.

Er antwortete nicht, offenbar war er ausschließlich darauf
konzentriert, so schnell so weit weg von Friedrichshafen wie
möglich zu kommen.

Harriet schwieg wieder. Sie musste darauf achten, wo sie
unterwegs waren, und dazu prägte sie sich jedes Hinweisschild
ein, das sie passierten.

Unerwartet bog Sagittarius ab und fuhr eine kurvige Landstraße entlang, bis er auf einen Feldweg einschwenkte, der in
einen Wald führte.

Harriet kam es ewig vor, wie sie den Weg entlangrumpelten,
der mit Schlaglöchern übersät war, und Baum um Baum an
ihrer Seite vorbeirauschte.

Der Wald schien nicht enden zu wollen.

Auf einmal verlangsamte Sagittarius das Tempo, bis er schließlich anhielt.

In einer Einbuchtung versteckt, parkte ein weißer Transporter ohne Aufschrift.

Sagittarius fuhr den Sanka so tief in den Wald hinein, wie es nur möglich war, machte den Motor aus und stieg mit seinem Notfallrucksack aus. Er ging zum Transporter, warf den Rucksack hinein und öffnete die Hecktüren.

Dann zog er Harriet aus dem Sanka, nachdem er ihre Handschelle am Türgriff gelöst hatte, und führte sie mit der Waffe in der freien Hand zum Transporter.

Aber bevor er sie in den Laderaum bugsierte, holte er aus seiner Hose eine Taschenlampe und tat das, was Harriet schon die ganze Zeit befürchtet hatte: Er leuchtete ihr direkt in das Gesicht und sah sie forschend an.

»Verdammt!«, sagte er, und Harriet musste gegen das Licht anblinzeln, das sie blendete.

»Gottverdammt noch mal! Sie haben mich reingelegt!«

Er machte zwei Schritte zurück, blieb dabei aber mit seinem Lichtkegel auf ihrem Gesicht.

»Sie sind nicht Charlotte von Waldegg!«

Er packte Harriet grob an ihren künstlichen Haaren und riss ihr die Perücke vom Kopf.

Harriet regte sich nicht.

Sagittarius sah den brünetten Haarschopf in seiner Hand an, dann richtete er Taschenlampe und Pistole wieder auf Harriets Gesicht.

»Wer zum Teufel sind Sie?«

»Mein Name ist Holtby«, antwortete Harriet. »Ich bin Kommissarin bei der Kripo Friedrichshafen, und wir wissen, wer Sie sind, Sagittarius. Oder soll ich Gregor Lombardi sagen?«

»Nein, auf gar keinen Fall! Keine Großfahndung, keine Straßensperren, keine Hubschrauber. Außerdem dürfen auf gar keinen Fall Einsatzfahrzeuge von uns zu sehen sein«, befahl Madlener in sein Mikro, über das er mit Fraidling in Verbindung war. »Aber natürlich bleiben alle Kollegen im weiteren Umkreis in höchster Alarmbereitschaft.«

Er raste mit großem Abstand hinter dem Rettungswagen her, dessen Route ihm von Fraidling durchgegeben wurde. Sie hatten den Sanka auf dem Radar, weil Harriet immer noch einen zweiten Sender dabeihatte, der ihr von Elena Kanauskas heimlich zur Sicherheit mitgegeben worden war.

Der Klunker auf dem Ring war kein Edelstein, sondern ein Peilsender.

Dass Elena seine Kollegin mit einem zusätzlichen GPS-Tracker ausgestattet hatte – für diese Eigenmächtigkeit stand Madlener bei seiner LKA-Kollegin tief in der Kreide.

Das war Sagittarius wohl entgangen, weil er gedacht hatte, mit dem entdeckten Sender in der Weste hätte er alle Möglichkeiten zur Ortung ausgeschaltet.

»Der Mann in der Sanitäteruniform ist mit einer Pistole bewaffnet und hochgefährlich. Er hat gezielt auf mich geschossen«, begründete Madlener seine Anordnung. »Ich will um jeden Preis verhindern, dass er durchdreht, solange Harriet in seiner Gewalt ist. Haben das alle verstanden?«

Er bog auf eine Nebenstrecke ab, die ihm Fraidling durchgegeben hatte, und sprach ein kurzes Dankgebet für die Vorsichtsmaßnahmen von Elena Kanauskas. Er glaubte zwar nicht daran, dass es irgendwo sinnvoll ankam, aber schaden konnte es auch nicht.

Obwohl Harriet ein Gebet wahrscheinlich nötiger hatte.

Wenn er daran dachte, wurde es ihm ganz mulmig in der Magengegend.

Schließlich war es sein Plan gewesen, der Harriet erst in diese gefährliche Situation gebracht hatte.

Madlener schwitzte Blut und Wasser, weil es dummerweise in seiner Natur lag, sich schlimmstmögliche Szenarien auszumalen.

In diesem Augenblick musste er daran denken, wie er Harriet vor einer Weile von seinen dunklen Ahnungen erzählt hatte. Und von seinem unerklärlichen Gefühl, dass etwas Bedrohliches auf sie zukam.

Dieses Gefühl hatte ihn weiß Gott nicht getäuscht.

Und jetzt … jetzt war alles noch viel schlimmer geworden, als er es sich jemals hätte vorstellen können.

Er war nun mal der Typ, bei dem das Glas nie halb voll war, sondern immer halb leer.

Und alles war seine Schuld.

65

»Wissen Sie was? Es nutzt Ihnen gar nichts mehr, dass Sie wissen, wer ich bin. Dazu ist es zu spät. Sie sind schon so gut wie tot.«

Sagittarius dirigierte Harriet mit seiner Pistole in der einen und der Taschenlampe in der anderen Hand in den Wald hinein.

Sie tastete sich über Moos, Totholz, Farne und Wurzeln zwischen den Bäumen hindurch, immer an dem Lichtstrahl entlang, mit dem sie von Lombardi weitergelotst wurde.

Abertausend Gedanken schossen ihr gleichzeitig durch den Kopf. Fieberhaft überlegte sie, ob sie sich im richtigen Moment überraschend umdrehen und auf Lombardi losgehen sollte.

Doch was war der richtige Moment?

Lombardi hielt ausreichenden Abstand, und außerdem hatte er die Lampe und die Glock.

Oder sollte sie ein Stolpern und eine Verletzung vortäuschen, um ihn dann unvermittelt anzugreifen, sobald er sich über sie beugte?

Aber sie bezweifelte, dass Lombardi darauf hereinfallen würde, dazu war er zu clever.

Gezwungenermaßen sah sie ein, dass sie nichts weiter tun konnte, als abzuwarten.

Vielleicht kam der richtige Moment noch.

Sie durfte ihn nur nicht verpassen, weil es dann zu spät war.

Immerhin hatte sie noch einen Trumpf im Ärmel beziehungsweise einen Peilsender am Ringfinger, von dem Sagittarius bis jetzt nichts wusste.

Madlener würde sie rechtzeitig aufspüren – falls er dazu in der Lage war und nicht schon auf einer Trage unterwegs zum nächsten Krankenhaus.

Sofort verscheuchte sie diesen hässlichen Gedanken, der aber anhänglich blieb und sich hartnäckig in einer Gehirnwindung ihres Kopfes einnistete, um sie jederzeit in seinem ganzen Ausmaß anspringen zu können.

Schließlich wurde sie von Sagittarius mit dem Gesicht nach vorne an einen oberschenkeldicken Baumstamm gestoßen. Er machte gleichzeitig mit der Pistole in der Hand einen Schritt beiseite und sagte: »Wenn Sie schon immer mal einen Baum umarmen wollten, dann haben Sie jetzt die letzte Gelegenheit dazu.«

Harriet sah ihn an, bis sie verstand, dann legte sie ihre Arme um den Baumstamm, an ihrer linken Hand baumelte die Handschelle.

Lombardi schob die Glock in die Tasche und ließ die freie Handschelle um ihr rechtes Handgelenk einrasten.

Harriet stellte fest, dass die Kette zwischen den Handschellen länger war als normal, sie kannte die eng gefassten Handschellen der Polizei zur Genüge.

Notgedrungen umarmte sie jetzt den Baum und glaubte zu wissen, warum Lombardi wollte, dass sie mit dem Gesicht zum Stamm gefesselt war. Offensichtlich mochte er ihr nicht in die Augen sehen, wenn er sie umbrachte.

Beim Anblick der Handschellen, deren Festigkeit er noch einmal überprüfte, stutzte Lombardi.

Dann sah er im Lichtschein seiner Taschenlampe genauer hin.

Der Ring. Er passte irgendwie nicht zu der jungen Frau, die er an den Baum gefesselt hatte.

Er fackelte nicht lang und zog ihr den Ring vom Finger, was leicht ging, weil er zu groß war.

Sie wusste, was das bedeutete.

Nämlich dass sie ihren einzigen Kontakt zu ihren Kollegen verloren hatte und von nun an auf sich allein gestellt war. Sie versuchte, ein Aufflackern von Verzweiflung gar nicht erst zuzulassen, aber es gelang ihr nicht.

Sie wollte eigentlich hinter Lombardi herschreien, der mit

dem Ring in der Hand zwischen den Baumstämmen hindurch zum Transporter zurückging.

Aber schnell sah sie ein, dass es sinnlos war, auch wollte sie ihm nicht die Genugtuung gönnen, dass sie um ihr Leben bettelte.

Dazu war ihr Stolz zu groß.

Eine dumme Art von Stolz, das gestand sie sich ein.

Aber das war sie sich selbst schuldig.

Wütend zerrte sie an ihren Metallfesseln, doch das war genauso sinnlos wie schreien.

Am Transporter holte Gregor Lombardi das Ortungsgerät aus seinem Rucksack und hielt es an den Ring.

Es piepste und ein rotes Lämpchen leuchtete auf.

Lombardi fluchte und wollte den Ring in einem ersten Impuls einfach in den Wald werfen.

Er holte schon damit aus, aber dann besann er sich eines Besseren und steckte ihn ein, ebenso die Glock.

An der linken Seitenwand im Inneren des Transporters war ein Haken angebracht, an dem seine Armbrust hing.

Er nahm sie herunter, spannte sie, legte einen Bolzen ein und stapfte im Licht seiner Taschenlampe wieder durch den Wald zurück zu dem Baum, an den Harriet gefesselt war. Er stellte sich so, dass sie ihn sehen konnte, dann hielt er das Licht seiner Lampe auf die Armbrust.

»Das hier ist eine Assassin-Hightech-Armbrust. Sie ist mit einem Sechzehn-Zoll-Pfeil geladen und hat eine Durchschlagskraft von acht Kilonewton. Nur damit Sie wissen, womit Sie es jetzt zu tun haben. Ich will, dass Sie meine Fragen korrekt und vollständig beantworten, andernfalls drücke ich ab.«

»Und dann? Wenn ich Ihre Fragen beantwortet habe? Was passiert dann?«, sagte Harriet, deren Stimme jetzt doch ziemlich zerbrechlich klang, obwohl sie das nicht wollte.

»Dann lasse ich Sie vielleicht am Leben.«

»Fragen Sie.«

»Wie viel wisst ihr über mich?«

»Das, was im Netz und in den Medien zugänglich ist.«

»Mehr nicht?«

»Nein. Außer, dass Sie den Rechtsanwalt Döllinger auf der Fähre Konstanz–Meersburg erschossen haben. Vermutlich mit diesem Ding da, das Sie in der Hand halten. Weil er dafür gesorgt hat, dass Franz von Waldegg freigesprochen wurde. Der

Franz von Waldegg, der Ihrer Meinung nach schuld am Tod Ihrer Frau und Ihrer zwei Töchter ist. Und jetzt – jetzt nehmen Sie Rache für Ihre Familie.«

»Lassen Sie meine Familie aus dem Spiel!«, schrie er sie wütend an und packte sie mit der freien Hand am Hals.

Er beugte sich ganz nah zu ihrem Gesicht hinunter.

»Sie wissen nichts! Gar nichts! Warum zum Teufel mischen Sie sich auch in meine Angelegenheiten ein? Was geht Sie das alles an? Nichts, weniger als nichts!«

Mit den Zischlauten spuckte er sie richtiggehend an, er merkte es in seiner Rage nicht einmal. Seine Augen blitzten, Harriet bekam keine Luft mehr, aber dann ließ er sie wieder los.

Er sah auf seine Uhr, war auf einmal nervös. Vielleicht waren die Verfolger, die todsicher nach ihm suchten, schon gefährlich nahe. Er hatte schließlich hier im Wald eine Menge Zeit mit dieser Kommissarin Holtby verplempert, die ihm vorgaukeln wollte, Charlotte von Waldegg zu sein.

Dabei musste er zusehen, dass er sich schleunigst aus dem Staub machte. Der vermaledeite Peilsender im Ring, den er unglücklicherweise übersehen hatte, würde sie auf dem direkten Weg hierherführen.

Aber vorher hatte er noch mit dieser jungen blonden Polizistin abzurechnen. Sie sollte sehen, dass mit ihm nicht zu spaßen war.

Damit die Bullen ihm dies auch abkaufen würden, sah er sich dazu gezwungen, ein Exempel zu statuieren und ernst zu machen.

Besser, er brachte die Angelegenheit schnell hinter sich.

Harriet versuchte es noch einmal und appellierte erneut an ihn.

»Gregor Lombardi – sehen Sie doch ein, dass Ihr Rachefeldzug sinnlos ist! Was können Elise und Eduard dafür, dass ihr Vater das Unglück ausgelöst hat, bei dem Ihre Familie umgekommen ist? Nichts! Sie sind komplett unschuldig. Ebenso Charlotte von Waldegg.«

»Niemand von den Waldeggs ist unschuldig«, entgegnete er ihr wieder wesentlich ruhiger und entschlossener. »Niemand. Schauen Sie sich doch die Familiengeschichte an. Ich habe sie eingehend studiert. Fast jede Generation hat Blut an den Händen kleben. Schon seit den Bauernkriegen. Glauben Sie, da hätte einmal einer von denen, die unter dem Zeichen der Armbrust geboren sind, dafür büßen müssen? Nein. Nicht mal nach dem Untergang des Dritten Reichs. Dabei war die ganze saubere Familie knietief in Geschäfte mit den Nazis verwickelt. Aber diesmal werden sie für ihre Schuld bezahlen. Und Franz von Waldegg mit einer ganz besonderen Münze. Dem Verlust. Dem unwiederbringlichen Verlust. Wenn er glaubt, er sei einfach so davongekommen, hat er sich getäuscht. Weil es ihm so gehen wird wie mir. Er wird zusehen müssen, wie er seine Familie verliert.«

»Hören Sie mir zu ...«, fing Harriet noch einmal an.

Aber Lombardi legte zwei Finger auf ihre Lippen.

»Sch!«, sagte er fast sanft. »Genug geredet. Es wird Zeit zum Abschiednehmen.«

Mit diesen Worten bewegte er sich rückwärts weg von Harriet und legte die Taschenlampe so auf einen Baumstumpf, dass ihr Licht auf sie fiel. Er machte noch ein paar Schritte zurück und richtete schließlich die Armbrust auf Harriet.

Sie sagte nichts mehr.

Aber jetzt konnte sie ihrer hochkochenden Verzweiflung keinen Einhalt mehr gebieten. Ihr Herz schlug bis zum Hals und dröhnte in ihrem Schädel.

Lombardi zielte auf ihren Körper.

Harriet schoss die Frage durch den Kopf, ob der Bolzen wohl durch ihren Körper gehen und durch die Brust in den Baumstamm eindringen würde.

Höchstwahrscheinlich.

Der Körper von Döllinger war vom gleichen Bolzen aus derselben Waffe glatt durchschlagen worden.

Er war im Rücken ein- und durch die Brust wieder ausge-
treten.

So wie es ihr jetzt bevorstand.

Sie lehnte ihre Stirn an die Baumrinde und schloss die Augen
in Erwartung des Einschlags, den sie nicht überleben würde.

67

Madlener bremste seinen Audi ab und blieb am Straßenrand stehen.

Der Regen trommelte auf das Blechdach. Das Einzige, was er im Scheinwerferlicht sehen konnte, waren unzählige Fichtenstämme, die dicht an dicht standen und sich allmählich in der Dunkelheit verloren.

Madlener wusste nicht, zum wievielten Mal er laut fluchte, aber es konnte schon in die Dutzende gehen.

»Mist! Mist! Doppelmist! Ihr habt mich in die Irre geführt. Hier ist weit und breit kein Sanka!«, schimpfte er in sein Mikrofon.

»Wo genau sind Sie?«, fragte Fraidling über den Ohrstöpsel.

»Herrgott noch mal, ich weiß es nicht!«, sagte Madlener wahrheitsgemäß, weil er nur verbissen und blind den akustischen Anweisungen gefolgt war, die ihm Fraidling durchgegeben hatte.

Außerdem war er bei der Verfolgung des Sanka wie mit Scheuklappen gefahren, weil er immer nur an Harriet gedacht hatte und in was für einer lebensgefährlichen Lage sie sich gerade wohl befand.

»Was ist mit Ihrem Navi?«, fragte Fraidling an.

»Es spielt verrückt. Ich habe es ausgemacht.«

»Fahren Sie einfach weiter bis zum nächsten Hinweisschild, damit wir Sie wieder lotsen können!«

Madlener sah ein, dass Fraidling recht hatte, und gab erneut Gas.

»Ist der Sender von Harriet immer noch fix an einem Ort?«, wollte er wissen.

»Ja. Mitten im Wald. Hochstätter Forst nennt sich das Gebiet. Weit und breit keine Ortschaft, nichts.«

»Das gefällt mir nicht«, murmelte Madlener vor sich hin.

»Bitte? Wir haben Sie nicht verstanden!«, tönte es aus dem Ohrstöpsel.

»Das gefällt mir ganz und gar nicht!«, wiederholte Madlener laut und schnitt die nächste Kurve.

Mit der Armbrust zielte Lombardi genau auf Harriets Rücken.
Im letzten Moment schwenkte die Schusswaffe leicht nach
oben und der Finger betätigte den Abzug, der Bolzen wurde
von der Sehne der Armbrust losgeschleudert und bohrte sich
mit einem satten »Tschak« eine Handbreit über dem Kopf von
Harriet ins Holz des Baumes.

Sie zuckte zusammen, blieb aber in ihrer Haltung mit geschlossenen Augen.

Wortlos drehte Lombardi sich um, griff nach der Taschenlampe und stapfte durch den Wald davon.

Das Licht der Lampe geisterte noch eine Weile zwischen
den Baumstämmen.

Erst als Harriet merkte, dass das Licht nicht mehr auf sie gerichtet wurde und dass sich die Schritte entfernten, machte sie
wieder die Augen auf und drehte den Kopf herum.

Nüchtern stellte sie fest, dass sie zwar nass geschwitzt, aber
noch am Leben war.

Sie merkte, wie sie am ganzen Körper anfing zu zittern. Ein
Zittern, das sie nicht kontrollieren konnte.

Sie atmete ein paarmal tief durch, bis es besser wurde. Dann
konzentrierte sie sich darauf, zu verstehen, was am Transporter
vor sich ging, dessen Motor gerade angelassen wurde.

Er war gut hundert Meter von ihr entfernt.

Sie beobachtete, wie die Scheinwerfer den Wald streiften,
dann waren nur noch kurz die roten Rücklichter zu sehen,
und auch die wurden bald von der Dunkelheit und dem Regen
verschluckt.

Die dicke Wolkendecke und der dichte Regen sorgten dafür,
dass es stockdunkel war.

Das einzige Geräusch kam vom Wasser, das von den Bäumen
tropfte.

Jetzt, wo Harriet mucksmäuschenstill war, glaubte sie zu spüren, dass der Wald ein riesengroßer lebendiger Organismus war.

Es war wie ein Déjà-vu.

Aber ein sehr böses.

Wie lange hatte sie schon nicht mehr daran gedacht?

An die schrecklichsten Stunden ihres Lebens, und es gab einige davon in ihrer Kinder- und Jugendzeit, Stunden, die sie seit Jahren aussichtslos zu verdrängen suchte.

Dabei war es so lange her …

Sie war fast noch ein Kind gewesen, jedenfalls körperlich, geistig war sie allen Jungs weit voraus, als sie fünfzehn war. Wieder einmal war sie von zu Hause ausgerissen und hatte sich ziellos herumgetrieben. Bis sie nachts nach ein paar spendierten Drinks auf dem dunklen Parkplatz einer Dorfdisco zusammengebrochen und erst viel später wieder aufgewacht war.

Umgeben von hohen, dunklen Bäumen.

Wie sie dahin gekommen war, wo sie lag, das wusste sie nicht mehr, so sehr sie sich auch den Kopf zerbrach. Irgendwie musste sie betäubt worden sein. Sie hatte einen schlechten Geschmack im Mund und üble Kopfschmerzen.

Das laute Krächzen eines Raben und die ebenso laute Antwort seines schwarzen Kollegen hatten sie geweckt.

Sie fror erbärmlich und schlang ihre Arme um den Körper.

Wieder dieses unheimliche Krächzen.

Als sie sich mit schreckgeweiteten Augen umsah, es war eine mondhelle Nacht, war ihr mit einem Schlag klar geworden, dass sie tatsächlich wie in einem zweitklassigen Horrorfilm mitten in einem unbekannten Wald gelandet war.

Um sie herum nur unendliche Reihen stachlig aussehender, fast kahler Baumstämme, deren Nadelzweige sich erst viel weiter oben ausbreiteten und den Himmel verdunkelten. Wenn sie senkrecht hochschaute, konnte sie zwischen den turmhohen Fichtenbäumen die vorüberziehenden Wolkenfetzen sehen, die zwischenzeitlich den Mond verdunkelten.

Sie stand auf – das heißt, sie wollte es versuchen, aber das rechte Bein war festgekettet. Und die Kette war an einem schweren Eisenring am Baum hinter ihr angebracht.

Sie geriet in Panik, zerrte wie von Sinnen an der Kette und schrie vor lauter Furcht und Zorn.

Aber es half nichts.

Niemand außer den zwei Raben konnte sie hören.

Sie zog und riss so lange ergebnislos an der Kette, bis sie vor Erschöpfung ins weiche Moosbett fiel.

Sie dachte daran, dass Wölfe, wenn sie mit einem Lauf in eine Falle geraten waren, sich lieber das Bein abbissen, als darauf zu warten, vom Fallensteller erlegt zu werden.

Angst brandete in ihr auf.

Bodenlose Angst, die größer und peinvoller war als jede Panikattacke.

Sie machte sich so klein wie möglich und lehnte sich in Embryonalhaltung an eine dicke Wurzel des Baumes, an den sie angekettet war.

Irgendwann musste sie trotz allem eingeschlafen sein.

Ein erster Sonnenstrahl, der zwischen den Baumwipfeln durchstach, hatte sie am frühen Morgen geweckt. Sie blinzelte und richtete sich auf.

Sie hatte etwas gehört.

Es klang wie ein Automotor und war Musik in ihren Ohren.

Ganz in der Ferne, zwischen den unendlich vielen Baumstämmen, tauchte ein Auto auf und kam näher.

Sie machte ein paar Schritte darauf zu, so weit es die Kette zuließ, und fing an zu winken und zu schreien.

Schon sah es so aus, als ob das Auto einfach weiterfahren würde, aber schließlich hielt es doch an und setzte ein Stück zurück.

Ihre Erleichterung in diesem Moment war schier grenzenlos. Was hatte sie doch für ein Glück, dass mitten im Nirgendwo zufällig ein Auto vorbeikam!

Sie sah drei junge Männer aussteigen. Dazu hörte sie Hundegebell.

Sie schwenkte beide Arme und schrie, so laut sie konnte.

Aber so seltsam es war – die Männer machten keinerlei Anstalten, auf sie zu reagieren. Oder ihr wenigstens einmal zuzuwinken, um ihr zu zeigen, dass sie bemerkt worden war.

Sie wunderte sich, dass die drei mit ihrem Hund dort am Auto herumstanden und erst irgendetwas aus dem Kofferraum holten und verteilten, bevor sie schließlich auf sie zugingen.

Als sie näher kamen, erkannte sie, was sie getan hatten. Sie hielten Gewehre in der Hand und hatten Mützen mit Schlitzen für Augen und Mund über den Kopf gezogen. Der Hund zerrte an seiner Leine, die von einem der Männer stramm gehalten werden musste.

Harriet kannte die Rasse nicht, aber es reichte ihr, zu sehen, wie groß er war und wie er die Zähne fletschte.

Plötzlich wusste sie wieder, wie sie hier gelandet war: Sie war in der Nacht gewaltsam in dieses Auto verfrachtet worden, und dort hatte sie endgültig das Bewusstsein verloren.

Aber an eines konnte sie sich noch genau erinnern: an die Gestalten und die Masken der drei Männer auf dem Hinterhofparkplatz.

Einer der drei hatte sie in der Disco offensiv angetanzt, sie hatte ihn ignoriert. Er war attraktiv, obwohl er ein Feuermal in seinem Gesicht hatte. Aber er gab nicht auf und lud sie an seinen Tisch auf einen Drink ein, wo zwei Kumpels von ihm saßen. Sie ließ sich schließlich dummerweise überreden, aber als die drei zu aufdringlich wurden, setzte sie sich unter dem Vorwand, auf die Toilette zu müssen, über den Hinterausgang ab.

Weit war sie jedoch nicht gekommen, plötzlich war ihr schwindlig geworden und alles drehte sich. Sie musste sich auf den Kies setzen und kippte um.

Es waren dieselben gewesen, die jetzt gemessenen Schrittes durch den Wald auf sie zusteuerten. Je näher sie kamen, desto klarer wurde es ihr, dass sie nichts Gutes im Schilde führten. Sie wirkten wie ein Exekutionskommando mit dem Auftrag, sie zu liquidieren.

Der Hund zerrte an seiner Leine, und sie zerrte an ihrer Kette, aber dann beschloss sie, sich zu stellen und sich wie eine Wildkatze zur Wehr zu setzen.

Dazu packte sie den nächstbesten Ast und nahm eine Kampfposition ein, die sie in einem Martial-Arts-Film gesehen hatte. Sie würde ihre Haut so teuer wie möglich verkaufen.

Die drei Männer blieben in gebührendem Abstand stehen und musterten sie erst einmal.

Richtig unheimlich aber war, dass sie die ganze Zeit kein Wort sagten.

Nur der Hund kläffte wütend.

Anscheinend hatten sie sich längst vorher abgesprochen, was sie mit Harriet anstellen würden.

69

»Achtung – er bewegt sich wieder!«, drang die Stimme von
Fraidling in das Ohr von Madlener, der inzwischen wusste,
wo er war, und vor der Einfahrt zu einem Kreisverkehr vor
einem gelben Verkehrsschild mit acht verwirrenden Richtungs-
hinweisen nur darauf wartete, dass man ihm sagte, wo er seine
Verfolgung wieder aufnehmen konnte.

»Sie sind nur circa fünfzehn Kilometer von ihm entfernt.
Fahren Sie in Richtung Höhenkirchen. Dort bewegt sich der
Peilsender hin. Im Ort ist eine Nachttankstelle. Vielleicht muss
er tanken.«

Madlener nahm die angegebene Ausfahrt, beschleunigte und
setzte die Verfolgung fort.

70

Lombardi bog auf eine Bundesstraße ein und kam durch eine größere Ortschaft, in der es eine Nachttankstelle gab. Zuerst fuhr er daran vorbei, aber dann bremste er hart und wendete.

Er kurvte um die Zapfsäulen herum, an denen nur ein aufgemotzter VW Golf stand, und stellte den Transporter rückwärts in eine der Haltebuchten zum Saubermachen, dort wo die Münzautomaten standen und die Staubsaugervorrichtungen bereithingen.

Als er vom Fahrersitz kletterte, merkte er erst, dass er immer noch in seiner auffälligen Sanitäteruniform steckte. Er ging um den Transporter herum und stieg durch die Hecktür in den leeren Laderaum.

Die Armbrust hing wieder da, wo sie hingehörte.

Er zog die Uniform aus, darunter kam ein grauer Overall zum Vorschein.

Den Ring, den er aus der Tasche seiner Uniform fischte, nahm er in die rechte Hand, zog seine Basecap so tief wie möglich ins Gesicht und schlenderte zu dem Golf an der ersten Zapfsäule.

Im Vorbeigehen warf er einen Blick in den hell erleuchteten Shop. Dort suchte sich der Fahrer anscheinend noch etwas heraus. Ein junger Typ in Hipsterklamotten mit seiner weiblichen Begleitung kramte in einem Regal herum.

Lombardi öffnete mit einem leichten Druck die Tankklappe des Golf, die aufsprang. Er steckte den Ringpeilsender neben den Schraubverschluss und drückte die Klappe wieder zu.

Dann ging er zurück zu seinem Transporter und setzte die Fahrt durch den Regen fort.

71

Harriet schrie sich den Zorn über ihre Hilflosigkeit aus dem Leib, bis sie nicht mehr konnte.

Vielleicht würde ihr das helfen, ihr Déjà-vu aus dem Kopf zu bekommen.

Sie wollte nicht mehr zwanghaft daran denken und sich nicht mehr wehrlos fühlen, wenn die Erinnerung an diese Nacht und den darauffolgenden Tag wieder in ihr hochkam.

Aber war das ein Wunder?

Es war über zehn Jahre her, doch die Schrecken dieser Ereignisse waren immer noch so tief und deutlich in ihrem Gedächtnis eingegraben, als wäre alles erst gestern geschehen.

Dabei war ihr nur allzu bewusst, dass sie sich um ihre gegenwärtige Zwangslage kümmern musste, nicht um ihre vergangene – die konnte sie nicht mehr ändern.

Sie ging in die Knie und suchte sich dank der überlangen Kette eine einigermaßen bequeme Sitzposition, in der sie es länger aushalten würde.

Wer wusste schon, wie lange es dauerte, bis jemand sie entdeckte? Ihre einzige Hoffnung war der auffällige Rettungswagen, auch wenn Lombardi ihn so weit wie möglich in den Wald gefahren hatte. Irgendwann musste doch ein Waldarbeiter oder ein Bauer mit seinem Traktor vorbeikommen. Schließlich war sie nicht in einem kanadischen Urwald in den Rocky Mountains, wo der nächste menschliche Außenposten Hunderte Kilometer entfernt war, sondern in einem bewirtschafteten Wald im Südwesten Deutschlands.

Dass hier ab und zu jemand vorbeischauen musste, hatte sie aus einem Holzstapel mit zurechtgesägten Baumstämmen geschlossen, der am Rand ihres rechten Blickfeldes abholbereit dalag, wie sie im Licht von Lombardis Taschenlampe noch gesehen hatte.

Sie warf einen Blick nach oben, aber sie konnte keinen Stern erkennen, nichts. Es war, als hätte jemand eine dichte Decke über den gesamten Wald gestülpt.

Genauso gut hätte sie in einem fensterlosen Kellerraum eingesperrt sein können.

Nur mit dem Unterschied, dass es hier im Wald unaufhörlich von den Ästen heruntertropfte, sie war bereits nass bis auf die Haut und fror erbärmlich.

Nichts wünschte sie sich sehnlicher, als dass es bald hell wurde.

Bei Tageslicht fiel es ihr leichter, mit den Gespenstern aus der Vergangenheit fertigzuwerden.

Solange sie sich wie eine Blinde vorkam und für ihre Augen nichts fand, woran sie sich festhalten konnte, durchlebte sie immer wieder den Moment vor fünfzehn Jahren, als die drei Männer ihr endlich mit wenigen dürren Worten erklärten, was sie mit ihr vorhatten.

Sie versprachen, sie von der Kette loszumachen und gaben ihr einen Vorsprung von zehn Minuten, bis sie Jagd auf sie machen würden.

Treib- oder Hetzjagd nannte man so etwas in Fachkreisen.

Aber in diesem speziellen Fall nicht auf Hoch- oder Niederwild.

Sondern auf einen Menschen.

Das Wild war sie.

Harriet hatte in ihren Augen gelesen, was das bedeutete, wenn sie sich erwischen ließ.

Aber immerhin bestand die Chance, dass sie entkommen konnte.

Wenn diese Chance auch verschwindend gering war.

Sie war vollkommen ortsfremd, während die drei Männer hier im Wald höchstwahrscheinlich jeden Strauch und jeden Baum kannten und außerdem genau wussten, wo sie waren und dass es wahrscheinlich weit und breit keine Menschenseele gab, die ihr Vorhaben durchkreuzen konnte.

Harriet war ganz auf sich allein gestellt.

Aber das war nicht das erste Mal gewesen. Und auch nicht das letzte Mal, wie sie jetzt, die Stirn an die Borke des Baumes gedrückt, ohne Selbstmitleid feststellte.

72

Madlener holte alles aus sich und dem Audi heraus und fuhr im Grenzbereich.

Es hatte zwar aufgehört zu regnen, aber die Straßen waren immer noch nass, teilweise stand das Wasser in riesigen Pfützen auf dem Boden, weil es nicht abfließen konnte, der SUV durchpflügte sie förmlich.

»Ist er noch an der Tankstelle?«, fragte er Fraidling.

»Nein, er hat sie schon verlassen.«

»Bin ich auf der richtigen Strecke?«

»Das sind Sie. Er ist auf die Straße eingebogen, auf der Sie jetzt sind.«

Madlener war gezwungen, wieder vom Gas zu gehen. Er sah ein, dass es gar nichts brachte, wenn er vor lauter Übereifer im Straßengraben landete.

»Wie viel Vorsprung hat er noch?«, fragte er.

»Höchstens einen Kilometer. Was wollen Sie tun, wenn Sie ihn eingeholt haben?«, wollte Fraidling wissen.

»Ich will erst mal nur Sichtkontakt. Sehen, ob Harriet noch bei ihm im Auto sitzt. Dann lasse ich mich wieder zurückfallen. Vielleicht denkt er wirklich, dass er uns abgehängt hat und führt uns zu seinem Versteck.«

Keine Antwort von Fraidling war auch eine Antwort, dachte sich Madlener, als es in seinem Ohrstöpsel stumm blieb.

Doch schon ein paar Minuten später war er wie elektrisiert.

Weit vor ihm waren rote Rücklichter aufgetaucht.

Das musste er sein.

Madlener holte schnell auf und wunderte sich noch darüber, dass der Wagen vor ihm nicht schneller fuhr, bis die Bremslichter des Autos ein paarmal aufleuchteten. Auch er war gezwungen, stark abzubremsen, weil eine Haarnadelkurve angezeigt wurde.

Aber als Madlener nahe genug herangekommen war, sah er zu seiner Verwunderung, dass vor ihm nicht der Rettungswagen war, sondern ein hochgerüsteter VW Golf, tiefergelegt, mit angeberischem Heckflügel und extradicken Auspuffrohren aus Chrom.

Der Alptraum eines jeden TÜV-Kontrolleurs.

»Verdammt – ich bin hinter dem falschen Wagen her!«, fluchte Madlener.

»Unmöglich, die Signale sind eindeutig«, meldete Fraidling. »Er muss das Fahrzeug gewechselt haben. Entweder an der Tankstelle oder in diesem Waldstück, in dem er längere Zeit gehalten hat.«

Als ein nächtlicher Pkw-Fahrer entgegenkam, dessen Scheinwerfer kurz den Innenraum des Golf mit ihrem Licht streiften, konnte Madlener erkennen, dass zwei Personen im Wagen vor ihm saßen.

Er spürte eine große Erleichterung, obwohl er nicht sicher sein konnte, dass es sich bei den beiden Schattenrissen um Sagittarius und Harriet handelte.

Sicherheitshalber ließ er sich wieder weit zurückfallen und blinkte bei der nächsten Abzweigung, um sein Abbiegen anzutäuschen, während der Golf geradeaus weiterfuhr. Er hielt mit laufendem Motor an.

»Ich will auf keinen Fall, dass er sich verfolgt fühlt«, gab er durch. »Vorläufig reicht es, wenn ich mit Sicherheitsabstand an ihm dranbleibe.«

Er wartete ab, bis die Rücklichter vor ihm ganz verschwunden waren, dann gab er wieder Gas.

Aber als er um die nächste Kurve kam, da sah er, dass der Golf das Warnblinklicht eingeschaltet hatte und stand.

Der Grund für den Stopp war ein quer auf der Straße stehender Wohnwagen, der offensichtlich eine Panne hatte und ins Schleudern geraten war. Ein Mann winkte mit einer Lampe und hatte die Stelle mit einem Warndreieck abgesichert.

Einem Impuls folgend, entschloss sich Madlener spontan, zu handeln und der Sache auf den Grund zu gehen, weil er alles tun wollte, nur nicht hinter dem falschen Auto herfahren, in dem die falschen Leute saßen.

Er stieg aus, zog seine SIG Sauer aus dem Holster und klopfte mit dem Lauf an das Seitenfenster des VW Golf, so wie Sagittarius das bei Harriet gemacht hatte.

»Polizei! Aussteigen, aber dalli!«, brüllte er mit gezückter Waffe und sah im gleichen Augenblick in die zwei angstgeweiteten Augen eines höchstens Zwanzigjährigen, der bei seinem Anblick sofort die Hände hochnahm.

Jedenfalls war das nicht Sagittarius.

Trotzdem riss Madlener die Fahrertür auf und blieb bei seinem Kommandoton.

»Polizei! Raus aus dem Auto! Alle beide! Sofort!«, befahl er. »Und Hände oben lassen, damit ich sie sehen kann!«

Der Fahrer stieg totenblass aus. Er trug den Versuch eines Hipsterbarts und einen Pulli mit Glitzersteinchen, die eine Pyramide darstellten. Seine Beifahrerin auf der anderen Seite, die genauso verdattert war wie ihr Freund und in einem T-Shirt mit dem Fotodruck von Grumpy Cat steckte, aber außer ihrer blonden Kurzhaarfrisur keinerlei Ähnlichkeiten mit Harriet hatte, warf noch schnell etwas weg, das entging Madlener nicht.

Ein Joint, dachte er sich, aus der offenen Wagentür strömte entsprechend penetranter Grasgeruch.

»Was wollen Sie von uns?«, fragte der Fahrer. »Wir haben nichts getan.«

»Umdrehen, alle beide. Hände aufs Dach«, ordnete Madlener an, tastete sie ab und zog dem Mann das Portemonnaie aus der Gesäßtasche.

Während er einen raschen Blick auf den Ausweis warf, kam der Beifahrer des Wohnwagengespanns auf ihn zu.

»He, was ist denn hier los?«, fragte er, blieb dann aber mit einer abwehrenden Handbewegung stehen, als er Madleners Schusswaffe sah.

»Schon okay, ich bin von der Polizei, Routinekontrolle«, beruhigte ihn Madlener. »Seid ihr gerade eben noch beim Tanken gewesen?«, fragte er den Mann mit dem Glitzerpulli. »Ihr könnt eure Hände jetzt runternehmen.«

»Ja. Vor zehn Minuten«, antwortete der Mann und drehte sich zu ihm um, seine Freundin ebenso.

»Aha«, brummte Madlener und gab ihm die Brieftasche samt Ausweis zurück.

»Habt ihr da jemanden gesehen? Einen Mann und eine Frau in einem Sanka?«

Der Mann warf einen Blick zu seiner Freundin, die den Kopf schüttelte. »Nein, nicht dass ich wüsste.«

Madlener sah ein, dass die beiden ihm nicht weiterhelfen konnten.

»Wie weit habt ihr noch?«, fragte er.

»Drei Kilometer«, sagte das Mädchen und wirkte auf einmal weinerlich. »Bitte sagen Sie meiner Mutter nichts. Die bringt mich sonst um.«

Madlener atmete einmal tief durch.

»Okay, dann macht euch mal auf die Socken. Aber das nächste Mal kifft ihr gefälligst zu Hause und nicht beim Autofahren, habt ihr mich verstanden?«, sagte er, ließ sie damit stehen und eilte zurück zu seinem Wagen.

Er stieg ein, wendete, wozu er zwei Anläufe brauchte, weil die Straße nicht breit genug war, und fuhr schließlich in der Gegenrichtung davon.

73

Harriet zitterte wie Espenlaub.

Es war eine Mischung aus Kälte und den Nachwirkungen des Adrenalinausstoßes. Krampfhaft war sie versucht, an alles zu denken, nur nicht an die Geschehnisse von damals. Aber es war so, wie sie es schon kannte.

Je mehr sie sich abmühte, sich etwas anderes durch den Kopf gehen zu lassen, desto stärker kochten die unseligen Erinnerungen hoch.

Wie sie wie von Sinnen blindlings durch den Wald gehetzt war, nachdem einer der Männer sie mit einem Schlüssel von der Kette befreit hatte. Sie konnte sein Aftershave riechen, so nah war er ihr gekommen. Es musste sich um den jungen Mann mit dem Feuermal handeln, der penetrante Geruch war ihr schon in der Disco aufgefallen.

Wie sie gar nicht mehr darauf geachtet hatte, dass im Weg stehende Zweige ihr ins Gesicht schlugen und blutige Kratzer auf Stirn und Wange hinterließen.

Wie sie sich immer wieder in Panik nach den Jägern umgeschaut hatte, ob sie schon hinter ihr her waren.

Schließlich war sie völlig ausgepumpt stehen geblieben, um wieder Luft zu bekommen und sich überhaupt erst einmal zu orientieren.

Aber woran?

Die Bäume sahen alle gleich aus. Ein paar Lichtflecken fielen durch das nahezu undurchdringliche Nadeldach, und irgendwo in der Richtung, in der die Sonne aufgegangen war, musste Osten sein.

Aber das nutzte ihr nicht viel.

Sie hielt Ausschau nach einer Anhöhe, irgendeinem höher gelegenen Standpunkt, von dem aus sie sich einen Überblick über die Gegend verschaffen konnte. Vielleicht machte sie eine befahrene Straße ausfindig oder einen Einödhof, von dem aus sie telefonieren konnte.

Langsam ging sie weiter, Augen und Ohren in Alarmbereitschaft.

Als sie plötzlich ein heftiges Rascheln hörte und unmittelbar vor ihr ein Vogel aus einem Gebüsch hochflatterte, zuckte sie vor Schreck zusammen und spürte, wie ihr Herz für einen Moment aussetzte.

Sie änderte ihre Taktik und fing an, im Zickzack zu laufen wie ein Hase auf der Flucht.

Auf einmal vernahm sie Rufe. Sie klangen so, als kämen sie von weit her, hinter ihr. Dann wieder waren sie vor ihr.

Aber im Wald war der Akustik nicht zu trauen, das Echo konnte sie leicht verfälschen.

Harriet hatte auf einmal den Eindruck, als ob die Schreie aus allen Richtungen gleichzeitig kamen.

Es waren die typischen Rufe, mit dem die Treiber einer Jagdgesellschaft das Wild aufscheuchten, um es direkt vor die Flinten der lauernden Jäger zu hetzen.

Und nun hörte sie auch noch andere Geräusche, die sich von allen Seiten zu nähern schienen.

Sie hallten durch den ganzen Wald und peitschten wie Schüsse.

Es waren Schläge von Stöcken gegen die Baumstämme.

Verstecken!, schoss es ihr durch den Kopf. Du musst dich verstecken!

Sie stolperte auf eine Felsformation zu, als ihr einfiel, dass diese Männer einen Hund dabeihatten.

Verstecken war sinnlos.

Plötzlich hatte sie das Gefühl, dass die Geräusche überall um sie herum waren.

Die Rufe und die Schläge.

Und sie kamen näher und näher.

Jetzt wusste sie, wie sich ein in die Enge getriebenes Wild fühlen musste.

Sie drehte sich im Kreis, und da sah sie es.

Sie war im Mittelpunkt eines Dreiecks, das die Männer um sie herum gebildet hatten und von dessen Eckpunkten aus sie immer weiter vorrückten.

Ein Entkommen war nicht mehr möglich.

Sie hatten das Wild gestellt.

Hätten sie keine Masken getragen, dann hätten sie ein widerliches Grinsen im Gesicht gehabt, da war sich Harriet sicher.

Ihre Stöcke hieben sie wie zum Spaß weiter gegen die Baumstämme.

Aber es war kein Spaß.

Es war bitterer Ernst.

Harriet schlug die Augen auf und brauchte eine Weile, bis sie wieder in der Gegenwart war, mit den Handschellen an einen Baum gefesselt, in dem ein Bolzen von einer Armbrust steckte, der ihr um Haaresbreite das Lebenslicht hätte ausblasen können.

Sie musste tatsächlich eingenickt sein, für wie lange, wusste sie nicht.

Sie sah auf ihre Uhr und dachte erst, dass es dämmerte, weil sie auf einmal ihre Umgebung schemenhaft wahrzunehmen imstande war.

Aber das konnte nicht sein.

Es war fünf Uhr morgens und Mitte Oktober.

Um diese Jahreszeit war frühestens kurz nach sieben Uhr Sonnenaufgang.

Noch zwei Stunden also, bis es richtig hell wurde.

Ächzend veränderte sie ihre unbequeme Stellung, weil ihr bereits alle Knochen im Leib wehtaten.

Sie blickte nach oben, und dort stand ein naher Dreiviertelmond am Himmel, ein auffrischender Wind hatte die Wolken weggeblasen, deshalb das dämmrige Licht.

Es rauschte in den sich biegenden Baumwipfeln, die letzten Wassertropfen wurden von den Ästen gefegt.

Zu ihrer rechten Seite hörte sie ein Rascheln.

Sie drehte den Kopf herum und sah sich plötzlich einer Hirschkuh gegenüber, die nur ein paar Meter weiter aus dem Dickicht getreten war und sie mit ihren großen braunen Augen neugierig musterte. Es war ein junges Tier, aus den Nüstern dampfte der Atem.

Weder Harriet noch die Hirschkuh bewegten sich.

Eine kleine Ewigkeit beäugten sie sich gegenseitig, bis die Hirschkuh schließlich umdrehte und genauso schnell wieder in den Büschen verschwand, wie sie aufgetaucht war.

Mühsam rappelte sich Harriet auf.

Sie beschloss, die ungewöhnliche Begegnung als Zeichen der Motivation zu nehmen.

Wenn ihr niemand zu Hilfe kam – und es sah ganz danach aus –, dann musste sie eben selbst zusehen, was sie machen konnte, um sich aus ihrer misslichen Lage zu befreien.

Sie sah am Baumstamm nach oben, an den sie gefesselt war.

Und da hatte sie auf einmal eine Eingebung.

Sie war riskant und ob sie überhaupt durchführbar war, wusste sie nicht.

Aber sie wollte es wenigstens versuchen.

74

Madlener saß im Büro des Tankstellenpächters der Nachttankstelle und sah sich dessen Überwachungsvideos an.

Der Pächter war um die sechzig Jahre alt und trotz der späten Stunde hilfsbereit, vielleicht war er froh über die Abwechslung. Er ließ auf Madleners Bitte hin die Videos der vier Überwachungskameras auf einem gesplitteten Bildschirm ablaufen und tat vor allem etwas, das Madlener sehr zu schätzen wusste: Er stellte keine überflüssigen Fragen.

Madlener hatte ihm das Notwendigste erklärt und ihn gebeten, diese Informationen erst einmal für sich zu behalten. Er trank Kaffee dazu, den ihm der Mann aus seiner eigenen Thermosflasche angeboten hatte.

Er sei besser als der Kaffee aus der Maschine, behauptete er.

Es war altmodischer Filterkaffee, den seine Frau ihm immer vor jeder Nachtschicht mitzugeben pflegte.

Madlener stimmte ihm zu – der Mann hatte recht.

Sie brauchten nicht lange, bis sie fanden, was Madlener suchte, weil er die Zeitspanne ziemlich genau eingrenzen konnte.

Sie sahen einen weißen Lieferwagen quer über den Platz vor der Tankstelle fahren, bis er an den Haltebuchten für die Staubsauger rückwärts einparkte.

Ein Mann in der Uniform eines Sanitäters stieg aus.

Madlener war sich sicher, dass es Sagittarius war.

Aber er war allein, auf der Beifahrerseite des Transporters saß niemand, das war deutlich zu sehen.

Wo zum Teufel ist Harriet abgeblieben?, fluchte Madlener innerlich. Ob er sie im Laderaum untergebracht hatte?

Der Mann ging um den Lieferwagen herum und tauchte nach einer Weile in einem grauen Overall und der Schirmmütze auf dem Kopf wieder auf.

Betont unauffällig schlenderte er an den Fenstern des hell

erleuchteten Shops vorbei. Dabei hatte er den Kopf so weit unten, dass man sein Gesicht nicht sehen konnte.

Dann machte er sich kurz am Golf zu schaffen.

»Was treibt der Kerl da?«, fragte der Mann von der Tankstelle und beugte sich näher zum Bildschirm.

Auch wenn Madlener nicht genau erkennen konnte, was Sagittarius da anstellte – es erklärte, warum er dem VW Golf hinterhergefahren war. Offensichtlich hatte Sagittarius Harriet den Ring abgenommen und ihn irgendwo am Golf angebracht. Madlener vermutete den Peilsender hinter der Klappe des Tankverschlusses.

Nachdem er noch gesehen hatte, wie der Mann im Overall wieder in den Lieferwagen gestiegen und davongefahren war, stand er auf, bedankte sich beim Tankstellenpächter für die Zeit und den Kaffee und suchte nach seinen Visitenkarten. Frau Gallmann hatte sie endlich nach Jahren für ihn besorgt, weil er es immer wieder versäumt hatte, sich welche machen zu lassen.

Schließlich fand er eine und überreichte sie mit den Worten: »Wenn der Kerl hier noch mal auftaucht, rufen Sie mich bitte unverzüglich an.«

Der Tankstellenpächter sah die Karte an.

»Kripo Friedrichshafen …«, sagte er und blickte wieder hoch. »Ich hoffe, Sie schnappen ihn sich vorher.«

»Das hoffe ich auch«, entgegnete Madlener und schüttelte ihm die Hand, bevor er die Tankstelle verließ.

Draußen im Audi nahm er wieder Kontakt zu Fraidling auf.

Seine Sorgen um Harriet waren nicht geringer geworden, ganz im Gegenteil.

Er musste sie finden. Schnellstens und um jeden Preis, das hatte für ihn jetzt absoluten Vorrang.

Er gab eine Fahndung nach dem weißen Lieferwagen durch mit Angabe eines Kennzeichens – das war auf den Videobildern zu erkennen gewesen. Dabei machte er sich keine große Hoffnung, dass die Nummer echt war. Außerdem veranlasste er eine

Fahndung nach dem verschwundenen Rettungswagen unter Angabe des Gebiets, in dem er vermutlich abgestellt worden war.

»Okay«, sagte er anschließend ins Mikro. »Bringen Sie mich zu dem Punkt, auf dem der Sanka so lange an Ort und Stelle stand. In dieses Waldgebiet.«

»Der Hochstätter Forst.«

»Wie auch immer. Wie lange hat er sich dort aufgehalten?«

»Ziemlich exakt achtzehn Minuten.«

»Also gut, ich starte jetzt. Wohin muss ich fahren?«

75

Der große Parkplatz gleich beim Zeppelinmuseum am östlichen
Jachthafen in Friedrichshafen war bis auf eine Handvoll Autos
leer. Wo zur Hauptsaison tagsüber die Touristenhorden nach
letzten freien Plätzen für ihre Autos, Wohnmobile und Busse
suchten, war bei ungemütlichem Oktoberwetter und um diese
Zeit weit nach Mitternacht tote Hose.

Das Licht der Straßenlampen glitzerte in den vielen Pfützen,
die der ausgiebige Landregen hinterlassen hatte, als Gregor
Lombardi mit seinem Lieferwagen darauf einbog und eine Er-
kundungsrunde im Schritttempo drehte.

Er nahm nicht zu Unrecht an, dass hier noch vor ein paar
Stunden mindestens ein Dutzend Beamte von LKA und Kripo
schwer bewaffnet und mehr oder weniger gut als Zivilisten
getarnt auf der Lauer gelegen und darauf gewartet hatten, dass
Geld- und Geiselübergabe abgewickelt werden sollten.

Er vermutete, dass diese Leute inzwischen längst abgezogen
worden waren, weil er ihnen mit der kleinen Änderung seiner
eigenen Ansage in die Suppe gespuckt hatte und man sie nun
schlicht und einfach nicht mehr benötigte.

Natürlich war es immer noch waghalsig von ihm, dass er hier
auftauchte und sich herumtrieb, um nicht zu sagen: tollkühn.

Aber erstens hatte er nichts zu verlieren, solange er die
beiden Geiseln als Faustpfand hatte, und zweitens musste er
den Sprengsatz entschärfen, bevor er entdeckt werden konnte
oder durch irgendeinen dummen Zufall losging und unschuldige Menschen verletzt oder getötet wurden. So etwas ließ
sich nicht mit seinem Rachekonzept vereinbaren. Franz von
Waldegg sollte leiden, für dieses Ziel war Lombardi bereit,
über Leichen zu gehen. Aber es mussten die richtigen sein,
keine Unbeteiligten. Schließlich war er kein x-beliebiger Ter-
rorist, der sich nicht um Kollateralschäden scherte, sondern
ein Mann mit Prinzipien und einer gerechten Mission, der es

nur auf die abgesehen hatte, mit denen er eine Rechnung begleichen musste.

Sicherheitshalber drehte er eine zweite Runde um den ganzen Parkplatz, immer darauf gefasst, dass plötzlich schwerbewaffnete SEK-Leute hinter dem Gebüsch oder aus einem der abgestellten Busse sprangen und ihn mit gezückten Maschinenpistolen zwangen, mit erhobenen Händen aus seinem Lieferwagen zu steigen und sich zu ergeben.

Aber nichts dergleichen geschah.

Gut so.

Er hielt schließlich neben dem unscheinbaren, von ihm abgestellten und präparierten Ford Fiesta, der eigentlich für Charlotte von Waldegg bestimmt gewesen war. In diesen Wagen hätte sie seinen Anweisungen gemäß umsteigen sollen, der Schlüssel war auf dem vorderen linken Reifen platziert. Sobald sie den Motor angelassen hätte, wäre der Wagen explodiert.

Der von ihm sorgfältig hergestellte Sprengsatz hätte ausgereicht, um nichts mehr von ihr übrig zu lassen.

Schock Nummer drei für Franz von Waldegg, wenn man den Mord an Döllinger und die Entführung seiner Kinder mitzählte.

Lombardi stieg aus, schaute sich noch einmal um und kroch unter den Fiesta, wo er die Sprengladung mit einem Magneten angebracht hatte. Er löste sie ab, entschärfte sie und gab sie im Laderaum seines Transporters in eine Kiste.

Dann fuhr er vom Parkplatz, immer noch darauf gefasst, dass etwas passierte.

Aber es geschah nichts.

Kein Mensch war um diese frühe Stunde unterwegs. Er überzeugte sich durch ausführliche Beobachtung der Umgebung und wiederholte Blicke in den Rückspiegel davon, sodass er es riskieren konnte, ohne große Umwege zur Lagerhalle im neuen Gewerbegebiet zu fahren, seinem Rückzugsort und strategischen Ausgangspunkt.

Harriet hatte sich mit Hilfe artistischer Verrenkungen ihre Schuhe und Socken ausgezogen und war nun bereit, ihr waghalsiges Unternehmen anzugehen.

Als Kind – sie war höchstens zehn Jahre alt gewesen – hatte sie einmal einem Mann vom E-Werk zugesehen, der die zerbrochenen Porzellanhalterungen einer altmodischen Überlandtelefonleitung reparieren musste und dazu einen hölzernen Mast hochgestiegen war.

Natürlich hatte sie kein Wort davon gesagt, dass sie selbst es am Vortag gewesen war, die mit einer eigenhändig gebastelten Steinschleuder die Porzellanisolatoren zehn Meter über dem Boden zerschossen und damit eine Wette gegen zwei gleichaltrige Jungs gewonnen hatte.

Die Art und Weise, wie der Mann affengleich den Mast hochgekraxelt war, hatte sie schwer beeindruckt.

Er hatte einen schweren Ledergurt als Kletterhilfe und einen mit Werkzeugen und Ersatzteilen. Bevor er den Gurt um den Mast schlug, befestigte er zwei sensenförmige Kletterhaken an seinen Arbeitsschuhen. Mit den Spitzen dieser Steighilfen hakte er sich mit den Füßen im Holz des Masts ein, mit dem Gürtel, um das Holz geschlungen, sicherte er sich ab, indem er ihn, je höher es hinaufging, mitschob.

Auf diese Weise kletterte er bis ganz nach oben, um die zerstörten Isolatoren auszuwechseln.

Fasziniert schaute Harriet zu, wie so ein hölzerner Mast zu erklimmen war.

Ihr fiel ein, dass sie in einem Film mal gesehen hatte, dass professionelle Kokosnusspflücker es so ähnlich machten – nur ohne Schuhe und mit einem Seil statt mit einem Ledergurt.

Genau mit dieser Klettertechnik wollte sie es jetzt auch an ihrem Baumstamm versuchen.

Zwar hatte sie keine Steigeisen, aber sie war barfuß, damit sie mit den Fußsohlen besseren Halt hatte. Statt eines Gurtes hatte sie die Kette zwischen den beiden Handschellen, und wenn sie hochschaute, stellte sie fest, dass der Stamm des Baumes unten keine Äste hatte und sich nach oben zunehmend verjüngte.

Vielleicht gelang es ihr, so weit hochzusteigen, dass sie nach einem Drittel den dünner werdenden Baumstamm abbrechen und sich so trotz der Handschellen von ihm losmachen konnte.

Ein höchst riskantes und kraftraubendes Unterfangen, das war ihr klar.

Aber sie hatte schon immer einen Hang zu gefährlichen Experimenten gehabt, das lag ihr im Blut.

Höchste Zeit, die Sache anzugehen.

Sie schob die Hände mit der Kette um den Baumstamm so weit wie möglich nach oben, spannte sie an, stemmte sich dagegen und zog sich ein Stück hoch.

Es war ein Laubbaum, die Rinde war nicht so schroff und kantig wie bei einem Nadelbaum, sondern relativ glatt.

Mit den nackten Füßen half sie nach und fand genügend Halt, um die Kette wieder ein Stück weit nach oben zu bugsieren.

Zentimeter um Zentimeter zerrte sie sich auf diese Weise höher und höher. Es war eine mühsame Angelegenheit und schweißtreibend. Aber schließlich fand sie einen Rhythmus, mit dem sie vorankam, wenn auch nur jeweils einen Fingerbreit.

Die Handschellen schnitten schmerzhaft in ihre Handgelenke ein, und schon bald hatte sie jede Menge Schrammen und Schürfwunden an Füßen und Unterarmen. Aber mit großer Zähigkeit und Unnachgiebigkeit, wie es ihre Natur war, gab sie nicht auf, auch wenn sie, sobald sie einen halben Meter gutgemacht hatte, wieder eine Handbreit nach unten abglitt. Nur mit äußerster Anstrengung konnte sie verhindern, dass sie ganz abrutschte.

Sie biss die Zähne zusammen und machte weiter.

Nach einer Weile hielt sie inne und warf einen Blick zum Boden hinunter.

Ungefähr vier Meter hatte sie so geschafft, schätzte sie.

Aber jetzt kamen die Zweige.

Obwohl sie ein Hindernis auf dem Weg nach oben waren, konnte sie die ersten dünnen Äste abbrechen und die hervorstehenden Stellen, an denen sie mit dem Stamm verwachsen waren, als hilfreiche Haltepunkte für ihre Handschellenkette verwenden.

Der Baum war unter dem dichten Nadeldach der umstehenden haushohen Fichten nicht besonders hoch und gerade gewachsen, die Baumkrone war eher kümmerlich, das kam ihrem Vorhaben zugute.

Schließlich hatte sie eine Stelle erreicht, an der sie probieren wollte, ob sie mit der Kette den nur noch armdicken Stamm abbrechen konnte.

So fest es ihr möglich war, klammerte sie sich mit Füßen und Oberschenkeln in Hockstellung an den Stamm, ein Astrest, auf dem sie sich mit dem linken Fuß abstützen konnte, war dabei hilfreich, und in einer einzigen, gleitenden Bewegung schwang sie die Kette so weit wie möglich nach oben und zerrte gleichzeitig mit aller Kraft daran.

Der Wipfel bog sich, aber er brach nicht ab.

Sie setzte alles auf eine Karte, ließ mit den Füßen los und hängte sich mit ihrem ganzen Gewicht an die gebogene Baumspitze.

Es knackste, und dann endlich brach sie mit einem Mal ab.

Harriet fiel rückwärts nach unten.

Sie schlug mit Rücken und Kopf hart auf dem moosbewachsenen Boden auf, etwas bohrte sich schmerzhaft in ihre Schulter.

Ihr wurde schwarz vor Augen und sie verlor das Bewusstsein.

Als sie wieder zu sich kam, blieb sie noch eine Weile benommen liegen, bis sie richtig kapierte, was sie gerade geschafft hatte.

Sie war frei, soweit man mit Händen, die an Handschellen gefesselt waren, frei sein konnte.

Aber jedenfalls war sie nicht mehr an den Baum gefesselt. Mühsam rappelte sie sich hoch und hielt sich ihre schmerzende Schulter.

Vorsichtig bewegte sie ihren Arm. Es tat zwar weh, war aber wohl nur eine Prellung.

Ihr Schädel brummte.

Am Hinterkopf konnte sie eine kastaniengroße Beule spüren.

Trotzdem hatte sie beim Sturz eine Menge Glück gehabt, dass nicht mehr passiert war, wenn sie die großen Steine betrachtete, die überall herumlagen.

Sie setzte sich auf ihren Hosenboden und zog Socken und Schuhe wieder an, bevor sie zwischen den Bäumen hindurch zum Sanka lief und an der Fahrertür rüttelte.

Vergebens – Lombardi hatte sie abgesperrt.

Sie suchte und fand einen faustgroßen Stein, mit dem sie gerade das Seitenfenster einschlagen wollte, als sie Scheinwerfer aufblitzen sah und Motorengeräusch hörte.

In einem ersten Impuls wollte sie den Weg entlang- und dem näher kommenden Auto entgegenrennen, aber dann fiel ihr blitzartig ein, dass sie sich schon einmal so derb hatte täuschen lassen und es ihre Häscher gewesen waren, von denen sie sich fälschlicherweise Hilfe erwartet hatte.

Vielleicht war es Sagittarius, der aus irgendeinem Grund zurückgekommen war, weil er es sich anders überlegt hatte und sie doch noch erledigen wollte.

Man konnte nie wissen.

Sie hatte nicht umsonst alles riskiert, um sich von dem Baum zu befreien, an den sie gefesselt gewesen war. Jetzt durfte sie ihm auf keinen Fall blindlings direkt in die Arme laufen.

So schnell sie konnte, setzte sie sich in den Wald ab und versteckte sich hinter einem umgestürzten Baum, von dem aus sie beobachtete, wer da in seinem Auto den Waldweg entlanggefahren kam.

77

In seinem Kopf brodelte es.
Sein ausgefeilter Plan, den er minutiös und über Jahre hinweg vorbereitet hatte, war fürs Erste fehlgeschlagen.

Als Gregor Lombardi endlich nach langer Irrfahrt mit seinem Lieferwagen vor dem Tor zu seinem über eine Tarnfirma angemieteten Lagerhaus stand, begann es bereits zu dämmern.
Die letzten Stunden musste er erst einmal verdauen.
Er war, seit er auf den Kommissar im Audi geschossen hatte, nicht mehr richtig zum Nachdenken gekommen und hatte von diesem Zeitpunkt an ganz auf Autopilot geschaltet.
Jetzt saß er hinter dem Steuer seines Transporters und war für eine Weile wie gelähmt.
Zu jeder Bewegung unfähig, bis er plötzlich wieder normal denken konnte und ihm bewusst wurde, dass er sich verdächtig machte, falls dummerweise in diesem Augenblick eine Polizeistreife vorbeigefahren kam.
Er musste sich regelrecht zwingen, das Tor mit der Fernbedienung zu öffnen, auf den Vorhof zu fahren, erst zu warten, bis sich das Zufahrtstor wieder geschlossen hatte, um anschließend den Transporter in die Halle zu steuern, wo er endlich den Motor ausschalten und zu sich kommen konnte, als das Rolltor der Halle langsam nach unten glitt.

Aber er stieg noch nicht aus, sondern klappte die Sonnenblende über der Windschutzscheibe herunter. Auf der Innenseite war mit Gummis ein Foto angeklemmt, das ihn lächelnd im Kreis seiner drei Frauen zeigte, wie er sie früher immer genannt hatte. Seine Ehefrau Sigrid und Sandra und Lisa, seine zwei Töchter. Aufgeweckte und fröhliche Mädchen, alle beide. Ein Bild aus dem letzten gemeinsamen Urlaub, als das Leben noch lebenswert und die Zukunft vielversprechend und verheißungsvoll war.

Immer, wenn er Zweifel an seiner Mission verspürte, wenn er nicht mehr wusste, wie und warum er auf seinem einmal eingeschlagenen Weg weitermachen sollte, wenn er seelischen Zuspruch brauchte, warf er einen Blick darauf.

Weil er dann auf fast magische Weise wieder Mut fasste und wusste, dass er das einzig Richtige tat.

Entschlossen klappte er die Sonnenblende hoch und damit den Anflug von Verzweiflung, die er gar nicht erst hochkommen lassen wollte.

Zunächst musste er die Geschehnisse der letzten Stunden Revue passieren lassen und analysieren, so machte er das immer, weil er nun mal ein sehr systematischer Mensch war. Nichts war für ihn verstörender, als wenn diese Systematik durch unvorhergesehene Ereignisse aus dem Takt geraten war.

Improvisieren war nicht gerade seine große Stärke.

Im Gegenteil – er hasste nichts mehr.

Weil Improvisation so fehlerbehaftet war.

Er war eben ein Mann der Wissenschaft und der Ingenieurskunst.

Doppelte Buchführung, Soll und Haben, mathematische Gleichungen, die aufgingen, technische Abläufe und Prozesse, die genau zu berechnen waren – das war sein Ding, das hatte immer sein Leben bestimmt.

Zumindest, bis es gewaltsam aus den Fugen geraten war.

Nach dem endgültig geplatzten Prozess gegen Franz von Waldegg hatte er beschlossen, sein altes Ich wegzuwerfen und als Sagittarius ein völlig neues Leben zu beginnen, das nur auf ein einziges Ziel ausgerichtet war: Franz von Waldegg zu vernichten.

Nie würde er das Gesicht des Grafen vergessen, als er vor Gericht freigesprochen worden war. Oberflächlich gesehen war es vollkommen neutral. Aber Lombardi hatte Augen für diesen innerlichen Triumph, konnte ihn geradezu körperlich spüren.

Franz von Waldegg war es gelungen, sich kraft seines Geldes

und seines Einflusses aus der Verantwortung gestohlen zu haben. Verantwortung dafür, dass er eine Familie zerstört hatte.

Seine Familie.

Von diesem Zeitpunkt an hatte Lombardi alles auf eine Karte gesetzt und einiges auf sich genommen.

Das Vortäuschen seines Todes durch Ertrinken, die teuer erkaufte neue Identität, den langjährigen Aufenthalt ohne jede soziale Bindung im Ausland.

Aber das war noch lange nicht alles.

Was hatte er an Geld und Mühe investiert, was hatte es an Logistik erfordert, an Investitionen, an Geldtransaktionen, an Recherchen, an Versteckspielen, an Einkäufen, an Basteleien, an Suchen im Internet, im Darknet, alles heimlich aus Angst vor möglicher Entdeckung, alles unter einer neuen Identität, mit dem abenteuerlichen Erwerb von falschen Pässen und echten Waffen, mit dem Schmieren von korrupten Anwälten und Beamten. Mit heimlichen Helfern im Hintergrund, für die ein Vermögen an Schweigegeld ausgegeben werden musste. Ohne seine außerordentlichen finanziellen Möglichkeiten – er hatte rechtzeitig sein ganzes, nicht unerhebliches Kapital ins Ausland umgeleitet und in diverse Stiftungen aufgeteilt – wäre das undurchführbar gewesen.

Und das alles immer allein, ohne direkte Hilfe eines Zweiten bei den praktischen Vorbereitungen, weil er keine Mitwisser wollte, die ihn erpressen oder verraten konnten – was für ein Riesenaufwand!

Ganz abgesehen davon, am Anfang auch noch diesen Staranwalt mit der Armbrust zu erschießen, als Auftakt für alles, was folgen sollte.

Auch das musste sorgfältig geplant und ausgeführt werden.

Es gab Wochen und Monate, in denen er nicht mehr wusste, wo ihm der Kopf stand. Schlimmer noch: wer er eigentlich war.

Auf dem langen Weg der Rache waren im Grunde er selbst und seine Persönlichkeit auf der Strecke geblieben.

Doch das war ihm letztlich gleichgültig. Denn eines hatte er nie aus den Augen verloren, eines hielt ihn immer bei der Stange, wenn er nahe daran war, aufzugeben: sein Hass auf Franz von Waldegg.

Aber wofür das alles?

Dafür, dass dieser Riesenzirkus jetzt für die Katz gewesen sein sollte?

Es sah ganz danach aus.

Er überlegte, wie die Sache so aus dem Ruder hatte laufen können.

Und warum.

Weil ihm dieser Kommissar Madlener in die Quere gekommen war. Und dessen Kollegin Holtby. Nur so war es zu diesem unerfreulichen Intermezzo gekommen, weil die Kommissarin sich als Charlotte von Waldegg ausgegeben hatte. Lange, sehr lange hatte er tatsächlich mit dem Gedanken gespielt, ob er Holtby ganz ausschalten sollte. Dann hatte er es doch nicht getan, obwohl sie es verdient gehabt hätte, weil sie ihn alle für dumm verkaufen wollten.

Aber im letzten Augenblick hatte er umgeswitcht. Der Grund war nicht, dass er es nicht übers Herz gebracht hätte, eine junge Frau hinterrücks zu erschießen. Mit dem Mord an Döllinger hatte er bereits eine rote Linie überschritten, von da an gab es kein Zurück mehr. Seine Gefühle und sein Gewissen hatte er längst mit den bis zur Unkenntlichkeit verbrannten Leichen seiner Frau und seiner Töchter beerdigt.

Der wirkliche Grund war, dass er seinen Plan höchstwahrscheinlich nicht bis zum spektakulären Ende hätte ausführen können, wenn er als Polizistenmörder gebrandmarkt worden wäre. Deshalb hatte er auch nicht weiter auf diesen Madlener gefeuert, der wie ein Schachtelteufel aufgetaucht war. Er hatte schon den einen Schuss bereut, aber das war im Affekt passiert.

Hatte man erst einen Polizisten erschossen, wurde unter Garantie eine Riesenmaschinerie angeworfen und eine gnadenlose

Jagd in Gang gesetzt. Dann war jeder Kriminalbeamte hinter einem her, der noch laufen und eine Pistole halten konnte, dann hatte man auch die Medien und die Bevölkerung gegen sich, dann gab es keinen Spielraum mehr für Verhandlungen und taktische Mätzchen.

Dann war endgültig Schicht im Schacht.

Das konnte er sich nicht leisten.

Damit wäre seine ganze Mission gefährdet gewesen.

Er sah hoch und erfasste das große Zelt aus Plastikplanen, das in der Ecke der Halle stand und in dem Elise und Eduard gefangen gehalten wurden.

Noch war nichts verloren.

Das wertvollste Faustpfand war weiterhin in seiner Hand, und mit dem ließ sich alles andere regeln: seine zwei Geiseln.

Die Polizei kannte zwar seinen Namen, aber nicht dieses Versteck.

Und nur das zählte.

Dass sie inzwischen hinter seine Identität gekommen waren – das hatte er teilweise selbst forciert. Weil das Teil seines Plans war: Franz von Waldegg immer mehr wissen zu lassen, wer hinter der Entführung steckte, warum das so war und vor allem – warum das Ende unausweichlich sein würde.

Das war elementar wichtig.

Es musste alles so ablaufen, dass Franz von Waldegg der größtmöglichen Pein ausgesetzt wurde. Der Graf musste erst einmal von seinem hohen Ross heruntergeholt werden, er sollte nach und nach alle Variationen des Verlusts ertragen müssen.

Und das, ohne sich jemandem anvertrauen zu können, weil dann zugleich seine große Lebenslüge aufgeflogen wäre – dass er der wahre Schuldige am Tod der drei Lombardis war und nicht das Bauernopfer Ingolf Seibold.

Franz von Waldegg musste seinen eigenen Kreuzweg gehen, bis zur endgültigen Katastrophe.

Er sollte den Kelch der Erkenntnis austrinken bis zur bitteren Neige.

Nur so würde er letzten Endes verstehen, was er, Gregor Lombardi, alles durchgemacht hatte.

Jetzt, wo er wieder klar denken konnte, sah Lombardi erleichtert ein, dass er noch alles im Griff hatte. Er würde eben auf Plan B übergehen, obwohl er sich das lieber erspart hätte. Er war kein Sadist. Aber nun musste getan werden, was notwendig war, auch wenn das nur mit gewissen Methoden zu bewerkstelligen war, die er normalerweise verabscheute. Aber sie hatten ihn mit falschen Versprechungen und einem Bauerntrick hereinlegen wollen. Das konnte er sich nicht gefallen lassen, wenn er noch ernst genommen werden wollte. Vor allem diese Kommissare aus Friedrichshafen hatten ein falsches Spiel gespielt. Wenn sie sich da nur nicht verkalkuliert hatten. Er nahm an, dass das, was passiert war, in gewissen höheren Polizeikreisen gar nicht gut angekommen war. Um eine erneute Finte seitens der Polizei zukünftig auszuschließen, bis alles zu einem für ihn befriedigenden Ende gebracht war, musste er nun die zweite Raketenstufe zünden, bildlich gesprochen. Es galt, ein unmissverständliches Zeichen zu setzen. Dass er das Sagen hatte. Auch wenn das ziemlich schmerzhaft war. Vor allem für Elise und Eduard.

78

Von ihrem Versteck hinter dem umgestürzten Baum aus beobachtete Harriet, wie der Wagen im Schleichgang näher kam und schließlich stehen blieb.

Sie hielt den Atem an und überlegte, was sie machen sollte, wenn es tatsächlich Sagittarius war.

Wieder wie eine Fünfzehnjährige kopflos durch den Wald rennen, als die drei Männer hinter ihr her waren?

Aber die Wahl zwischen Flucht oder Verstecken wurde ihr gerade noch rechtzeitig abgenommen.

Ihre Erleichterung war schier grenzenlos, als sie den schwarzen SUV als Audi identifizierte und den Mann, der ausstieg und misstrauisch die Gegend musterte, als Max Madlener.

Madlener hatte den Sanka tief im Wald entdeckt und sprach in sein Mikro, als eine Gestalt aus dem Dickicht kam und auf ihn zustürmte.

Harriet.

Er stolperte ihr entgegen und umarmte und drückte sie in seiner überschwänglichen Freude, sie nahezu unversehrt, wenn auch reichlich abgekämpft und zerkratzt anzutreffen, so fest, dass ihr schier die Luft wegblieb. Sie konnte die Umarmung nicht erwidern, weil sie immer noch die Handschellen trug, sonst hätte sie es getan.

Eine ganze Weile sagte keiner ein Wort, bis Madlener sie auf Armeslänge von sich hielt und ihr in die Augen sah.

»Mein Gott, Harriet, du glaubst nicht, wie froh ich bin, dich zu sehen!«

»Und ich erst!«, antwortete sie, und ausnahmsweise stahl sich ein kleines Lächeln in ihr schmutziges und verschrammtes Gesicht. So besorgt und unbeholfen zugleich hatte sie ihn selten erlebt. Dann hielt sie beide Hände mit den Handschellen hoch.

»Ich hoffe nur für dich, dass du dafür einen Schlüssel dabeihast!«

Natürlich hatte Madlener keinen passenden Schlüssel dabei, aber das war in diesem Augenblick eher nebensächlich.

Sie waren beide am Leben, und nachdem Madlener sich davon überzeugt hatte, dass Harriet nur ein paar Schürfwunden und blaue Flecken sowie eine Beule davongetragen hatte, waren sie sich darin einig, dass sie noch Glück im Unglück gehabt hatten.

Als Erstes informierte Madlener Fraidling darüber, dass und in welchem Zustand er Harriet gefunden hatte, und forderte ein paar Techniker an, die sich um den verlassenen Sanka im Wald kümmern sollten.

Dann fuhr er mit Harriet zur nächsten Tankstelle und besorgte dort Eiswürfel in einem Beutel, mit dem sie ihre Beule am Hinterkopf kühlen konnte.

Sie waren sich einig darin, dass sie nichts weiter wollten, als Sagittarius alias Gregor Lombardi endgültig das Handwerk zu legen.

Allerdings erst nach einer ausgiebigen Dusche und einem ordentlichen Frühstück.

Das dachten sie, als sie gemeinsam nach Hohenschwarzbach zurückfuhren und sich gegenseitig auf den neuesten Stand der Dinge brachten.

Aber so einfach war das nicht.

Nicht, nachdem Madleners Plan sich in der Praxis als einziger Fehlschlag erwiesen hatte und im Polizeirevier von Hohenschwarzbach inzwischen schon die Messer gewetzt wurden.

Dort war eine hochkarätige Delegation aus Stuttgart eingetroffen, die nichts anderes vorhatte, als Kriminalhauptkommissar Madlener gehörig in die Mangel zu nehmen.

Fraidling hatte Madlener über Funk vorgewarnt. Schließlich hatten sie in Madlener endlich jemanden gefunden, den sie für das Desaster verantwortlich machen konnten.

Das einzig Positive an der ganzen Angelegenheit war, dass bisher erstaunlicherweise nichts davon an die Öffentlichkeit durchgesickert war. Aber das lag vielleicht auch daran, dass es die Familie von Waldegg war, die darin involviert war. Sie genoss in Hohenschwarzbach und Umgebung immer noch eine Art Status der Unberührbarkeit. Und obwohl es die Spatzen schon von den Dächern pfiffen, dass Eduard und Elise von Waldegg in der Hand eines skrupellosen Entführers waren, hielt das kollektive Schweigen. Keiner der Menschen dieser Gegend wollte derjenige sein, der den allseits respektierten hohen Herrschaften in den Rücken fiel und die Sache nach außen trug. Niemand wollte sich nachsagen lassen, er hätte das Leben der Kinder in Gefahr gebracht, weil er geplaudert hatte. Das wäre ihnen allen wie eine Form des Verrats vorgekommen. Dieser unausgesprochene Zusammenhalt der Gemeinde war, was die spezielle Beziehung und den Respekt der Familie von Waldegg gegenüber anging, ein seltsames Phänomen.

Wie aus der Zeit gefallen.

79

Im Büro der Lagerhalle, das Gregor Lombardi gleichzeitig als Werkstatt und als Schlafstätte diente – er hatte dort ein Feldbett aufgestellt –, legte er erst einmal den Sprengsatz neben die zwei anderen, die bereits vorgefertigt und einsatzfähig in einem Regal lagerten.

Dann setzte er sich in seinen Stuhl vor den Monitor mit den Bildern der Überwachungskameras im Zelt und ließ im Schnelldurchlauf alle Kameraeinstellungen durchlaufen, um zu kontrollieren, was sich während seiner Abwesenheit im Zelt ereignet hatte. Nebenbei trank er Wasser aus dem Essens- und Getränkevorrat, mit dem er den Kühlschrank bestückt hatte.

Anscheinend hatte Eduard einen Anfall von Vandalismus gehabt. Er ließ seine Wut an seinem Bett aus, das natürlich fest am Boden angeschraubt war, und trat in seinem Furor auf alles ein, was nicht niet- und nagelfest war.

Das war nicht viel, aber als er anfing, auf die Campingtoilette loszugehen, war es Elise, die ihn davon abhielt, eine größere Sauerei zu veranstalten, die nichts außer Ärger gebracht hätte. Die Schwester schien ihn wieder halbwegs zur Vernunft bringen zu können, jedenfalls warf er sich nach einer verbalen Auseinandersetzung bäuchlings aufs Bett.

Lombardi sah, wie Eduards Schultern zuckten. Er schluchzte, während seine Schwester ihn tröstete.

Dies war wohl ein erstes ernsthaftes Zeichen von Knastkoller, was Lombardi aber nicht weiter beunruhigte.

Er schaltete den Monitor aus.

Lange würde es nicht mehr dauern, bis er die beiden erlösen würde.

Auf einmal spürte er, dass er Hunger hatte wie ein Wolf und gleichzeitig von einer bleiernen Müdigkeit gepackt wurde.

Das war beileibe kein Wunder, wenn er daran dachte, wie lange er jetzt schon auf den Beinen war.

Hastig verschlang er zwei gekochte Eier und ein Schinkensandwich und dazu zwei Schokoriegel.

Kurz überlegte er, ob er schnell noch eine Prise Speed durch die Nase ziehen sollte, um wach zu bleiben, aber es war wohl besser, sich ein paar Stunden auf das Feldbett in der Ecke zu legen, um wieder einen klaren Kopf zu bekommen. Das Speed konnte er in der Endphase seiner Unternehmung gebrauchen, dann, wenn es hart auf hart ging.

Aber zuerst musste er die Geschwister für eine Weile in einen gnädigen Tiefschlaf schicken, um Plan B in die Tat umzusetzen. Dazu hatte er schon nebenher alles vorbereitet. Er zog das flüssige Anästhetikum auf eine Spritze, stach die Nadel in den Plastikverschluss einer Mineralwasserflasche und drückte den Kolben durch. Anschließend schüttelte er die Flasche, um das Mittel gut zu verteilen. Den Einstich konnte man übersehen, wenn man nicht darauf achtete und nur durstig war und gierig die Flasche öffnete.

Dann schlug er ein Tuch auf und überprüfte die Instrumente und das Verbandszeug, das er für Plan B besorgt hatte.

Stichsäge, Astschere, Druckverband, Desinfektionsmittel, Heftpflaster.

Er warf einen Blick auf seine Uhr und stellte die Weckfunktion auf seinem Handy ein.

Er gab sich drei Stunden für ein Nickerchen. Bis dahin würden sich seine zwei Geiseln im Tiefschlaf befinden, auch wenn dieser keine natürlichen Ursachen hatte.

Er stand auf, zog sich seine Donald-Trump-Maske über und nahm die präparierte Mineralwasserflasche und zwei Fertigsandwiches vom Supermarkt aus dem Kühlschrank.

Als er damit auf dem Weg durch die Halle zum Zelt war, überlegte er, dass es eigentlich völlig sinnlos war, sich nur mit der albernen Maske, unter der man fürchterlich ins Schwitzen kam, den Geschwistern zu nähern. Sie würden die ganze Geschichte sowieso nicht überleben.

Die Maske hatte er sich von Anfang an ausschließlich aus psychologischen Gründen übergestülpt.

Solange sie annahmen, dass er ihnen sein Gesicht nicht zeigte, damit sie ihn nicht identifizieren konnten, so lange durften sie damit rechnen, wieder freigelassen zu werden.

Das hielt sie einigermaßen ruhig.

Bis auf den kleinen Aussetzer von Eduard, aber der hatte sich ja schon wieder beruhigt.

Manchmal wunderte er sich, dass der Mensch sich selbst in der schlimmsten Ausweglosigkeit bis zum letztmöglichen Zeitpunkt an der Hoffnung festklammerte, dass alles doch noch irgendwie gut ausgehen würde.

Welch ein Irrtum.

80

Madlener parkte den Audi direkt neben der verrosteten Stahlskulptur.

Harriet stieg mit ihren Handschellen aus, und Madlener nahm die Tasche mit dem Lösegeld, damit betraten sie das Polizeirevier von Hohenschwarzbach.

Dort ließ sich Madlener vom Diensthabenden als Erstes einen Schlüssel für die Handschellen geben, der passte, und befreite Harriet davon, anschließend überreichte er sie ihr.

»Kleines Souvenir«, witzelte er, dann fragte er den Beamten hinter dem Tresen, der ihm neulich mit einer Zigarette ausgeholfen hatte: »Wie ist die Stimmung da drin?«

Dabei wies er mit dem Kopf in Richtung der Büros.

Der Diensthabende verzog unmissverständlich das Gesicht zu einer Leichenbittermiene und sagte wahrheitsgemäß: »Beim letzten Staatsbegräbnis ging's fröhlicher zu.«

Madlener nickte nur. Damit hatte er gerechnet.

Harriet massierte ihre lädierten Handgelenke und legte den Eisbeutel, dessen Inhalt inzwischen zu Wasser geschmolzen war, auf dem Tresen ab.

»Willst du dich erst ein bisschen frisch machen?«, fragte Madlener, aber sie schüttelte nur den Kopf.

»Lass uns das erst mal hinter uns bringen, okay?«

Madlener packte wieder die Lösegeldtasche am Henkel und marschierte voran, Harriet folgte ihm.

Als sie den Besprechungsraum betraten, hatte Madlener den Eindruck, einer Abordnung der Heiligen Inquisition gegenüberzustehen, nur dass die Männer und Frauen, die ernste und anklagende Gesichter machten, nicht in Kutten gekleidet waren. Trotzdem hatte Madlener die plötzliche Anwandlung, dass im Keller des Polizeireviers die Folterknechte womöglich schon mal die Streckbank auf Vordermann brachten. Diese absurde Vorstellung half ihm, über den Dingen zu stehen und Gleichmut zu bewahren – wie immer rechnete er mit dem Schlimmsten.

Er sollte recht behalten.

Aber es kam noch schlimmer.

Der Raum war fast zu klein für die Delegation, von der sie erwartet wurden.

Madlener war nicht ganz unvorbereitet, er hatte Harriet schon vorgewarnt, dass jetzt alle aus ihren Löchern kamen, die sie und Madlener die Drecksarbeit hatten machen lassen, und nun, nachdem alles schiefgegangen war, was schiefgehen konnte, waren sie in der vorteilhaften Position, Erklärungen verlangen zu können, Schuldige zu finden und sie von oben herab abzukanzeln. Die ausgiebige Dusche und das opulente Frühstück, das sie sich so schön ausgemalt hatten – das würde wohl noch eine Weile auf sich warten lassen.

Dr. Ilgner lehnte an der Schreibtischkante, cool und mit strenger Miene durchblätterte er einen Bericht und sah nicht hoch, als Madlener und Harriet hereinkamen. Seine Entourage bestand aus Siewert vom LKA und Meidrich, dem Chef des Sondereinsatzkommandos, die beiden waren Harriet nur allzu gut bekannt. Sie hatten sich in der Aktion bei Pfullendorf auch nicht gerade mit Ruhm bekleckert und genossen es jetzt umso mehr, dass der Fokus der Schuldzuweisung nun auf Madlener gerichtet war. Dazu kamen drei weitere Bürohengste in teuren Anzügen und mit der Lizenz zum Bedeutungsvolle-Miene-Machen.

Diese Sorte Bürokraten kannte Madlener zur Genüge aus seiner Zeit in Stuttgart.

In den Hintergrund gedrängt waren Fraidling, Elena Kanauskas und zwei Techniker, die mit Hingabe den Boden oder den Zustand der Zimmerdecke begutachteten und auf Madlener wirkten, als wären sie in diesem Augenblick hundertmal lieber im radioaktiv verseuchten Sperrgebiet von Tschernobyl als hier im Polizeirevier von Hohenschwarzbach.

Zwei leere Stühle warteten auf Madlener und Harriet, auf die sie sich setzten, nachdem Madlener grußlos die Tasche mit den zwei Millionen in bar vor Ilgners Füße gewuchtet hatte.

Der ergriff auch schließlich das Wort.

»Ich höre«, sagte er nur, sah auffordernd hoch und verschränkte die Arme.

Madlener hätte sich nicht gewundert, wenn er sich dabei mit unbeteiligter Miene die Nägel gefeilt hätte.

Er begann ruhig und sachlich damit, alles chronologisch aus seiner Sicht zu rekapitulieren, was sich zugetragen hatte. Dabei ließ er nichts aus und fügte nichts hinzu, einer der Wichtigtuer im Anzug nahm jedes Wort mit seinem Handy auf. Madlener schilderte auch, dass er und Harriet sich aufgrund ihrer Recherchen und Schlussfolgerungen sicher waren, dass Gregor Lombardi Sagittarius war.

Als Madlener fertig war, wandte sich Dr. Ilgner an Harriet.

»Haben Sie den Ausführungen Ihres Kollegen noch etwas hinzuzufügen, Frau Holtby?«, fragte er herablassend.

»Nein. Genau so hat es sich abgespielt«, bestätigte Harriet. »Und genau das sind auch die Erkenntnisse, die wir herausbekommen haben.«

»Nun denn«, seufzte Ilgner theatralisch. »Es dürfte Ihnen klar sein, dass der ganze Ablauf der Geschichte inklusive Vorbereitung noch Gegenstand einer gründlichen Untersuchung sein wird. Zweifelsohne sind schwerwiegende Fehler gemacht worden –«

»Moment mal«, unterbrach Madlener, »niemand hat damit rechnen können, dass Gregor Lombardi sich nicht einmal im Ansatz an die ausgehandelten Bedingungen der Lösegeldübergabe und der Geiselfreigabe halten würde. Aber das ist noch nicht alles. Charlotte von Waldegg, die Sagittarius ausdrücklich für die Lösegeldübergabe angefordert hat, war aus gesundheitlichen Gründen nicht in der Lage, dies zu übernehmen.

Daraufhin hat meine Kollegin Holtby, die eine ähnliche Statur und Größe hat, sich freiwillig dazu bereit erklärt, für sie einzuspringen. Nach den ganzen Vorkommnissen vermute ich, dass Sagittarius gar nicht auf das Lösegeld aus war, sondern auf Charlotte von Waldegg.«

Jetzt begann Dr. Ilgner, unangenehm laut zu werden.

»Diese Meinung haben Sie exklusiv, Madlener. Sie haben von vorneherein die ganze Operation Ihrem Verantwortungsbereich untergeordnet, also war es auch Ihre Aufgabe, alle Optionen im Auge zu behalten. Und wenn ich ›alle‹ sage, dann meine ich auch alle, selbst die Unwahrscheinlichsten. Sie werden im Rahmen eines Untersuchungsausschusses zu jedem einzelnen Punkt befragt werden und noch ausführlich Gelegenheit bekommen, sich dazu zu äußern.«

Er stand auf.

»Aber jetzt ist nicht der geeignete Zeitpunkt dafür. Wir haben Dringlicheres zu tun, weil wir Ihre Fehleinschätzungen auszubaden haben. Wir müssen alle Kräfte bündeln, um dieses Chaos, für das Sie beide verantwortlich sind, wieder zu korrigieren. Wir können nur im Interesse aller hoffen, dass sich der Entführer noch mal meldet, damit ich vernünftig mit ihm in neue Verhandlungen treten kann.«

Er tat so, als würde er für einen kleinen Moment in sich gehen, dann sprach er Madlener direkt an.

»Machen wir's kurz und schmerzlos. Kraft meines Amtes entbinde ich Sie hiermit von diesem Fall. Ich werde die Sache von nun an selbst in die Hand nehmen. Sie sind vorläufig freigestellt. Packen Sie Ihre Sachen und fahren Sie zurück nach Friedrichshafen. Dort können Sie in sich gehen und auf weitere Anweisungen warten. Für Sie, Frau Holtby, gilt dasselbe. Noch Fragen?«

Madlener erhob sich.

»Hören Sie, Dr. Ilgner, wir haben inzwischen herausbekommen, wer hinter Sagittarius steckt. Er weiß das. Sagittarius ist Gregor Lombardi. Und sein Motiv ist Rache, nicht Geldgier. Und darauf zu warten, dass der Entführer sich noch einmal meldet – dafür ist keine Zeit mehr. Ich vermute, dass die Geiseln in höchster Gefahr sind. Wir müssen sein Versteck finden, und das geht nur über die Stiftungen, die Lombardi im Ausland hat und über die er wahrscheinlich die eine oder andere Immobilie angemietet oder gekauft hat. Dazu brauchen wir ein grenzübergreifendes Übereinkommen mit der Schweiz und mit Liechtenstein, da muss die Politik ins Spiel kommen, Sie haben die entsprechenden Beziehungen. Und das alles muss schnell und unbürokratisch gehen. Des Weiteren müssen wir mit Franz von Waldegg ein ernsthaftes Wort reden und die ganze Geschichte um den Prozess gegen ihn noch einmal aufrollen.«

Dr. Ilgner schüttelte gespielt resignativ, aber entschieden den Kopf und winkte ab. Dann zeigte er mit dem Finger auf ihn, als würde er eine Waffe auf ihn richten.

»Sie, Madlener, Sie rollen gar nichts mehr auf! Haben wir uns da verstanden? Ihre abstruse Theorie ist inzwischen obsolet, damit waren Sie doch von Anfang an auf dem Holzweg. Wenn ich das schon höre – Gregor Lombardi will Rache. Nein, nein, wir gehen weiterhin von einem Verrückten aus, der sich tot gestellt hat und jetzt scharf auf das Geld ist. Hat er nicht sogar auf Sie geschossen, als er noch mal zurückkam, um die Geldtasche aus dem Auto zu holen?«

»Ja, das hat er.«

»Sehen Sie! Also will er das Geld, alles andere ist doch nur Theater, um uns in die Irre zu führen. Aber lassen wir das. Ich denke, ich habe mich klar genug ausgedrückt. Damit Sie es auch wirklich voll und ganz verstehen, wiederhole ich es: Der Entführungsfall Elise und Eduard von Waldegg ist nicht mehr Ihr Fall. Sie haben hier nichts mehr zu melden. Sie sind draußen, ist das endlich angekommen?«

Er sah Madlener mit einem Gesichtsausdruck an, als würde er ihn jeden Moment von seinen Bürokraten im Anzug abführen und draußen vor der Tür standrechtlich erschießen lassen.

Harriet war fassungslos, dass Madlener nichts entgegnete, sondern scheinbar gelassen blieb, vor sich hinnickte, als hätte er sowieso nichts anderes erwartet, sich umdrehte und wortlos den Raum verließ.

Sie sah reihum in die Gesichter, die Skala reichte von unverhohlener Schadenfreude bei Siewert und Meidrich bis zu Betroffenheit bei Kanauskas, Fraidling und den Technikern, die sich mitverantwortlich fühlten.

Wut stieg in ihr hoch, dass sie so von oben herab zur Schnecke gemacht wurden, obwohl sie schließlich beide ihr Leben riskiert und ihr Möglichstes getan hatten.

Sie fasste sich jedoch schnell wieder, weil sie das unbestimmte Gefühl hatte, dass Dr. Ilgner und sein Hofstaat nur darauf warteten, dass sie etwas Falsches sagte, um ihr einen Strick daraus drehen zu können.

Madlener hatte sie oft genug vor Dr. Ilgner gewarnt. Mit ihm war eben nicht gut Kirschen essen.

Abrupt stand auch sie auf und verließ hinter Madlener den Besprechungsraum.

Aber sie konnte es nicht lassen und knallte wenigstens die Tür hinter sich zu.

81

Harriet hatte ausgiebig in ihrem Hotelzimmer geduscht und setzte sich im Frühstücksraum zu Madlener, der in aller Seelenruhe sein Rührei mit Speck aufgabelte und dazu in ein knuspriges Laugencroissant biss, das in seiner Qualität fast an das Croissant aus seiner Lieblingsbäckerei in Friedrichshafen heranreichte, wie er fand.

Er wirkte, der Situation gar nicht angemessen, seltsam entspannt und hatte sich sogar ein paar gebratene Würstchen vom Frühstücksbüfett geholt, die er jetzt sorgsam mit seinem Messer zersäbelte.

»Willst du gar nichts essen? Du musst doch am Verhungern sein! Die Würstchen solltest du probieren, sie schmecken hervorragend! Der Wirt hat mir erzählt, dass sie aus seiner eigenen Metzgerei sind«, sagte er, als gäbe es kein wichtigeres Thema. »Da ist Wildschwein drin, selbst geschossen.«

Sein Vorhaben einer strengen Diät hatte er längst auf den Sankt-Nimmerleins-Tag verschoben. Jetzt ging es darum, sich erst einmal für alles zu stärken, was noch auf sie zukam.

»Mir ist der Appetit gründlich vergangen«, erwiderte Harriet und schniefte, schnappte sich dann aber doch mit den Fingern ein Stück von den Würstchen und schob es sich in den Mund.

Madlener lehnte sich zurück, sah ihr zu und trank einen Schluck vom Kaffee.

»Bedien dich ruhig«, meinte er und schob ihr seinen Teller über den Tisch. »Das ist schon meine zweite Portion, ich bin bereits pappsatt.«

»Max, ich verstehe dich nicht mehr«, entgegnete Harriet und spießte das nächste Stück Würstchen mit ihrer Gabel auf.

Wenn sie ihn beim Vornamen nannte, wurde es ernst, das wusste Madlener.

»Willst du damit andeuten, dass du mich jemals verstanden

hast?«, fragte er und versuchte, eine Augenbraue hochzuziehen, wie es nur Harriet konnte, was ihm natürlich nicht gelang.

Harriet hörte auf zu kauen und schaute ihm direkt in die Augen, weil sie annahm, dass er sie auf den Arm nehmen wollte.

»Du verscheißerst mich!«, sagte sie schließlich.

»Keinesfalls, Harriet. Nicht in der Situation, in der wir stecken. Übrigens, wie geht's deiner Beule?«

»Danke, dass du mich daran erinnerst«, sagte sie ungnädig und fühlte vorsichtig auf ihrem Hinterkopf nach.

Statt einer Antwort verzog sie das Gesicht.

»Ich hab das dumme Gefühl, dass mir irgendwie zwei Stunden fehlen. Von dem Augenblick an, als ich aus diesem Sanka ausgestiegen bin, bis zu meinem Sturz vom Baum.«

»Das nennt man wohl retrograde Amnesie. Soll bei einem Schlag auf den Kopf vorkommen. Wahrscheinlich hast du eine Gehirnerschütterung. Ich bin mir ziemlich sicher, dass ich dir schon einmal gesagt habe, dass damit nicht zu spaßen ist. Ist noch gar nicht so lange her. Du solltest dich unbedingt hinlegen. Dann gibt es sich mit der Zeit.«

»Woher willst du das wissen?«

»Weil ich das auch schon gehabt habe. Und glaub mir – es gibt Begebenheiten, da kann man froh sein, wenn man sich nicht mehr daran erinnert.«

»Meinst du?«

»Das meine ich nicht nur. Ich bin mir da sogar ganz sicher. Oder willst du dich vielleicht ein Leben lang an jeden Müll erinnern? Das ist nicht gut.«

Harriet steckte das nächste Stückchen Wurst zwischen die Zähne und überlegte, ob Madlener recht hatte damit, was er sagte.

Irgendwie machte sie auf Madlener den Eindruck, als stünde sie neben sich, weil sie so einen glasigen Blick hatte, der ins Nichts gerichtet war. Das konnte nicht allein an der überragenden Qualität der Würstchen liegen.

»Apropos vergessen …«, meinte er und weckte sie aus ihrer

geistigen Abwesenheit. »Hast du daran gedacht, dass wir packen wollten?«

»Alles erledigt. Bin reisefertig«, antwortete sie, stand auf und ging zum Büfett.

Madlener schrieb eine längere SMS an Simone Zoller, bis Harriet mit zwei voll beladenen Tellern zurückkam, sich wieder zu ihm setzte und ein ordentliches Tempo beim Essen an den Tag legte.

»Lass dir Zeit, Harriet. Wir bleiben noch«, wandte er ein und verspürte plötzlich Lust auf eine Zigarette.

»Wie ... wir bleiben noch? Ilgner hat uns rausgeworfen. Hast du das auch schon vergessen?«

»Willst du wirklich als Zugabe zu deinem opulenten Frühstück hören, was Ilgner mich kann? Kleine Hilfestellung: Es fängt mit A an.«

»Er kann den Ast absägen, auf dem wir sitzen.«

»Falsch. Kann er nicht. Ich sage dir, er wird angekrochen kommen und uns anbetteln, dass wir ins Spiel zurückkehren. Darauf freue ich mich jetzt schon. Deshalb bleiben wir gleich hier. Ich habe keine Lust, wieder von Friedrichshafen aus hierher zurückzufahren. Das ersparen wir uns und genießen solange die gute Schwarzwaldluft.«

Harriet schloss demonstrativ die Augen und atmete einmal tief durch. Manchmal konnte Madlener sie wirklich auf die sattsam bekannte Palme bringen mit seinen Andeutungen.

»Okay, du hast was in petto. Wäre wirklich nett, wenn Sie mich aufklären würden, Mr. Crawford.«

Mit ihrer Anspielung waren in Harriet anscheinend doch wieder die alten Lebensgeister erwacht, so schien es Madlener.

Er war darüber erleichtert und ging auf ihr übliches Spielchen ein.

»Das werde ich gerne, Agent Starling. Also pass auf, Folgendes: Sagittarius alias Gregor Lombardi ist gewaltig im Stress. Er will Charlotte von Waldegg und hat sie nicht bekommen. Das mag er sich nicht gefallen lassen. Er wird sich wieder melden, da bin ich mir sicher. Es war nicht nur für uns ein Debakel, sondern auch für ihn. Zum ersten Mal hat sein ausgeklügelter Plan nicht so funktioniert, wie er sich das vorgestellt hat in seinen schlaflosen Nächten. Weder er noch wir haben erreicht, was wir wollten. Nicht mal das Geld hat er, obwohl er es eigentlich gar nicht braucht. Ich bin mir sicher, er hat sich die Tasche nur aus einer Art Reflex heraus unter den Nagel reißen wollen, weil das einfach zu einer Lösegeldübergabe dazugehört. Er wollte uns damit täuschen, was seine wahren Absichten angeht.«

»Dann stellt sich doch die Frage: Was sind seine wahren Absichten?«

»Sag du es mir! Du bist neben ihm gesessen.«

»Er wollte Charlotte von Waldegg töten, da bin ich mir sicher. Und dann die beiden Geschwister.«

»Und dann? Sich selbst?«

»Wer weiß. Zugetraut hätte ich's ihm. Er wirkte auf mich nicht mehr zurechnungsfähig. Keinem noch so schlüssigen Argument zugänglich. Nicht mehr … ja: menschlich. Er war wie … wie …«

Sie suchte nach dem richtigen Wort.

»Besessen?«, bot Madlener an.

»Ja. Das ist der einzig passende Ausdruck. Der Mann ist besessen von seiner fixen Idee.«

»Ist das ein Wunder? Er lebt seit Jahren für seine Mission.«

»Warum geht er dann nicht hin und erschießt Franz von Waldegg mit seiner Armbrust, wenn er ihn so hasst?«

»Weil ihm das nicht reicht. Er will, dass Franz von Waldegg so leidet, wie er gelitten hat. Und dazu muss er am Leben bleiben und zusehen, wie alles, was er liebt, zugrunde geht.«

»Das ist krank.«

»Nein. Das ist seine Art der Logik. Er hat die normale Welt längst abgeschrieben und lebt in seiner eigenen. In seinem Wahn, wenn du so willst. Etwas anderes existiert nicht mehr für ihn. Deshalb ist er so gefährlich.«

Er schüttelte verärgert den Kopf.

»Herrgott noch mal – ich hätte mich gefälligst an meine

eigene Regel halten sollen: Leg dich nicht mit einem Menschen an …«

»… der nichts zu verlieren hat. Ich weiß«, vervollständigte Harriet seinen Satz. »Er hat keine Skrupel mehr, das stimmt. Aber warum hat er mich dann am Leben gelassen? Ich habe ihm angesehen, dass er mich töten wollte.«

Madlener legte seine rechte Hand auf die von Harriet.

»Harriet – ich hätte es nie zulassen dürfen, dass du die Rolle der Charlotte von Waldegg übernimmst. Ich habe Sagittarius falsch eingeschätzt, weil ich dachte, er hätte noch so etwas wie menschliche Regungen in sich. Jetzt bin ich mir sicher, dass das nicht mehr der Fall ist. Es tut mir wirklich leid. Ich bereue das zutiefst.«

»Was hättest du getan, wenn er mich tatsächlich getötet hätte im Wald?«

Madlener sah Harriet an.

Nach kurzem Zögern sprach er die nackte Wahrheit aus. Schonungslos und direkt.

Eine Wahrheit, die nur für Harriet bestimmt war, niemals hätte er sich sonst irgendjemandem gegenüber so geäußert.

»Ich hätte Sagittarius erschossen, wenn ich ihn erwischt hätte. Und dann den Dienst quittiert.«

In diesem Augenblick ließ Madlener Harriet sein wahres Ich sehen. Sie erkannte, dass er es ernst meinte, und drückte seine Hand, so wie er die ihre gedrückt hatte.

Eine Weile sagte keiner der beiden etwas.

Dann lösten sich ihre Hände wieder voneinander.

»Max?«

»Ja?«

»Ich habe seine Augen gesehen. Er zieht das durch. Ohne Rücksicht auf Verluste.«

»Dann müssen wir ihn vorher kriegen.«

»Aber leider dürfen wir das nicht mehr. Vergiss nicht, Ilgner hat uns den Fall entzogen.«

»Er kann uns nicht daran hindern, dass wir unsere eigenen Nachforschungen anstellen.«

»Aber wir sind isoliert. Ilgner hat uns die Tür vor der Nase zugeschlagen. Wir bekommen keine Informationen mehr. Wir wissen nicht, ob Gregor Lombardi noch mal anruft und was er dann mit Ilgner aushandelt.«

»Ilgner wird es uns sagen.«

»Warum sollte er das tun?«

Madlener stand auf.

»Weil er uns braucht, Harriet. Ich werde mich jetzt aufs Ohr legen. Ich fürchte, ich habe ein wenig Schlafdefizit, und würde dir raten, dasselbe zu tun.«

Er schenkte sich noch einmal Kaffee ein und verschwand mit seiner Tasse.

82

Harriet futterte ihr Müsli und wischte nebenbei achtlos auf ihrem Smartphone herum. Sie suchte eigentlich nichts Bestimmtes. Das machte sie nur, um einen ganz bestimmten Gedanken wiederzufinden, der ihr irgendwann entglitten war. Und sie wusste ganz genau, dass es ein eminent wichtiger Gedankenblitz gewesen sein musste.

Aber so sehr sie sich auch darauf konzentrierte, sich eben nicht zu konzentrieren – es gelang ihr einfach nicht. Immer wenn sie an die grässlichen Stunden im Wald dachte und wie sie mit den Handschellen an den Baum gefesselt gewesen war, tauchten in ihrem Kopf die Bilder aus der Vergangenheit auf, als sie in Todesangst vor den drei Männern und dem Hund durch den Wald geflohen war. Bilder, die sie längst erfolgreich aus ihrem Gedächtnis gelöscht zu haben glaubte.

Aber das stimmte nicht.

Sie würde sie nie vergessen können.

Niemals.

Sie musste damit leben.

Gewaltsam versuchte sie, ihre Gedanken wieder auf die Gegenwart auszurichten.

Sie hatte sich da draußen im Wald noch extra etwas eingeprägt. Kurz nachdem sie aus dem Sanka ausgestiegen war. Etwas sehr Wichtiges.

Aber sie bekam es nicht zu fassen, was es war. Es musste kurz vor dem Gang mit Sagittarius durch den Wald gewesen sein. Als sie von ihm mit der Glock in der Hand zu dem Baum gescheucht worden war, an den er sie mit den Handschellen gefesselt hatte. Irgendetwas war ihr aufgefallen, aber sie wusste nicht mehr, was es gewesen war.

Sie wunderte sich über sich selbst. Hatte sie doch ein eidetisches Gedächtnis, Segen und Fluch zugleich. Alles, was sie jemals mit den Augen überflogen hatte, konnte sie normalerweise ohne viel Mühe aus den Kammern ihres Gedächtnispalastes wieder hervorholen, wenn sie es nur wollte.

Aber in diesem Fall – warum zum Teufel gelang es ihr jetzt nicht?

Unbewusst tastete sie erneut ihre Beule am Hinterkopf ab.

Das wird es sein!, dachte sie, als sie spürte, dass sie immer noch da war und schmerzte, wenn sie mit den Fingern darüberfuhr. Ich bin so hart mit dem Schädel aufgeprallt, dass ich für eine Weile ohnmächtig war.

Das musste der Grund für die Teilamnesie sein, von der Madlener gesprochen hatte. Eine oder zwei Stunden der letzten Nacht waren aus ihrem Bewusstsein verschwunden, waren weg.

Sie merkte, wie ihre Kopfschmerzen wieder zunahmen.

Schließlich stand sie auf.

Vielleicht sollte sie endlich Madleners Rat befolgen, sich zwei oder drei Aspirin einwerfen und ein Schläfchen halten.

Könnte doch sein, dass sich dann der Knoten in ihrem Schädel löste.

Sie ließ alles stehen und liegen und verließ den Frühstücksraum.

So schnell sie konnte, eilte sie auf ihr Zimmer, das Gesicht auf den Boden gerichtet, weil sie jetzt niemandem begegnen wollte, der sie vielleicht ansprechen würde.

In ihrem Zimmer angekommen, ließ sie sich angezogen aufs Bett fallen, und drei Sekunden später war sie auch schon eingeschlafen.

83

Hohenschwarzbach hatte gleich beim Graf-Waldegg-Gymnasium ein kleines, aber feines Fußballstadion und drei Nebenplätze, alle mit Flutlicht ausgestattet, um ein Training auch nach Einbruch der Dunkelheit zu ermöglichen. Zusätzlich gab es zwei Sandplätze für Beachvolleyball und einen Skateboardplatz mit verschiedenen Bahnen von der Rampe bis zur Halfpipe.

Alles bestens in Schuss und gesponsert von den zahlreichen Firmen der Familie von Waldegg-Haunstetten, wie es auf den Werbetafeln zu lesen war, die an den Zäunen angebracht waren.

Der Skateboardplatz war ein beliebter Treffpunkt für Teenager. Die perfekte Plattform zum Austoben, Angeben und Anbandeln.

Um die Mittagszeit war dort ziemlich viel los, es war nach Schulschluss und die Bahnen waren inzwischen abgetrocknet. Zwei ältere Jungs und ein Mädchen mit Helm und Pferdeschwanz waren ziemlich gute Skater und schafften ein paar Kunststücke, die für die anderen noch eine Spur zu schwierig waren.

Ein paar neidische Durchschnittsskater lungerten herum und taten so, als ob sie sich nicht dafür oder für die Mädchen interessierten, die in Gruppen herumstanden und sich gegenseitig irgendwelche Nachrichten oder Fotos auf ihren Smartphones zeigten. Aber in Wirklichkeit waren sie nur deswegen hergekommen.

Der dreizehnjährige Michael, der sich von seinen Freunden nur Mitch nennen ließ, weil er fand, dass das besser zu einem coolen Image passte, war der beste Skater weit und breit, und das wusste er. Ihm musste man einfach zusehen, weil er zusätzlich zu seinen riskanten Skatertricks einen altmodischen Ghettoblaster aufgestellt hatte, aus dem lauter Gangsterrap tönte, mit dem er den ganzen Platz beschallte. Heute hatte er richtig Bock, eine gute Performance hinzulegen. Das lag hauptsächlich daran, dass unter den Mädchen mit den Smartphones diesmal auch Lilly war, auf die alle männlichen Teenager zwischen zwölf und sechzehn standen, weil sie nicht nur verboten gut aussah, sondern auch noch jeden mit scheinbarer Nichtbeachtung strafte, was das Balzverhalten bestimmter hormongesteuerter Pubertätsmonster erst recht befeuerte.

Auf dem großen Parkplatz daneben fuhr ein schlichter weißer Lieferwagen mit abgeklebten Fenstern vor, ein VW Multivan T6, dessen Kennzeichen kaum zu erkennen war, so schmutzig war es, und hielt schließlich an. Der Fahrer machte den Motor aus und blieb noch eine ganze Weile sitzen, bevor er ausstieg. Es war ein bärtiger Mann mit neutraler Basecap und grauem Overall. Er hatte Autofahrerhandschuhe an und ein kleines Päckchen bei sich, das mit braunem Klebeband umwickelt und mit einem beschrifteten Adressaufkleber versehen war.

Er schlenderte zum Skateboardplatz und sah den diversen Darbietungen zu.

Mitch schien es ihm besonders angetan zu haben, weil der ein richtiges Kürprogramm in verschiedenen Schwierigkeitsgraden abspulte, bis ihm ein riskantes Manöver in der Halfpipe dummerweise missglückte, weil Lilly, die ihn aus den Augenwinkeln beobachtete, wie er meinte, ihm plötzlich ihre Aufmerksamkeit entzogen hatte und sich mit ihren Freundinnen auf den Weg zurück in die Stadt machte. Er sah ihr einen winzigen Moment zu lange nach, während er sich besser auf seinen Sprung konzentriert hätte, denn dadurch, dass er abgelenkt war, landete er statt auf seinem Board unsanft auf dem Beton. Schnell rappelte er sich wieder hoch und tat so, als ob ihm sein Missgeschick nichts ausmachte, obwohl sein Sturz ziemlich schmerzhaft gewesen sein musste.

Das Board rollte noch ein Stück weiter und wurde erst vom rechten Fuß des Mannes im grauen Overall aufgehalten.

Als Mitch ihm nachging und es sich wieder schnappen wollte, hielt der Mann es mit seinem Fuß fest und drückte gleichzeitig auf den Aus-Knopf des Ghettoblasters.

»Das war wohl nichts«, sagte er. »Aber sonst bist du nicht schlecht. Wie ist dein Name?«

»Mitch. Wer möchte das wissen?«

»Jemand, der dir einen Fuffi spendieren will, Mitch. Für einen kleinen Freundschaftsdienst. Interessiert?«

Mitch beäugte ihn misstrauisch. »Ein Fuffi? Wofür?«

Der Mann zeigte sein Päckchen vor, das so groß war wie eine Zigarrenkiste.

»Nichts weiter als ein Botengang. Du musst nur das hier abgeben.«

Mitch verzog argwöhnisch das Gesicht. »Das ist alles?«

»Das ist alles.«

»Bei wem soll ich das abgeben?«

»Im Polizeirevier.«

»Und warum geben Sie's nicht selber ab?«

»Weil die Cops Fragen stellen und ich keine Fragen beantworten mag. Es ist ein Geschenk für den Kommissar dort. Er heißt Madlener.«

»Und was soll ich sagen, wenn er fragt, von wem es ist?«

»Er weiß schon, von wem es ist, wenn er es aufmacht. Also, willst du dir den Fuffi jetzt verdienen oder nicht?«

Er sah sich um.

»Ich kann auch einen anderen fragen.«

Keiner beobachtete sie.

Dann holte er einen zusammengefalteten Fünfziger aus der Tasche und hielt ihn Mitch vor die Nase, der immer noch unschlüssig war.

»Im Voraus?«, wollte er wissen.

»Im Voraus.«

»Okay, her damit!«

Der Mann drückte ihm das Päckchen in die ausgestreckte Hand.

Als Mitch nach dem Schein greifen wollte, zog er ihn weg und hob warnend einen Finger.

»Ich verlasse mich auf dich und passe auf, bis du im Polizeirevier verschwindest.«

Mitch begutachtete das Päckchen von allen Seiten und sah auf den Adressaufkleber.

KOMMISSAR MADLENER
Persönlich!!

Mitch schüttelte das Päckchen probehalber und sah wieder hoch.

»Und da ist auch keine Bombe drin oder so was?«

Der Mann verdrehte die Augen.

»Gott, warum ist die Jugend von heute nur so misstrauisch? Es ist ein harmloses Geschenk, eine Überraschung, nichts weiter. Der Kommissar und ich haben eine Menge gemeinsam durchgemacht. Dafür will ich mich bei ihm bedanken. Oder hörst du da vielleicht was ticken?«

Mitch hielt es an sein Ohr.

»Nein.«

Der Mann wedelte mit dem Fünfziger wieder verführerisch vor Mitchs Nase herum. Als der Junge danach griff, zog er ihn diesmal nicht weg, sondern überließ ihm das Geld.

Mitch steckte es ein, und der Mann schob ihm sein Brett mit dem Fuß zu.

Mitch trat gegen das Ende, ließ das Board hochspringen und fing es in einer fließenden Bewegung mit der freien Hand auf. Dann warf er es startgerecht vor seine Füße, packte seinen Ghettoblaster, sprang geschickt auf das Skateboard, schob es kräftig mit einem Bein an und fuhr los.

Der Mann sah ihm kurz hinterher, dann ging er zurück zum Parkplatz.

Mitch drehte sich noch einmal nach ihm um, aber da war der Mann schon verschwunden. Er beschleunigte sein Brett wieder mit ein paar Schüben.

So leicht hatte er noch nie fünfzig Euro verdient.

84

Obwohl er mehrere Tassen Kaffee intus hatte, schlief Madlener so tief und fest wie schon lange nicht mehr.

Aber gleichzeitig träumte er auch so klar und deutlich, als wäre es Wirklichkeit.

Seine Ex-Frauen tauchten auf und überzogen ihn mit Vorwürfen, weil er wieder etwas falsch gemacht hatte, von dem er gar nicht wusste, was das gewesen sein sollte.

Sein Beinahe-Schwiegervater, der gleichzeitig Psychiater war, stauchte ihn wegen seiner zahlreichen Zwangsneurosen zusammen.

Und dann kam das Monster, das aussah wie der Mann, der auf ihn geschossen hatte. Nur hatte er kein richtiges Gesicht – wie Lord Voldemort in den Harry-Potter-Filmen.

Madlener wollte fliehen, aber er kam nicht von der Stelle, weil er bis zu den Knien in etwas Sirupartigem steckte, das ihn daran hinderte, sich davonzumachen …

Das waren normalerweise die Ingredienzien, aus denen sich seine immer wiederkehrenden Alpträume zusammensetzten, wenn auch nicht unbedingt in dieser Reihenfolge. Und das Monster wechselte auch das Aussehen, aber diesmal war es noch furchterregender als sonst.

Jedenfalls kam er einfach nicht vom Fleck, obwohl sich der gesichtslose Mann mit einer riesigen gespannten Armbrust näherte und jeden Moment abdrücken konnte.

Es musste ein Traum sein, denn jetzt fing auch noch eine ihm bekannte Stimme an zu schreien. Das war unverkennbar Harriet, die an einen Baum gefesselt war, als wäre es ein Marterpfahl, während über und neben ihrem Kopf nach und nach Pfeile ins Holz einschlugen.

Tschak.

Tschak.

Tschak.

Die Geräusche wurden immer lauter, so laut, dass Madlener die Augen aufriss und benommen feststellte, dass er auf seinem Bett im Hotelzimmer lag.

Anscheinend hatte er doch geträumt wie in schlimmsten Zeiten, bis ihm klar wurde, dass es schließlich im Hier und Jetzt auch schlimme Zeiten waren, in denen er sich gerade befand. Und dass die Einschläge der Pfeile, die er deutlich gehört hatte, Klopfgeräusche waren.

Irgendjemand hämmerte an seine Hotelzimmertür und schrie immerzu seinen Namen ...

Blitzartig war er hellwach und saß kerzengerade im Bett – es war die wirkliche Harriet, die da nach ihm rief, und keine Einbildung.

»Ja, ich komme schon«, brummte er, schlüpfte, zur Tür hüpfend, in Hose und Hemd, beides hatte er, bevor er sich hingelegt hatte, auf den Stuhl neben dem Bett geworfen.

Dann riss er die Tür auf und stand tatsächlich Harriet gegenüber, die fix und fertig angezogen und frisch geschminkt war, wenn auch ihre Kratzer und Schrammen im Gesicht nicht zu übersehen waren. Madlener war immer noch leicht verwirrt, weil seine Alpträume so surrealistisch überdeutlich gewesen waren, dass sie nachwirkten und in seinem Kopf herumspukten. Er musste regelrecht ein paarmal zwinkern, um sie loszuwerden.

Harriet sah ihn irritiert an.

»Bis du endlich wach wirst ...«, sagte sie vorwurfsvoll. »Dabei behauptest du immer, du hättest so einen leichten Schlaf.«

»Hab ich auch. Normalerweise. Aber ich fürchte, momentan ist nichts normal. Komm schon rein und mach die Tür zu. Was gibt's denn so Pressantes? Ich dachte, wir hätten erst mal eine Auszeit.«

Harriet schloss die Tür hinter sich und ließ sich auf den Stuhl fallen.

»Ilgner hat mich angerufen.«

»Dich?«

»Ja.«

»Ach so«, sagte Madlener und sah sich sein Smartphone an, das auf dem Nachtkästchen lag. »Ich hab mein Handy abgestellt, so ein Glück. Also, was will er? Hat er dir eine gute Fahrt gewünscht?«

»Nein. Er braucht dich.«

»Mich?« Er tippte sich mit seinem Zeigefinger an die Brust. »Sagtest du gerade ›mich‹?«

»Ja. Siehst du sonst noch jemanden hier?«

Madlener setzte sich auf sein Bett und fuhr sich mit den Händen über das Gesicht.

»Und warum braucht er mich, wenn ich fragen darf? Er hat uns doch eben erst achtkantig rausgeworfen.«

»Du hast recht gehabt.«

»Womit?«

»Dass er uns wieder zurückholt. Beziehungsweise dich.«

»Und warum?«

»Weil Sagittarius gleich anruft. Irgendwie scheint der einen Narren an dir gefressen zu haben«, sagte sie sarkastisch.

»Wie meinst du das?«

»Warum sollte er sonst ausdrücklich nur mit dir sprechen wollen?«

»Was?«

»Du hast schon richtig gehört.«

Sie sah auf ihre Uhr, während Madlener aufstand und sein Hemd ordentlich zuknöpfte.

»Dir bleiben noch vierzig Minuten. Dann ruft er an.«

»Sagt wer?«

»Sagittarius.«

»Hat er schon einmal angerufen?«

»Nein. Aber anscheinend gibt es eine neue Nachricht von ihm. Mehr weiß ich auch noch nicht. Als Ilgner mir das mitgeteilt hat, klang er ausgesprochen panisch.«

»Ilgner panisch? Das ist ja mal ganz was Neues!«

»Du hättest ihn hören sollen. Irgendwas muss da passiert sein.«

»Wo? Wo ruft Sagittarius an?«

»Im Polizeirevier. Also sieh zu, dass du endlich in die Puschen kommst.«

Erst jetzt war Madlener so weit klar im Kopf, dass er verstand, um was es ging.

Er zog die Vorhänge auf, die er zum Schlafen zugemacht hatte.

»Mist, Mist, Doppelmist!«, sagte er dabei.

Er ging ins Bad, wo er sich das Gesicht mit kaltem Wasser beklatschte, um endlich ganz wach zu werden.

»Wie lange habe ich geschlafen?«

Harriet lehnte sich an den Türstock.

»Fast vier Stunden.«

»Vier Stunden?«

Er blickte in den Spiegel.

Das, was er sah, gefiel ihm überhaupt nicht.

Er wünschte sich, einmal am Stück vierundzwanzig Stunden hintereinander schlafen zu können. Ganz ohne einen dieser giftigen und quälenden Träume, die ihn ständig heimsuchten.

Ein Wunsch, der leider auf ewig unerfüllbar bleiben würde.

Wenigstens so viel hatte er inzwischen zu seinem Leidwesen kapiert, auch wenn es ihm nicht leichtgefallen war, das zu akzeptieren.

Das Leben war nun mal kein Ponyhof, wie Frau Gallmann immer zu sagen pflegte. Und Miss Moneypenny musste es schließlich wissen.

Im Spiegel tauschte er mit Harriet einen Blick und wusste, dass auch sie von Geistern aus der Vergangenheit heimgesucht und geplagt wurde.

Vielleicht gab es doch irgendwann einmal eine Gelegenheit, wo sie sich gegenseitig ihr Herz ausschütten konnten.

Könnte ja sein, dass es für beide hilfreich war.

Doch jetzt war nicht die Zeit dafür.

Er trocknete sich mit dem Handtuch das Gesicht ab, und Harriet reichte ihm sein Schulterholster samt Pistole, das sie schon die ganze Zeit für ihn bereitgehalten hatte. Schließlich wusste sie nur zu gut, wie oft er schon die SIG Sauer vergessen hatte.

Wahrscheinlich, weil er im Grunde genommen froh war, wenn er sie nicht einsetzen musste.

Aber es gab Ausnahmesituationen.

Und das war jetzt so eine.

Er schlüpfte in das Schulterholster und zog seine Jacke darüber, dann verließen sie beide das Zimmer.

Aber bevor er die Tür ganz hinter sich schloss, ging er noch einmal hinein, suchte herum und öffnete schließlich den kleinen Wandtresor, den er nicht einmal verschlossen hatte. Dort fand er endlich das, was er suchte, nämlich seine angebrochene Tube Zovirax. Er drückte sich einen Klecks auf den Zeigefinger und betupfte damit die übliche Stelle auf seiner Lippe. Das typische Brennen dort hatte sich schon seit einer Weile bemerkbar gemacht.

Warum er die Herpes-Salbe immer gedankenlos in den Tresor steckte und dann nicht mehr wusste, wo er sie hingelegt hatte, war ihm schleierhaft. Aber diese unbewusste Handlung hatte er auch schon zu der Zeit vollzogen, als er noch im Hotel »Zum silbernen Zeppelin« Dauergast gewesen war.

Eine seiner zig Zwangsneurosen?

Wahrscheinlich.

Zumindest war er mit der Tube in der Tasche auf der sicheren Seite.

Und sie waren wieder zurück im Spiel.

Er und Harriet.

Weil Sagittarius ihn angefordert hatte.

Irgendwie hatte Madlener damit gerechnet.

Er wusste nicht warum, aber dafür hatte er eine innere Antenne.

Er befürchtete nur, dass der Anlass kein erfreulicher sein würde.

Aber was war schon erfreulich in einem Fall, in dem es um Mord, Entführung und Erpressung ging und um Geschehnisse in der Vergangenheit, deren Folgen bis in die Gegenwart reichten? Dort brachten sie erneut Tod und Verderben und machten alles nur noch schlimmer.

Irgendwie musste er diesem Teufelskreis ein Ende setzen.

Auch wenn er offiziell nichts mehr damit zu tun hatte.

Dann eben auf die inoffizielle Art.

Er zog die Tür ins Schloss und beeilte sich, Harriet einzuholen, die schon vorausgegangen war.

85

Elena Kanauskas hatte ihre Vinylhandschuhe an und zeigte Madlener den Inhalt des Päckchens, das eigentlich an ihn adressiert war, aber Dr. Ilgner hatte es natürlich sofort eigenmächtig öffnen lassen.

»Post von Sagittarius«, sagte sie dazu.

Madlener erkannte die ersten zwei Glieder von zwei verschiedenen Fingern, die in Watte eingelegt waren. Die Watte hatte vom Blut rötliche Flecken.

»So sah es aus, als wir das Päckchen geöffnet haben.«

»Wie ist es ins Revier gelangt?«, wollte Madlener wissen.

»Ein Junge hat es gebracht. Vor einer Stunde. So 'n Skaterboy. Hat gesagt, ein Mann habe ihn angesprochen und es ihm gegeben.«

»Der Junge wurde von mir schon in die Mangel genommen«, mischte sich Dr. Ilgner ein. »Hat nichts mit der Sache zu tun. Wollte nur einen schnellen Euro verdienen. Damit hat Sagittarius es ihm schmackhaft gemacht. War wohl unser Mann. Bart, Käppi, fuhr einen weißen Lieferwagen. Mehr wusste der Junge auch nicht.«

Elena Kanauskas machte weiter mit ihren Erklärungen.

»Wir haben die Abdrücke bereits abgeglichen. Es sind eindeutig jeweils die zwei letzten Glieder der kleinen Finger von Elise und Eduard von Waldegg. Von der linken Hand. Ein Fingernagel mit rotem Nagellack, der andere ohne. Sie sind der Schnittfläche zufolge wohl mit einer Schere abgeschnitten worden.«

»Post mortem?«, fragte Madlener und hoffte gleichzeitig, dass es nicht so war.

»Nein. Dabei lebten die beiden noch. Vermutlich mit einer Astschere, wie Gärtner sie benutzen. Ist nicht lebensgefährlich und blutet nicht stark, wenn man es gleich behandelt.«

Madlener warf Harriet, die neben ihm stand, einen beredten Blick zu.

»Wann ist das passiert?«, fragte er.

»Ich schätze vor fünf oder sechs Stunden, nicht viel früher«, antwortete Kanauskas. Dann überreichte sie Madlener einen Zettel, der in eine durchsichtige Beweismittelfolie eingetütet worden war.

»Das hier war unter den Deckel geklemmt. Die Nachricht ist mit einem handelsüblichen Drucker geschrieben. Keine Abdrücke.«

Madlener las laut vor, damit Harriet auch alles mitbekam.

»Wie gefällt Ihnen mein kleines Geschenk, Kommissar Madlener?

Ich habe Sie gewarnt!

Das sind die Folgen, wenn man nicht genau das tut, was ich sage!

Noch einmal lasse ich mich nicht von Ihren polizeilichen Maßnahmen, oder wie immer Sie Ihr Vorgehen nennen mögen, an der Nase herumführen.

Dies ist Ihre letzte Chance, Elise und Eduard von Waldegg lebend zurückzubekommen.

Wenn meine Forderungen nicht haarklein erfüllt werden, bekommen Sie die zwei zwar auch zurück, aber nur stückchenweise.

Ich werde Sie um Punkt sechzehn Uhr direkt im Polizeirevier in Hohenschwarzbach anrufen.

Wenn Sie nicht am Telefon sind, lege ich auf und Sie haben die oben genannten Konsequenzen zu tragen.

Meinen Anruf zurückzuverfolgen können Sie sich sparen. Es ist sinnlos.

Wenn Sie versuchen zu verhandeln, lege ich auf.

Wenn ich das Gefühl habe, dass Sie mich erneut aufs Glatteis führen wollen, lege ich auf.

Ich spreche ausschließlich mit Ihnen. An Sie habe ich mich gewöhnt. Sollte das Ihren Vorgesetzten nicht passen, lege ich auf.

Sollte mir irgendetwas anderes nicht gefallen, der Ton-

fall, der Versuch, mich hinzuhalten oder Ähnliches, lege
ich auf.
Das ist unwiderruflich mein letztes Wort.
Bis dann,
Sagittarius.«

Madlener sah auf.

Da waren sie alle wieder im Besprechungsraum, Dr. Ilgner, dessen Bürohengste, Siewert, Meidrich und die zwei Techniker. Elena Kanauskas stand in ihrem weißen Kittel neben ihm und nahm ihm die Beweismittelfolie wieder ab.

»Und? Was sagen Sie dazu, Madlener?«, fragte Dr. Ilgner mit seiner üblichen Impertinenz in der Stimme.

»Ich werde mit ihm reden«, antwortete Madlener.

»Tun Sie das. Geben Sie Ihr Bestes, obwohl das bisher nicht gerade als ausreichend bezeichnet werden kann. Wobei ich ausdrücklich betonen will: Es bedeutet nicht, dass Sie damit wieder zurück im Team sind! Es bleibt bei meiner Entscheidung. Sie sind draußen. Sind wir uns da einig?«

Madlener reagierte nicht darauf und stellte eine Gegenfrage.

»Was ist mit Charlotte von Waldegg und ihrem Mann? Wissen sie Bescheid über ... über das da?«

Er zeigte auf die Schachtel mit den zwei abgeschnittenen Fingern.

»Ich habe Kommissar Fraidling mit der Nachricht davon zu ihnen hinausgeschickt«, sagte Dr. Ilgner. »Er hat es der Familie Waldegg inzwischen so schonend wie möglich beigebracht.«

»Ist Charlotte von Waldegg wieder zu Hause?«

»Ja. Und damit kommen wir genau zu dem Punkt, den wir vor dem Telefonat mit Sagittarius – falls es zustande kommt – absprechen müssen.«

»Was heißt das?«

»Das heißt, dass Charlotte von Waldegg sich mir gegenüber am Telefon unmissverständlich dafür ausgesprochen hat, dass sie die Lösegeldübergabe diesmal selbst durchführen wird, falls Sagittarius das so will, wovon wir alle ausgehen. Also: Wenn

Sagittarius Charlotte von Waldegg damit beauftragt, werden Sie das akzeptieren.«

»Nein. Das werde ich nicht.«

»Und warum nicht?«

»Weil das ihr Todesurteil wäre.«

»Sagen Sie. Warum sollte Sagittarius so etwas vorhaben? Er will das Geld. Und wir alle wollen die Geiseln zurück. Ein simples Geschäft, mehr nicht. Sobald das abgewickelt wird, können wir mit allen uns zur Verfügung stehenden Mitteln zuschlagen, eher nicht. Das dürfte Ihnen wohl klar sein. Wie sagt man so schön in der Politik: Dass Charlotte von Waldegg die Übergabe macht, ist alternativlos! Sagittarius lässt uns keine Wahl.«

»Gut. Dann sprechen Sie mit ihm! Ich verantworte das nicht«, sagte Madlener.

Er wandte sich an den Bürokraten mit dem Handy, der auch diesmal alles aufzeichnete.

»Nur fürs Protokoll!«, fügte er extra an ihn gerichtet hinzu.

»Sie weigern sich, mit Sagittarius zu sprechen? Obwohl das seine Ausgangsforderung ist?«, fragte Dr. Ilgner. »Sie wissen schon, was das für die Kinder bedeutet.«

»Natürlich kann ich mich dem nicht verweigern. Aber ich werde alles tun, um Sagittarius davon zu überzeugen, dass es besser ist, wenn ich das Geld übergebe.«

Ilgner schüttelte den Kopf. »Nein. Das werden Sie nicht. Jetzt hören Sie mir mal zu, Madlener. Reden wir Klartext.«

Er lehnte sich nach vorne und tippte sich an die Brust.

»Ich bin hier weisungsbefugt. Und wir gehen nach meiner Strategie vor, die von allen Experten hier als die einzig richtige eingestuft wird. Diese Strategie sieht folgendermaßen aus: Sie sagen zu allen Bedingungen, die Sagittarius stellt, Ja und Amen. Dass Sie überhaupt ans Telefon dürfen, haben Sie nur diesen Drohungen, die wir sehr ernst nehmen, zu verdanken. Sie führen nur meine Anordnungen aus. Und die besagen, dass Sie am Telefon zustimmen, dass Charlotte von Waldegg das Lösegeld übergibt. Wir installieren einen Sender an ihrem Auto und in der Geldtasche, und außerdem haben wir alle Einsatzkräfte im Umkreis mobilisiert, einschließlich Hubschrauber. Sie warten nur darauf, endlich zuschlagen zu können. Sobald die Kinder in Sicherheit sind, ist es so weit. Wir haben genügend Leute vom LKA, und das SEK ist in Bereitschaft. Darüber diskutiere ich nicht mehr mit Ihnen. So ist der Ablauf und damit basta. Übernehmen Sie jetzt dieses verdammte Telefonat und halten es so, wie ich gesagt habe, oder handeln Sie sich lieber zwei tote Kinder und ein Disziplinarverfahren ein, weil Sie sich geweigert haben, eine Anweisung Ihres Vorgesetzten zu befolgen?«

Eine quälende Pause entstand, die Madlener noch quälender machte, indem er sehr lange nichts sagte.

Der Minutenzeiger der großen Uhr neben dem Kruzifix rückte auf die Vier vor.

Das in diesem Moment einsetzende Klingelzeichen der Telefonanlage ließ wieder einmal alle unwillkürlich zusammenzucken.

Es klingelte einmal und nach einer kurzen Pause zum zweiten Mal.

»Ich mache es«, sagte Madlener in die Pause bis zum nächsten Klingelton hinein, während im Hintergrund einer der Techniker mit Kopfhörern schon ungeduldig mit Gesten andeutete, dass Madlener rangehen sollte. »Obwohl ich es für einen großen Fehler halte.«

Er nahm ab.

»Kommissar Madlener«, bellte er in den Hörer.

Die Anlage war auf Lautsprecher geschaltet, alle hörten sie diesmal die unverzerrte Stimme von Sagittarius.

»Ich will's kurz machen, Kommissar. Meine Forderungen kennen Sie. Sind Sie diesmal bereit, sie zu befolgen?«

»Ja, das sind wir.«

»Erwarten Sie meinen nächsten Anruf gegen zwanzig Uhr und halten Sie alles bereit. Ich gebe Ihnen dann die Koordinaten des Treffpunkts bekannt, an dem Charlotte von Waldegg das Geld überbringen wird. Haben Sie das verstanden?«

»Ja, haben wir.«

»Sie werden das alles genauso befolgen, wie ich es angeordnet habe?«

»Ja, das machen wir.«

»Madlener?«

»Ja?«

»Keine Fisimatenten! Keine Tricks! Ihre Kollegin … Frau Holtby … erinnern Sie sich daran, was passiert ist, weil Sie mich linken wollten?«

»Ja. Nur allzu gut.«

»Zwingen Sie mich nicht noch einmal dazu, hart durchzugreifen. Beim nächsten Mal werde ich keine falsche Rücksicht mehr nehmen. Obwohl ich keinen persönlichen Groll gegen Sie hege. Sie tun das, was Sie tun müssen, das verstehe ich absolut. Aber diesmal ziehe ich das durch. Also vermeiden Sie es tunlichst, mir in die Quere zu kommen. Vor allem Ihre Kollegin sollte aufpassen. Noch einmal lasse ich nicht Gnade vor Recht ergehen.«

»Meine Kollegin und ich halten uns da vollkommen heraus.«

»Aha. Wie darf ich das verstehen? Nur so aus Interesse – gehe ich recht in der Annahme, dass Sie vielleicht in unserem Fall gar nichts mehr zu sagen haben? Dass Sie abgezogen worden sind? Und jetzt lügen Sie mich nicht an – ich würde es merken.«

»Sie haben recht.«

»Danke für Ihre Ehrlichkeit. Schade für Sie, dass Sie nicht mehr dabei sind. Gerade jetzt, wo's auf die Zielgerade zugeht. Wo Sie doch so nah dran waren. War interessant, Sie kennengelernt zu haben. Leben Sie wohl.«

Ein Knacken in der Leitung, Sagittarius hatte aufgelegt.

»Okay, Madlener«, sagte Dr. Ilgner ungnädig. »Das war's für Sie. Wir brauchen Sie jetzt nicht mehr.«

Madlener nickte und ging wortlos mit Harriet hinaus.

86

Auf dem ganzen Weg zum Hotel, den sie zu Fuß zurücklegten, sprach Madlener kein Wort.

Harriet vermutete, er hätte schwer daran zu kauen, dass sie in der Situation, in der sie sich befanden, nichts mehr zu melden und nur die Anordnungen von Dr. Ilgner zu befolgen hatten. Dass er praktisch vom Dienst suspendiert war, schien ihm nichts weiter auszumachen, Madlener hatte das schon unter Kriminaldirektor Thielen, seinem ersten Vorgesetzten am Polizeipräsidium in Friedrichshafen, mehrfach über sich ergehen lassen müssen. Die Suspendierungen hatte er schlicht und einfach ignoriert, und sie waren auch jedes Mal wieder zurückgenommen worden.

Madlener hatte getan, was er konnte, aber gegen Dr. Ilgner und dessen Richtlinienkompetenz – beziehungsweise -inkompetenz – war nun mal kein Kraut gewachsen.

Harriet wunderte sich, dass er trotzdem so ruhig geblieben war und schließlich anstandslos alles durchgeführt hatte, wie Ilgner es verlangt hatte. Aber was war ihm auch angesichts der Sachzwänge anderes übrig geblieben?

Doch sie kannte ihren Kollegen gut genug, um zu wissen, dass er etwas im Schilde führte. Solange er jedoch schweigend vor sich hinbrütete, war es ratsam, ihn lieber nicht mit Fragen zu nerven.

»Was machen wir jetzt?«, fragte sie deshalb erst, als sie im »Weißen Ross« auf Madleners Zimmer gegangen waren, um dort ungestört Kriegsrat halten zu können. »Fahren wir nach Friedrichshafen zurück?«

Nebenher suchte sie auf ihrem Laptop nach verschiedenen Variationen des Lieferwagens von Lombardi.

»Den Teufel werden wir tun«, erwiderte Madlener entschlossen. »Wir haben nicht viel Zeit, aber wir zäumen die ganze Sache jetzt von hinten auf. Wenn man den Fuchs erwischen will, dann muss man an den Fuchsbau herankommen.«

Er breitete auf dem Tisch eine Karte der Gegend aus, die er sich im Polizeirevier noch organisiert hatte.

»An den Fuchsbau herankommen …«, wiederholte Harriet nachdenklich und beugte sich mit Madlener über die Karte.

»Ja, an sein Versteck. Denk doch mal daran, wo er den Lieferwagen hingestellt hat, um vom Sanka in ihn umzusteigen. Mitten in den Wald. Entweder hat er einen Helfer, von dem wir noch nichts wissen, was ich nicht glaube, oder er hatte ein Moped, ein Fahrrad oder ein Motorrad dabei, um von dort wieder wegzukommen.«

Er zog mit dem Finger einen Kreis um Hohenschwarzbach. »Ich bin überzeugt davon, dass er hier irgendwo seinen Bau hat. Irgendwo zwischen Schwarzwald und Friedrichshafen. Er scheint die Gegend zu kennen wie seine Westentasche.«

Madlener stellte Salz- und Pfefferstreuer auf die Karte.

»Taucht mal hier auf, mal dort, lockt uns nach Friedrichshafen – dort war auch sein ursprünglicher Wohnort, sagst du?«

»Ja. Und seine Firma, die er verkauft hat.«

Madlener studierte die Karte, als müsste sie ihm irgendwo den Rückzugsort von Lombardi preisgeben.

»Wir müssen ihm in den Rücken fallen. Wir sollten sozusagen von hinten angreifen, von da, wo er es nicht erwartet. Es muss doch eine Möglichkeit geben, sein Versteck einzugrenzen. Ruf Binder in Friedrichshafen an. Vielleicht ist er mit den Stiftungen Lombardis irgendwie weitergekommen.«

Harriet griff zum Smartphone und wollte gerade Binder anwählen, als sie stutzte und innehielt. Ihre Augen gingen noch einmal zum Laptop zurück. Dort war das Bild des Lieferwagentyps, den Lombardi im Wald abgestellt hatte und den sie als VW Multivan T6 identifiziert hatte.

»Max, ich hab was«, meldete sie sich leise, aber bestimmt.

Madlener sah sie an, ihr Blick war nach innen gerichtet.

»Jetzt ist es mir wieder eingefallen«, sagte sie mehr zu sich selbst. Sie wirkte auf einmal wie geistesabwesend.

»Was ist dir wieder eingefallen?«

»Das, worüber ich mir die ganze Zeit den Kopf zerbrochen habe. Was ich gesehen und mir ausdrücklich eingeprägt habe, kurz bevor mich Sagittarius in den Wald geschleppt hat.«

»Was? Sag schon: Was hast du dir eingeprägt? Das Nummernschild von seinem Lieferwagen nutzt uns nichts. Das haben wir schon längst überprüft, ich hab's auf einem Überwachungsvideo von der Tankstelle gesehen, an der er den GPS-Sender einem anderen Wagen verpasst hat. Es war gefälscht.«

»Ich weiß. Nein, ich habe mir was anderes gemerkt.«

Harriet schloss die Augen, weil sie endlich die richtige Kammer in ihrem Gedächtnispalast gefunden hatte. Und diesmal klappte es mit dem Zugang, vorher war er wie blockiert gewesen. Laut und deutlich memorierte sie Ziffern und Buchstaben: »WVWWZZZ7HZ9H23376.«

Madlener starrte sie an, als hätte sie ihm eben die Planck-Konstante vor den Latz geknallt und ihm erklärt, was man mit ihr alles bis aufs Komma genau berechnen konnte. Seine Lebenserwartung zum Beispiel oder das Minus auf seinem unterhaltsgeschädigten Bankkonto.

»Was um alles in der Welt soll das bitte sein?«, fragte er entgeistert.

»WVWWZZZ7HZ9H23376«, wiederholte sie. »Das ist die FIN.«

»Die was?«

»Die Fahrzeug-Identifizierungsnummer von Lombardis Lieferwagen. Siebzehn Stellen. Ich habe sie kurz gesehen. Das kleine Feld unter der Windschutzscheibe.«

Madlener zweifelte nicht eine Sekunde daran, dass Harriet sich so etwas gemerkt haben konnte. Wenn Harriet mitten in der Nacht aus dem Tiefschlaf geweckt worden wäre, hätte sie die Nummer von ihrem Pass oder ihrem Personalausweis einwandfrei aufsagen können. Vorwärts und rückwärts. Und die von seinem Pass und seine Dienstnummer noch dazu.

Bevor er einen Ton von sich geben konnte, tippte sie in einem Tempo auf die Tastatur ein, dass Madlener nur staunen konnte. Er ließ sie machen und rief einstweilen selbst Binder in Friedrichshafen an, um zu erfahren, wie weit er mit den diversen Stiftungen und Firmen von Lombardi gekommen war. Leider gab es von dieser Seite nichts Neues, ohne entsprechende richterliche Verfügungen ging da gar nichts. Und ein Amtshilfeersuchen im Ausland zu beantragen – das konnte Wochen dauern, wenn es denn überhaupt akzeptiert wurde, was Madlener bezweifelte. Nein, das war aussichtslos. Sie hatten nur noch diese eine Nacht, davon war Madlener überzeugt.

Dann war es zu spät.

Binder war bei seinen Recherchen nur auf ein paar Namen von Firmen gestoßen, die damals im Ausland von Lombardis Stiftungen gegründet worden waren. Alles seltsame Namen, die Madlener nichts sagten. Aldebaran, Bogardus, Deneb, Enif. Doch dann stutzte er, weil er sich gelegentlich als Amateurastronom betätigte, wozu er schon lange nicht mehr gekommen war. Das waren alles Sternennamen – nun, das passte zu Sagittarius. Ob diese Firmen tatsächlich etwas produzierten oder Handel trieben, oder ob sie nur Scheinfirmen waren, das wollte Binder erst noch in Erfahrung bringen.

Sisyphus eben.

Madlener fluchte innerlich. Es war wie verhext. Was sie auch probierten – Sagittarius alias Lombardi war nicht zu fassen. Vielleicht war er doch ein böser Geist, der aus den Wassern des Bodensees gestiegen war, um endlich Rache zu nehmen, damit seine Seele Ruhe finden konnte.

Über sich selbst wütend, schüttelte er diesen absurden Gedanken wieder ab. Er selbst hatte mehrfach mit dem leibhaftigen Lombardi gesprochen, war ihm gegenübergestanden und sogar von ihm beschossen worden.

Er musste eben seine ganzen Hoffnungen, einen entscheidenden Schritt weiterzukommen, in Harriet setzen, die vielleicht einen Schlüssel gefunden hatte, mit dem man sich endlich

Zugang zu Lombardis geheimem Aufenthaltsort verschaffen konnte. Lange genug hatten sie nur auf ihn reagiert, weil er die Kontrolle hatte. Aber jetzt war es höchste Zeit, selbst die Initiative zu ergreifen.

Er sah eine Weile fasziniert zu, wie Harriet Dateien in einem Höllentempo öffnete und schloss. Sie war vollkommen in ihre Cyberwelt abgetaucht.

Wie sie damit umging, wenn sie erst richtig Gas gab am Computer, das war für ihn immer noch reines Zauberwerk.

Vorsichtig tastete er seine Taschen ab. Vorhin beim Diensthabenden im Polizeirevier hatte er eine Zigarette geschnorrt, die er jetzt unbedingt rauchen wollte. Er fand sie und machte die Fensterflügel seines Hotelzimmers so weit auf wie möglich, setzte sich aufs Fensterbrett, zündete sich die Zigarette an und paffte nachdenklich hinaus ins Freie.

Sein Zimmer war im Dachgeschoss untergebracht, und er konnte von oben über ganz Hohenschwarzbach und die Ausläufer des Schwarzwalds sehen. Von seiner Perspektive aus war es eine Stadt wie aus dem Bilderbuch, das reinste Postkartenpanorama, nur dass die Zeit des Postkartenverschickens auch schon längst passé war. Sein Blick ging zur bestens erhaltenen und mit einer Fußgängerzone und mehreren Brunnen aufgehübschten Altstadt hinüber. Hier gab es nur wenig architektonische Bausünden aus der Nachkriegszeit. Hohenschwarzbach war vom Bombardement der späten Kriegsjahre im Gegensatz zu Friedrichshafen verschont geblieben, weil es dort damals keine nennenswerte Industrie oder Eisenbahnverbindungen gegeben hatte. Ein solides, liebenswertes schwäbisches Städtchen mit einem Wochenmarkt für heimische und exotische Produkte, einem Schloss, das majestätisch die Stadt krönte, einem alljährlichen Festwochenende mit Landwirtschaftsausstellung anlässlich der ersten urkundlichen Erwähnung im Jahr 1178, bei dem mit Bierzelt, Umzügen und Musikkapellen gefeiert wurde und die ganze Stadt auf den Beinen war, wie er gelesen hatte, und mit behördlich bestätigter guter Luft.

Eben ein waschechter Luftkurort, wie Madlener von Fraidling inzwischen auf Nachfrage erfahren hatte. Ein Paradebeispiel für Bodenständigkeit und Wohlstand, kurz: Friede, Freude, Eierkuchen beziehungsweise Schwarzwälder Kirschtorte.

Und doch … unter der scheinbar glänzenden Oberfläche lauerte so etwas wie ein schlafender Vulkan, der ab und zu giftige Gasblasen aufsteigen und zerplatzen ließ, dachte Madlener. Sollte er eines Tages ganz ausbrechen, zog er es vor, nicht in der Nähe zu sein.

Madlener inhalierte den letzten Zug von seiner Zigarette, drückte die Glut auf dem äußeren Fenstersims aus und drehte sich wieder zu Harriet um.

In diesem Augenblick, als er überlegte, was er jetzt mit seiner Kippe anstellen sollte, sah sie zu ihm hoch und sagte: »Ich habe ihn.«

87

»Der weiße Lieferwagen ist auf eine Firma namens Enif zugelassen«, meldete Harriet mit ausdrucksloser Stimme. »Die wiederum eine Tochterfirma namens Bogardus in Deutschland hat. Und auf diese Firma – sie handelt angeblich mit Computerequipment – ist ein Haus eingetragen. Bei Meßkirch. Und eine Lagerhalle im neuen Gewerbegebiet von Friedrichshafen.«

»Warte mal, diese Firmennamen Enif und Bogardus … das sind Sternennamen. Die hat Binder im Präsidium ebenfalls auf dem Radar«, sagte Madlener.

Er spürte, wie das Jagdfieber wieder in ihm erwachte, und warf die Kippe endlich in den Papierkorb.

»Geben wir das an Dr. Ilgner weiter?«, fragte Harriet und sah ihn gespielt treuherzig an.

Madlener winkte ab. »Die haben genug zu tun. Dem gehen nur wir beide nach. Vergiss nicht, wir sind laut Dr. Ilgner auf uns selbst gestellt.«

Harriet zog skeptisch eine Augenbraue hoch, wie nur sie es konnte. Weil sie wusste, wie er das meinte.

Er wies auf den Bildschirm.

»Und wenn das alles hier nur blinder Alarm ist, dann haben wir wenigstens unser Bestes versucht und müssen uns nicht vorwerfen, wir wären untätig gewesen. Niemand braucht von unserem Alleingang zu wissen. Wir blamieren uns gegebenenfalls nur vor uns selbst.«

Dabei legte er sich schon sein Holster mit der SIG Sauer um.

»Ich lobe dich später«, sagte er. »Nur so viel: großartige Arbeit, Agent Starling! Werde Sie im Präsidium zur Mitarbeiterin des Monats Oktober vorschlagen.«

Harriet unterdrückte ein Schmunzeln und fragte betont geschäftsmäßig: »Was nehmen wir uns zuerst vor?«

»Hast du die genaue Adresse von diesem Haus?«

»Habe ich.« Sie klappte ihren Laptop zu. »Ich hab's mir

auch bei Google schon angeschaut. Ist kein Haus, eher eine riesige Villa, relativ abgelegen und mit großem Grundstück. Ich denke, wir sind wieder im Spiel, Mr. Crawford.«

»Das sind wir, Agent Starling, das sind wir.«

Und damit stürmten sie hinaus.

88

Nach einer Stunde Fahrzeit näherten sie sich der Adresse bei Meßkirch, einem mittleren Marktflecken nordwestlich von Friedrichshafen.

Die Villa, ein Anwesen aus der Gründerzeit mit riesigem Garten, lag ganz am Ende der Straße, die in einem Bogen wieder zurück in den Ort führte.

Kurz vor acht war hier kein Mensch unterwegs, nur ein Auto kam vor ihnen aus einer Einfahrt und fuhr davon.

Madlener hielt auf dem Grünstreifen an, und sie sahen sich kurz um. Lange konnten sie nicht herumcruisen, sie wollten schließlich nicht unnötig auffallen.

Harriet hatte recht gehabt, das Haus, das Lombardis Firma gehörte, war eine Villa, wenn auch eine alte, ziemlich heruntergekommene. Der mannshohe Gitterzaun, der das Gelände umgab, war verrostet, der Garten verwildert, das Gebäude sah nicht bewohnt aus.

»Wie gehen wir vor?«, fragte Harriet.

Madlener seufzte. »Wir sind hier auf dem Land. Da haben die Bäcker leider schon zu. Ich versuche, in der nächsten Tankstelle was zu trinken und zum Knabbern aufzutreiben, und dann suchen wir uns ein stilles Plätzchen und observieren.«

»Wie lange?«

»So lange, bis uns niemand mehr sehen kann, wie wir über den Zaun steigen und uns da drin mal näher umsehen. Also sobald es dunkel genug ist.«

»Und wenn Lombardi da drin ist?«

»Glaube ich kaum. Er wird garantiert unterwegs sein. Lombardi hat genug zu tun und muss alles für die Übergabe organisieren, wenn wir weiterhin davon ausgehen können, dass er allein ist. Da kann er sich nicht in seinem Fuchsbau verkriechen.«

»Wenn es denn sein Fuchsbau ist!«

»Es könnte höchstens sein …«

»Du meinst, vielleicht hat er die Waldegg-Kinder da drin versteckt?«

»Ist denkbar. Wir sollten also sorgfältig sein. Ich suche jetzt eine Tankstelle. Und du wartest solange hier. Irgendein Sonderwunsch?«

Harriet stieg aus und beugte sich noch einmal ins Auto. »Ja. Kaugummi. Den scharfen.«

Madlener nickte.

»Und benimm dich unauffällig!«, setzte er mit einem Grinsen hinzu, wartete, bis sie die Tür zugeschlagen hatte, und fuhr davon.

Harriet zeigte ihm den Mittelfinger und hoffte, dass er ihre Geste noch im Rückspiegel sehen konnte.

Dann spazierte sie zum verschlossenen Eingangstor der Villa und inspizierte zunächst den Briefkasten und das Klingelschild. Der Briefkastenschlitz war zugeklebt, darauf stand handschriftlich: »KEINE WERBUNG!« Ein dicker Packen mit Prospekten war trotzdem gleich daneben zwischen zwei Gitterstäbe geklemmt. Über der Klingel hing ein neues Messingschild mit dem Namen »Bogardus«.

Sie ging hundert Meter weiter zur nächsten Bushaltestelle, es war ein kleines Wartehäuschen am Waldrand zum Unterstellen, tat so, als würde sie den mageren Fahrplan studieren, und setzte sich dann auf die Bank.

Von hier aus hatte sie alles im Blick und benahm sich unauffällig.

Beim Gedanken daran musste sie selbst grinsen.

89

Sie knabberten Kekse aus einer Gebäckmischung – etwas anderes hatte es in der Tankstelle nicht gegeben – im Auto, das sie ein gutes Stück weit weg von der Villa unter einem Baum geparkt hatten. Madlener spülte das staubtrockene Zeug mit Kaffee hinunter, Harriet mit Cola light. Den Kaugummi hatte Madlener ihr auch mitgebracht, er kannte ihre Marke.

»Irgendwie habe ich ein ungutes Gefühl, wenn wir hier unsere Zeit verplempern«, meinte sie und wischte sich ein paar Krümel von der Hose. »Sollten wir nicht das LKA anrufen und ein Observationsteam zu diesem Lagerhaus im neuen Gewerbegebiet nach Friedrichshafen schicken?«

»Damit Dr. Ilgner Wind davon bekommt – und das wird er – und wir erklären müssen, was wir nicht erklären können? Wir sind hier nicht mehr zuständig. Dass wir hier warten, machen wir eigentlich zu unserem Privatvergnügen. Deshalb brauchen wir auch keine offizielle Erlaubnis. Ich bin sozusagen illegal hier und verhalte mich dementsprechend. Du hast doch hoffentlich mein Werkzeug im Kofferraum dabei?«

»Wie immer, wenn ich mit dir unterwegs bin. Da weiß man nie, wo wir gerade einbrechen müssen.«

Madlener warf ihr einen scheinbar strafenden Blick zu. »Ist es mit mir wirklich so schlimm?«

»Schlimmer, Mr. Crawford.«

»Es steht dir frei –«

»Noch auszusteigen. Ja, Mr. Crawford, den Standardspruch kenne ich inzwischen in- und auswendig.«

»Und ich die Standardantwort. Also, wir verstehen uns, Agent Starling. Wenigstens was das taktische Vorgehen angeht.«

Eine Weile beschäftigten sie sich mit ihren Getränken und hingen ihren Gedanken nach.

Als die Straßenlampen eingeschaltet wurden – der Himmel war ganz wolkenverhangen und düster –, hielt es Madlener nicht länger auf seinem Sitz. Er hatte sich schon überlegt, wo sie am besten ungesehen über den Zaun und auf das Gelände der Villa gelangen konnten.

Die Lichter in den weit weg stehenden Häusern gingen ebenfalls nach und nach an.

Nur in der Gründerzeitvilla tat sich weiterhin nichts.

Sie stiegen aus, und Harriet machte die Kofferraumklappe auf. Sie waren für alle möglichen Fälle und Wettersituationen ausgerüstet. Dafür sorgte Madlener, der wusste, was es bedeutete, wenn man bei Regen oder im Winter keine Gummistiefel und keinen Regenumhang dabeihatte und an einem matschigen Tatort herumkriechen musste.

Sie zogen Vinylhandschuhe an, setzten sich Mützen auf und nahmen Taschenlampen sowie einige Werkzeuge mit, die Madlener in eine Decke eingewickelt hatte.

Als sie um das Grundstück herumgingen, dachte Harriet, dass sie haargenau wie zwei Einbrecher auf Diebestour aussehen mussten.

Das waren sie im Grunde genommen auch, nur dass sie nicht auf Beute aus waren. Aber ansonsten konnte man es nicht gerade gesetzeskonform nennen, was sie vorhatten, auch wenn es um das Leben von zwei Geiseln ging.

Wenn Madlener sämtliche Dienstvorschriften über den Haufen warf und alles riskierte – und das war nicht das erste Mal –, dann war das, um es mit Dr. Ilgners Worten zu sagen, alternativlos.

Entweder sie hatten Erfolg damit, oder sie steckten schwer in der Klemme, falls irgendetwas von ihrer eigenmächtigen Nacht-und-Nebel-Aktion durchsickerte.

Madlener schlich bis zu einer Stelle, die von der Straße aus nicht mehr einsehbar war, und inspizierte den Zaun genauer. Er bestand aus einzelnen Gitterstäben mit Spitzen und war auf einem kniehohen Betonsockel angebracht, der sich um das ganze Grundstück zog.

Die Villa hatte nur auf der Seite mit der Bushaltestelle ein Nachbarhaus, dazwischen stand eine hohe und dichte Hecke. Hinter dem Anwesen und auf der rechten Seite war lichter Wald, was das Anschleichen wesentlich erleichterte. Sie gingen um das Grundstück herum bis zur Rückseite. Dort fanden sie ein altes Tor vor, das mit einem Vorhängeschloss und einer Kette abgesperrt war.

Madlener holte sein Einbrecherbesteck aus der Decke, die Harriet vor ihm aufgeschlagen hatte, und es gelang ihm in kurzer Zeit, das Vorhängeschloss zu knacken.

Sie drückten das Tor gegen den Widerstand von wucherndem Unkraut so weit auf, dass sie gerade durch die Lücke hindurchschlüpfen konnten, und eilten durch hohes Gras zum Hintereingang des trutzigen Gebäudes.

Die Tür zum Keller machte einen sehr stabilen Eindruck, und alle Keller- und Erdgeschossfenster waren vergittert. Harriet sah auf Anhieb keine Möglichkeit, lautlos in das Gebäude zu gelangen.

Aber Madlener war schon zur Garage gegangen, die sich an der Seite der Villa direkt anschloss. Sie hatte ein kleines Fenster, das nicht vergittert war. Er gab Harriet die Werkzeuge und hielt die Decke vor das Glas, das er mit dem Ellbogen einschlug. Es klirrte leise, und in der Garage fielen die Scherben auf den Boden.

Madlener und Harriet bewegten sich eine Weile nicht, doch als kein Licht anging und sie nichts hörten, machten sie weiter.

Er räumte die restlichen Scherben aus dem Fensterrahmen und bildete mit den Händen für Harriet eine Räuberleiter. Sie stieg an ihm hoch und schlüpfte durch.

Madlener reichte ihr die wieder in die Decke eingewickelten Werkzeuge durch das Fenster, nahm eine leere Obstkiste als Tritt und zwängte sich ebenfalls mit dem Kopf voraus in die Garage.

Harriet half ihm von der anderen Seite, und dann sahen sie sich erst mal um. Madlener machte seine Taschenlampe an und leuchtete. Die riesige Garage war leer bis auf ein paar verrostete Gartengeräte und einen Schlitten.

Der Durchgang ins Haus war kein größeres Problem für Madleners Werkzeug, was Harriet eigentlich wunderte, bei seiner sonstigen Ungeschicklichkeit.

Schlösser knacken konnte er wirklich.

Madlener nickte ihr zu, auf dieses Zeichen hin zogen beide ihre Waffen, dann erst drückte er die Tür auf.

Sie waren in einen Gang gelangt, Madlener ließ die Taschenlampe an. Sie horchten wieder. Als sie nichts hörten, gingen sie weiter und kamen in eine große Vorratskammer, die bis auf die Regale leer war, und von dort aus in eine Küche, in der nur noch ein alter Herd an der Wand neben der Spüle stand.

Schließlich betraten sie die Eingangshalle und Madlener knipste seine Taschenlampe aus, weil die Fenster zur Straße hinausgingen. Eine Straßenlampe ließ fahles Licht hereinfallen, sie konnten schemenhaft erkennen, dass die holzvertäfelte Halle mit dem Treppenaufgang völlig leer war.

Kein Teppich, keine Möbel, abblätternde Tapeten.

Sie trennten sich, Madlener durchsuchte links die restlichen Räume im Erdgeschoss, Harriet rechts.

Dann trafen sie sich wieder an der breiten Treppe nach oben. Beide schüttelten synchron die Köpfe.

»Nichts«, flüsterte Harriet. »Alles leer und unbewohnt.«

Sie eilten hoch ins nächste Stockwerk. Eine Tür stand offen, sie führte in einen großen Saal.

Er war ebenfalls leer – bis auf die hintere Ecke, auf die Harriet den Lichtstrahl ihrer Taschenlampe richtete.

Madlener und sie gingen darauf zu und blieben stehen, als sie sahen, was da wie ein wohnliches Refugium um den großen Kamin herum aufgebaut war.

Eine alte Couchgarnitur war u-förmig auf Teppichen um den Kamin angeordnet, und daneben stand ein riesiger, geschmückter Weihnachtsbaum, dessen Spitze, mit einem Rauschgoldengel geschmückt, bis zur Decke reichte.

Im Oktober.

Madlener und Harriet traten näher und leuchteten beide den Baum ab.

Bunte Kugeln, Lametta, Engelshaar, selbst gebastelte Strohsterne und halb abgebrannte Wachskerzen auf den dürren Zweigen.

Vorsichtig berührte Harriet einen davon, sofort rieselte es übrig gebliebene Tannennadeln, der Baum war trocken wie Zunder.

Alles war blitzblank sauber bis auf den Boden rund um den Weihnachtsbaum, der voller Nadeln war.

Auf dem Kaminsims standen neben Kerzen vier Fotos in silbernen Rahmen.

Harriet nahm eines davon in die Hand, das größte. Es zeigte eine junge Frau und zwei Mädchen, die ein Dreieck um einen Mann bildeten, alle lachten ausgelassen in die Kamera. Die Kinder hatten dem Mann in ihrer Mitte – offensichtlich der junge Gregor Lombardi – mit ihren Fingern Hörner hinter dem Kopf gemacht.

Wahrscheinlich lachten sie deshalb so aus vollem Hals, weil sie annahmen, dass der Papa das nicht merkte.

Er lachte ebenfalls – vielleicht gerade weil er es ahnte und seinen Töchtern den Spaß nicht verderben wollte.

Eine glückliche Familie.

Die anderen drei Bilder waren einzelne professionelle Porträts der beiden Mädchen und ihrer Mutter, eines der Mädchen zeigte beim Lächeln seine Zahnspange.

Madlener und Harriet tauschten einen Blick aus.

»Das ist er«, sagte Harriet. »Er feiert hier anscheinend im Beisein seiner nicht mehr vorhandenen Familie Weihnachten. Irgendwie gruselig.«

»Bekommst du jetzt Mitleid mit ihm?«

»Nein. Mit einem Kerl, der mit der Armbrust auf mich zielt und abdrückt, habe ich kein Mitleid. Aber ein trauriger Anblick ist das trotzdem.«

»Wir müssen das ganze Haus durchsuchen«, meinte Madlener und sah sich wieder um. »Vom Dachboden bis zum Keller, wir dürfen nichts auslassen. Vielleicht sind Elise und Eduard doch hier.«

Harriet zeigte nach unten, Madlener nickte und machte sich zum nächsten Zimmer auf, während Harriet die Treppe nahm und hinunterging. Die Pistole und die Taschenlampe hatte sie im Anschlag.

Im nächsten Raum fand Madlener so etwas wie ein Schlafzimmer. Dort waren ein einfaches Bett, ein Tisch, ein Stuhl, ein Bügelbrett, ein Schrank. Er prüfte mit dem Finger. Kein Staub, alles sauber.

Im Schrank Hemden, Hosen, Wäsche. Perfekt gestapelt. Madlener nahm ein Hemd heraus und hielt es sich an die Nase. Es roch frisch nach Waschmittel.

Das Bett war gemacht, auf dem Nachtkästchen war Lektüre, wissenschaftlich-technische Zeitschriften, wie er schnell feststellte.

Nebenan gab es ein Badezimmer. Auch das war klinisch sauber und schien benutzt zu werden. Kosmetikartikel und Rasierzeug auf der Ablage vor dem Spiegel.

Die altmodische Badewanne und das Waschbecken glänzten, Waschzeug und Handtücher hingen bereit. Madlener befühlte sie. Sie waren trocken.

Er fand im ersten Stockwerk noch drei Räume, alle leer, und eine alte Küche. Sie war aus dem vorigen Jahrtausend, aber gut ausgestattet. Nichts stand offen herum.

Er warf einen Blick in den Kühlschrank. Das Innenlicht ging an. Nur ein paar Wasserflaschen, im Gefrierfach Fertiggerichte und Eiskonfekt.

Er durchsuchte die Schubladen, aber außer Besteck war dort nichts zu finden.

Töpfe und Geschirr in den Schränken.

Auf dem Tisch war ein zusammengeklappter Laptop.

Kurz überlegte er, ob er ihn mitnehmen sollte.

Lieber nicht. Dann war der Computer – falls es nötig war – als Beweismittel nicht mehr zulässig. Außerdem wäre Madlener in Erklärungsnöte gekommen, wenn man ihn danach gefragt hätte, unter welchen Umständen er den Laptop an sich gebracht hatte.

Und ihn jetzt einzuschalten und ihn nach relevanten Dateien zu durchsuchen, dafür blieb keine Zeit.

Im Treppenhaus eilte er ein Stockwerk höher zum Dachboden. Aber außer Spinnweben und alten Möbelstücken, die mit weißen Laken abgedeckt waren – nichts.

Er sah auf seine Uhr.

Zu seinem Schrecken war schon eine Stunde vergangen, und sie hatten nichts gefunden außer Hinweise darauf, dass Gregor Lombardi die Villa zeitweise als Unterschlupf zu nutzen schien.

Vielleicht war Harriet im Keller erfolgreicher.

Wie aus dem Nichts überfiel ihn die Horrorvorstellung, dass Gregor Lombardi im Keller nur auf Harriet gewartet hatte und sie bereits in seiner Gewalt war.

Er lauschte.

War da nicht eben ein seltsames Geräusch zu hören gewesen?

Mit der SIG Sauer in der Hand hastete er so schnell er konnte die große Treppe nach unten.

90

Die Zugangstür zum Keller stand offen.

Es roch muffig, als Madlener sich die Treppe nach unten tastete und am Ende ins Dunkel eines breiten Gangs blickte, der links und rechts von ihm abging.

Er blieb stehen, knipste die Taschenlampe an und lauschte.

Beinahe hätte er laut nach Harriet gerufen.

Er entschloss sich, nach links zu gehen.

Den Grundriss der Villa konnte er jetzt einschätzen, und er wusste, wie groß die Räumlichkeiten dementsprechend im Keller sein mussten.

Langsam ging er weiter, leuchtete in jeden Raum und durchquerte drei Kellergewölbe, die groß und voller Gerümpel waren.

Die Türen zu den Seitenkammern waren nicht verschlossen, nach und nach öffnete er alle und sicherte sich dabei mit seiner SIG Sauer ab.

Schließlich war der Keller auf dieser Seite an einer unverputzten Mauer zu Ende.

Nicht die geringste Spur von irgendwelchen Geiseln.

Und auch keine von Harriet.

Allmählich wuchs die Sorge bei Madlener, seiner Kollegin könnte etwas zugestoßen sein.

Er lief die ganze Strecke wieder im Laufschritt zurück.

Als er an der Treppe angelangt war, die nach oben führte, war er wieder in Versuchung, laut Harriets Namen zu rufen.

Wieder unterließ er es.

Sie konnte nur im anderen Flügel sein.

Langsam arbeitete er sich von Raum zu Raum voran.

Auch hier überall kaputte Möbelstücke und Krempel in jedem der Gewölbe, die Madlener vorkamen wie Burgverliese, so stabil und massiv waren sie gebaut.

Ganz vorne, im letzten Abschnitt, blitzte kurz Licht auf.

Er knipste seine Taschenlampe aus und schlich sich heran.

Als er mit aller Vorsicht um die letzte Ecke spähte, konnte er eine Gestalt ausmachen, die ihm den Rücken zukehrte und vor einem Regal stand, das voller Akten und Ordner war. Sie nahm mit einer Taschenlampe irgendetwas genauer unter die Lupe.

Die Gestalt war Harriet, Madlener fiel ein Stein vom Herzen.

Er wollte sie nicht zu Tode erschrecken, ging ein Stück zurück und trat besonders laut auf, als er sich ihr wieder näherte.

Sie drehte sich zu ihm um.

»Was um Himmels willen treibst du da?«, fragte er. »Ich hab mir schon Sorgen gemacht.«

Sie leuchtete das Regal mit ihrer Lampe ab.

»Das, was du hier siehst, ist der gesamte Papierkrieg um den Gerichtsprozess gegen Franz von Waldegg.«

Sie hob den Ordner hoch, den sie in der Hand hielt.

»Und hier drin sind alle Presseberichte eingeklebt, handschriftlich kommentiert und chronologisch abgeheftet. Interessante Lektüre, bin irgendwie hängengeblieben.«

Er sah auf seine Uhr.

»Wie lange brauchen wir von hier aus nach Friedrichshafen?«

Harriet steckte den Ordner zurück und befragte ihr Smartphone.

»Eine Stunde. Vielleicht ein paar Minuten mehr.«

»Dann nichts wie los! Hier können wir nichts mehr ausrichten.«

91

Im Polizeirevier Hohenschwarzbach war hektische Aktivität ausgebrochen.

Sagittarius hatte pünktlich angerufen, die Koordinaten und die genaue Uhrzeit für den Treffpunkt zur Lösegeldübergabe durchgegeben und noch einmal ausdrücklich verlangt, dass Charlotte von Waldegg allein sein sollte, wenn sie die Lösegeldtasche brachte, er würde das betreffende Gelände überwachen und sofort abbrechen, wenn er Verdächtiges bemerken sollte. Dann hatte er ohne ein weiteres Wort aufgelegt.

47.722219 und 9.227429.
Dreiundzwanzig Uhr.

Die Techniker hatten den Treffpunkt in Sekundenschnelle.
Es war der Sportbootshafen in Unteruhldingen.

Das war das Startzeichen für alle, sofort in die bereitstehenden Autos zu steigen und Gas zu geben – zumindest bis kurz vor dem Ziel, dann sollte Charlotte von Waldegg allein weiterfahren.

Die Polizei im Einsatzgebiet war alarmiert, jeder hatte seine Instruktionen. Fraidling sollte die Stellung im Polizeirevier halten.

Dr. Ilgner war im ersten Wagen der Kolonne. Das Spektakel an vorderster Front konnte er sich nicht entgehen lassen. Er liebte es, an der Spitze eines Konvois von blaulichtflackernden Dienstwagen über nächtliche und vom Regen schwarz glänzende Straßen dahinzugleiten und alles wegscheuchen zu können, was einem an Verkehr in den Weg kam.

In seiner hohen Position im Polizeipräsidium Stuttgart gab es nicht oft die Gelegenheit, bei einem spektakulären Außeneinsatz als Anführer zu glänzen. Umso mehr genoss er diesen Ausflug.

Ein erhebendes, wenn nicht sogar erhabenes Gefühl, so viel Macht zu besitzen und sie gleichsam direkt unter dem Hintern zu spüren.

Aber das behielt er lieber für sich.

Das waren eben die schönen Seiten seines Berufs, abgesehen davon, dass Ränkeschmieden und Untergebene zur Minna zu machen auch nicht schlecht war, wenn man beides so gnadenlos und ausgefuchst beherrschte wie er.

Mit Charlotte von Waldegg war alles durchgesprochen, sie hatte auf ihn einen gefestigten und entschlossenen Eindruck gemacht, auch wenn er sich nicht ganz sicher war, wie lange das wohl anhalten würde.

Ihr behandelnder Arzt, mit dem sich Ilgner noch unterhalten hatte, gab an, ihr zwar Beruhigungsmittel verabreicht zu haben, aber das würde sie nur stabilisieren und emotional bei der Stange halten, wie er sich ausgedrückt hatte.

Ilgner musste auf die Diagnose des Arztes vertrauen.

Charlotte von Waldegg saß mit ausdruckslosem Gesicht vorne neben dem Fahrer.

Er sah kurz nach rechts.

Neben ihm auf dem Rücksitz war Franz von Waldegg.

Er starrte mit seiner Habichtsnase nach vorne, sein Gesicht war in den flackernden Blaulichtern gespenstisch wächsern. Seit der Geschichte mit den abgeschnittenen Fingern seiner Kinder war er nicht mehr der alte Graf.

Als er das Foto der Finger auf seinen ausdrücklichen Wunsch hin gezeigt bekommen hatte, hatte eine Veränderung in ihm stattgefunden.

Ilgner kam er um Jahre gealtert vor. Und wenn er ging, dann in seltsamer Haltung, als würde er von einer furchtbaren Last niedergedrückt.

So ehrgeizig und intrigant Dr. Ilgner auch war, er bildete sich doch ein, ein guter und einfühlsamer Menschenbeobachter zu sein.

Wo Franz von Waldegg es sich bisher nicht hatte nehmen lassen, sich in alles einzumischen und bei jeder Gelegenheit

Kritik zu äußern, hatte er seit der Abfahrt aus Hohenschwarzbach kein Wort mehr gesprochen.

Dr. Ilgner wandte sich wieder seinem Funksprechgerät zu
und fragte alle, die ihm zugeschaltet waren, nach ihren Posi-
tionen und ihrer Bereitschaft ab.

Dabei sah er, dass Franz von Waldegg plötzlich etwas aus
der Nase tropfte.

Zuerst sagte er nichts.

Aber als der Graf überhaupt nicht reagierte, obwohl die
dunklen Tropfen schon auf seine Brust fielen, wandte er sich
ihm zu.

»Herr von Waldegg, ich glaube, Sie haben Nasenbluten!«

Franz von Waldegg schien wie aus einem bösen Traum zu
erwachen, berührte seine Nase, sah sich seinen blutigen Finger an und war dankbar, als ihm Dr. Ilgner ein Taschentuch
reichte. Er drückte es sich auf die Nase und lehnte den Kopf
nach hinten.

Der Konvoi aus fünf schwarzen Fahrzeugen raste wie ein
blinkender Lindwurm blaulichtblitzend und gischtspritzend
in Richtung Bodensee durch die regnerische Nacht.

92

Ohne Blaulicht und Sirene, aber fast genauso schnell jagten Madlener und Harriet mit ihrem Dienstwagen in Richtung Friedrichshafen.

Madlener saß am Steuer, Harriet klammerte sich am Sicherheitsgurt fest und schilderte ihm, was sie im Netz über das Lagerhaus herausgefunden hatte.

»Neubau, zwei Jahre alt, gehört der Firma Bowmann, einer Tochter von Bogardus.«

»Baumann?«

»Nein. B-o-w-mann. Wie bowman, englisch für Bogenschütze. Was sagt uns das?«

Es war eine rhetorische Frage.

»Dass wir auf der richtigen Spur sind«, knurrte Madlener trotzdem.

»Wollen's mal hoffen. Also – das Lagerhaus ist eine große Halle in der letzten Reihe des Gewerbegebiets. Auf der gegenüberliegenden Seite Lager- und Werkstatthallen und Bürohäuser, von verschiedenen Firmen belegt, teilweise noch im Bau. Neben der Halle eine Tankstelle für Lkws und ein Mietservice für schwere Baumaschinen, hat ab zwanzig Uhr geschlossen. Hinten an der Ecke ein Lkw-Parkplatz. Am Eckgrundstück daneben ein Hostel für Lkw-Fahrer und die Leute vom Bau. Das ist alles.«

»Wie sind wir in der Zeit?«, fragte Madlener, überholte waghalsig und mit Lichthupe.

Harriet wartete, bis er haarscharf vor dem Gegenverkehr, der ebenfalls die Lichthupe ordentlich aufblitzen ließ, wieder eingeschert war, bevor sie sagte: »Halb elf.«

Madlener behielt seinen Fahrstil bei und brummte: »Hör doch mal unauffällig bei Fraidling nach, wie die Sache in Hohenschwarzbach steht. Wenn wir an diesem Lagerhaus ankommen, können wir uns nicht lang mit einer Observation aufhalten, das bringt nichts. Wir müssen da rein, egal wie. Vielleicht hast du eine Idee, wie wir das bewerkstelligen können.«

Harriet wählte schon Fraidling an und unterhielt sich kurz mit ihm, bevor sie wieder auflegte und Madlener Bericht erstattete.

»Aktion Geldübergabe läuft. Um dreiundzwanzig Uhr ist es so weit.«

»Wo?«

»Unteruhldingen Hafen.«

Madlener fluchte leise.

»Mist, Mist, Doppelmist. Ich will nur hoffen, dass wir nicht falschliegen.«

Harriet sagte nichts, aber sie dachte dasselbe.

93

Der Konvoi bog auf den Bahnhofplatz von Unteruhldingen-Mühlhofen ein, und nacheinander stoppten die fünf schwarzen SUVs. Charlotte von Waldegg stieg aus und erhielt letzte Anweisungen von Dr. Ilgner, bevor sie sich in den Audi Q5 begab.

Ilgner deponierte die Tasche mit dem Lösegeld auf dem Beifahrersitz, ging noch einmal um den Wagen herum und beugte sich durch die offene Fahrertür zu Charlotte von Waldegg hinein.

Er fragte:»Haben Sie Ihr Handy griffbereit?«

Die Gräfin nickte.

»Sie wissen, wohin Sie fahren müssen?«

Wieder nickte sie. Dr. Ilgner fiel erst jetzt auf, dass sie ungeschminkt war, weil ihr Gesicht vom Innenlicht des Wagens angeleuchtet wurde, was ihn leicht irritierte.

»Denken Sie daran«, wiederholte er,»wir können über das Mikro alles mithören und wissen über jeden Ihrer Schritte Bescheid. Wir haben die Situation absolut unter Kontrolle, Frau von Waldegg. Sobald es erforderlich sein sollte, schlagen wir zu.«

Sie sah ihm zum ersten Mal in die Augen, beschwörend.

»Herr Dr. Ilgner, bei allem, was Sie vorhaben: Bitte greifen Sie erst ein, wenn meine Kinder in Sicherheit sind. Sie müssen mir das versprechen!«

»Glauben Sie mir, wir tun alles, um die Sicherheit Ihrer Kinder zu gewährleisten.«

Zur Beruhigung legte er seine Hand auf die ihren, die in roten Lederhandschuhen steckten und das Lenkrad fest umklammerten.

»Daran müssen Sie immer denken, Frau von Waldegg. Das hat für uns oberste Priorität.«

Wenn Ilgner wollte, konnte er sehr überzeugend wirken.

Auch wenn er das Blaue vom Himmel herunterlog.

»Gut«, sagte Charlotte von Waldegg, »ich verlasse mich auf Sie.«

Er sah auf seine Uhr und trat zurück.

»Es wird Zeit. Fahren Sie los«, sagte er und schlug die Fahrertür zu.

Alle Frauen und Männer der Einsatzkräfte waren ausgestiegen, um sich die Beine zu vertreten.

Wie ein Fußballtrainer vor Beginn des Endspiels in der Champions League klatschte Ilgner aufmunternd und laut in die Hände und scheuchte sie alle auf.

»Kommt, Leute, auf geht's, bewegt euch! Jeder auf seinen Posten!«

Er sah den roten Rücklichtern des Audi nach, bis sie in Richtung Unteruhldingen verschwunden waren.

Er hatte die Gelegenheit beim Schopf gepackt, Kriminalgeschichte zu schreiben. Madlener und diese Schnepfe Harriet Holtby waren von ihm aus dem Spiel gekegelt worden, nachdem sie sich gehörig dabei die Finger verbrannt hatten, um für ihn die Kastanien aus dem Feuer zu holen.

Jetzt dauerte es nicht mehr lange, bis er sich mit dem Lorbeerkranz schmücken konnte, Sagittarius geschnappt zu haben. Ein Ruhmeskapitel in den Annalen der Polizei von Baden-Württemberg war ihm sicher. Das würde ihn endlich als ernstzunehmenden Anwärter auf den Posten des nächsten Landespolizeipräsidenten katapultieren.

Und wer wusste es schon, vielleicht war das sogar nicht einmal das Ende der Fahnenstange …

94

Madlener lenkte den Dienstwagen nach Harriets Anweisungen durch das neue Gewerbegebiet nordwestlich von Friedrichshafen und fuhr schließlich auf den Platz vor der Lkw-Tankstelle, die nur die Notbeleuchtung anhatte, weil sie bereits geschlossen war.

Sie stiegen aus ihrem Wagen aus und gingen zur Straße vor, um sich einen Eindruck vom Lagerhaus nebenan zu verschaffen.

Das Gebiet war jetzt, eine Stunde vor Mitternacht, wie ausgestorben.

Nur auf dem nahen Lkw-Parkplatz brannten noch Lichter und brummten Motoren.

Im Licht der Straßenlampen sahen sich Madlener und Harriet die Gegensprechanlage neben dem großen Rolltor an.

»Fa. Bogardus. G. Bowmann« stand darauf.

Die Lagerhalle wurde von zwei Scheinwerfern angestrahlt, aber im Inneren war es dunkel.

Fenster über Kopfhöhe zogen sich auf der Längsseite entlang.

»Am Gebäude sind unter der Dachkante zwei Videokameras angebracht«, stellte Harriet fest und zeigte darauf. »Hier und hier.«

Madlener nickte nur, er suchte immer noch nach einer Lösung dafür, wie sie so nahe an die Halle herankommen sollten, dass sie einen Blick nach innen werfen konnten.

Ein über zwei Meter hoher Industriezaun umgab das ganze Gelände, ein Zaun, an dem man nicht so einfach hochklettern konnte, weil die Maschen zu eng waren.

»Sie sind da drin«, sagte er grimmig, hatte die Finger in den Maschen des Zauns und starrte auf die Lagerhalle.

Nicht zum ersten Mal wünschte er sich, er hätte einen Röntgenblick.

»Woher willst du das wissen?«, fragte Harriet. »Vielleicht haben wir was übersehen oder es gibt noch irgendwelche Gebäude, die zu diesem ominösen Firmenkonglomerat gehören.«

»Ich weiß es ganz einfach. Wir müssen da rein, bevor Sagittarius zurückkommt.«

»Vielleicht hat er die Geiseln wieder weggebracht. Oder noch was Schlimmeres.«

Er sah Harriet an.

»Nein.« Er schüttelte mit Bestimmtheit den Kopf. »Nein, das hat er nicht getan. Noch nicht. Weil er sie so lange als Druckmittel braucht, bis er Charlotte von Waldegg hat. Wir müssen da rein, Harriet, egal wie.«

Er sah zur Tankstelle hinüber, die im rückwärtigen Teil einen Verleih für Minibagger und andere schwere Arbeitsgeräte hatte.

»Nein«, sagte Harriet nur, als sie seinen Blick auffing und sofort wusste, was er vorhatte. »Nein, das kannst du nicht machen! Du riskierst deinen Job, das ist dir schon klar?«

»Und wenn schon, Harriet. Wat mutt, dat mutt, wie Frau Gallmann seit Neuestem sagt. Ich nehme das auf meine Kappe. Du kannst dich einstweilen in den Dienstwagen setzen und um die Häuser gurken, dann bist du aus der Schusslinie. Aber bring mir vorher noch meine kleine Werkzeugsammlung.«

Er streckte die Hand aus, der Autoschlüssel baumelte an seinem Zeigefinger.

95

Vor der Hafenmole in Unteruhldingen hielt Charlotte von Waldegg ihren Audi an und wartete.

Der Landregen tröpfelte sanft aufs Auto, im ganzen Hafenbereich tanzten Lichtflecken von den Straßenlaternen auf dem schwarzen Wasser, Boote und Schiffe dümpelten in der leichten Dünung.

Niemand war zu sehen.

Die Bootsanlegestellen waren bereits ziemlich ausgedünnt, die meisten Boote waren schon herausgeholt und für den kommenden Winter wetterfest untergebracht worden.

Die scheinbar so friedliche Umgebung konnte keinen beruhigenden Einfluss auf Charlotte von Waldegg ausüben, ihre Hände hatten das Lenkrad krampfhaft fest gepackt, weil sie am ganzen Leib zu zittern angefangen hatte.

Hastig zog sie ein Pillendöschen aus ihrer Kelly Bag und schluckte eine der Tabletten, die sie vom Arzt bekommen hatte.

»Für Elise« spielte ihr Handy. Sie zuckte so sehr zusammen, dass sie ein paar der Pillen verschüttete, die in den Fußraum fielen. Aber das kümmerte sie jetzt nicht.

Fahrig steckte sie das Pillendöschen wieder weg und nahm den Anruf auf ihrem Handy an.

»Ja, Charlotte von Waldegg hier?«

»Sie sind vor der Mole?«

»Ja.«

»Steigen Sie aus und drehen sich einmal, ich will Sie sehen.«

Charlotte von Waldegg trat aus ihrem Wagen in den Regen und drehte sich mit ausgestreckten Armen um ihre Achse. Dann hielt sie das Smartphone wieder an ihr Ohr.

»Wie lauten Ihre Vornamen und Ihr Mädchenname? Sagen Sie's mir!«, wurde sie von der Stimme von Sagittarius angebellt.

»Von Wanger. Charlotte Johanna Friederike Luise von Wanger.«

»In Ordnung. Sie haben das Geld dabei?«

»Ja. Wo sind meine Kinder?«

»Sie werden sie bald zu sehen bekommen, wenn Sie meine Anweisungen befolgen. Wo ist Ihr Gatte?«

»Er ist zurückgeblieben und wartet.«

»Öffnen Sie den Kofferraum.«

Die Gräfin ließ die Heckklappe hochgehen. Der Kofferraum war leer.

»Was soll ich jetzt tun?«, fragte sie.

»Sie nehmen die Tasche und gehen auf der Mole hinaus bis vor zum letzten Anleger. An seinem Ende ist ein Boot vertäut. Es heißt ›Aldebaran‹. Sie starten den Motor, der Schlüssel steckt, und fahren durch die Hafeneinfahrt auf den Bodensee hinaus. Nehmen Sie Ihr Handy mit, Sie bekommen dort weitere Anweisungen. Haben Sie das verstanden?«

»Ja ... warten Sie ...«

Aber Sagittarius hatte bereits aufgelegt.

Charlotte von Waldegg merkte, dass sie auf einmal nicht mehr zitterte. Sie umrundete den Wagen, holte die Geldtasche vom Beifahrersitz und ging los, die Mole entlang, an deren rechter Seite die Anleger mit den noch vorhandenen Booten aufs Wasser hinausführten.

Sie betrat den letzten Anleger und erreichte schließlich das Boot mit dem Namen »Aldebaran«.

Es war ein kleines Motorboot.

Sie sah sich um, ob sie Sagittarius vielleicht irgendwo auf dem Wasser entdecken konnte. Aber außer verwaschenen Lichtpunkten auf dem gegenüberliegenden Ufer des Überlinger Sees war nichts zu sehen, Schiffe waren zu dem Zeitpunkt und bei dem Wetter jedenfalls keine mehr unterwegs.

Entschlossen warf sie die Geldtasche ins Boot.

Jetzt war sie froh, dass sie statt ihrer üblichen Pumps weiße Sneaker angezogen hatte. Um nicht auszurutschen, stieg sie übervorsichtig auf das schaukelnde Boot und warf mit der Lichtfunktion ihres Handys einen Blick auf das Armaturenbrett.

Der Schlüssel steckte. Als sie ihn auf Zündung drehte, sprang der Motor sofort an. Mit Fahrzeugen aller Art kannte sie sich aus, auch wenn sie auf den ersten Blick vielleicht nicht den Eindruck machte. Außerdem war sie am Bodensee bei Bodman aufgewachsen, hatte sämtliche Segelscheine erworben und war auch des Öfteren mit einem Motorboot gefahren.

Ein Boot und der See bereiteten ihr keine Probleme, damit konnte sie umgehen.

Mit der bohrenden Ungewissheit um die Verfassung ihrer Kinder nicht.

Sie zwang sich, nicht darüber nachzudenken, löste die Leine, machte die Positionslichter an und steuerte das Boot durch die Hafeneinfahrt hinaus in die Dunkelheit.

Sagittarius hatte von seinem Standpunkt aus – er hatte sich mit angesetztem Fernglas auf der Balustrade des weiträumigen Vorplatzes der Basilika Birnau postiert – gute Sicht auf die Hafeneinfahrt, die nur durch den leichten Regen ein wenig getrübt war.

Die Aussichtsterrasse vor der Wallfahrtskirche, die zu Urlaubszeiten tagsüber von Touristenhorden wegen ihres phantastischen Panoramarundblicks über den ganzen Überlinger See regelrecht belagert wurde, war um diese Zeit wie ausgestorben.

Der eigentliche Grund, warum er sich hier platziert hatte und damit ein gewisses Risiko einging, war nicht, das anzusehen, was er gleich auslösen würde.

Er war darauf aus, wenigstens aus großer Entfernung einen Blick auf Franz von Waldegg werfen zu können, wenn ihm endlich in letzter Konsequenz klar geworden war, dass er mit seinem Unfall, den er verursacht hatte und für den er nicht zur Verantwortung gezogen worden war, nach und nach die Vernichtung seiner eigenen Familie ausgelöst hatte.

Nur dafür, für diesen einen Augenblick, hatte Gregor Lombardi weitergelebt und war zu Sagittarius geworden.

Er wusste, dass das nicht normal war, aber das scherte ihn schon lange nicht mehr.

Der ganz große Moment stand ihm erst bevor.

Noch in dieser Nacht würde Franz von Waldegg, »der Gottgleiche«, wie er ihn manchmal mit Beinamen nannte, vor den Trümmern seines Lebens stehen, wenn er zusehen musste, wie die eigenen Kinder vor seinen Augen die endgültige Reise in die Ewigkeit antraten.

Wenn das Gericht die Schuld des Angeklagten schon nicht erkannt und ihn freigesprochen hatte, musste eben Lombardi das übernehmen und für ausgleichende Gerechtigkeit sorgen.

Ein großes Inferno würde Erlösung schaffen. Wenn die Rechnung ein für alle Mal beglichen und seine Mission erfüllt war, konnte Sagittarius sich von dieser Welt, in der er nichts mehr verloren hatte, für immer verabschieden und wieder zu Gregor Lombardi werden, dessen letzter und einziger Wunsch darin bestand, im Familiengrab neben seiner Frau und den Töchtern beigesetzt zu werden.

Er bereute nichts.

Nicht eine Sekunde.

Weil er dann endlich seinen Frieden finden konnte.

Aber zuerst war Charlotte von Waldegg an der Reihe.

Mit seinem starken Fernglas beobachtete er, wie sie seine Anordnungen Punkt für Punkt durchführte und schließlich mit dem von ihm bereitgestellten und präparierten Boot auf den schwarzen See hinaustuckerte.

Er warf einen kurzen Blick auf seine Uhr.

Fünf Minuten nach Einschalten der Zündung sollte die Sprengladung hochgehen, die er auf dem Boot angebracht hatte.

Eine orangerote Stichflamme schoss aus der »Aldebaran« haushoch in den Nachthimmel und erhellte für einen Augenblick die ganze seezugewandte Silhouette von Unteruhldingen.

Fasziniert beobachtete er mit dem Fernglas, wie Boot und Passagierin in Fetzen gerissen und gleichsam atomisiert wurden und die Überreste mit dem Regen aufs Wasser prasselten.

Zu hören war die Explosion auf der Terrasse der Barockkirche Birnau erst nach ein paar Sekunden, aus der Entfernung klang es wie ein harmloser Silvesterknaller.

Die Feuerzunge fiel schnell wieder in sich zusammen, nur die Scheine des Lösegelds flatterten scheinbar endlos vom Himmel.

Ein klägliches Überbleibsel von der »Aldebaran« auf dem Wasser vor der Hafeneinfahrt brannte noch vor sich hin, bis es auch erlosch.

Erste flackernde Blaulichter waren in der Ferne zu sehen, die sich dem Hafen von Unteruhldingen näherten.

Sagittarius blieb auf seinem Posten, er hatte diesen Observationspunkt mit Bedacht ausgewählt – weit genug weg vom Ort des Geschehens und trotzdem so gelegen, dass er sich einen Überblick verschaffen konnte.

Die Polizei war erst einmal durch die Explosion des Bootes abgelenkt und kam vorerst bestimmt nicht auf die Idee, hier nach ihm zu fahnden.

Er merkte, wie sich das Regenwasser mit seinem Schweiß vermischte, der ihm den Rücken herunterlief, aber er konnte sich einfach nicht am Anblick des Lichter-, Auto- und Menschengewimmels sattsehen, das urplötzlich auf den Molen der Hafeneinfahrt von Unteruhldingen ausgebrochen war.

Und dann hatte er ihn. Das musste er sein.

Franz von Waldegg inmitten einer Schar schwerbewaffneter Polizeieinsatzkräfte. Leider war er zu weit entfernt, aber Sagittarius glaubte in seinem Gesicht gleichzeitig maßloses Entsetzen und Erkenntnis zu lesen. Auch wenn er sich das vielleicht nur einbildete, weil er sich nichts mehr ersehnte als das.

Er nahm das Fernglas herunter und machte sich auf den Weg zu seinem Lieferwagen auf dem danebenliegenden Parkplatz.

Jetzt war es an der Zeit, zur letzten Phase überzugehen.

Der Showdown konnte beginnen.

Alles war perfekt vorbereitet – was sollte da noch schiefgehen?

97

Als Sagittarius am Steuer seines Lieferwagens am nördlichen Ende des neu erschlossenen Gewerbegebietes bei Friedrichshafen entlangschlich, beobachtete er die Umgebung genau. Er konnte nichts Ungewöhnliches erkennen. Am Lkw-Parkplatz war Stille eingekehrt. Bei anhaltendem Landregen gab es keine Fahrer, die sich zwischen ihren Fahrzeugen ein Essen auf ihrem Kocher zubereiteten oder auf Klappstühlen zusammensaßen und noch ein Bier tranken.

Er kam schließlich an seinem Lagerhaus an und drückte auf die Fernbedienung für das Tor, das zur Seite aufging, sodass er einfahren konnte.

Vor dem Rolltor zur Lagerhalle stoppte er und ließ es hochgehen, bevor er zum Handy griff und die Nummer des Polizeireviers von Hohenschwarzbach wählte, die er eingespeichert hatte.

»Hallo ...«, sagte er wie aufgekratzt, als sich Fraidling meldete. Ganz entgegen seiner sonstigen Art – irgendwie war Lombardi, jetzt kurz vor dem Ziel, seltsam aufgedreht und bester Laune.

»Hier spricht Sagittarius. Ich will's kurz machen: Sollte Franz von Waldegg immer noch an seinen Sprösslingen interessiert sein, dann empfehle ich ihm, so schnell wie möglich nach Friedrichshafen zu kommen. Ich lasse mein Handy an, dann können Sie den genauen Treffpunkt orten. Ich will mit ihm sprechen. Unter vier Augen. Er muss allein kommen. Von mir aus können Sie mit Ihrer gesamten polizeilichen Streitmacht anrücken, soll mir recht sein. Aber bleiben Sie auf Abstand, ich will für ein paar Minuten mit dem guten Grafen allein reden. Ein kleines, intimes Gespräch, danach bin ich bereit, mich zu stellen. Seine Kinder sind bei mir. Befolgen Sie meine

Anweisungen, und sie bleiben heil. Kommt Franz von Waldegg nicht, hat er ihren Tod zu verantworten. Dass ich keine leeren Drohungen ausspreche, sondern sie ohne Weiteres wahr mache, haben Sie soeben mitansehen müssen. Also – bis dann.«

Er legte auf.

Jetzt musste alles für einen gebührenden Empfang vorbereitet werden, so, wie er sich das Finale immer schon ausgemalt hatte in seinen schlaflosen Nächten.

Es waren unzählige, davon konnte er ein Lied singen.

Er stieg aus seinem Lieferwagen, den er erst gar nicht mehr in die Lagerhalle fuhr.

Der letzte Akt des Dramas würde sich nicht hier abspielen, sondern nebenan.

Auf dem Gelände der Tankstelle.

Er betrat die Lagerhalle, ließ das Neonlicht aufflackern und kam mit einer Schubkarre wieder heraus, auf der bereits alles hergerichtet war, was er jetzt noch für sein Vorhaben brauchte.

Er schob die Karre durch das offene Tor zur Tankstelle hinüber, die Schlüssel dafür hatte er dabei.

Madlener und Harriet hatten ihren Dienstwagen schräg gegenüber im Lichtschatten eines Bürogebäudes so abgestellt, dass er nicht entdeckt werden konnte.

Inzwischen war Madlener gottfroh, dass Harriet ihm mit Engelszungen ausgeredet hatte, seinen ursprünglichen Plan auszuführen, der aus der Verzweiflung geboren war.

Er hatte ernsthaft mit dem Gedanken gespielt, einen der Bagger vom Arbeitsgeräteverleih nebenan kurzzuschließen, damit den Zaun des Firmengeländes gewaltsam zu durchbrechen und anschließend auch noch das Tor zur Lagerhalle.

Um Elise und Eduard zu befreien, bevor Sagittarius hier auftauchte.

Harriet war strikt dagegen.

Ihr Argument, dass sie nach wie vor keine konkreten Hinweise darauf hatten, ob die entführten Geschwister wirklich in der Lagerhalle gefangen gehalten wurden, hatte ihn nach ein paar Sekunden des Nachdenkens doch wieder von seinem Irrsinnsvorhaben abgebracht.

Schließlich hatte er sich dem Einwand von Harriet gebeugt, dass für seine geplante Ramboaktion ein vages Bauchgefühl als einziger Beweggrund einfach nicht ausreichend war.

Wenn er einen Bagger klaute, um damit aus der Halle nebenan eine Schutthalde zu machen, und dann feststellte, dass dort niemand war, konnte er seinen Hut nehmen.

Und Harriet hätte er in das Debakel auch noch mit hineingezogen.

Das war nicht nur unverantwortlich, das war ausgesprochen dämlich.

Die einzig vernünftige Methode war, die altmodische, aber bewährte Polizeitaktik anzuwenden und abzuwarten, bis Sagittarius auftauchte.

Dann hatten sie das Überraschungsmoment auf ihrer Seite, ein nicht zu unterschätzender Vorteil.

Dass Sagittarius früher oder später hierherkommen würde – wenigstens davon war Madlener fest überzeugt.

Harriet nahm wieder telefonisch Kontakt zu Fraidling auf und erfuhr vom Fiasko im Unteruhldinger Hafen und dem Tod von Charlotte von Waldegg.

Die hochkochende Wut über diese Nachricht ließ Madlener am Lenkrad aus, indem er mit den Fäusten darauf einhämmerte und gottserbärmlich fluchte.

Er hatte es geahnt, dass Sagittarius etwas dergleichen vorhatte. Aber seine mehrfach geäußerten Warnungen hatte Dr. Ilgner mit einer seiner typischen überheblichen Handbewegungen beiseitegewischt und in den Wind geschlagen.

Das war nun die tragische Folge seiner engstirnigen Besserwisserei.

Aber Madlener triumphierte nicht, im Gegenteil.

Er fand es nur traurig, dass Charlotte von Waldegg für die Eitelkeiten eines wichtigtuerischen Stümpers mit dem Leben bezahlen musste, weil man nicht auf ihn gehört hatte.

Harriet war genauso wie er von dieser neuen Hiobsbotschaft schockiert und fing in ihrer Fassungslosigkeit an, Ilgner laut mit allen möglichen Schimpfnamen zu bezeichnen, die ihr in den Sinn kamen, wobei »karrieregeiler Bürokrat« und »ignoranter Dilettant« noch die harmlosesten waren.

»Scht!«, sagte Madlener, »Scht!«, mehr, um sich selbst zu zügeln, und drückte beruhigend ihren Oberarm. »Heb dir das für später auf, wenn es zu einer Untersuchung all dieser Vorfälle kommt. Das wird Ilgner beruflich nicht überstehen, das kann ich dir garantieren. Jetzt geht es nur noch darum, dass wir wenigstens die Kinder retten. Die will Sagittarius als Nächstes opfern, darauf kannst du Gift nehmen.«

»Was tun wir, wenn er –«

In diesem Moment tauchten zwei Autoscheinwerfer auf. Ein weißer Lieferwagen. Er fuhr langsam vor das Eingangstor und hielt an.

»Das ist er«, sagte Harriet und holte ihre Pistole aus dem Holster.

Madlener rutschte tiefer in seinen Sitz, Harriet ebenfalls.

Sie beobachteten, wie das Tor zur Seite glitt und der Lieferwagen seitlich vor dem Rolltor zur Halle stehen blieb, das hochgefahren wurde.

»Was macht er da?«, fragte Madlener, während Harriet ihr kleines Fernglas vor die Augen hielt, das sie in ihrem Rucksack immer mit sich führte.

»Er telefoniert«, kommentierte sie. »Mit wem eigentlich? Mit einem Komplizen?«

»Nein.« Madlener wurde auf einmal ganz ruhig, das war meistens so, wenn es wirklich ernsthaft zur Sache ging. Den fiebrigen Part überließ er Harriet, die sich kaum noch auf ihrem Sitz halten konnte. »Er redet mit der Polizei. Wahrscheinlich stellt er irgendwelche neuen Forderungen.«

»Los, komm«, sagte Harriet und hatte schon die Hand am Türgriff. »Jetzt ist die Gelegenheit günstig, solange er –«

Aber Madlener hielt sie am Arm fest.

»Warte«, meinte er, weil Sagittarius nun aus seinem Lieferwagen stieg und die Halle betrat.

Dort flackerte Licht auf.

Harriet zuckte schon wieder, bereit, auszusteigen.

»Warte noch«, wiederholte Madlener. »Er lässt das Tor oben. Er muss gleich wieder rauskommen.«

Tatsächlich kam Gregor Lombardi alias Sagittarius mit einer beladenen Schubkarre heraus, die er zur Tankstelle hinüberschob. Das Rolltor zur Halle blieb auf.

»Was hat er vor?«, rätselte Harriet.

»Das werden wir gleich herausfinden. Du gehst in die Halle, und ich folge Lombardi, okay?«, sagte Madlener.

Harriet nickte. »Okay.«

»Jetzt!«, sagte Madlener, als Lombardi in der Tankstelle verschwand.

Er und Harriet verließen gleichzeitig den Wagen, auch

Madlener hatte seine SIG Sauer inzwischen aus dem Holster geholt.

Gebückt liefen sie über die Straße, Madlener nach links, Harriet nach rechts.

Während Madlener erst noch hinter dem Zaun in die Hocke ging und zur Tankstelle spähte, rannte Harriet durch das offene Tor auf das Gelände der Firma. Zum Glück war der Vorplatz gepflastert und nicht gekiest, sonst hätte man ihre Schritte hören können.

Sie verbarg sich rechts vom Eingang der Halle und warf vorsichtig einen Blick hinein.

99

Lombardi stellte die Schubkarre an einer Zapfsäule ab, sperrte die Eingangstür des Kassencontainers auf und ging hinein. Dort gab es keine Zigaretten, keinen Alkohol und keinen sonstigen Schnickschnack zu kaufen, weil die Tankstelle nur von Firmenwagen genutzt wurde. Er machte die Außenbeleuchtung an, damit auch alles schön hell war.

Er schätzte, dass es um diese Zeit ungefähr eine halbe Stunde dauerte, bis der Tross aus Polizeiwagen hier eintreffen konnte. Genug Spielraum also, um das kleine vorbereitete Feuerwerk so zu installieren, dass er die Tankstelle in eine riesige Flammenhölle verwandeln konnte.

Wenn schon, denn schon.

Er wollte sich einen Abgang verschaffen, der die Bedeutung seines Wirkens gewissermaßen ins rechte Licht rückte.

Noch einmal kontrollierte er die Zeit und machte sich mit seinen Sprengsätzen an die Arbeit.

An jeder Tankinsel brachte er eine seiner Sprengladungen an. Dann nahm er einen Schlauch für Normalbenzin von einer Zapfsäule und bespritzte den Platz vor dem Kassencontainer damit ausgiebig, als würde er einen Rasen sprengen.

Aber das Einzige, was er wirklich in die Luft sprengen und aus der Welt schaffen wollte, waren Franz von Waldegg, dessen Kinder und die gesamte verfluchte Vergangenheit.

100

Harriet zögerte nicht länger, betrat mit ihrer Waffe im Anschlag die neonhelle Lagerhalle und sah sich um.

Die riesige Halle war leer bis auf ein Gebilde aus Plastikplanen in der entfernten Ecke, das Harriet sofort an das Video mit den beiden Geiseln erinnerte, welches Sagittarius als Beweis dafür, dass die Geschwister noch lebten, an das Polizeirevier geschickt hatte.

Sie sicherte sich nach allen Seiten ab und eilte zuerst auf die längsseitige Rampe zu, betrat sie und warf einen Blick durch die Fenster.

Die Büroräume dahinter waren nicht beleuchtet. Sie konnte nichts Verdächtiges erkennen und sprang schnell wieder von der Rampe herunter, um auf das Riesenzelt in der Ecke zuzugehen.

Immer wieder sah sie sich um, bis sie an den Eingang des Zelts gelangt war.

Die Begegnung mit Sagittarius saß ihr noch in den Knochen, ein zweites Mal wollte sie nicht den Fehler begehen, ihn zu unterschätzen.

Vorsichtig drückte sie sich durch den Spalt zwischen den Planen.

Im Zelt stand sie zwei jungen Menschen gegenüber, die nebeneinander auf einem Feldbett saßen.

Elise und Eduard von Waldegg.

Beide waren sie mit Handschellen an lange Drahtseile gefesselt und starrten sie mit großen Augen ängstlich an wie zwei Rehe im Scheinwerferlicht.

Was Harriet als Erstes registrierte, waren die dicken Verbände um die linken Hände.

Augenblicklich legte sie zum Zeichen, dass sie unbedingt Ruhe bewahren sollten, den Finger auf ihre Lippen und sagte eindringlich: »Kein Wort! Ich bin von der Polizei! Ich hole Sie hier raus. Aber Ihr Entführer ist noch irgendwo da draußen, also Klappe halten! Haben Sie verstanden?«

Eduard stand mit einem Ruck auf und fing laut an zu lamentieren: »Scheiße, warum haben Sie so lange gebraucht, um uns zu finden?«

Seine Schwester drückte ihm sofort ihre Hand auf den Mund und zischte: »Sei still!«

Dann wandte sie sich an Harriet.

»Passen Sie bloß auf! Der Mann ist komplett irre! Er scheut vor nichts zurück. Wissen Sie, was er mit uns getan hat?«

Sie zeigte ihre verbundene Hand vor.

»Dieses verdammte Schwein hat uns betäubt und uns den kleinen Finger mit einer Gartenzange abgeschnitten!«, zeterte Eduard.

»Ich weiß«, antwortete Harriet und trat näher. »Jetzt müssen wir erst mal zusehen, dass Sie hier rauskommen.«

Elise hob ihre Hände mit den Handschellen hoch, die an dem langen Drahtseil befestigt waren.

»Das haben wir gleich«, sagte Harriet und suchte in ihrer Jackentasche nach dem Schlüssel, den sie behalten hatte, als man ihr auf dem Revier die Handschellen abgenommen hatte.

»Ich mache Sie jetzt los. Bleiben Sie ganz ruhig und tun Sie, was ich sage. Ich bringe Sie in Sicherheit. Ist das angekommen?«

»Ja, es ist angekommen«, erwiderte Elise und sah ihren Bruder auffordernd an.

Eduard schaffte es sogar, zu nicken und seinen Mund zu halten.

Harriet bemerkte, dass ihm Tränen die Wangen hinunterliefen, als er ihr seine zitternden Hände hinhielt und sie ihn wie seine Schwester von den Handschellen befreite.

Anschließend spähte sie prüfend durch den Spalt zwischen den Plastikplanen, ihre Waffe hielt sie in der Rechten schussbereit.

»Ich gehe jetzt voran«, sagte sie zu den Geschwistern, die sich schon hinter ihr aufgestellt hatten.

»Sobald ich am Eingang bin und die Luft rein ist, kommen Sie beide auf mein Zeichen nach!«

Elise und Eduard nickten, und Harriet stürmte los.

101

»Es reicht!«, sagte Madlener mit beherrschter Stimme, aber laut genug, um Gehör zu finden.

Sagittarius zuckte zusammen und drehte sich mit der Zapfpistole in der Hand nach ihm um. Er hatte den Tankhebel losgelassen, ein letzter Rest Benzin tropfte aus der Mündung. Am Kassenhaus sah er einen Mann stehen, den er zu kennen glaubte. Natürlich – er hatte ihn kaum gesehen, aber immerhin auf ihn geschossen.

Madlener zielte mit seiner SIG Sauer auf ihn und machte einen sehr entschlossenen Eindruck.

»Sie hängen jetzt auf der Stelle die Zapfpistole in die Halterung zurück, heben Ihre Hände über den Kopf und kommen langsam auf mich zu!«

Einen Moment lang blieb Sagittarius wie erstarrt stehen.

»Sie sind Kommissar Madlener, nicht wahr?«, sagte er schließlich. »Wie haben Sie mich gefunden?«

Madlener wollte sich auf keinerlei Diskussion einlassen.

»Sie hängen den verdammten Schlauch ein, nehmen Ihre Hände hinter den Kopf und kommen langsam auf mich zu. Jetzt!«, wiederholte er unmissverständlich.

Sagittarius hielt immer noch die Zapfpistole wie eine Waffe in der Hand und überlegte, ob er damit auf Madlener zielen und den Tankhebel drücken sollte, der den Benzinstrahl auslöste, aber er wusste, dass der Druck im Schlauch nicht ausreichte, um den Kommissar zu treffen, der so vorsichtig war, dass er genügend Sicherheitsabstand einhielt.

»Und wenn ich das nicht tue, was dann, Herr Kommissar?«, sagte er, um Zeit zu gewinnen.

»Dann verpasse ich Ihnen eine Kugel ins Knie. Und glauben Sie mir, in diesem Fall bluffe ich nicht. Na los, wird's bald?«

Sagittarius wägte ab, ob Madlener mit seiner Drohung wirklich ernst machen wollte. Er hob die freie Hand zum Zeichen der vermeintlichen Aufgabe, gleichzeitig drückte er aber auf den Hebel der Zapfpistole, deren Mündung er auf seinen eigenen Körper gedreht hatte. Er führte den Benzinstrahl vom Hals bis zu den Füßen an sich herunter und war sofort klatschnass.

Madlener war machtlos und schrie: »Hören Sie auf damit! Sofort!«

Sagittarius ließ den Hebel los.

»Das kann ich nicht«, sagte er. Es klang beinahe mitleidheischend. »Ich habe noch etwas zu Ende zu bringen. Und Sie können mich nicht daran hindern.«

»Herrgott, Lombardi, seien Sie doch vernünftig! Es ist aus, Sie haben verloren. Stecken Sie das Ding endlich weg und kommen Sie mit erhobenen Händen auf mich zu!«

Das Benzin tropfte von Lombardis Kleidung, als er den Hebel der Zapfpistole erneut drückte und gleichzeitig die Sperrvorrichtung auf Dauerstrahl einrastete. Dann ließ er die Zapfpistole einfach fallen. Der Schlauch tanzte wie eine wild gewordene Viper auf dem Boden herum und spie weiter Benzin aus.

Madlener hielt nach wie vor seine SIG Sauer auf Lombardi gerichtet, wagte es aber nicht zu schießen, weil es viel zu riskant war.

Sie standen mitten in einer Tankstelle, überall hatten sich Benzinlachen gebildet, die ständig größer wurden. Die Luft waberte schon von den Dämpfen, die vom Boden aufstiegen.

Außerdem hatte Lombardi an den Zapfsäulen Vorrichtungen angebracht, die verdächtig nach Sprengladungen aussahen.

Ein Funken genügte, um alles im näheren Umkreis in die Luft gehen zu lassen.

Lombardi krümmte sich plötzlich zusammen und hustete, offenbar gereizt durch die Benzindämpfe, dabei zog er in einer fließenden Bewegung etwas aus der Tasche, das er Madlener mit einer Hand demonstrativ entgegenstreckte.

Es war ein simples Feuerzeug, und Lombardi hatte den Daumen auf dem Drücker.

»Wissen Sie, was passiert, wenn ich das Feuerzeug anmache? Und das schaffe ich auch noch mit einer Kugel im Knie, das dürfen Sie mir glauben! Ich nehme an, die Folgen kann sich sogar ein phantasieloses Polizistenhirn wie das Ihre vorstellen. Dann fahren wir nämlich beide gemeinsam in die Hölle. Ist es das, was Sie wollen?«

»Lassen Sie das Feuerzeug fallen!«

»Warum sollte ich? Sie haben mir meinen ganzen Plan versaut, wollen mir meine Genugtuung stehlen. Da ist es nur recht und billig, dass Sie dafür büßen müssen.«

»Ihren Plan? Und wie sollte der aussehen? Dass Sie sich mit Ihren Geiseln in die Luft jagen?«

»So in etwa. Nicht ganz, aber so in etwa. Und jetzt geben Sie mir Ihre Waffe. Sonst mache ich das Feuerzeug an.«

Fieberhaft überlegte Madlener, was er tun sollte.

Dieser durchtriebene Lombardi hatte es in seinem fanatischen Alles-oder-nichts-Wahnsinn tatsächlich geschafft, ihn in eine aussichtslos scheinende Pattsituation zu manövrieren.

Er konnte ihm ansehen, dass er durchaus fähig war, ohne Rücksicht auf Verluste das durchzuziehen, womit er drohte. In diesem Moment unterschied er sich kein bisschen von einem Selbstmordattentäter der Taliban, der einen Sprenggürtel umhatte und den Daumen am Auslöseknopf.

Sie belauerten sich gegenseitig.

Für drei oder vier Atemzüge schien die Zeit stillzustehen.

Nur das Benzin aus dem Schlauch, der am Boden lag, floss ununterbrochen weiter.

Bis Madlener Sirenen näher kommen hörte und am Ende der Straße Blaulichter auftauchten.

Eine Menge Blaulichter.

»Herrgott, Lombardi, sehen Sie doch ein, dass es sinnlos

ist, was Sie da machen! Werfen Sie einen Blick hinter sich. Da rücken schon meine Kollegen an.«

»In der Tat tun sie das. Wird ja auch Zeit. Sie werden es nicht glauben, aber ich habe sie selbst herbeizitiert.«

Er drehte sich nach dem riesigen Polizeiaufgebot um, das jaulend und blaulichtflackernd heranrauschte wie eine unaufhaltsame Phalanx zu einem endzeitlichen Armageddon.

Lombardi wandte sich wieder an Madlener.

»Ich habe Franz von Waldegg herbestellt. Ich will nur ein paar Takte mit ihm reden.«

»Das kann ich nicht zulassen«, erwiderte Madlener.

»Da wird Ihnen nichts anderes übrig bleiben. Ich habe wohl die besseren Argumente auf meiner Seite«, sagte er und schwenkte sein Feuerzeug. »Sie lassen mich mit ihm reden, und dann ergebe ich mich. Sie haben mein Wort.«

SEK-Männer und Polizisten in Uniform wuselten im Höchsttempo aus ihren Autos, die einen Halbkreis um die Tankstelle gebildet hatten. Sie gingen sofort in Stellung und machten sich mit und ohne Deckung schussbereit, hielten aber noch einen gehörigen Sicherheitsabstand ein.

Madlener konnte Dr. Ilgner erkennen, der ein Megafon in der Hand hielt und sich anscheinend heftig mit einem anderen Mann stritt.

Der Mann war Franz von Waldegg.

»Sie haben sich bis jetzt an nichts gehalten, Lombardi«, sagte Madlener. »Ihr Wort ist keinen Pfifferling wert. Kommen Sie schon, lassen Sie das Feuerzeug fallen und geben Sie auf. Vor Gericht können Sie Ihre ganze Geschichte loswerden und Franz von Waldegg öffentlich anklagen für das, was er Ihrer Familie angetan hat. Ihr Rachefeldzug ist hier und jetzt zu Ende. Sie müssen einsehen, dass Sie Ihre Familie nicht mehr lebendig machen können. Schon gar nicht, indem sie unschuldige Menschen umbringen.«

Jetzt fuhr Lombardi förmlich aus der Haut, sein Gesicht

verzerrte sich zu einer hässlichen Fratze, als er anfing zu brüllen und erregt mit dem Feuerzeug herumfuchtelte.

»Unschuldig? Keiner von den Waldeggs ist unschuldig!«

»Charlotte von Waldegg ist unschuldig gewesen! Sie hatte absolut nichts mit dem Unglück zu tun, das Ihrer Familie zugestoßen ist.«

»Aber sie hat es die ganze Zeit gewusst!«, schrie Lombardi außer sich. »Sie hat gewusst, dass ihr Mann den Unfall ausgelöst hat, und hat ihn gedeckt! Damit hat sie sich genauso schuldig gemacht! Sie haben nichts verstanden, gar nichts!«

Er machte einen Schritt auf Madlener zu, der nach hinten neben das Kassenhaus auswich, aber die Waffe weiterhin auf Lombardi gerichtet ließ.

»Ich will Franz von Waldegg sprechen!«, wiederholte Lombardi. »Sie greifen jetzt zum Handy, rufen Ihren Chef da drüben an und arrangieren das. Er soll uns fünf Minuten geben. Fünf Minuten, mehr will ich nicht! Sagen Sie ihm, dass ich mich dann freiwillig stelle.«

Er fing wieder an zu husten, diesmal schienen es wirklich die Auswirkungen der Dämpfe zu sein.

Es stank widerlich, Madlener musste schon mit den Augen zwinkern, weil sie anfingen zu brennen.

Aber der Hustenanfall von Lombardi ging schnell vorüber, er hob seinen Kopf wieder und schwenkte sein Feuerzeug wie eine Standarte in der Schlacht. »Zwingen Sie mich nicht, bis drei zu zählen.«

Madlener merkte, dass er inzwischen in einer großen Benzinlache stand, die sich immer weiter ausbreitete.

Als er wieder hochblickte, löste sich ein Mann von der Polizistenfront und kam auf sie zu.

Es war Franz von Waldegg.

Madlener sah, dass Ilgner ihn noch zurückhalten wollte, aber der Graf schüttelte ihn nach einem Gerangel grob ab und marschierte einfach weiter.

Lombardi hatte ihn ebenfalls erkannt.

»Da kommt der feine Herr ja schon von selbst«, sagte er und wandte sich ihm zu.

Als Franz von Waldegg ins grelle Licht der Tankstelle trat, wirkte er tatsächlich wie sein eigenes Gespenst.

Madlener fuchtelte abwehrend mit seiner freien Hand.

»Bleiben Sie weg! Wegbleiben, hören Sie!«, rief er ihm zu.

Aber Franz von Waldegg ging stur weiter. Wie ein Zombie kam er näher und blieb schließlich ein paar Meter vor Gregor Lombardi stehen.

Das weiterhin auslaufende Benzin schien er nicht zu bemerken, oder er ignorierte es einfach.

»Hier bin ich!«, sagte er und streckte seine Arme zur Seite aus. »Nehmen Sie mich und lassen Sie endlich meine Kinder frei! Sie haben nichts damit zu tun, was zwischen uns vorgefallen ist!«

Es entstand ein Schweigen, in dem Lombardi den Grafen nur verächtlich musterte.

Jetzt hatte er ihn da, wo er ihn haben wollte.

Er schien den Anblick der jämmerlichen Gestalt, der sich ihm bot, regelrecht zu genießen. Franz von Waldegg machte wirklich einen völlig desolaten Eindruck. Vom Gentleman alter Schule war nichts mehr übrig geblieben.

Nach einer gefühlt unendlich langen Pause richtete Lombardi an den Grafen eine Frage. Es war die Frage, die er ihm seit Jahren stellen wollte: »Geben Sie es zu? Geben Sie Ihre Schuld zu? Bekennen Sie sich schuldig am Tod meiner Frau und meiner Töchter?«

»In Gottes Namen – ja! Ja, diese Schuld habe ich auf mich geladen. Wo sind meine Kinder?«

»Sie sind in Sicherheit«, mischte sich Madlener ein, obwohl er das nicht einmal mit Bestimmtheit wusste. Aber er vertraute auf Harriet, die inzwischen die Geschwister hoffentlich gefunden und aus der Schusslinie gebracht hatte.

Außer ... Madlener fuhr der Schreck in die Glieder.

Was, wenn Lombardi die Geiseln schon vorher aus dem Weg geräumt hatte? Um seine Rache ganz zu vollenden?

Und womöglich war Harriet in der Halle nur auf zwei Leichen gestoßen?

Nach allem, was passiert war, traute er ihm das durchaus zu. Aber diese berechtigten Zweifel durfte er sich jetzt auf keinen Fall anmerken lassen.

»Gehen Sie wieder zurück, Herr von Waldegg!«, rief er und gab ihm unmissverständliche Zeichen mit seiner Hand. »Ihre Kinder sind in Sicherheit!«

»Stimmt das, Lombardi, sind meine Kinder in Sicherheit?«, fragte der Graf und ignorierte Madlener völlig.

Lombardi lachte.

Es war ein schreckliches Lachen.

»Der Kommissar ist Polizist. Und wie alle Polizisten lügt er«, antwortete Lombardi. »Ihre Kinder sind tot, von Waldegg. Qualvoll gestorben. Ich habe sie schon gestern bei lebendigem Leib im Wald verbrannt. Sie haben furchtbar gelitten. Wie meine Kinder. Und meine Frau. Ich habe Elise und Eduard für das bestraft, was ihr Vater mir angetan hat ... Damit sind wir dann wohl quitt.«

»Nein, das sind wir nicht!«, sagte der Graf, zog unvermittelt eine Pistole aus der Tasche und feuerte auf Lombardi, während er auf ihn zuging und ununterbrochen abdrückte, bis er das Magazin leer geschossen hatte.

Lombardi wurde von der Wucht der Kugeln, die seinen Körper trafen, nach hinten umgerissen, drückte aber noch im Fallen auf sein Feuerzeug.

In einer sich blitzschnell ausbreitenden Kettenreaktion stand auf einmal der ganze Benzinteppich auf der Tankstelle in bläulichen Flammen, und Augenblicke später verwandelte er sich in eine aufquellende Feuerwolke, aus der ein fauchendes Inferno wurde.

Madlener reagierte sofort und suchte mit einem Hechtsprung und einer seitlichen Rolle hinter dem gemauerten Kassenhaus Deckung.

Franz von Waldegg und Lombardi wurden vom Feuerball erfasst und waren in Sekundenbruchteilen nur noch lodernde Flammenbündel.

Die schrillen Schreie von Franz von Waldegg gingen im bösartigen Tosen und Brüllen des Hitzesturms unter, bevor kurz hintereinander drei heftige Explosionen erfolgten und die Tankstelle sich endgültig in einen Glutofen von apokalyptischen Ausmaßen verwandelte.

Madlener lag hilflos hinter dem Kassencontainer am Boden und dachte absurderweise noch, dass ihm diese Katastrophe vorkam wie ein Napalmangriff im Vietnamkrieg, dann wurde ihm schwarz vor Augen, und alles um ihn herum versank in Finsternis.

102

Harriet hatte inzwischen die Geiseln auf dem Rücksitz ihres Dienstwagens untergebracht und stand mit ihrem Fernglas neben der Fahrertür, um die Geschehnisse an der Tankstelle aus sicherer Entfernung zu beobachten. Sie hatte ihr Handy am Ohr und wollte gerade Madlener Bericht erstatten, aber sie konnte seine Nummer nicht anwählen, weil sie sah, in was für eine verzwickte Situation er verwickelt war. Was sich da genau abspielte, konnte sie nicht hören, doch als die Polizeistreitmacht eintraf, war die Lage völlig unübersichtlich geworden.

Eduard saß apathisch auf dem Rücksitz, aber Elise hatte mitbekommen, dass an der Tankstelle etwas im Gange war und immer mehr Polizeiwagen eintrafen. Sie wollte aussteigen.

Harriet, die gerade beobachtete, dass sich Franz von Waldegg auch noch zur Tankstelle begab und die Konstellation sich weiter zuspitzte, musste Elise mit Gewalt zurückhalten, die zu ihrem Vater wollte. Eigentlich hatte Harriet Madlener zu Hilfe eilen wollen, aber jetzt musste sie verhindern, dass Elise vollkommen durchdrehte, die sich beim Anblick ihres Vaters mit Händen und Füßen gegen Harriet zur Wehr setzte, weil sie nicht weiter im Wagen bleiben wollte.

Erst als die Tankstelle auf einmal in Flammen aufging, erstarrte auch sie und konnte wie die entsetzte Harriet nur noch zusehen, wie mehrere Explosionen die Szenerie taghell erleuchteten und alles, was einmal Tankstelle war, zerfetzten.

Auf Harriets ungläubigem Gesicht spiegelte sich der Lichtschein, und dann wurde auch sie vom Druck der Detonationen erfasst, der so heftig war, dass er sie zurücktaumeln ließ.

»Max!«, flüsterte sie fassungslos. »Max!«

103

Als Madlener zu sich kam, sah er zunächst nur verschwommen und kam sich vor, als wäre er unter Wasser. Er nahm gerade noch schemenhaft wahr, dass ein paar Menschen in weißen Kitteln um ihn herumstanden und über ihn sprachen. Aber verstehen konnte er nichts.

Er ärgerte sich maßlos, dass sie wohl über ihn und seinen Zustand diskutierten, als wäre er bereits mit einem Bein im Jenseits.

Vielleicht war er das auch schon und wusste es nur noch nicht.

Herrgott, gab es denn keinen, der ihm klipp und klar Bescheid sagen konnte, dass er das Zeitliche gesegnet hatte?

Er wollte sich aufrichten und seiner gerechtfertigten Empörung Ausdruck verleihen, aber es ging nicht.

Außerdem tat ihm so ziemlich alles weh.

Sein Körper war irgendwie nicht imstande, das auszuführen, was er wollte.

Ein seltsames Gefühl.

Wenigstens sagen musste er etwas, aber seine Stimme gehorchte ihm auch nicht.

Er spürte, dass irgendjemand seine Hand drückte und auf ihn einsprach. Aber das war so undeutlich, kam aus weiter Ferne und hallte wie in einer Kirche.

Es war wie bei den Peanuts, dachte er, dem Comic mit Charlie Brown, wenn die Lehrerin redete. Das war auch nur ein unverständliches Bla-bla-bla. Leeres Geschwätz, das zum einen Ohr rein- und zum anderen wieder rausging.

Es war auch nicht weiter wichtig, aber es war in der Konsequenz furchtbar einschläfernd.

Eine bleierne Müdigkeit erfasste ihn, und er hatte nichts, was er ihr entgegensetzen konnte, er wollte ihr einfach nur nachgeben.

Vielleicht konnte er dann seine Schmerzen und seine Verwirrtheit vergessen.

Schlafen, richtig schlafen, das war alles, was er sich wünschte.

Endlich ein Wunsch, der in Erfüllung ging, dachte er noch, bevor er wieder wegdämmerte.

104

Als Madlener wieder die Augen aufschlug, war es dunkel bis auf eine Lampe neben seinem Bett. Er hatte unglaublichen Durst und wusste im ersten Augenblick nicht, wo er war.

Jedenfalls nicht im Jenseits, so viel war schon mal sicher, weil er nicht glaubte, dass man dort sein Haupt auf einem Kopfkissen betten und frische Laken fühlen konnte. Vorsichtig bewegte er seine Arme und Beine und stellte erleichtert fest, dass alles noch an seinem Platz war, so wie es sein sollte.

Nur hingen irgendwelche Kabel an seinem Arm. Er hob seine freie Hand und sah, dass sie verbunden war. Die Finger waren frei, mit ihnen betastete er Kopf und Gesicht.

Ein Verband um seinen Schädel und ein paar Pflaster, okay, sein Bart kratzte, und in den Nasenlöchern hatte er zwei Stöpsel mit Schläuchen, die ihn wohl mit Sauerstoff versorgten. Sie störten ihn, deshalb nahm er sie heraus. Es ging auch ohne.

Langsam kehrte seine Erinnerung zurück.

Seltsamerweise dadurch, dass ihm der berühmte Spruch von Robert Duvall in den Sinn kam, den er als Lieutenant Colonel Bill Kilgore im Film »Apocalypse Now« beim Angriff amerikanischer Flugzeuge auf ein vietnamesisches Dorf in Machopose von sich gegeben hatte: »Ich liebe den Geruch von Napalm am Morgen.«

Beim Wort »Napalm« fiel ihm mit einem Schlag alles wieder ein.

Die Konfrontation mit Sagittarius alias Gregor Lombardi, die Auseinandersetzung zwischen ihm und Franz von Waldegg, und dann, ganz am Schluss, dass er zur Tatenlosigkeit verdammt mitansehen musste, wie sich die beiden wie zwei Pitbulls bei einem illegalen Hundewettkampf in der Arena angefletscht und mit allen Mitteln gegenseitig zerfleischt hatten, bis buchstäblich nichts mehr von ihnen übrig geblieben war. Er konnte sich an alle Einzelheiten erinnern.

Offenbar funktionierte sein Kopf noch ganz gut.

Jetzt galt es herauszufinden, wo er war und was mit ihm selbst passiert war.

Aber Vorrang hatte, wie er sich was zu trinken organisieren konnte.

Er hatte einen Durst wie ein Kamel nach drei Tagen Karawanenmarsch durch die Sahara ohne Oase dazwischen.

Er wollte aufstehen und sich aus dem Bett schwingen, aber es blieb beim untauglichen Versuch, weil ihn ein schier unerträglicher Schmerz im Brustkorb sofort wieder niederstreckte, ein Schmerz, der ihn erst mal für eine Minute Sternchen sehen ließ.

Er drehte seinen Kopf, kein Wasserglas auf seinem Nachtkästchen. Dafür ein aufgeschlagenes Buch und ein Stuhl neben dem Bett. Offensichtlich hatte jemand dort Wache gehalten und wollte zurückkommen. An das Buch kam er heran, er nahm es und las den Titel:»Die Analyse der Navier-Stokes-Gleichungen und der Versuch eines Beweises der Poincaré-Vermutung«. Die Seiten waren mit handschriftlichen Anmerkungen und Formeln bekritzelt.

Jetzt wusste er, wer an seinem Bett Nachtwache gehalten hatte, während er weggetreten war.

Auf einer Art Servierwagen an der Wand, der für ihn aber unerreichbar war, stand alles, was sein Herz begehrte. Eine Thermoskanne, ein Schnabelbecher und ein Teller mit einem Deckel.

Das war mehr als gemein. Wollten sie ihn hier absichtlich foltern?

Er blickte nach oben und sah einen Triangelhandgriff an einem Galgen von hinten über seinem Bett hängen, an dem ein verkabeltes Gerät mit Bedienungsknöpfen baumelte. Nach seinen Erfahrungen mit Krankenhausbetten konnte es sich dabei nur um etwas handeln, mit dem man sich bei einer Nachtschwester bemerkbar machte.

Er wollte danach greifen, aber das verfluchte Ding war mit dem Kabel um den horizontalen Galgen gewickelt und gerade so hoch angebracht, dass er es nur mit seinen Fingerspitzen berühren konnte. Er streckte sich danach, aber schon fuhr ihm ein stechender Schmerz in die Rippen. Und zwar so heftig, dass er es lieber sein ließ.

Anscheinend hatte er bei der Explosion auf der Tankstelle doch etwas mehr abbekommen, als er gedacht hatte.

Plötzlich wurde die Tür aufgerissen.

Vor Schreck fuhr er zusammen.

Aber natürlich – er war in einem Krankenhaus und nicht in einem Fünf-Sterne-Tempel, wo man höflicherweise anzuklopfen pflegte, bevor man ein Zimmer betrat.

Es war Harriet, die hereinkam und sich neben ihn setzte.

»Na endlich«, sagte sie. »Dachte schon, du bist gleich in den Winterschlaf übergegangen.«

»Hallo Harriet«, brachte er mühsam krächzend hervor. »Schön, dich zu sehen …«

»Durst?«, fragte sie.

»Hä?« Er hatte sie nicht verstanden.

»Ob du Durst hast!«, wiederholte sie deutlich lauter.

Er nickte. »Mhm.«

Sie griff nach der Thermoskanne und goss eine rosafarbene Flüssigkeit in die Schnabeltasse, die sie zudeckelte und ihm reichte.

Er trank gierig, leerte den Becher und hielt ihn Harriet auffordernd wieder hin.

»Was ist das?«, fragte er, während Harriet nachfüllte.

»Hagebuttentee vermutlich, ungesüßt«, antwortete sie gewohnt schnoddrig und reichte ihm die Tasse erneut.

»Schmeckt großartig«, schwindelte er tapfer und trank den zweiten Becher auch noch aus. Obwohl er beim Schlucken den unangenehmen Eindruck hatte, dass seine Kehle mit Schmirgelpapier ausgelegt sein musste.

»Hunger?«, sagte sie.

»Was?«, fragte er.

»Ob du Hunger hast«, wollte sie mit lauter Stimme wissen.

Wieder nickte er.

Sie hob den Plastikdeckel von dem Teller, der auch auf dem Servierwagen stand.

»Leider musst du vorerst mit Krankenhauskost vorlieb nehmen. Die Nachtschwester hat mir auf meine vorsichtige Nachfrage erklärt, was das hier alles sein soll. Wir haben da Proteinbrot, sieht ein bisschen aus wie Wellpappe, ist aber garantiert glutenfrei, darauf Putenschinken, besonders fettarm, dann ein Eiweiß-Karotten-Brot mit veganem Brotaufstrich, Farbe und Herkunft undefinierbar, dafür vermutlich ohne Geschmacksverstärker, und zum Nachtisch laktosefreien Pudding. Was darf ich dir anbieten?«

»Willst du mich umbringen?«

»Das hast du selbst schon fast fertiggebracht«, antwortete sie gnadenlos und hielt ihm den Teller vor die Nase.

Ihm fiel sein kurzzeitiger Diätwahn ein, bevor die ganze haarsträubende Geschichte mit dem Armbrustschützen angefangen hatte, und er fügte sich in sein Schicksal, das wohl die Strafe dafür war, dass er sich nicht im entferntesten an das gehalten hatte, was er sich damals fest vorgenommen hatte. Fatalistisch schnappte er sich das belegte Brot, weil da wenigstens eine briefmarkendünne, durchsichtige Gurkenscheibe drauf war. Aber bevor er hineinbiss, stellte er doch noch ein paar Fragen, die ihm die ganze Zeit schon auf der Zunge lagen – die sich im Übrigen anfühlte wie eine alte Schuhsohle.

»Wie lange bin ich hier? Und weshalb? Und wie ist die ganze Chose ausgegangen?«

Harriet seufzte ostentativ. »Eine Menge Fragen auf einmal, Mr. Crawford.«

»Das gehört nun mal zu unserem Job, Agent Starling«, sagte er mit vollem Mund und kaute mit einem Appetit, als wären die Brote Edel-Delikatessen von Feinkost-Martinez aus Friedrichshafen.

Harriets Miene blieb todernst, als sie ihm zusah und fragte: »Kurzfassung oder Langversion, Mr. Crawford?«

»Kurz und bündig bitte.«

»Okay. Sie haben dich nach der Einlieferung ins Klinikum

zwei Tage lang in ein künstliches Koma versetzt. Aber du warst sowieso weg vom Fenster. Knalltrauma, kaputtes Trommelfell, diverse Brandwunden, aber nichts Weltbewegendes, Schnittverletzungen ... Hol mal tief Luft!«

Madlener befolgte es, bekam einen Hustenanfall und stöhnte auf.

»Das sind deine angeknacksten Rippen«, kommentierte Harriet erbarmungslos. »Hals und Lunge haben auch einiges abbekommen, weil du das ganze giftige Zeug bei der Explosion eingeatmet hast, deine Haare und die Augenbrauen sind versengt. Also wenn ich dein Aussehen zusammenfassen soll: Du schaust ziemlich ramponiert aus. Dein Hörvermögen ist wahrscheinlich noch eine Weile eingeschränkt, aber ansonsten wirst du bald wieder auf dem Damm sein und mich und den Rest unserer Truppe herumkommandieren können.«

»Wie lange?«

»Wie lange was?«

»Wie lange muss ich noch hierbleiben?«

»Keine Ahnung. Frag den Doktor. Soll ich dir einen Spiegel bringen, damit du dein Gesicht sehen kannst?«

»Lass gut sein«, winkte er resigniert ab. »Ich wusste immer schon, dass du eine sadistische Ader hast. Was ist mit den Geiseln?«

»Sind beide am Leben.«

»Gott sei Dank!«

Madlener atmete tief durch, soweit das seine angeknacksten Rippen zuließen.

»Dann hat sich unser Endspurt doch noch ausgezahlt.«

»Auf jeden Fall.«

»Dr. Ilgner?«

»Bis auf Weiteres suspendiert bis zur vollständigen Klärung von Ablauf und Sachverhalt. Es heißt, man habe ihm durch die Blume einen freiwilligen Rücktritt nahegelegt, um einem unehrenhaften Rausschmiss zuvorzukommen.«

»Lombardi und von Waldegg?«

»Sie suchen noch danach. Mit der Lupe und Pinzetten.«

Dazu schwiegen sie eine Weile.

Bis Madlener fragte: »Kannst du mir sagen, wieso ich den Eindruck nicht loswerde, dass du ein Gesicht machst wie die Katze, die den Kanarienvogel gefressen hat?«

»Kann ich. Mach dich darauf gefasst, dass demnächst der Landespolizeipräsident vorbeikommt, weil er sich persönlich für deinen Einsatz bedanken will.«

Entsetzt wollte sich Madlener aufrichten, aber der Schmerz, der ihm blitzartig in die Rippen fuhr, erinnerte ihn deutlich daran, dass das nicht angebracht war.

»Nein!«, brachte er gerade noch heraus.

Harriet blieb gnadenlos. »Doch. Mit Presse im Übrigen. Damit es schöne Fotos gibt. Mit diesem Krankenhauskittel kannst du da nicht antreten. Wenn du mir den Schlüssel zu deinem Appartement gibst, hol ich dir einen frischen Schlafanzug. Damit du unserem Präsidium wenigstens keine Schande machst.«

»Oh Gott, mir bleibt auch nichts erspart! Wo ist hier der Notausgang?«

»Denk nicht einmal daran. Du hast keine Chance, von hier auszubüchsen. Wir lassen dich keine Sekunde aus den Augen.«

»Wer ist wir?«

»Na, dein Harem. Wir drei haben uns an deinem Bett abgewechselt. Vor mir ist deine Ex Dr. Ellen Herzog dran gewesen, und nach mir kommt deine neue Flamme Simone Zoller.«

Es klopfte.

»Wer ist das?«, fragte Madlener misstrauisch.

»Keine Ahnung«, sagte Harriet, stand auf, nahm ihr Buch vom Nachtkästchen und packte es in ihren Rucksack.

Dabei wusste sie es.

Und Madlener ebenfalls.

Es klopfte noch einmal. Irgendwie zaghaft.

»Sag schon herein«, forderte Harriet ihn auf, weil Madlener nicht reagierte. »Es ist dein Zimmer.«

»Herein …«, brachte Madlener mühsam heraus.

Die Tür ging einen Spalt auf, und ein bekanntes Antlitz zeigte sich.

Simone Zoller.

Harriet nickte ihr aufmunternd zu, drückte sich an ihr vorbei und schloss die Tür hinter sich.

Simone Zoller machte ein überaus besorgtes Gesicht, als sie zögernd näher trat, sie hatte einen Blumenstrauß dabei.

Ihr Anblick freute Madlener ungemein, sie schien sich extra für ihn schick gemacht zu haben. Er fühlte geradezu, wie ihr Besuch seinen Heilungsprozess enorm beschleunigte.

Aber er ließ sich selbstverständlich nichts anmerken und machte ein Gesicht wie das Leiden Christi.

Was er jetzt mehr als alles andere brauchte, war ein Quantum Trost.

Und das bekam er.

Walter Christian Kärger
DAS FLÜSTERN DER FISCHE
Broschur, 400 Seiten
ISBN 978-3-95451-083-2

»Walter Christian Kärger hat einen sprachlich ansprechenden, gut durchdachten und sehr spannenden Krimi geschrieben, der von der ersten bis zur letzten Seite in Atem hält.« Das schöne Allgäu

www.emons-verlag.de

Walter Christian Kärger
TUNICHTGUT UND TUNICHTBÖSE
Broschur, 384 Seiten
ISBN 978-3-95451-527-1

»... so ist ›Tunichtgut und Tunichtböse‹ bis zur letzten Seite ein
gelungener, sprachlich ansprechender und aktionsreicher Krimi,
den man ungern aus der Hand legt.« Esslinger Zeitung

www.emons-verlag.de

Walter Christian Kärger
DER ZORN DES ZEPPELIN
Broschur, 416 Seiten
ISBN 978-3-95451-797-8

»*Ein Lesegenuss für alle, die gut recherchierte und gut geschriebene Krimis lieben.*« Das schöne Allgäu

www.emons-verlag.de

WALTER CHRISTIAN KÄRGER
DAS KNISTERN VON EIS
Bodensee Krimi

emons:

Walter Christian Kärger
DAS KNISTERN VON EIS
Broschur, 368 Seiten
ISBN 978-3-7408-0185-4

»Ein spannendes Lesevergnügen, das seinesgleichen sucht.«
Das schöne Allgäu

www.emons-verlag.de

Walter Christian Kärger
DAS LODERN DER FLAMMEN
Broschur, 432 Seiten
ISBN 978-3-7408-0516-6

»Walter Christian Kärger liefert in seinem fünften Madlener-Roman wieder gehörig Spannung – und eine Menge Bodensee-Flair.«
Top Magazin Bodensee

www.emons-verlag.de